MELANIE HARLOW

# Only Us – Unwiderstehlich

## Über die Autorin

Melanie Harlow bevorzugt ihre Martinis trocken, ihre Schuhe hoch und liebt abenteuerliche, romantische Geschichten mit allen schmutzigen kleinen Details. Ihre Bücher handeln von modernen Paaren, Menschen wie du und ich, die mit ganz alltäglichen Problemen kämpfen und oft Rückschläge hinnehmen müssen, bis sie letztendlich doch die wahre Liebe finden. Melanie lebt mit ihrem Mann, zwei Töchtern bei Detroit.

Melanie Harlow

# Only us

Unwiderstehlich

Aus dem Amerikanischen von Michaela Link

lübbe

Dieser Titel ist auch als Hörbuch und E-Book erschienen

MIX
Papier aus verantwortungsvollen Quellen
FSC® C014496

Vollständige Taschenbuchausgabe
der bei beHEARTBEAT erschienenen E-Book-Ausgabe


Umschlaggestaltung: Christin Wilhelm, www.grafic4u.de unter Verwendung von Motiven von © shutterstock: Maryna Stamatova | Helenaa | Mari Dein
Satz: 3w+p GmbH, Rimpar (www.3wplusp.de
Gesetzt aus der Minion
Druck und Verarbeitung: GGP Media GmbH, Pößneck
Printed in Germany
ISBN 978-3-404-18448-4

5 4 3 2 1

Sie finden uns im Internet unter www.luebbe.de
Bitte beachten Sie auch: www.lesejury.de

Für meine Töchter und meinen Dad, auch wenn keiner von ihnen meine Erlaubnis hat, dieses Buch jemals zu lesen.

*Liebe ist nicht das, was man erwartet zu bekommen – sondern das, was man bereit ist zu geben – nämlich alles.*

Katharine Hepburn

# Kapitel 1

Mack

Nur einen einzigen Morgen. Mehr wollte ich nicht.

Einen einzigen Morgen für mich.

Ausschlafen. Nackt schlafen. Bei geschlossener Schlafzimmertür schlafen.

Und wach werden, wenn mir danach zumute war. Aufwachen, nichts hören. Und tun, wozu auch immer ich am Morgen Lust hatte – Joggen gehen oder mir einen runterholen oder verdammt noch mal einfach weiterschlafen.

»Daddy! Steh auf!«

Heute war nicht dieser Morgen.

Stöhnend wälzte ich mich auf den Bauch und zog mir das Kissen über den Kopf. »Daddy ist nicht da«, sagte ich mit vom Kissen gedämpfter Stimme.

Ich hörte Gekicher, dann spürte ich, wie sich die Matratze bewegte, als eine meiner drei Töchter auf mein Bett sprang. Vielleicht waren es auch mehrere. Tatsächlich war es ziemlich erstaunlich, dass nicht schon längst eine von ihnen hier war. Nachdem ihre Mutter gegangen war, hatte ich mein Bett monatelang nicht für mich allein gehabt. Manchmal schlief die elfjährige Millie wegen Bauchschmerzen bei mir. Oder die achtjährige Felicity wegen Albträumen. Häufig war es auch die vier Jahre alte Winifred, die sich vor dem Ungeheuer unter ihrem Bett zu mir flüchtete.

Und manchmal auch alle drei zusammen.

Eine von ihnen sprang auf meinen Rücken, als sei ich ein Pony, und zerrte an meinem T-Shirt. »Wir haben Hunger.« Das klang nach Felicity.

»Schon wieder? Ich habe euch doch gerade erst was zu essen gemacht.«

»Es ist Morgen. Wir haben seit gestern Abend nichts zu essen bekommen.«

»Es kann unmöglich schon Morgen sein. Es ist noch dunkel.«

»Das liegt an dem Kissen über deinem Kopf.« Sie kicherte. »Außerdem hast du geschnarcht.«

»Kann Millie euch nicht einfach Müsli machen?«

»Wir wollen kein Müsli. Wir wollen Pfannkuchen.«

Ich seufzte. »Kann sie keine Pfannkuchen machen?«

»Sie weiß nicht, wie der Herd funktioniert. Wir brauchen einen Erwachsenen.«

Einen Erwachsenen. *Ich* war der einzige Erwachsene im Haus. Wie zum Teufel war es so weit gekommen? »Woher weißt du, dass ich erwachsen bin?«

Noch mehr Gekicher. »Weil du groß bist und Riesenfüße hast. Und Barthaare. Und du heißt Daddy.«

»Ich habe dir doch schon gesagt, Daddy ist nicht da.«

»Und wer bist dann du?«

Ich drehte mich um und warf sie auf den Rücken. »Das Kitzelmonster!«

Sie kreischte und zappelte, während ich sie gnadenlos durchkitzelte, woraufhin Winifred ins Zimmer gerannt kam und aufs Bett sprang. »Ich auch!«

Winnie gehörte zu den wenigen Kindern, die tatsächlich gern gekitzelt wurden, oder zumindest mochte sie die körperliche Zuwendung. Eilig rückte sie dicht an Felicity heran und präsentierte mir ihr Bäuchlein wie ein Hund, der gestreichelt werden will.

Kurz kitzelte ich sie beide, dann hockte ich mich hin und kratzte mich am Kopf. »Ihr habt ja immer noch eure Schlafanzüge an. Ist heute etwa Samstag?«

»Ja«, bestätigte Felicity.

»Gut.«

»Deine Haare sehen komisch aus«, eröffnete sie mir.

»Deine auch«, entgegnete ich. Vor Kurzem hatte sie sich einen »Schnitt« verpasst und sich das Haar vorn zu einem Pony wie dem von Mavis aus *Hotel Transsylvanien* abgesäbelt. Eine Zeit lang hatte sie sogar darauf bestanden, dass alle sie Mavis nannten. Die Therapeutin der Mädchen hatte mir versichert, das sei kein Grund zur Sorge und bedeute lediglich, dass sie sich mit der Figur der Mavis identifiziere, die ebenfalls ohne Mutter bei ihrem Vater lebte.

»Sind Sie sich auch wirklich sicher, dass es nicht bedeutet, dass sie ein Vampir ist?«, hatte ich gefragt. Felicity hatte zwar noch niemanden gebissen, aber sie war dazu übergegangen, bevorzugt Schwarz zu tragen, und hatte mich gefragt, ob ich ihr ein sargförmiges Bett bauen könne. So viel zum Thema Albträume.

Aber die Therapeutin hatte nur gelächelt. »Ganz sicher.«

Millie erschien im Nachthemd an meiner Schlafzimmertür. »Dad, ich brauche für den Ballettunterricht heute ein schwarzes Trikot, aber ich finde kein sauberes.«

»Verdammt. Hast du überall nachgesehen?«

»Ja. In meiner Schublade und in meinem Wäschekorb. Und das macht einen Vierteldollar für die Schimpfwortkasse.«

Ich verzog das Gesicht. Diese verfluchte Schimpfwortkasse würde mich noch in den Ruin treiben. »Hast du auch in den Trockner geschaut?«

»Jepp. Da ist auch keins.«

»Himmel, Arsch und Zwirn.«

»Das macht fünfzig Cent«, sagte Felicity.

Ich pikste sie in die Seite. »Wenigstens lernst du dank meiner Flüche besser rechnen. Millie, hast du in der Waschmaschine nachgesehen? Ich weiß, dass ich gestern eine Ladung dunkle Wäsche reingeworfen habe.« Was bedeutete, dass ich gestern Abend wahrscheinlich vergessen hatte, die Sachen in den Trockner zu tun, und sie heute noch mal waschen musste.

»Nein, in der Waschmaschine habe ich nicht nachgeschaut.«

»Um wie viel Uhr hast du noch mal Ballettunterricht?«

Millie verdrehte die Augen, eine pubertäre Attitüde, die ich langsam etwas leid wurde. »Zur selben Zeit wie immer. Um zehn.«

»Richtig.« Ich schaute auf die Digitaluhr auf meinem Nachttisch. Es war halb acht. »Okay, bis dahin habe ich ein Trikot für dich.«

»Und ich brauche auch noch etwas für den Kuchenbasar heute Nachmittag«, fügte sie hinzu.

»Was für ein Kuchenbasar?«

Ein weiteres Augenverdrehen, begleitet von einem Aufstampfen mit dem Fuß. »Daddy! Mit dem Kuchenstand wollen wir Geld sammeln, für die Reise in der achten Klasse nach Washington, D.C.! Das habe ich dir schon ungefähr hundertmal erzählt.«

Ich sprang aus dem Bett und zog meine Flanellschlafanzughose hoch. »Achte Klasse! Scheiße, Millie, du bist erst in der Sechsten. Diese Reise ist erst in zwei Jahren – kein Wunder, dass ich das unter ›Kann man getrost vergessen‹ abgespeichert habe.« Ich nahm ein US-Marine-Corps-Sweatshirt aus meiner Kommode und zog es über mein T-Shirt.

Dies trug mir einen tiefen Seufzer ein. »Das macht einen Dollar für die Kasse, Dad.«

»Nein, tut es nicht! Ich war erst bei fünfzig Cent.«

»Das S-Wort kostet einen ganzen Dollar, Daddy«, erinnerte Felicity mich.

»Oh, stimmt.« Ich hielt inne. »Weißt du was? Das ist es mir wert.«

»Also, was bringe ich für den Kuchenbasar mit?«, wollte Millie wissen.

»Keine Ahnung. Wir überlegen uns was.« *Irgendwann zwischen Wäschewaschen, dein Haar in einen Dutt fummeln, Essen machen, das eure Zähne nicht verfaulen lässt oder eure Gehirnzellen abtötet, dich rechtzeitig zum Ballett bringen, bei der Arbeit vorbeischauen, Geld in die Schimpfwortkasse werfen, dem Wocheneinkauf, jeder von euch genug Zeit und Aufmerksamkeit schenken, dass ihr euch geborgen und geliebt fühlt, und* – ich ging zum Fenster und sah hinaus – *den heute Nacht gefallenen Schnee wegschippen.*

Herrgott, es war erst Anfang Februar – heute war Murmeltiertag. Und es war bewölkt, was bedeutete, dass (zumindest der Legende zufolge) ein früher Frühling ins

Haus stand. Aber im Moment fühlte es sich an, als würde der Frühling *nie* hier ankommen. Die Winter im nördlichen Michigan waren lang und kalt, mit durchgehend grauem Himmel und knietiefem Schnee, aber dieses Jahr kam es mir besonders schlimm vor. Lag es daran, dass dies mein erster Winter als alleinerziehender Vater war?

Gemeinsam marschierten wir von meinem Schlafzimmer im ersten Stock nach unten in die Küche, wo ich mir Kaffee aufsetzte, für Felicity und Winifred Pfannkuchen aus dem Tiefkühlschrank holte und Millie ein Rührei machte. Sie saßen nebeneinander an der Frühstückstheke, die die Küche vom Esszimmer trennte. Früher war zwischen den beiden Räumen eine Wand gewesen, aber mein Freund Ryan Woods, der vorige Bewohner dieses Hauses, hatte die Küche umgebaut und sie moderner und offener gestaltet. Tatsächlich aßen wir fast nie am Esszimmertisch. Den benutzte ich überwiegend, um Wäsche zu falten.

»Die schmecken nach Eisfach«, sagte Felicity, betrachtete ihren Pfannkuchen und verzog das Gesicht. »Haben wir keine Muffins von Mrs Gardner mehr?«

»Die haben wir aufgegessen«, informierte ich sie, während ich Orangensaft in drei Gläser goss. Mrs Gardner war unsere vierundneunzigjährige Nachbarin, eine Witwe, die für uns alle zu einer Art Ersatzgroßmutter geworden war, seit wir letzten Sommer in dieses Haus gezogen waren. Sie backte für ihr Leben gern und brachte uns häufig ihre köstlichen Muffins oder Kekse, die nie lange überlebten. Als Gegenleistung erledigte ich bei gutem Wetter die Gartenarbeit für sie und räumte im Winter in ihrer Einfahrt und auf dem Weg vor ihrem Haus den Schnee. Die Mädchen jäteten Unkraut in ihren Beeten, brachten ihr die

Post ins Haus und malten ihr Bilder, die sie stolz an ihren Kühlschrank hängte.

»Wollt ihr eine Banane oder einen Apfel?«, fragte ich die Mädchen. Zumindest das Obst war frisch.

»Banane«, kam es von den beiden jüngeren.

»Apfel«, sagte Millie.

»Will irgendjemand Speck?«

Alle drei nickten begeistert. Bei Speck waren wir ausnahmsweise alle einer Meinung.

Ich nippte an meinem Kaffee und warf ein paar Speckstreifen in die Pfanne, dann lief ich in den Keller, um die Ladung dunkle Wäsche noch einmal zu waschen, die ich am Abend zuvor vergessen hatte. Da ich nun schon einmal hier unten war, holte ich eine Fuhre weiße Wäsche aus dem Trockner und legte sie in einen Korb, wobei ich bemerkte, dass alles einen eindeutig rosafarbenen Ton angenommen hatte. Im selben Moment entdeckte ich auch schon Winifreds rote Socke im Korb, mitten zwischen weißen Socken und weißer Unterwäsche.

Na toll. Genau das, was ich brauchte – rosa Socken.

Leise fluchend – wenigstens hörte mich diesmal niemand – ließ ich den Korb stehen und ging zurück in die Küche, wo ich die brutzelnden Speckstreifen wendete, noch mehr Kaffee in mich hineinkippte und zusah, wie sich Winifred Ahornsirup über den Mund schmierte. »Das ist Lippenstift«, verkündete sie stolz.

»Du schmierst ihn dir gerade in die Haare«, bemerkte Millie und rückte mit ihrem Barhocker von Winnie ab.

Eine Gabel landete laut klirrend auf dem Boden. Zwei Minuten später stieß jemand mit dem Ellbogen ein Glas um, und Saft rann über die Thekenkante an der Vorderseite eines Schranks herunter. Nachdem das wieder sauber gewischt war (und ich der Schimpfwortkasse weitere fünfzig Cent schuldete), überwachte ich gerade Felicity dabei, wie sie an unserer kleinen Kücheninsel ihre Banane in Scheiben schnitt, als die Küche sich mit Rauch füllte. Ich drehte das Gas unter dem Speck aus, nahm die Pfanne vom Kochfeld und öffnete das Fenster.

»Bäh, angebrannt«, sagte Millie.

Ich schloss die Augen und holte Luft.

»Ist schon gut, Daddy«, warf Felicity ein. »Ich mag schwarzen Speck.«

Winifred hustete, und ich öffnete ein Auge und sah sie an. »Du erstickst doch nicht, oder?«

Sie schüttelte den Kopf und griff nach ihrem Saft.

»Gut. Ersticken ist nicht erlaubt.« Ich schob die zu ausgiebig gebratenen Speckstreifen auf ein paar Küchentücher. »Dann essen wir unseren Speck heute Morgen wohl extrakross, Mädels. Tut mir leid.«

»Oh, Daddy, ich hab ganz vergessen, es dir zu erzählen. Millie hat meine Brille kaputt gemacht«, verkündete Felicity, die inzwischen mit ihrer klein geschnittenen Banane wieder auf ihrem Platz an der Theke saß.

»Hab ich gar nicht!«

»Hast du doch. Du hast dich draufgesetzt.«

Millie sah sie finster an. »Vielleicht hättest du sie nicht auf der Couch liegen lassen sollen.«

»Vielleicht solltest du schauen, wo du dich mit deinem dicken Hintern hinsetzt.«

»Ich habe keinen dicken Hintern! Daddy, Felicity hat gesagt, mein Hintern ist dick!«

»Niemand in diesem Haus hat einen dicken Hintern«,

sagte ich und stellte den extrakrossen Speck vor sie hin. »Jetzt esst euer Frühstück. Felicity, ich sehe mir deine Brille gleich mal an.«

Es gelang mir, alle dazu zu bringen, etwas zu essen, Felicitys Brille zu reparieren, die Küche sauber zu machen, ein wenig Wäsche zusammenzulegen, mich anzuziehen, meine und Mrs Gardners Einfahrt freizuschaufeln und meinen SUV rechtzeitig in Gang zu bringen, damit ich Millie zum Ballett fahren konnte – mit Müh und Not.

»Okay, los geht's«, rief ich von der Haustür aus.

»Aber mein Haar ist nicht frisiert«, protestierte Millie, die gerade in ihrem schwarzen Trikot und ihrer rosa Strumpfhose die Treppe herunterkam. Ihr blondes Haar war tatsächlich immer noch ein einziges Durcheinander.

»Und Winnie ist noch nicht angezogen«, vermeldete Felicity von der Couch im Wohnzimmer, wo sie auf ihrem iPad spielte.

Ich sah zu Winifred, die in ihrem Hufflepuff-Schlafanzug auf dem Boden lag und sich einen Zeichentrickfilm ansah. »Dafür haben wir jetzt keine Zeit. Winnie, zieh deine Stiefel und deinen Mantel über deinen Schlafanzug. Felicity, mach dich fertig und sorg dafür, dass ihr eure Mützen und Handschuhe dabeihabt. Es ist eiskalt draußen.« Dann sah ich Millie an. »Geh und hol die Sachen für den Dutt. Ich verteile hier sonst überall Schnee, und ich hab keine Lust, das ganze Mistzeug extra wieder auszuziehen.«

Felicity zeigte mit dem Finger auf mich und rutschte von der Couch. »Das macht noch mal fünfzig Cent, Daddy.«

»Mist ist kein Schimpfwort«, wandte ich ein.

»Darf ich es in der Schule sagen?«

»Nein.«

»Dann ist es ein Schimpfwort.«

Ich seufzte tief. Gleich darauf kam Millie mit einer Bürste, einem Haargummi und einem Kästchen Haarnadeln die Treppe herunter. Fünf Minuten später war es mir gelungen, ihr dickes, honigblondes Haar zu einer Frisur zu bändigen, die einem Ballerina-Dutt ähnelte. Stirnrunzelnd betrachtete ich das Ergebnis. »Nicht mein bestes Werk heute, Mills. Das muss ich leider zugeben.«

»Mein Dutt ist immer der schlechteste von allen, Daddy. Die anderen Mädchen lachen schon darüber.«

Ein schweres Gewicht legte sich auf meine Brust. »Das tut mir leid. Ich gebe mir wirklich Mühe.«

»Wir sind fertig«, sagte Felicity. »Aber meine Stiefel sind so eng, dass ich kaum hineinkomme. Und Winnie kann nur einen Handschuh finden.«

Ich schloss für einen Moment die Augen und holte tief Luft. »Wir werden dir diese Woche neue Stiefel besorgen, und in dem Kasten da sind eine Million Handschuhe. Hol bitte einen davon.«

»Dann passt er aber nicht zu dem anderen.«

»Das ist egal. Beeil dich, deine Schwester kommt sonst zu spät.«

»Ich komme doch sowieso jede Woche zu spät«, murrte Millie und warf sich ihre Tasche über die Schulter. Als sie sich an mir vorbei durch die Tür zwängte, hielt ich sie am Ellbogen fest.

»Hey. Tut mir leid. Ich werde mich von jetzt an mehr anstrengen, dich pünktlich hinzubringen, okay?«

Sie nickte. »Okay.«

Ich ließ sie los, scheuchte Felicity in ihren zu kleinen Stiefeln zur Tür hinaus und zog Winnie einen x-beliebigen Fäustling über die Hand, bevor ich sie hochhob, nach draußen trat und die Tür hinter uns zuzog.

Ich hatte in den vergangenen neun Monaten wesentlich katastrophalere Vormittage erlebt, aber es hatte auch schon erfolgreichere gegeben – wenn auch nicht viele. Ich gab wirklich mein Bestes, aber verdammt noch mal, Millie hatte einen besseren Dutt verdient, Felicity verdiente passende Stiefel und Winifred einen Dad, der daran dachte, sie anzuziehen und ihr den Sirup aus dem Haar zu waschen, bevor er mit ihr das Haus verließ.

Und sie alle verdienten eine Mutter, die nicht einfach abhaute – sie hatte ihre Töchter in den vergangenen neun Monaten nur zweimal gesehen.

Was mich betraf, wäre ich mit einem Morgen nur für mich zufrieden gewesen. Einem einzigen Morgen, an dem ich nicht die Verantwortung für alle schultern musste, an dem ich mich wie ein Mann fühlte und nicht nur wie Daddy. Einem Morgen, an dem ich fluchen konnte, ohne Geld in ein Glas werfen zu müssen. Einfach um mich daran zu erinnern, dass es ein Leben jenseits von schmutziger Wäsche, Mittagessen und kleinen Mädchen gab. War es verwerflich, das zu wollen?

Wahrscheinlich.

Aber trotzdem.

Ein einziger Morgen. Das war alles, was ich mir wünschte.

# Kapitel 2

## Frannie

Unter dem Schuh der Braut klebte Toilettenpapier.

Ich stand an der Rezeption des *Cloverleigh Farms Inn*, das das Hochzeitspaar für das ganze Wochenende gebucht hatte, und sah sie aus dem WC in der Lobby kommen. Sie schleifte sechs oder sieben peinliche weiße Vierecke mit. Rasch trat ich hinter dem Tresen hervor und ging auf sie zu, bevor sie im Restaurant des Landhotels verschwinden konnte, in dem gerade die Hochzeitsfeier stattfand.

»Verzeihung, Mrs Radley?«

Die Braut, eine schlanke Frau in den Vierzigern mit kastanienbraunem Haar, drehte sich zu mir um und lächelte angesichts der Verwendung ihres neuen Familiennamens. »Das bin dann wohl ich, nicht wahr? Es wird noch eine Weile dauern, bis ich mich daran gewöhnt habe.«

Ich erwiderte ihr Lächeln. »Herzlichen Glückwunsch. Ähm, ich wollte Sie nur wissen lassen, dass Sie Toilettenpapier unterm Schuh hängen haben.«

Sie schaute auf ihre Füße, die unter dem knielangen Saum des elfenbeinfarbenen Schrägschnittkleides deutlich zu sehen waren. »Ach herrje. Vielen Dank – das wäre peinlich geworden.«

»Keine Ursache.«

Als sie sich nach dem Papier bückte, riss einer der Satin-Spaghettiträger ihres Kleides. Sie schnappte nach Luft, zog ihn hoch und hielt ihn fest. »Oh mein Gott, was für ein Schlamassel«, flüsterte sie. »Und gleich ist unser erster Tanz dran. Hilfe!«

»Keine Sorge«, beruhigte ich sie und nahm sie am Arm. »Kommen Sie mit. Das kriegen wir schon wieder hin.«

Ich stieß die Tür hinter der Rezeption auf und führte sie in den Flur mit den Büros der Verwaltung. Zuerst versuchte ich es bei meiner Mutter, aber die Tür war abgeschlossen. Als Nächstes ging ich zum Büro meiner Schwester April – sie war die Eventplanerin des Hotels und immer für Notfälle gewappnet. Gerade beaufsichtigte sie im Restaurant das Anrichten des Desserts, aber ihre Bürotür war nicht abgeschlossen.

Eine kurze Durchsuchung von Aprils Schreibtisch förderte allerdings nichts zutage, womit ich ein Kleid hätte flicken können, nicht mal eine Sicherheitsnadel. »Verflixt«, sagte ich und schaute zur unruhigen Braut hinüber. »Sie haben nicht zufällig Nadel und Faden in Ihrer Handtasche, oder?«

Mrs Radley schüttelte mit schuldbewusster Miene den Kopf. »Nein. Auf die Idee bin ich gar nicht gekommen.«

Ich schob Aprils oberste Schreibtischschublade wieder zu. »Okay, eine Idee hab ich noch, wo ich suchen kann, und wenn da nichts ist, laufe ich hoch in meine Wohnung und hole eine Sicherheitsnadel.«

»Oh, Sie wohnen hier?«

»Ja«, bestätigte ich und zog Aprils Bürotür zu. »Ich bin Frannie Sawyer. Meiner Familie gehört das *Cloverleigh Farms Inn.*«

»Ach du meine Güte, natürlich«, sagte sie und folgte

mir den Flur entlang. »James, mein Mann, spielt mit Ihrem Vater Golf. Und ich habe gestern Ihre Mutter kennengelernt. So wunderbare Menschen. Sie sind fünf Mädchen, nicht wahr? Welche davon sind Sie?«

»Ich bin die Jüngste. Okay. Probieren wir es hier mal.« Ich öffnete die letzte Tür auf der linken Seite und schaltete das Licht ein.

Als ich Macks Büro betrat, konnte ich ein leichtes Flattern in meinem Bauch nicht unterdrücken. Es roch nach ihm – eine maskuline Mischung aus Holz, Leder und Kohle. Es war vielleicht merkwürdig, aber ich hatte den Geruch von Eisenwarenläden immer geliebt, und genauso roch Macks Büro für mich. Wahrscheinlich lag es an meinen schönen Erinnerungen daran, wie ich als Kind mit meinem Dad in die Eisenwarenhandlung gegangen war und er mir anschließend immer ein Eis gekauft hatte.

Vielleicht war der Grund aber auch, dass Mack verdammt heiß war und ich ständig von ihm fantasierte. Schon möglich.

»Gehört das Büro Ihrem Dad?«, fragte Mrs Radley und schaute sich um, während ich zum Schreibtisch ging.

»Nein, das ist das Büro von Mack, unserem Finanzchef. Aber ich könnte mir vorstellen, dass er Nähzeug hat. Ich habe ihm aus Spaß welches zu Weihnachten geschenkt, denn ich musste ihm letztes Jahr zweimal einen Hemdknopf annähen, der ihm bei der Arbeit abgerissen war.«

Mit leichten Gewissensbissen, weil ich in seiner Abwesenheit in seinem Schreibtisch herumwühlte, zog ich die oberste Schublade auf: Bleistifte, Kulis, ein gelber Textmarker, eine herausgerissene Seite aus einem Disney-Ausmalbuch, wahrscheinlich von einer seiner Töchter, Post-it-

Zettel, Pfefferminzbonbons, seine Visitenkarten vom *Cloverleigh Farms Inn.* Für einen Moment abgelenkt, nahm ich eine der Karten in die Hand.

*Declan MacAllister, Finanzvorstand und Geschäftsführer.*

Ich vergaß immer, dass er eigentlich Declan hieß, da alle ihn Mack nannten, aber der Name gefiel mir. Manchmal flüsterte ich ihn sogar nachts in mein Kissen.

»Sind das seine Töchter?« Sie zeigte auf ein Foto auf dem Schreibtisch. Hinter mir auf dem Regal standen weitere Bilder von den Mädchen. Er war so ein aufopferungsvoller Dad. Ich wusste das aus erster Hand, weil ich, seit seine Frau ihn letztes Jahr verlassen hatte – sie musste verrückt sein –, Teilzeit-Kindermädchen bei der Familie war. Die Mädchen waren wirklich entzückend, klug und lieb.

Und Mack war einfach … alles.

»Ja«, bestätigte ich. »Sind sie nicht süß? Ah!« Ganz hinten in der Schublade fand ich das kleine Nähset, das ich ihm geschenkt hatte. Triumphierend hielt ich es in die Höhe und musste daran denken, wie er gelacht und sich mit einer Umarmung, von der ich mich immer noch nicht erholt hatte, bei mir bedankt hatte. Seine Brust war *so fest.*

Mrs Radley sah mich erleichtert an. »Gott sei Dank.«

Ich schnappte mir Macks Schere und trat hinter sie. »Okay, ich denke, ich schaffe das, ohne dass Sie das Kleid ausziehen müssen, aber versuchen Sie, sich möglichst wenig zu bewegen. Ich will Sie nicht stechen. Weißes oder gelbes Garn? Tut mir leid, Elfenbein ist in dem Set nicht dabei.«

»Weiß.« Sie stand ganz still, während ich den Faden einfädelte. »Ist er das?« Sie deutete auf ein gerahmtes Foto von Mack und seinen Töchtern, das ich beim Mitarbeiter-

Picknick im letzten Juni aufgenommen hatte. Winifred saß auf seinen Schultern, und die beiden anderen hingen an seinen kräftigen Oberarmen. Alle vier lachten in die Kamera. Ich erinnerte mich daran, wie dankbar Mack an dem Tag gewesen war, weil ich Basteln und Spiele für die Kinder organisiert und ihnen die ganzen guten Verstecke gezeigt hatte. Ich hatte ihnen erlaubt, barfuß im Bach zu waten, und sie in die Ställe mitgenommen, damit sie die Tiere streicheln konnten. Er hatte gesagt, er habe sie seit Monaten nicht mehr so glücklich gesehen, mir einen Arm um die Schultern gelegt und mich an sich gedrückt. (In meinen Fantasien entwickelte sich das rasch weiter, aber in Wirklichkeit hatte ich es bei einem »Gern geschehen« belassen.)

»Ja, genau«, sagte ich, während ich vorsichtig den Träger ihres Kleides wieder festnähte. »Das ist er.«

»Sehr attraktiv.«

»Ja.« Mein Herz schlug ein wenig schneller.

Sie lachte leise. »Das war ein sehr nachdrückliches Ja. Sind Sie beide ein Paar?«

*Nur in meinen Träumen.* Ich räusperte mich. »Nein.«

»Ist er verheiratet? Ich sehe keine Frau auf den Fotos.«

»Er war es. Jetzt ist er geschieden und alleinerziehender Dad.«

»Sind Sie verheiratet?«, fragte die Braut weiter.

Ich lachte. »Nein.«

»Freund?«

Ich schüttelte den Kopf.

Sie deutete auf das Foto von Mack und seinen Töchtern. »Ich wette, dieser Mann könnte irgendwann mal einen freien Samstagabend gebrauchen. Sie sollten ihn fragen, ob er mit Ihnen ausgeht.«

»Es ist wahrscheinlicher, dass er mich an einem Samstagabend als Babysitter engagiert«, antwortete ich trocken und machte einen Knoten in das Fadenende.

»Sind Sie denn so viel jünger als er?«

»Zehn Jahre. Ich bin siebenundzwanzig, und er ist siebenunddreißig.«

Sie machte eine wegwerfende Handbewegung. »Das ist doch gar nichts. James ist *zwölf* Jahre älter als ich. Das Alter ist nur eine Zahl.«

Vielleicht, aber ich war mir hundertprozentig sicher, dass Mack ein Kind vor sich sah, wenn er mich anschaute. Kein einziges Mal in den fünf Jahren, seit er hier arbeitete, hatte er mich auf irgendeine Weise erkennen lassen, dass es anders sein könnte, ungeachtet der Tatsache, dass ich kaum atmen konnte, wenn wir uns im selben Raum aufhielten.

Es war eine hoffnungslose Schwärmerei, und das war mir vollkommen klar.

Ich schnitt den Faden ab und überzeugte mich davon, dass von meinem Werk nichts zu sehen war. »Da wir gerade vom Bräutigam sprechen – wir sollten besser zusehen, dass Sie zum ersten Tanz zurück im Saal sind.«

»Sie haben recht. Ich habe nicht vor, ihn vom Haken zu lassen. Ihm graut vor dem Tanz.« Sie lachte und drehte sich zu mir um. »Wie sehe ich aus?«

»Wunderschön. Sie strahlen richtig.«

»Kein Lippenstift auf den Zähnen? Kein Weinfleck auf meinem Kleid?« Sie schaute auf ihre Schuhe. »Kein Toilettenpapier?«

Lachend schüttelte ich den Kopf. »So können Sie gehen.«

»Vielen, vielen Dank, Frannie.« Sie umarmte mich kurz. »Sie sind ein Schatz.«

»Gern geschehen. Geben Sie mir eine Sekunde, um die Sachen hier wegzuräumen, dann bringe ich Sie zurück.«

»Ich finde den Weg, keine Sorge.« Sie ging zur Tür. »Und ich sollte mich lieber beeilen – die Macarons auf dem Tisch mit den Desserts sahen köstlich aus. Nicht, dass sie alle weg sind, wenn ich dort ankomme.«

»Oh, die habe ich gemacht. Ich kann Ihnen jederzeit noch ein paar bringen, falls keine mehr da sein sollten.«

Mit offenem Mund drehte sie sich zu mir um. »Die haben *Sie* gemacht? Die sind wunderschön! Und absolut köstlich! Ich habe eins probiert, als wir das erste Mal hier waren – kein Scherz, das war einer der Gründe, warum ich unsere Hochzeit hier feiern wollte.«

Ich lächelte und wurde rot. »Das freut mich sehr.«

»Sie sind wirklich talentiert. Sind Sie Konditorin? Was um alles in der Welt machen Sie an der Rezeption?«

Ich schüttelte den Kopf. »Ich bin keine Konditorin. Aber ich habe von einem Konditor, der hier vor Jahren gearbeitet hat, einiges gelernt – *Jean-Gaspard.* Er war so freundlich, meine ständige Anwesenheit in der Küche und meine endlosen Fragen zu ertragen, und ich habe mir alles gemerkt, was er gesagt hat.«

Sie lachte. »Nun, es hat sich ausgezahlt. Bekommt man Ihre Sachen auch im Laden?«

»Nein. Nur hier.«

»Sie sollten sich damit unbedingt selbstständig machen!«

»Vielleicht mach ich das irgendwann«, sagte ich und schob die Nadel zurück in das Nähset.

»Worauf warten Sie?«, rief sie und warf die Hände in die Luft.

»Ich weiß es nicht. Darauf, dass der Blitz einschlägt?« Ich lachte verlegen. In Wahrheit hatte ich mir das schon tausendmal ausgemalt – nur ein ganz kleiner Laden, gesäumt von ein paar Glasvitrinen voller wunderschöner, bunter Macarons. Aber konnte ich mit so etwas Erfolg haben? Was, wenn es zu speziell war und die Touristen hier einfach nur Karamellbonbons und Eiscreme wollten? Was, wenn ich scheiterte und haufenweise Geld verlor? Ich hatte keinerlei Erfahrung oder Know-how, wenn es ums Geschäftliche ging – ich war nur ein Mädchen, das gern buk.

»Hören Sie, ich habe im Moment keine Visitenkarte bei mir, aber wenn ich aus Hawaii zurückkomme, schicke ich Ihnen eine. Ich bin im Bereich Gewerbeimmobilien tätig, und manchmal investiere ich auch in lokale Projekte – insbesondere in solche von Unternehmer*innen.* Wenn Sie jemals ausführlicher darüber reden wollen, lassen Sie es mich wissen. Dann könnte ich mich auch dafür erkenntlich zeigen, dass Sie mich auf meiner Hochzeit vor einer unendlichen Blamage gerettet haben.«

»Okay«, sagte ich, obwohl mir das nicht allzu realistisch erschien. »Vielen Dank.«

Sie grinste mich ein letztes Mal an, dann verschwand sie im Flur und ließ mich allein in Macks Büro zurück.

Ich packte das Nähset zusammen und legte es wieder neben seine Schere in die Schublade. Ich wusste, dass ich eigentlich zur Rezeption zurückgehen sollte, aber ich konnte der Versuchung nicht widerstehen, mir einen Moment Zeit zu nehmen und mich auf seinen Stuhl zu setzen. Also ließ ich mich auf das abgenutzte Leder sinken, legte die Arme auf die Armlehnen, schloss die Augen und atmete tief ein.

*Genau hier befindet sich jeden Tag sein Hintern. Es ist, als würde mein Po seinen berühren.*

»Frannie? Was machst du da?«

Ich riss die Augen auf und sah zur Tür, wo meine Schwester Chloe stand und mich anstarrte.

Ich sprang auf. »Gar nichts«, sagte ich schnell und kam hinter dem Schreibtisch hervor. »Ich habe nur nach etwas gesucht.«

»In Macks Büro?«

»Ja.« Ich schaltete das Licht aus, schob mich an ihr vorbei in den Flur und schloss die Tür hinter uns. »Der Braut war ein Träger an ihrem Kleid abgerissen, und wir brauchten Macks Nähzeug aus seinem Schreibtisch. Ich habe es in Ordnung gebracht.«

»Ja, ich habe sie gerade vorbeilaufen sehen.« Chloe schaute über ihre Schulter. »Sag mal, hast du Dad gesehen? Ist er heute Abend hier?«

»Vorhin war er da. Ist er nicht im Restaurant?« Ich ging bereits Richtung Rezeption.

»Nein. Vielleicht ist er schon zu Bett gegangen. Er ist in letzter Zeit immer so müde. Ich mache mir Sorgen um ihn.«

»Ich mir auch«, gab ich zu, öffnete die Tür am Ende des Flurs und ließ Chloe vorgehen. »Er sollte mal einen Gang runterschalten.«

»Finde ich auch. Ich wünschte, er würde mir erlauben …« Sie seufzte. »Aber das wird er niemals tun.«

»Was soll er dir erlauben?«

»Vergiss es. Gar nichts. Ich geh dann mal.«

»Okay. Nacht.« Ich sah zu, wie sie durch die Eingangstür verschwand, und kämpfte mit der Enttäuschung darüber, dass sie sich mir nicht anvertraut hatte. Aber das war nichts Neues – obwohl Chloe nur fünf Jahre älter war als ich, hatten wir kein besonders enges Verhältnis.

Das lag zum Teil vielleicht an all der Aufmerksamkeit, die ich als Kind wegen meines Herzproblems bekommen hatte. Sie war das Nesthäkchen gewesen, bis ich aufgetaucht war und jede Menge Zuwendung beansprucht hatte. Noch vor meinem zehnten Lebensjahr hatte ich insgesamt drei Operationen am offenen Herzen gebraucht. Vielleicht hatte man ihr einfach nicht genug Beachtung geschenkt.

Doch vielleicht lag es auch am Altersunterschied. Sie war immer gerade aus den Dingen herausgewachsen, wenn sie für mich wichtig wurden – Barbiepuppen, Freundschaftsbänder, Boybands. Unsere Interessen schienen sich nie zu überschneiden, und sie verschwand aufs College, bevor ich in die Highschool kam.

Ich wünschte mir oft, zwischen mir und Chloe wäre es anders – zwischen all meinen Geschwistern und mir, um genau zu sein. *Die Sawyer-Schwestern* nannten uns die Leute.

Da war Sylvia, die Älteste, die mit ihrem Mann und zwei Kindern in einem großen, wunderschönen Haus in der Nähe von Santa Barbara lebte. Ich hatte sie nie dort besucht, aber Sylvia postete immer jede Menge Fotos auf ihren Social-Media-Accounts, mit Hashtags wie #gesegnet und #meinleben und #dankbar. Alle meine Schwestern waren hübsch, aber ich hatte schon immer gefunden, dass Sylvia die Schillerndste von uns war. Ihr Mann Brett, ein Investmentbanker, war attraktiv und erfolgreich, sie hatten entzückende, kluge Kinder, und ihr Leben schien einfach perfekt. Deshalb kam es mir auch etwas seltsam vor, dass Sylvia auf keinem der Fotos, auf denen *sie* zu sehen war, lächelte.

April war fünfunddreißig und besaß eine Eigentumswohnung im Zentrum von Traverse City, nicht allzu weit entfernt vom *Cloverleigh*. Sie war nach dem College nach New York gegangen und hatte dort sieben Jahre lang gearbeitet. Danach war sie nach Hause gekommen, hatte sich als Eventplanerin betätigt und *Cloverleigh Farms* im Alleingang zu *der* Location für Luxushochzeiten in ländlicher Umgebung gemacht. Ihr Blick fürs Gestalterische und ihre Fähigkeit, Trends vorherzusehen und sich entsprechend anzupassen, waren unglaublich. Sie war Romantikerin wie ich, und Hochzeiten waren für sie das Größte, daher fand ich es irgendwie merkwürdig, dass sie nicht verheiratet war. Aber immer, wenn unsere Mutter versuchte, auf den Busch zu klopfen, zuckte April nur die Achseln und sagte, sie sei eben dem Richtigen noch nicht begegnet.

Meg, unsere mittlere Schwester, war dreiunddreißig und lebte in Washington, D.C. Sie war schon immer sehr leidenschaftlich gewesen und hatte ihre Ansichten immer vehement vertreten: vom Einsatz gegen Tierquälerei über Frauenrechte bis hin zum Kampf gegen Armut. Nach ihrem Jurastudium hatte sie einen Job bei der Amerikanischen Bürgerrechtsunion ACLU angenommen, arbeitete jetzt aber für einen US-Senator. Sie hatte so viel zu tun, dass sie nur selten mal nach Hause kam. Ich nahm an, dass sie immer noch mit ihrem Freund zusammenwohnte, irgendeinem hochrangigen Regierungsangestellten, aber ganz sicher war ich nicht.

Chloe, die ebenfalls in Traverse City lebte, kümmerte sich um das gesamte Marketing und die PR für das *Cloverleigh* und half bei den Weinproben. Sie war ehrgeizig, klug und kreativ, hatte ständig neue Ideen, und überhaupt riss sie sich den Arsch auf. Ich hatte den Eindruck, meine Mom und mein Dad bemerkten gar nicht, was sie täglich alles leistete. Manchmal fragte ich mich, ob es daran lag, dass Chloe als Jugendliche so schwierig gewesen war – trotzig, halsstarrig, eine uneinsichtige Regelbrecherin, die es liebte, ihre Grenzen auszutesten, und manchmal vergaß, nachzudenken, bevor sie sprach. Das totale Gegenteil von mir. Selbst als Erwachsene geriet sie häufig mit unseren Eltern aneinander und schien nie klein beizugeben. Ich wünschte mir oft, ich wäre ein bisschen mehr wie sie.

Ich wünschte mir oft, ich wäre ein bisschen mehr wie *irgendeine* von ihnen. Sylvia beneidete ich um ihre glückliche Ehe und ihre Familie, April um ihr Selbstbewusstsein und ihre kreative Ader, Meg um ihre feurige Leidenschaft und Chloe darum, dass sie so unbeirrt ihre Meinung vertrat … sie wirkten alle so furchtlos auf mich. Manchmal fühlte ich mich nur dem Namen nach wie eine Sawyer-Schwester. Schließlich war ich die *Einzige*, die nicht mal fürs College das Nest verlassen hatte.

Es lag nicht daran, dass ich nicht auch gern auf ein weiter entferntes College gegangen wäre, genau wie meine Schwestern. Vielmehr hatten meine Eltern, insbesondere meine Mutter, mich darin bestärkt, Kurse vor Ort zu besuchen, damit ich weiter zu Hause wohnen konnte. »So bist du in der Nähe von Ärzten, die du kennst«, hatte sie zu mir gesagt. »Und dann fühlst du dich auch wohler und bist weniger gestresst. Ich weiß, du glaubst, du würdest zurechtkommen, aber wozu ein unnötiges Risiko eingehen?«

Wie oft hatte ich diese Frage in meinem Leben schon gehört – tausend Mal? Eine Million Mal? Meine Mutter stellte sie mir immer, wenn ich etwas tat, womit *sie* sich unwohl fühlte. Und ich hätte ihr alle möglichen Antworten geben können.

*Weil ich erwachsen bin und meine eigenen Entscheidungen treffen will? Weil ich es satthabe, behandelt zu werden, als sei ich aus Porzellan? Weil ich nicht am Ende dastehen will mit null begangenen Fehlern und tausend Dingen, die ich bereue?*

Aber nichts davon hatte ich je ausgesprochen.

Natürlich wusste ich, dass meine Eltern mich nur so behüteten, weil sie mich liebten, und ich hatte wirklich keinen Grund, mich zu beschweren. Ich liebte die Farm und das Hotel und die nahe gelegene Kleinstadt Hadley Harbor – ich konnte mir wirklich nicht vorstellen, irgendwo anders zu leben. Ich hatte meine eigene Wohnung, in die ich mich zurückziehen konnte, und es fehlte mir an nichts. Mein Job an der Rezeption war nicht anstrengend, meine Arbeitszeiten ließen genügend Raum fürs Backen, und es gefiel mir, neue Menschen kennenzulernen, die Gäste zu begrüßen und ihnen alles zu zeigen, was wir zu bieten hatten. Ich kannte dieses Haus wie meine Westentasche.

Natürlich wäre es schön gewesen, ein paar mehr Freunde in meinem Alter zu haben, aber wir lebten in einer ländlichen Umgebung, in der es für junge Leute vor allem im Winter nicht besonders viele Angebote gab. Und weil ich wegen der ganzen Operationen und Krankenhausaufenthalte – von den Ängsten meiner Eltern, dass ich mich mit irgendwas anstecken könnte, ganz zu schweigen – ohnehin so viel Unterricht versäumte, hatte meine Mutter nach der zweiten Klasse beschlossen, mich zu Hause zu unterrichten, sodass ich auch keine besten Freundinnen von früher hatte, die ich anrufen konnte.

Aber immerhin hatte ich meine Eltern und meine Schwestern und die Menschen, mit denen ich zusammenarbeitete. In der Sommersaison, wenn unser kleines Hotel und die Stadt vor Touristen nur so wimmelten, hatte ich auch schon Affären gehabt und war *definitiv* nicht das unschuldige Lämmchen, für das meine Eltern mich hielten. Ja, manchmal fühlte ich mich etwas einsam, aber das war wahrscheinlich ein geringer Preis für ein so angenehmes Leben.

Trotzdem.

Ich schob eine Hand in die Tasche meiner schwarzen Arbeitshose und holte die Visitenkarte hervor, die ich zuvor dort hineingeschoben hatte.

*Declan MacAllister.*

Es wäre schön gewesen, jemanden zu haben, mit dem ich dieses Leben teilen konnte.

# Kapitel 3

Mack

Mein Wecker ging wie gewöhnlich um Viertel nach sechs, und ich sprang unter die Dusche. Um halb sieben war ich für die Arbeit angezogen und auf dem Weg nach oben, um die Mädchen zu wecken.

Ich hatte eine Weile gebraucht, aber mittlerweile bekam ich die morgendliche Routine an Schultagen tipptopp hin, und der heutige Tag lief mit geradezu militärischer Präzision ab.

Millie und Felicity duschten abends und legten sich vor dem Zubettgehen ihre Sachen heraus, sodass ich lediglich schauen musste, ob sie wirklich wach waren, bevor ich Winifred weckte. Sie brauchte manchmal länger, um richtig zu sich zu kommen, deshalb half ich ihr immer dabei, aus ihrem Schlafanzug heraus- und in ihre Schulsachen hineinzuschlüpfen. Wie ihre Schwestern legte sie sich ihre Kleidung am Abend vorher zurecht, sodass es für gewöhnlich ziemlich schnell ging, vor allem seit sie aufgehört hatte, wieder ins Bett zu machen.

Um Viertel vor sieben war ich unten, stellte das Frühstück auf den Tisch und schüttete Kaffee in mich hinein. Um sieben aßen die Mädchen, während ich ihnen einen Imbiss und Wasserflaschen einpackte und die Rinde von belegten Broten abschnitt, einmal Erdnussbutter und

Marmelade auf Vollkorn, einmal Mandelmus und Honig auf glutenfreiem Weißbrot. (Warum Millie immer noch darauf bestand, glutenfrei zu essen, kapierte ich nicht – das war ein Spleen ihrer Mutter gewesen. Half es ihr, sich ihrer Mom irgendwie näher zu fühlen?) Winnie würde nach der Vorschule zu Hause mit dem Babysitter essen.

Um Viertel nach sieben standen Rucksäcke und Stiefel in Reih und Glied an der Tür, und die Kinder putzten sich oben die Zähne. Um halb acht warteten wir dick eingemummelt an der Bushaltestelle. Um zwanzig vor acht hatte ich allen einen Abschiedskuss gegeben, ihnen versichert, dass ich sie liebte, und ihnen einen schönen Tag gewünscht. Der Ausdruck auf Millies Gesicht verriet mir, dass sie sich Zuneigungsbekundungen in der Öffentlichkeit nicht mehr viel länger gefallen lassen würde, aber ich hatte vor, sie so lange damit zu quälen wie möglich. Sie hatten keine Mutter und keine Großeltern in der Nähe (meine alten Herrschaften hatten sich vor Jahren nach Arizona zurückgezogen, und Carlas Eltern lebten in Georgia), und meine Schwester Jodie wohnte mit ihrer Familie zwei Stunden entfernt in Petoskey. Daher fiel mir die Aufgabe zu, dafür zu sorgen, dass diese Mädchen wussten, wie sehr sie geliebt wurden, und auch wenn ich fast alles verpfuschte, was ein alleinerziehender Vater überhaupt verpfuschen konnte: In diesem Punkt würde ich nicht versagen. Schließlich konnten sie nichts dafür, dass ihre Mutter und ich nicht miteinander ausgekommen waren.

Um acht befand ich mich auf dem Weg ins *Cloverleigh* und war verdammt zufrieden mit mir. Heute Morgen hatte niemand geweint, gestritten oder seinen Saft verschüttet. Niemand hatte mich in letzter Minute an eine nicht unterschriebene Erlaubnis erinnert oder an Geld, das ich zu überweisen vergessen hatte, oder mich gebeten, auf eine Exkursion mitzukommen, die ich nicht begleiten wollte, und ich war mir zu neunundneunzig Prozent sicher, dass sich alle die Zähne geputzt hatten. Ich war noch nicht dazu gekommen, Felicity neue Stiefel zu kaufen, aber immerhin hatte ich Winifreds verschwundenen Fäustling gefunden.

»Was bin ich doch für ein toller Kerl«, sagte ich zu mir selbst und nippte an einem Thermobecher mit einem Foto von einem Petoskey-Stein, auf dem die Aufschrift DAD, YOU ROCK prangte. Ein Weihnachtsgeschenk von Felicity.

Ich nahm noch einen Schluck aus dem Becher und erinnerte mich an meine Überraschung, als jedes der Mädchen mir ein perfekt eingewickeltes Präsent in mir unbekanntem Geschenkpapier überreicht hatte. Waren sie ohne mich losgezogen und hatten Geschenke gekauft?

Später hatte Felicity ausgeplaudert, dass Frannie Sawyer ihnen an einem der Babysitter-Nachmittage bei uns geholfen hatte, im Internet ein paar kleine Geschenke für mich auszusuchen. Sie hatte sie an ihre Adresse liefern lassen und sie dann mitgebracht, damit sie eingepackt und unter den Baum gelegt werden konnten. So war Frannie: immer bereit, für andere einzuspringen, und das stets mit einem Lächeln auf den Lippen. Letzten Sommer, als Carla uns verließ, hatte sie angeboten, ihre Stunden im Hotel zu reduzieren, um mir mit den Kindern zu helfen. Ich wäre vor Dankbarkeit beinahe auf die Knie gefallen. Sie war ein Gottesgeschenk.

Zu Weihnachten hatte ich die Kinder beauftragt, eine

Schachtel Pralinen für Frannie auszusuchen, die sie ihr bei der großen Weihnachtsfeier für die Belegschaft überreicht hatten. An dem Abend hatte sie mir auch das kleine Nähset gegeben, und ich hatte ein schlechtes Gewissen bekommen, weil ich die Karte zu der Schokolade nicht mit unterschrieben hatte.

An diesem Abend hatte sie noch hübscher ausgesehen als gewöhnlich, und so gut gerochen. Ich erinnerte mich daran, wie ich sie (zweifellos nach ein paar Gläsern Bier) impulsiv umarmt und darüber nachgedacht hatte, wie lange ich meine Arme nicht mehr um eine Frau gelegt oder eine Frau so eng an mich gedrückt hatte, dass ich den Duft ihres Halses wahrnehmen konnte. Ich hatte keine weiblichen Freunde außerhalb der Arbeit, und mit Sicherheit hatte ich keine Dates. Frannie so nah zu sein war ein Schock für meine Sinne gewesen, und ich hatte sie schnell wieder losgelassen, bevor mein Körper meine Gedanken verraten konnte, die in etwa lauteten: *Hey, ich weiß, du bist die Tochter vom Chef und die Babysitterin (außerdem sind meine Kinder ganz in der Nähe), aber du riechst toll, und du siehst perfekt aus in dem Kleid, und ich bin wiiiiirklich lange nicht mehr flachgelegt worden, also, was hältst du davon, wenn wir uns zum Vögeln in mein Büro schleichen? Ich verspreche auch, dass es schnell geht, wahrscheinlich beschämend schnell, und es wird auch überhaupt nicht peinlich werden, wenn wir uns dann am Montag bei der Arbeit wiedersehen. Vielen Dank.*

Später an diesem Abend hatte sie die Idee gehabt, mit den Kindern eine Fahrt im altmodischen Pferdeschlitten des *Cloverleigh* zu unternehmen. Es war ein aufgearbeiteter Portland-Schlitten mit einer roten, samtbezogenen Sitzbank, auf der wir fünf uns zusammengequetscht hatten, dicke Wolldecken über dem Schoß. Irgendwie war sie neben mir gelandet und wurde fest gegen mich gedrückt, und der Duft ihres Parfums und die Tatsache, dass ihr Bein direkt an meinem lag, hatten mir eingeheizt, obwohl unsere Nasen, Finger und Zehen ganz taub wurden vor Kälte.

Noch lange nachdem ich die Kinder nach Hause gebracht und ihnen gute Nacht gesagt hatte, hatte ich in meinem Bett gelegen und an Frannie gedacht. Ich konnte immer noch hören, wie sie mit den Mädchen lachte, sah ihre rosigen Wangen vor mir und die Schneeflocken, die auf ihrem langen gewellten Haar lagen. Ich hatte mir gewünscht, sie immer noch an meiner Seite zu haben. Wie lange war es her, dass ich mit einer warmen, weichen, sexy Frau im Dunkeln rumgemacht hatte?

Bevor ich etwas dagegen hatte tun können, war ich bereits fiebrig dabei gewesen, mir bei der Vorstellung, wie sie nackt unter mir lag, einen runterzuholen. Ihr Atem auf meinen Lippen. Ihre graugrünen Augen, die sich langsam schlossen. Ihre Hände, die sich ins Laken krallten. Ihr Stöhnen in meinem Ohr. Ich hatte mich deswegen so schuldig gefühlt, dass ich ihr bei unserer nächsten Begegnung kaum in die Augen hatte sehen können.

Was mich natürlich nicht daran hinderte, es immer wieder zu tun. Tatsächlich war sie irgendwie zu meiner Lieblingsfantasie geworden. Ich schüttelte den Kopf und trank den letzten Schluck aus meinem Becher. Was für ein armseliges Klischee: Der geschiedene Dad, der scharf auf den Babysitter war. Als würde ein Mädchen wie sie etwas mit einem Mann wie mir zu tun haben wollen – einem Kerl mit drei Kindern und einer verbitterten Ex-Frau.

Aber heute Morgen ging es mir gut.

Ich bog in die Einfahrt des *Cloverleigh*, stellte den Wagen auf dem mir zugewiesenen Parkplatz ab und betrat durch den Vordereingang das Hotel. Auf dem Weg in mein Büro kam ich an Frannie vorbei, die an der Rezeption saß.

*Vielleicht* hatte ich diesen Weg genau deshalb genommen. Es gab eine Hintertür, durch die man schneller zu den Verwaltungsbüros kam, aber Frannies Lächeln vermochte einen schlechten Morgen in einen guten und einen guten in einen großartigen zu verwandeln.

Genau so ein Lächeln schenkte sie mir nun, es ließ ihr ganzes Gesicht aufleuchten. Sie hatte mit einer Strähne ihres sandfarbenen Haares herumgespielt, aber als sie mich sah, ließ sie die Hände sinken. »Morgen, Mack.«

»Morgen, Frannie. Wie war dein Wochenende?«

»Ziemlich gut. Wir hatten eine Hochzeitsfeier.«

Ich blieb stehen, die Hand schon auf der Tür zum Flur. »Oh, stimmt. Wie ist es gelaufen?«

»Gut.« Sie nickte enthusiastisch. »Nur dass der Braut ein Träger ihres Kleids gerissen ist und ich das kleine Nähset benutzen musste, das ich dir geschenkt habe, um den Schaden zu beheben.« Mit einem Mal wirkte sie nervös. »Ich hoffe, das war in Ordnung.«

Ich lächelte beruhigend. »Kein Problem. Du kannst das Nähzeug jederzeit benutzen.«

»Danke.«

»Einen schönen Tag noch.« Ich drückte die Tür auf und verschwand gerade im Flur, als in meiner Tasche das Handy vibrierte.

»Hallo?«

»Hallo, Mack, hier ist Mrs Ingersoll.«

Miriam Ingersoll, eine verwitwete Freundin meiner Mutter, war mein zweiter Babysitter. Von Montag bis Mittwoch holte sie Winifred um halb zwölf von der Vorschule ab, erwartete die beiden älteren bei uns zu Hause, wenn sie von der Bushaltestelle kamen, und passte auf alle drei auf, bis ich zwischen fünf und sechs nach Hause kam. Donnerstags und freitags war das Frannies Job.

»Hi, Mrs Ingersoll. Alles in Ordnung?«, fragte ich.

»Ich fürchte, nein. Ich bin heute Morgen auf dem vereisten Gehweg gestürzt und habe mir ein Bein gebrochen.«

»Oh nein.« Ich fühlte mich wie ein Arschloch, weil ich sofort darüber nachdachte, was das für die Kinder und für mich bedeutete. Dann erinnerte ich mich an meine Manieren. »Geht es Ihnen gut?«

»Nicht so besonders. Ich bin jetzt im Krankenhaus, meine Tochter ist bei mir. Ich muss vielleicht operiert werden.«

Ich schloss die Augen und legte meine Umhängetasche mit meinem Laptop darin auf meinen Schreibtisch. »Tut mir leid, das zu hören.«

»Mir tut es leid, Mack. Was ist mit den Kindern?«

»Machen Sie sich um die drei keine Sorgen. Ich finde schon eine Lösung.«

»Sind Sie sicher? Ich könnte meine Tochter schicken, damit sie Winifred abholt. Sie ist gerade hier bei mir.«

In grimmiger Entschlossenheit presste ich die Lippen zusammen. »Nein, ist schon in Ordnung. Sie müssen sich jetzt darauf konzentrieren, wieder gesund zu werden. Bitten Sie Ihre Tochter, mich anzurufen, damit ich weiß, wie es Ihnen geht, okay?«

»Okay. Sagen Sie bitte auch den Kindern, dass es mir leidtut.«

»Kein Problem. Werden Sie bald wieder gesund.« Wir verabschiedeten uns, und ich ließ mich in meinen Stuhl sinken. »Scheiße.«

»Alles in Ordnung?«

Ich sah auf und entdeckte Henry DeSantis, den Winzer des *Cloverleigh*, der in der Tür zu meinem Büro stand. »Ja. Nein.« Ich legte das Handy beiseite und fuhr mir mit einer Hand übers Gesicht. »Mein Babysitter hat sich das Bein gebrochen und kann nicht Auto fahren. Ich muss mir überlegen, was ich heute Nachmittag mit meinen Kindern mache.«

»Tut mir leid. Das ist ja echt Mist.«

»Ich werde schon eine Lösung finden. Was gibt es?«

»Ich wollte einige Zahlen mit Ihnen besprechen, bevor wir uns wegen der Reparatur der Abfüllanlage oder der Anschaffung einer neuen mit Sawyer zusammensetzen.«

Ich runzelte die Stirn. Manchmal schien die Beförderung zum Finanzchef mehr Ärger mit sich zu bringen, als sie wert war. Aber ich konnte die Gehaltserhöhung gebrauchen, und ich schätzte die Herausforderung. Außerdem war es gut, mein betriebswirtschaftliches Studium tatsächlich mal zu nutzen. »Oh, richtig. Wann fängt die Besprechung an?«

»Um zehn.« Er hielt inne. »Soll ich einen neuen Termin ausmachen?«

»Nein, ich muss nur noch …«

»Morgen, Henry! Hey, Mack.« Chloe Sawyer schlüpfte

an DeSantis vorbei und schob sich in mein Büro. »Hast du eine Sekunde?«

»Tatsächlich muss ich …«

»Ich wollte mit dir über die Idee mit der Destillerie sprechen, die ich letzte Woche schon mal erwähnt habe. Ich versuche schon die ganze Zeit, meinen Dad dazu zu bringen, mit mir darüber zu reden, aber ich schwöre bei Gott, dass er mir aus dem Weg geht.«

»Ja, so was tun wir Väter, wenn wir wissen, dass unsere Töchter uns um Dinge bitten wollen, die wir uns nicht leisten können.« Ich griff nach meinem Becher und stellte fest, dass er leer war. »Ich brauche mehr Kaffee. Vorzugsweise mit etwas Whiskey darin.«

Chloe lachte. »Wenn wir eine Destillerie vor Ort hätten, könnte ich dir welchen besorgen. Hast du heute irgendwie einen schlechten Tag?«

»Schon, ja. Mein Babysitter ist ausgefallen, und ich muss Ersatz finden, bevor Winifred um halb zwölf aus der Vorschule kommt.«

»Lass Frannie sie doch abholen.«

»Frannie arbeitet heute. Ich will ihr das nicht zumuten.«

Chloe verdrehte die Augen. »Sie sitzt an der *Rezeption.* An einem *Montag*morgen. Im *Februar.* Es ist nicht so, als hätte sie viel zu tun. Ich bin mir sicher, dass Mom für sie einspringen kann.«

»Ich komme dann später wieder, Mack«, sagte DeSantis, während er sich rückwärts aus meinem Büro schob. »Wenn Sie Zeit haben, wunderbar. Wenn nicht, auch nicht schlimm.«

Ich warf ihm einen dankbaren Blick zu. DeSantis war

ein feiner Kerl. »Ich werde mir die Zeit nehmen. Geben Sie mir dreißig Minuten, um ein paar Telefonanrufe zu tätigen und die Kinder unterzubringen.«

»Ich hole dir einen Kaffee«, schlug Chloe vor.

»Danke.« Ich griff wieder nach meinem Telefon. Wen konnte ich bitten, mir aus der Klemme zu helfen? Einige Freundinnen meiner Mutter wohnten noch hier, aber ich hatte von keiner von ihnen die Nummer. Mrs Gardner von nebenan war eine Möglichkeit, obwohl ich mir nicht sicher war, ob ich wollte, dass sie in ihrem Alter meine Kinder bei Schnee und Eis herumkutschierte. Während ich immer noch dasaß und stirnrunzelnd mein Telefon betrachtete, hörte ich eine Stimme.

»Klopf, klopf.«

Ich schaute auf und sah Frannie mit einem dampfenden Becher Kaffee in mein Büro kommen. »Bitte schön«, sagte sie und stellte ihn auf meinen Schreibtisch.

»Vielen Dank.«

»Chloe meinte, du brauchst jemanden, der heute Nachmittag auf dic Kinder aufpasst?«

»Ja, genau.« Ich runzelte die Stirn. »Mrs Ingersoll hat sich ein Bein gebrochen und kann nicht Auto fahren.«

Frannie zuckte die Achseln und schob die Hände in ihre Gesäßtaschen. »Ich kann es machen.«

»Was ist mit der Rezeption?«

»Ich habe nur bis eins Dienst, und meine Mom arbeitet ebenfalls. So viel haben wir heute nicht zu tun. Ich muss noch ein paar Social-Media-Sachen erledigen, aber das ist nicht so dringend.« Sie zuckte die Achseln. »Es macht mir nichts aus, wirklich.«

»Bist du ganz sicher?«, fragte ich langsam. »Ich habe

versucht, jemand zu finden, der einspringen könnte, aber bisher hatte ich kein Glück. Ich könnte Winifred sogar schnell selbst abholen und mit herbringen, sodass du nicht so früh von der Rezeption wegmüsstest.«

»Das wäre perfekt. Ich mach ihr dann mittags hier etwas zu essen, und dann fahren wir rechtzeitig zu euch nach Hause, um da zu sein, wenn Millie und Felicity aus der Schule kommen.«

Ich griff nach dem Becher mit heißem Kaffee und betrachtete Frannie, halb darauf gefasst, dass ihr Flügel und ein Heiligenschein wuchsen und sie davonschwebte. »Du bist ein Schatz. Ich stehe in deiner Schuld.«

Ihre Wangen wurden rosig. »Das ist doch nicht der Rede wert.«

»Und ob es das ist. Danke, Frannie.«

Sie errötete noch heftiger und lächelte mir noch einmal zu, ehe sie mein Büro verließ.

Ich versuchte, nicht auf ihren Hintern zu schauen, als sie ging, aber ihre schwarze Hose war ziemlich eng, und sie hatte die Bluse in den Hosenbund gesteckt. Sie hatte eine fantastische Figur – sehr zierlich, aber mit tollen Kurven.

Wieder allein, machte ich mich an die Arbeit, aber Frannies Lächeln ging mir während des gesamten Vormittags nicht mehr aus dem Kopf. Und ihre rosigen Wangen. Und ihr süßer kleiner Hintern.

Mein Gott, was stimmte nicht mit mir? Sie war praktisch noch ein Kind, noch keine dreißig Jahre alt, während ich bereits auf die vierzig zuging. Und sie hatte so eine unschuldige Ausstrahlung, bei der ich mich noch mieser fühlte … doch zugleich machte es sie nur noch reizvoller.

*Verdammt noch mal. Hör auf damit, du Perversling. Sie tut dir einen Riesengefallen und hat es nicht verdient, dass du bei ihrem Anblick anfängst zu sabbern wie ein halb verhungerter Hund. Es ist nicht ihr Problem, dass du seit über einem Jahr keinen Sex hattest.*

Um die Wahrheit zu sagen – ich konnte mich nicht einmal mehr daran *erinnern,* wann Carla und ich es das letzte Mal getan hatten. Der Sex war schon länger so langweilig gewesen, so distanziert und routiniert, dass sich gegen Ende keiner von uns mehr die Mühe gemacht hatte, die Initiative zu ergreifen.

Aber deshalb war es noch lange nicht in Ordnung, bei Frannie derart in Erregung zu geraten. Selbst wenn sie den Eindruck machte, als könnte man im Bett verdammt viel Spaß mit ihr haben. Verspielt. Voller Energie. Darum bemüht, einem jeden Wunsch zu erfüllen.

*Herrgott, MacAllister. Es reicht.*

Wenn es je ein Mädchen gegeben hatte, das für mich tabu war, dann war es Frannie Sawyer. Ich rutschte auf meinem Stuhl herum, richtete den Schritt meiner Hose und verbannte sie aus meinen Gedanken.

# Kapitel 4

## Frannie

»Hi, Winnie!« Ich lächelte sie an, und beim Anblick von Mack, der die in einem Fäustling steckende Hand seiner kleinen Tochter hielt, während sie durch die Lobby gingen, fing mein Herz heftig an zu klopfen. »Wie war es in der Vorschule?«

»Gut«, sagte sie.

»Meine Güte, du wirst auch immer größer.« Meine Mutter schüttelte den Kopf, als Mack seine Tochter um den Tresen der Rezeption herumführte. »Bald bist du so groß wie Frannie!«

Ich stöhnte. »Ja, wahrscheinlich. Millie fehlen auch nur noch fünf Zentimeter.«

»Du bist eben klein, aber fein.« Mack zwinkerte mir zu, und mein Bauch fühlte sich an, als würde darin etwas aufflattern. Er hatte wunderschöne dunkelblaue Augen.

»Möchtest du mit nach oben in meine Wohnung kommen und mit mir zu Mittag essen, Winnie?«, fragte ich.

»Na klar!« Sie grinste glücklich.

»Wunderbar. Du kannst mir beim Kochen helfen.« Ich streckte ihr die Hand hin, und sie ließ die ihres Dads los, um nach meiner zu greifen. Dann schaute ich Mack an. »Kann ich dir irgendwas bringen? Ein Sandwich? Suppe?«

Er erwiderte schuldbewusst meinen Blick. »Ich werde wahrscheinlich die Mittagspause durcharbeiten.«

»Das sollten Sie aber nicht«, tadelte meine Mutter ihn. »Erlauben Sie Frannie doch, Ihnen etwas zu bringen.«

»Schon in Ordnung.« Er bedachte mich mit einem müden Lächeln und legte mir eine Hand auf die Schulter. »Aber trotzdem danke. Für alles. Du bist ein Engel.«

Er berührte mich. Und hatte mich einen Engel genannt. Fast hätte es mir die Sprache verschlagen. »Gern geschehen.«

Schnell drehte ich mich um und ging mit Winnie durch die Lobby zu der Treppe, die zu meiner Wohnung hinaufführte, damit er das törichte Grinsen in meinem Gesicht nicht sah.

Ich wohnte über der Garage des Hotels in einer Wohnung, die meine Mutter gern als die »alte Remise« bezeichnete, was sie größer und nobler klingen ließ, als sie tatsächlich war. »Hast du gehört, dass Mrs Ingersoll sich ein Bein gebrochen hat?«, fragte ich Winnie.

»Ja«, sagte sie, während sie neben mir die Treppe hinaufstieg. »Wie fühlt es sich an, wenn man sich ein Bein bricht?«

»Keine Ahnung.« Ich schloss die Wohnungstür auf. »Ich habe mir noch nie etwas gebrochen.«

»Ich auch nicht«, verkündete sie, und wir traten ein.

Meine Wohnung war nicht sehr groß, aber für mich völlig ausreichend. Schlafzimmer und Bad befanden sich auf der rechten Seite, und die Küche ging direkt ins Wohnzimmer über. Ich hatte sogar einen kleinen Kamin, den ich liebte, und mein riesiges Sofa war irre bequem.

»Musst du mal?«, fragte ich Winnie.

Sie streifte ihren Rucksack von den Schultern und warf ihn auf den Boden. »Nein. Wohnst du hier?«

»Ja. Gefällt es dir?«

Sie nickte. »Es sieht wie eine Puppenstube aus.«

Ich lachte. »Es ist tatsächlich eine Art Puppenstube. Ein wenig größer vielleicht, aber nicht viel. Hast du Hunger?«

»Ja.«

»Ich auch. Mal sehen, was wir finden können.«

In der Küche öffneten Winnie und ich meinen Kühlschrank und nahmen einen großen Behälter mit Hühnernudelsuppe heraus, die ich am Wochenende gekocht hatte. In meiner kleinen Speisekammer entdeckte sie noch eine Packung Ritz-Cracker und zählte für jeden von uns vier Stück ab, während ich einen Apfel wusch und kleinschnitt.

Als alles fertig war, setzten wir uns nebeneinander an die Theke. Während wir aßen, fragte ich Winnie nach der Schule und nach ihren Schwestern, und wie gewöhnlich schmuggelte ich ein oder zwei Fragen über ihren Dad ins Gespräch. Auf diese Weise hatte ich bereits erfahren, dass er kein sehr guter Koch war und sie häufig Chicken Nuggets und Fischstäbchen zum Abendessen aßen, dass er nie sauer wurde, wenn Winnie ins Bett machte, und dass er ganz gut Haare kämmen konnte, aber bei Frisuren jämmerlich versagte. Heute erfuhr ich, dass er am Wochenende die weißen Socken der ganzen Familie rosa verfärbt hatte, selbst seine eigenen.

Ich lachte. »Ist etwas Rotes in die weiße Wäsche geraten?«

Sie schlürfte ihre Suppe. »Keine Ahnung.«

Nach dem Mittagessen fragte ich Winnie, ob sie schon mal ein Macaron gegessen habe.

»Was ist das denn?«, erkundigte sie sich und wischte sich mit dem Ärmel den Mund ab.

Ich keuchte in gespieltem Entsetzen auf, erhob mich und stellte unsere Suppenteller ineinander. »Was Macarons sind? Willst du damit sagen, du hast noch nie eins gegessen?«

»Nein.« Sie lächelte und fragte hoffnungsvoll: »Ist das eine Süßigkeit?«

»Ach, nur die schönste, ausgefallenste Süßigkeit aller Zeiten!« Ich trug unser Geschirr zum Spülbecken und schnappte mir die Schachtel mit Gebäck, die auf der Theke stand. Darin befanden sich noch ein paar Macarons, die ich während der Vorbereitungen für die Hochzeit der Radleys am Samstag beiseitegestellt hatte. Ich hatte welche mit Haselnuss, mit weißer Schokolade und mit Rosenwassercreme. »Schau mal hier rein.«

Ich stellte die Schachtel vor Winnie hin, und sie beugte sich vor, um hineinzuspähen. »Ooooh! Darf ich eins?«

»Na klar. Welches hättest du denn gern?«

»Ein pinkes«, entschied sie und deutete auf die Macarons mit Rosenwassercreme.

»Gute Wahl.« Ich nahm ein Macaron aus der Schachtel und legte es für Winnie auf einen Teller. Für mich selbst legte ich eins mit weißer Schokolade daneben.

»Hast du die gemacht?«, fragte Winnie.

»Ganz genau. Ich kann ungefähr zwanzig verschiedene Farben und Geschmacksrichtungen machen, und ich probiere ständig neue aus.«

»Wirklich? Kannst du auch goldene machen? Das ist

die Hufflepuff-Farbe.« Sie zog die Beine auf dem Hocker unter sich und griff nach dem rosafarbenen Macaron.

»Ja. Das sind Zitronen-Macarons, noch eine Lieblingssorte von mir.« Ich nahm einen kleinen Bissen von meinem Weiße-Schokolade-Macaron und dachte nicht zum ersten Mal darüber nach, was Mrs Radley mir am Samstagabend in Bezug auf meinen eigenen Laden gesagt hatte. Ihr Angebot, mit ihr über diese Möglichkeit zu sprechen, war mir seitdem hundertmal durch den Kopf gegangen. Ich hoffte, dass sie sich bei mir melden würde.

Winnie schlang ihr Macaron herunter und leckte sich die Finger. »Mmh. Kannst du mir beibringen, wie man sie macht?«

»Nun, das ist ein bisschen kompliziert und braucht viel Übung. Aber wir können daran arbeiten. Ich sag dir was – wenn du lieb bist und dich ein wenig ausruhst, nachdem du dein Macaron aufgegessen hast, backen wir heute Nachmittag, wenn deine Schwestern aus der Schule kommen, bei euch zu Hause ein paar Zitronen-Macarons, okay?«

Sie nickte eifrig und mit vollem Mund. »Darf ich mir beim Ausruhen *Sofia die Erste* ansehen?«

»Na klar«, stimmte ich zu. »Ich suche den Film für dich in meinem Fernseher raus. Und ich habe da eine wirklich flauschige Decke, die du nehmen kannst. Sie ist so weich wie eine Wolke.«

Ihr Gesicht leuchtete auf. »Okay.«

Nur wenige Minuten später hatte sie sich auch schon in meine weiße Kunstfelldecke gekuschelt, und ihre Lider schlossen sich fast sofort. Ich saß mit meinem Handy am anderen Ende des Sofas und postete ein paar Kleinigkeiten auf den Social-Media-Seiten des *Cloverleigh* – eine Grafik auf Facebook, die ein bevorstehendes Weindinner bewarb, das Chloe und Henry DeSantis geplant hatten, ein Foto bei Instagram, das ich am Wochenende bei der Hochzeit gemacht hatte, und in einem Tweet gratulierte ich Mr und Mrs Radley und schickte ein Foto von ihrer Zeremonie mit.

Zu guter Letzt antwortete ich auf direkte Nachrichten einiger zukünftiger Bräute, beantwortete ihre Fragen, so gut ich konnte, und leitete Aprils Informationen weiter, wenn sie nach Einzelheiten bezüglich Verfügbarkeit oder Preisen fragten. Ich war fast fertig, da bekam ich eine Nachricht von Mack.

Wie läuft's?

Großartig. Sie liegt auf meiner Couch und schläft tief und fest.

Ich machte schnell ein Foto von ihr und schickte es ihm.

Toll. Ich bin neidisch.

Ich lächelte und stellte mir vor, wie er in diese flauschige, weiße Decke eingewickelt auf meinem Sofa lag. Dann zog es mir den Magen zusammen – wie es wohl wäre, an einem Winternachmittag so mit ihm da zu liegen, in seinen Armen, während draußen vor den Fenstern sanft der Schnee fiel und die Hitze zwischen unseren Körpern uns wärmte …

*Oh mein Gott. Hör auf damit.*

Ich zwang mich zur Ruhe und tippte etwas Angemesseneres.

Hast du etwas zu Mittag gegessen?

Noch nicht.

Ich habe selbstgekochte Hühnersuppe, wenn du welche willst. Komm doch rauf.

Die drei Punkte erschienen, und während sie abwechselnd auftauchten und wieder verschwanden, hielt ich den Atem an. Ich bot immer an, Abendessen zu kochen, wenn ich donnerstags und freitags auf die Kinder aufpasste, aber nie nahm er das Angebot an, weshalb ich fest damit rechnete, dass er auch das Mittagessen ablehnen würde.

Das klingt wirklich gut, aber ich gehe hier in Arbeit fast unter.

Ich wärme dir etwas Suppe in einem Behälter auf. Den kannst du mitnehmen.

Du führst mich in Versuchung ...

LOL. Frag meine Mom, wie du hier hochkommst. Ich mache die Suppe heiß!

Er brauchte eine Minute für seine Antwort, aber dann stimmte er zu.

Ich hätte fast aufgequietscht. Er kam hoch in meine

Wohnung! Das hatte er noch nie getan! Ich legte das Handy beiseite, lief in die Küche, schöpfte etwas Suppe in einen Plastikbehälter und schob ihn in die Mikrowelle. Dann lief ich ins Bad und blickte in den Spiegel über dem Waschbecken. Ich trug noch immer meine Arbeitskleidung: dunkelgrüne *Cloverleigh*-Bluse und schwarze Hose. Daran ließ sich so schnell nichts mehr ändern, aber ich zupfte rasch mein Haar zurecht und legte noch eine Schicht Mascara auf. In letzter Sekunde sprühte ich mir ein wenig Parfum auf ein Handgelenk und rieb es an dem anderen.

*Du führst mich in Versuchung …*

Wenn es doch so gewesen wäre! Gott, was hätte ich nicht darum gegeben, die Art Frau zu sein, die ihn *wirklich* in Versuchung führen könnte.

Die Mikrowelle piepste, und ich ging wieder in die Küche, nahm die Suppe heraus, rührte sie um und drückte den Deckel zu. In eine zweite kleine Dose legte ich eine Handvoll Cracker und zwei Macarons, dann steckte ich alles mit einem Löffel und ein paar Servietten in eine braue Papiertüte.

Eine Minute später hörte ich ein dreimaliges leises Klopfen an meiner Tür, das ein Echo in drei festen Schlägen in meiner Brust fand. Während ich langsam ein- und ausatmete, legte ich die Hand auf den Türknauf.

»Hi«, sagte er leise, ein verschämtes Grinsen auf dem Gesicht. »Ich habe gehört, dass du heute die Hungrigen speist.«

Ich lächelte und war davon überzeugt, dass er hören konnte, wie mein Herz gegen die Rippen donnerte. »Komm doch rein.«

Er trat in meine Wohnung und sah sich um, die Hände in den Taschen. »Schön hast du es hier.«

»Danke. Die Wohnung ist klein, aber sie gefällt mir. Winnie liegt auf dem Sofa, falls du nach ihr sehen möchtest.« Ich deutete mit dem Kopf hinter mich.

»Okay.« Während er zum Sofa ging, stellte ich die braune Tüte mit seinem Mittagessen auf die Küchentheke. Nach einem kurzen Blick auf seine Tochter drehte er sich lächelnd zu mir um. »Wenn sie doch nur immer so süß wären, nicht wahr?«

»Deine Mädels sind immer sehr süß.« Ich reichte ihm die Tüte, wobei ich sie mit einer Hand von unten abstützte und sie mit der anderen an den Griffen festhielt. »Bitte schön. Vorsicht.«

»Vielen Dank.« Er nahm die Tüte entgegen, und unsere Hände berührten sich. »Ich weiß das wirklich zu schätzen.«

»Kein Problem. Wenn die Suppe dir schmeckt, kann ich dir das Rezept geben. Sie ist ganz einfach zu machen.«

Er schüttelte den Kopf. »Du weißt nicht, mit wem du hier redest. Frag meine Kinder, sie können dir sagen, was für ein fürchterlicher Koch ich bin.«

Ich konnte mir ein Lächeln nicht verkneifen. »Diese Information haben sie mir schon von sich aus zukommen lassen.«

»Tatsächlich?« Er kicherte. »Die kleinen Biester.«

»Du brauchst dich deswegen nicht schlecht zu fühlen. Wenn ich so viel um die Ohren hätte wie du, könnte ich wahrscheinlich auch nicht kochen.«

»Ich rede mir immer wieder ein, dass ich es noch lernen werde, aber ich sollte mir wohl wirklich mehr Mühe geben«, seufzte er. »Noch mal vielen Dank für alles. Ich weiß nicht, was ich ohne dich machen würde. Ganz im Ernst.«

»Keine Ursache.« Ich folgte ihm zur Tür und wäre dabei am liebsten gehüpft. »Ich fahre dann zu euch nach Hause, wenn sie aufwacht.«

»Perfekt. Gott, riecht das gut.« Er schnupperte an der Tüte. »Du solltest aufpassen, dass du mich nicht zu sehr verwöhnst, sonst lungere ich am Ende noch ständig wie ein streunender Hund vor deiner Tür herum.«

Ich lachte. »Ich hätte nichts dagegen.«

Er schenkte mir ein jungenhaftes Grinsen, das mich innerlich dahinschmelzen ließ, und verschwand im Flur.

Zwanzig Minuten später klopfte mein Herz immer noch wie verrückt.

»Was hat dich denn so zum Lächeln gebracht?«, fragte meine Mutter, als Winnie und ich die Treppe herunterkamen, um uns zu verabschieden.

»Ach, keine Ahnung«, antwortete ich leichthin und blickte dem kleinen Mädchen hinterher, das den Flur entlang zum Büro ihres Dads flitzte.

»Frannie Sawyer, du bist eine schrecklich schlechte Lügnerin.« Sie verschränkte die Arme vor der Brust. »Was geht in deinem hübschen Kopf vor?«

Ich konnte ihr ja wohl kaum erzählen, wie glücklich es mich gemacht hatte, Mack ein Mittagessen mitzugeben, daher beschloss ich, ihr anzuvertrauen, was Mrs Radley vorgeschlagen hatte.

»Erinnerst du dich an die Braut vom letzten Wochenende? Sie hat mich auf eine Idee gebracht.« Dreißig Sekunden später bereute ich bereits, ihr davon erzählt zu haben.

»Ich weiß nicht, Frannie«, murmelte meine Mutter beunruhigt und schüttelte den Kopf. Dann schleuderte sie mir eine Million Fragen entgegen, ohne mir eine Chance zu einer Antwort zu geben. »Eine Bäckerei? Wo sollte die sein? Wer würde sie betreiben?«

»Ich würde das tun.«

»Mach dich nicht lächerlich. Ein eigenes Geschäft zu betreiben wäre für dich viel zu anstrengend und stressig. Du hast nicht die geringste Ahnung von so etwas.«

»Ich könnte es lernen«, empörte ich mich.

»Aber wozu? Du hast hier bereits einen Job. Und deine Macarons sind bei Hochzeiten sehr beliebt.«

»Es wäre schön, ausnahmsweise mal etwas Eigenes zu haben, Mom«, gab ich gereizt zurück. »Musst du diese Idee schon im Keim ersticken, bevor wir überhaupt richtig darüber gesprochen haben? So wie du alles im Keim erstickt hast, was ich je machen wollte?«

Sie sah mich gekränkt an. »Wovon sprichst du?«

»Es ist immer wieder die gleiche alte Leier. Keine Ahnung, wie ich glauben konnte, du könntest dich für mich freuen.«

»Frannie!«

»Es ist wahr, Mom. Ich wollte all die Dinge machen, die auch meine Schwestern gemacht haben, aber es hieß immer, nein, das geht nicht. Sport treiben. Aufs College gehen. Mit dem Rucksack durch Europa reisen. Ich habe noch nie das Land verlassen!«

Sie vergewisserte sich mit einem raschen Blick, dass kein Gast mein Geschrei hörte, dann reckte sie das Kinn vor. »Du kannst dich nicht mit deinen Schwestern vergleichen. Du warst anders, Frannie. Besonders. Dein Herz hat nun mal nicht so viel verkraftet.«

»Das trifft jetzt aber nicht mehr zu.«

»Das kannst du nicht wissen«, widersprach sie, und ihre Augen füllten sich mit Tränen. »Wir machen uns nur so viele Sorgen, weil wir dich lieben, Schätzchen. Du bist immer noch unser Baby, und …«

Stöhnend hob ich eine Hand und zog mit der anderen die Tür auf. »Das reicht. Es tut mir leid, dass ich es überhaupt angesprochen habe. Ich muss jetzt Winnie holen gehen.«

Immer noch kochend vor Wut ging ich durch den Flur zu Macks Büro.

# Kapitel 5

Mack

Ich verschlang das Mittagessen, das Frannie mir eingepackt hatte – jeden einzelnen Cracker-Krümel, jeden Löffel Suppe und jeden süßen Keksbrösel, was auch immer das für eine Sorte war. Ich hatte noch nie etwas so Außergewöhnliches und Köstliches gegessen. Tatsächlich schaute ich, als ich fertig war, immer wieder in die leere Papiertüte, in der Hoffnung, dass wie von Zauberhand noch mehr davon auftauchte.

Ich würde ihr diese Woche etwas extra zahlen, damit ich nicht das Gefühl hatte, ihre Großzügigkeit auszunutzen. Normalerweise hätte ich das Angebot, mir etwas zum Mittagessen einzupacken, abgelehnt, aber es war so ein kalter Tag, und selbst gekochte Hühnersuppe hatte sich einfach zu gut angehört. Wann hatte ich das letzte Mal Suppe gegessen, die nicht aus einer Dose kam?

Carla war nicht unbedingt eine gute Köchin gewesen, auch nicht, ehe das mit uns in die Brüche gegangen war, aber sie hatte besser gekocht als ich.

Das war allerdings keine Kunst.

Ich betrachtete das Foto der Mädchen auf meinem Schreibtisch und kämpfte gegen den kurzen Stich von Gewissensbissen an. Es war immer dann am schlimmsten, wenn ich mir Sorgen machte, dass ich nicht genug unternommen hatte, um meine Ehe zu kitten, mich nicht genug bemüht hatte, sie um der Kinder willen zu retten. Ein stets präsenter Stachel in meinem Herzen.

»Daddy!«

Als ich aufschaute, sah ich Winifred in mein Büro flitzen, schon zum Aufbruch bereit angezogen. »Hey du! Hast du gut geschlafen?«

»Ja.« Sie kletterte auf meinen Schoß, schlang mir die Arme um den Hals und erzählte mir alles über das Mittagessen, das sie gekocht hatten, die Kekse, die sie an diesem Nachmittag backen würden, und wie gut sie auf Frannies »Wolkendecke« geschlafen hatte.

Sie plapperte immer noch munter vor sich hin, als Frannie in der Tür erschien. Sie trug Schneestiefel, einen voluminösen weißen Wintermantel und eine bordeauxrote Mütze mit einem Fellbommel. Sie sah entzückend aus. Ich wünschte, sie hätte sich ebenfalls auf meinen Schoß gesetzt.

»Tut mir leid, meine Mom hat mich aufgehalten«, erklärte Frannie und zupfte an ihren Handschuhen. Sie klang nicht besonders glücklich.

»Alles in Ordnung? Ist es immer noch okay für dich, oder braucht sie dich hier?«

»Alles okay.« Aber ihr Gesichtsausdruck blieb angespannt.

»Ich glaube dir nicht.«

Sie seufzte und schüttelte den Kopf. »Manchmal treibt mich meine Mutter in den Wahnsinn.«

»Ja, das tut meine auch. Sie wissen einfach, wie sie einen auf die Palme bringen.« Ich wollte sie ein wenig aufmuntern, weil sie so niedergeschlagen wirkte. »Hey, tausend Dank für das Mittagessen. Es war köstlich.«

Der angespannte Gesichtsausdruck wich einem Lächeln. »Gern geschehen. Winnie hat es auch gut geschmeckt – sie hat zwei Teller Suppe gegessen. Und es war mir ernst, als ich gesagt habe, dass ich dir gern das Rezept gebe.«

Ich schaute Winnie an. »Was meinst du? Schaffe ich es, Hühnersuppe zu kochen?«

Kichernd schüttelte sie den Kopf. »Nie im Leben.«

Ich seufzte. »Aber ich muss euch gesünder ernähren. Ich sollte es zumindest versuchen.«

»Frannie hat gesagt, wir können heute Zitronenmakkaroni machen«, verkündete Winnie.

Frannie lachte und stemmte die Hände in die Hüften. »Macarons, keine Makkaroni. Nicht, dass *die* sehr gesund wären. Das waren die Kekse zu deinem Mittagessen«, fügte sie an mich gewandt hinzu. »Haben sie dir geschmeckt?«

»Ja. Ich habe immer wieder in die Tüte geschaut, ob nicht noch einer drin ist. Eigentlich bin ich kein Riesenfan von Süßem, aber diese Macarons waren köstlich. Nicht zu süß.«

»Wenn sie gut gemacht sind, sollten sie auch nicht zu süß sein. *Und*«, fügte sie mit einem Lächeln hinzu, »sie sind glutenfrei.«

»Vielen Dank. Hey, wie hast du so gut kochen und backen gelernt?«, fragte ich mit aufrichtiger Neugier.

Sie zuckte die Achseln. »Als ich klein war, habe ich eine Menge Zeit mit meiner Mom zu Hause verbracht. Sie hat immer dafür gesorgt, dass ich gesund esse, weil – nun, einfach so. Und die Winter hier oben sind lang. Kochen und backen haben einem die Zeit vertrieben.«

»Die Winter hier sind tatsächlich lang.« Ich schaute durch mein Bürofenster nach draußen. Noch fielen nur vereinzelte Schneeflocken vom Himmel, aber es hieß, im Lauf des Abends solle es stärker schneien. »Du solltest langsam aufbrechen. Die Straßenverhältnisse werden wahrscheinlich nicht besser.«

»Weißt du, wie viel Schnee wir heute Nacht bekommen?«, fragte sie. »Ich habe gehört, es sollen zwanzig bis fünfundzwanzig Zentimeter werden.«

*Ich würde dir heute Nacht auch gern zwanzig bis fünfundzwanzig Zentimeter geben*, dachte ich. Laut sagte ich: »Ich denke, das könnte stimmen, aber so *richtig* soll es erst gegen fünf oder sechs losgehen. Traust du dir zu, bei solchem Wetter zu fahren?«

»Aber klar. Das kriege ich hin. Mein Dad hat uns allen ausgiebigen Fahrunterricht bei Schneefall gegeben.«

»Das stimmt«, ertönte eine raue Männerstimme.

Ich schaute hoch und sah John Sawyers große, kräftige Gestalt hinter Frannie im Flur auftauchen. Er legte seiner Tochter einen Arm um den Hals und nahm sie in den Schwitzkasten.

»*Dad*«, beschwerte sie sich und zog an seinem Arm. »Hör auf damit.«

»Nie und nimmer.« Ohne sie loszulassen, sah er mich über ihre Schulter hinweg an. »Haben Sie Zeit, um ein paar Dinge zu besprechen?«

Ich nickte, küsste Winnie auf den Kopf und schob sie sanft von meinem Schoß. »Jepp. Sei brav, Winn. Wir sehen uns später.« An Sawyer gewandt fügte ich hinzu: »Ihre

Tochter hat mich gerettet, indem sie sich bereit erklärt hat, heute Nachmittag auf meine Kinder aufzupassen.«

»Sie ist eben eine gute Seele«, sagte Sawyer und drückte sie fest an sich.

»Danke, Dad. Jetzt lass mich los, bevor ich ersticke.«

Lachend gab Sawyer sie frei. »Sei vorsichtig da draußen. Und ruf mich an, wenn du später nicht mehr selbst nach Hause fahren willst. Dann hole ich dich ab.«

»Ich kann sie auch zurückbringen«, erbot ich mich. »Millie ist alt genug, um auf die beiden Kleinen aufzupassen. Oder ich packe sie mit in den Wagen.«

Sawyer rückte seine Jeans zurecht und bückte sich, um mit Winnie zu sprechen, die Hände auf den Knien. Bei der Arbeit trug er nie einen Anzug – er sagte, er sei vor allem Bauer und am glücklichsten, wenn er draußen in der Erde wühlte. »Und wie geht es dir, Mäuschen?«

»Gut.«

»Keine Schule heute?«

»Da war ich schon«, informierte sie ihn.

»Ah. Nun, wenn es so weiter schneit, brauchst du morgen vielleicht nicht hinzugehen.«

Ich stöhnte. »Beschreien Sie es nicht, Sawyer. Ich muss morgen arbeiten.«

»Ich kann jederzeit hier auf die Kinder aufpassen, wenn du sie mit zur Arbeit bringen willst«, bot Frannie an.

»Musst du denn nicht arbeiten?«, fragte ich.

»Das Hotel gehört meinen Eltern«, antwortete sie und stupste ihren Dad mit der Schulter an. »Ich glaube nicht, dass sie mich feuern, nur weil ich mir einen Tag freinehme. Und vielleicht könnten wir noch mal den Schlitten rausholen, Winnie. Hättest du dazu Lust?«

»Ja!«, rief Winifred.

»Wir sollten ein Schild aufstellen und Fahrten auf diesem Ding gegen Bezahlung anbieten«, sagte Sawyer. »Wahrscheinlich würden wir diese Woche ein Vermögen damit machen.«

»Dad!«, rief Frannie entrüstet. »Die Idee war, den Schlitten zur Unterhaltung für die Gäste anzuschaffen. Und für Hochzeiten.«

»Unterhaltung hat ihren Preis, oder nicht?«

Sie sah ihren Vater an und verdrehte die Augen. »Es geht nicht immer nur ums Geld, Dad.«

Sawyer schaute zu mir herüber und schüttelte den Kopf. »Meine Töchter treiben mich noch in den Ruin, Mack. Wenn nicht April mit ihrer beheizten Hochzeitsscheune, dann Chloe mit ihrer Destillerie oder Frannie, die alles umsonst hergeben will. Und das sind nur die drei, die hier wohnen!«

Ich lachte. »Frannie hat ein weiches Herz. Aber ich weiß genau, was Sie meinen – meine Töchter treiben mich ebenfalls in den Ruin. Voraussichtlich mit der Schimpfwortkasse.«

Frannie schnalzte mit der Zunge und griff nach Winifreds Hand. »Komm, Winnie. Das brauchen wir uns nicht anzuhören.«

»Tschüss«, rief ich, als sie Hand in Hand hinausgingen. »Vielen Dank!«

Frannie sah mich über die Schulter an und streckte mir die Zunge heraus. Aber dann zwinkerte sie mir zu, und in meinem Magen flatterte es.

Sawyer kam zu mir, setzte sich auf einen Stuhl vor dem Schreibtisch und fing an, über seine finanziellen Vorbehalte gegen den Kauf einer neuen Flaschenabfüllanlage zu sprechen. Außerdem fragte er mich, was ich von Chloes Idee mit der Destillerie hielt, und beschwerte sich darüber, dass seine Frau immer mit ihm schimpfte und ihm sagte, er solle kürzertreten und darüber nachdenken, sich zur Ruhe zu setzen.

Ich hörte ihm zu, aber in Wirklichkeit war ich in Gedanken bei Frannie. Kam sie damit klar, bei diesem Schnee Auto zu fahren? War es im Haus sauber genug, dass ich mich nicht schämen musste? Hatte ich meine zusammengelegten Unterhosen auf dem Esszimmertisch liegen lassen?

Im Lauf des Nachmittags wurde der Schneefall immer heftiger, und ich fragte mich die ganze Zeit, was wohl meine Lieben gerade taten. Waren die Mädchen mit ihren Hausaufgaben fertig? Hatte Millie Klavier geübt? Hatte sich Felicity noch mehr Zeit mit ihrem iPad ergaunert? Gegen halb fünf bekam ich eine Nachricht von Frannie.

Machen gerade Abendessen und Nachtisch.

Wenige Sekunden später folgte eine Reihe von Fotos, auf denen nacheinander alle drei Mädchen in der Küche zu sehen waren, die Ärmel hochgekrempelt, das Haar zurückgebunden, ein Grinsen auf dem Gesicht und schwer mit Küchengeräten beschäftigt. Offenbar besaß ich einen Mixer.

Dann gab es noch ein Foto, das einen großen Topf auf dem Herd zeigte, in dem etwas kochte – war das etwa Chili? Allein der Anblick wärmte mir den Bauch.

Wow. Passiert das wirklich gerade in meiner Küche?

Ja! Und deine Töchter machen die ganze Arbeit. Wenigstens fast. :)

Ich wollte nicht länger im Büro bleiben. Ich wollte zu Hause bei ihnen sein, in der Küche sitzen, den Geruch des Chilis in der Nase, ein Bier in der Hand und das Lachen meiner Töchter in den Ohren. Wir hatten sonst nie so viel Spaß, wenn am nächsten Tag Schule war. Es gab immer eine Liste, die abgehakt werden wollte – Hausaufgaben, Abendessen, Klavier üben, lesen üben, baden, ins Bett. Dienstags Klavierunterricht. Jeden zweiten Mittwoch Therapiestunde. Donnerstags Ballett.

Hausaufgaben erledigt?

Ich kam mir bei der Frage ein wenig wie ein Spielverderber vor.

Ja. Millie lässt dir ausrichten, dass sie bereits Klavier geübt hat, und Felicity sagt, sie hat zwei Kapitel in ihrem Buch gelesen.

Hört sich so an, als hättest du alles im Griff. War das Autofahren schlimm?

Die Straßen waren glatt. Ich bin langsam gefahren. Sei du auch vorsichtig!!

Ich versicherte ihr, dass ich vorsichtig sein würde, und versuchte, noch ein bisschen Zeug von meinem Schreibtisch wegzuarbeiten, aber es fiel mir schwer, mich zu konzentrieren. Ich wollte gerade Feierabend machen, als mein Handy vibrierte.

*Ryan Woods* war auf dem Display zu lesen.

Lächelnd nahm ich den Anruf entgegen. »Ich dachte schon, du wärst tot, du alter Mistkerl.«

Woods lachte. »Nein. Hab nur viel um die Ohren.«

»Darauf möchte ich wetten. Wie läuft es denn so mit der Hochzeitsplanung?«

»Ziemlich gut. Aber was zum Teufel weiß ich schon?«

»Und du willst es immer noch durchziehen?«

»Ja. So viel zumindest weiß ich.«

Ich lachte. »Gut.«

Woods war ein Kumpel aus meiner Zeit bei den Marines, obwohl er mittlerweile eher so eine Art Bruder für mich war. Wir waren zusammen in Afghanistan stationiert gewesen und auch später in engem Kontakt geblieben. Wie ich hatte er Mühe gehabt, sich wieder an sein altes Leben zu gewöhnen, als er endlich wieder zu Hause war, und ich hatte ihm einen Job im *Cloverleigh* und ein Dach über dem Kopf besorgt. Das Haus war total heruntergekommen gewesen, bevor er eingezogen war und es renoviert hatte.

Obwohl er sehr beschäftigt gewesen war, hatte er Zeit gefunden, sich in Stella Devine zu verlieben, die Enkelin unserer Nachbarin Mrs Gardner. Als sie aus Detroit zu Besuch gekommen war, hatte ein einziger Blick auf sie genügt, und das war's für Woods. Dann war er zu ihr nach Detroit gegangen, und die Mädchen und ich waren in sein

Haus gezogen. Er und Stella würden in ein paar Wochen im *Cloverleigh* heiraten. Ich war Trauzeuge.

Hoffentlich brachte ich ihm kein Pech.

»Also, wann kommst du rauf?«, fragte ich. »Soll ich einen Junggesellenabschied organisieren?«

»*Nein*«, antwortete er mit Nachdruck. »Weder Stella noch ich wollen so etwas. Ich würde mich mit ein paar Bier irgendwo zufriedengeben. Wir kommen am Mittwoch vor der Hochzeit hoch, und am Donnerstag machen Stella und ihre Schwestern irgendein ganztägiges Mädchending, also könnten wir beide vielleicht den Abend miteinander verbringen.«

»Abgemacht«, sagte ich. »An dem Tag kommen meine Eltern, da muss ich mit Sicherheit irgendwann aus dem Haus flüchten. Ich freu mich drauf.«

»Ich mich auch.« Er senkte die Stimme. »Dieser ganze Hochzeitsscheiß treibt mich noch in den Wahnsinn. Ich versuche, mich interessiert und engagiert zu zeigen, aber es macht mich fertig.«

Ich lachte. »Kann ich mir vorstellen.«

»Und die Kosten – mein Gott, wir wollen alles selbst bezahlen, aber ich hatte keine Ahnung, wie teuer so etwas ist. Und ihre Schwester Emme gibt die Hochzeitsplanerin und hat ihr ganz viele Extras aufgeschwatzt. Es ist der reine Wahnsinn. Stella hat den Verstand verloren, das schwöre ich.«

»Nun, das wussten wir doch vorher. Schließlich heiratet sie *dich*, nicht wahr?«

Er lachte. »Du kannst mich mal.«

»Ich sollte besser Schluss machen. Wir rechnen heute

Abend mit zentnerweise Schnee«, sagte ich. »Die Straßenverhältnisse werden wahrscheinlich fürchterlich sein.«

»Bestimmt. Hier schneit es auch, aber nicht so wie bei euch da oben. Ich kann nicht behaupten, dass ich das vermisse.«

Wir legten auf, und ich machte Feierabend. An der Rezeption verabschiedete ich mich von Frannies Mom, die beunruhigt aussah.

»Oh, da sind Sie ja«, sagte sie und rang die Hände. »Ich habe Frannie eine Nachricht geschickt. Es ist schlimm da draußen, und ich will nicht, dass sie im Dunkeln zurückfährt. Die Straßen sind bestimmt total vereist.«

»Ich bringe sie nach Hause, Daphne«, versicherte ich ihr. »Machen Sie sich keine Gedanken.«

»In Ordnung.« Sie schaute über ihre Schulter. »Ich würde ja John losschicken, um sie abzuholen, aber ich mache mir Sorgen, weil er nachts nicht mehr so gut sieht.«

»Kein Problem. Wirklich. Ich habe Winterreifen, und es ist ja nicht weit.«

Sie lächelte erleichtert. »Danke, Mack. Sie haben selbst Töchter, Sie wissen also, wie das ist.«

»Das stimmt. Einen schönen Abend noch.«

Aber als ich mich beeilte, auf den Parkplatz zu kommen, und ungeduldig meinen Wagen von Schnee befreite, wurde mir klar, dass ich nicht nur wegen *meiner* Töchter so erpicht darauf war, nach Hause zu fahren – es ging mir dabei auch um Daphnes Tochter.

# Kapitel 6

## Mack

Der Schneesturm schlug mit voller Wucht zu. Wegen der schlechten Straßenverhältnisse bewegte sich der Verkehr nur noch im Schneckentempo vorwärts. Normalerweise dauerte die Fahrt vom *Cloverleigh* nach Hause nur ungefähr fünfzehn Minuten, aber heute brauchte ich fast zwei Stunden, das Steuerrad fest umklammert und Flüche vor mich hinmurmelnd. Nicht nur Schnee und Eis behinderten mein Vorankommen, zweimal musste ich anhalten und anderen Fahrern helfen. Eine Frau steckte im Graben neben der Straße fest, und ein Mann war auf den Seitenstreifen geschlittert, weil er zu schnell in die Kurve gefahren war.

Als ich zur Garage hinter unserem Grundstück einbog, hatte der Schnee Frannies kleinen Volkswagen am Straßenrand schon fast völlig unter sich begraben, und ich war angespannt, gereizt und *hungrig*.

Aber sobald ich durch die Hintertür trat und mir köstliche Gerüche in die Nase stiegen, besserte sich meine Laune. Ich atmete tief ein, und mein Magen knurrte erwartungsvoll.

»Daddy!«, rief Felicity und kam auf mich zu gerannt. »Du bist zu Hause!« Sie schlang mir fest die Arme um die Taille.

Obwohl mir Schnee von der Kleidung rieselte, drückte ich sie an mich, statt ihr zu sagen, dass sie warten solle, bis ich Mantel, Stiefel und Handschuhe ausgezogen hatte. Wann immer ich mich verspätete, reagierten die Mädchen so, und ich fragte mich, ob es damit zu tun hatte, dass sie sich sorgten, ich würde vielleicht gar nicht mehr nach Hause kommen – dass ich sie im Stich lassen würde, so wie ihre Mutter es im Grunde getan hatte. »Ich bin zu Hause. Wow, hier riecht es aber gut.«

»Wir haben Chili gemacht.« Felicity schaute zu mir hoch und lächelte. »Und Makkaroni.«

»Ma*carons*«, korrigierte Frannie sie vom Herd aus mit übertrieben französischer Aussprache. »Und wenn du nicht aufhörst, sie Makkaroni zu nennen, werde ich hier nie wieder welche machen.«

Nach der Art zu urteilen, wie alle Mädchen gleichzeitig kicherten – mein Lieblingsgeräusch auf der ganzen Welt –, war das bereits eine Art Insiderwitz. Meine Stimmung hob sich noch mehr. »Nun, was immer es ist, es riecht so gut, dass mein Magen sich anhört wie ein Bär.«

Felicity drückte mir ein Ohr auf den Bauch. »Das stimmt, du hast recht.« Dann sah sie Frannie an. »Hast du gewusst, dass mein Dad Haare auf dem Bauch hat?«

Frannie fing an zu lachen, während ich erwog, mein zweitältestes Kind zu erwürgen. »Vielen Dank, Mavis. Habe ich heute schon erwähnt, dass du einen albernen Haarschnitt hast?«

Sie schüttelte den Kopf. »Nein.«

»Tja, hast du aber. Jetzt lasst mich Stiefel und Mantel ausziehen, damit wir essen können, okay?«

»Okay.«

Ich zog die Stiefel aus und stellte sie auf den Läufer im Flur, wo schon vier weitere Stiefelpaare standen, dann warf ich Handschuhe und Mütze auf die kleine Bank neben der Tür und hängte meinen Mantel auf. Weil mich keiner sehen konnte, fuhr ich mir mit den Fingern durchs Haar und versuchte, die Verwüstungen in Ordnung zu bringen, die die Mütze in den letzten zwei Stunden auf meinem Kopf angerichtet hatte.

Als ich in die Küche trat, wollte Winnie umarmt werden. »Hi, Daddy.«

»Hey du. Lange nicht gesehen.« Ich hob sie hoch und drückte sie an mich. Über ihre Schulter hinweg schaute ich mich ungläubig um. Die Küche war definitiv sauberer als bei meiner Abfahrt heute Morgen. Niemand schaute auf einen Bildschirm. Millie saß an der Küchentheke, vor sich einen Teller mit hellgelben Macarons.

»Diese Dinger sind toll«, eröffnete sie mir mit vollem Mund. »Und sie sind glutenfrei! Wir haben Mandelmehl verwendet.«

»Ich hatte Mandelmehl im Haus?«, fragte ich verblüfft.

»Winnie und ich sind auf dem Weg hierher beim Supermarkt vorbeigefahren«, sagte Frannie, die im Chili rührte.

Mein Magen knurrte erneut. »Lass mich wissen, was ich dir für die Lebensmittel schulde.«

»Mach dir deswegen keine Gedanken.« Sie zwinkerte mir über eine Schulter hinweg zu, und meine unteren Regionen kribbelten.

»Daddy, hast du gewusst, dass Macarons *Füße* haben?«, fragte Winnie, was Frannie zum Lachen brachte.

»Kaum zu glauben«, sagte ich und setzte sie ab. »Habt ihr Mädchen schon gegessen?«

Millie nickte und verdrehte die Augen. »Ja, und ich habe meine Hausaufgaben gemacht *und* Klavier geübt.«

Frannie stand mit dem Rücken zu mir. Voller Faszination beobachtete ich, wie sie mir mit einer Kelle Chili in eine Schale füllte. »Wer sind diese Schwindler, und wo sind meine echten Töchter?«, fragte ich.

Sie drehte sich zu mir um, ein Lächeln auf dem Gesicht und eine dampfende Schale in den Händen. »Bitte schön. Für dich.«

»Danke. Das sieht toll aus.« Ich nahm die Schale entgegen, umrundete die Theke und schob mich auf den Hocker neben Millie.

»Möchtest du etwas zu trinken?«, fragte Frannie und legte eine Serviette und einen Löffel vor mich.

Was ich wirklich wollte, war ein Bier, aber ich dachte, dass ich mir das besser verkniff, wenn ich sie später noch nach Hause fahren würde. »Vielleicht ein Glas Wasser, aber das kann ich mir selbst holen.« Ich machte Anstalten, wieder aufzustehen.

»Ich hol es dir. Bleib sitzen.« Sie warf mir einen mitfühlenden Blick zu. »Du bist doch gerade erst angekommen, und die Fahrt war bestimmt stressig.«

»Das war sie.« Ich vergaß für einen Moment, wie hungrig ich war, und sah zu, wie sie ein Glas aus dem Schrank nahm und es füllte. Sie schien sich in unserer Küche völlig zu Hause zu fühlen. Sie stellte mir das Wasser hin, während Winnie und Felicity durch die Küche hüpften und mir in allen Einzelheiten erzählten, was sie bei der Zubereitung des Essens beigetragen hatten.

»Ich durfte helfen, die Paprikaschoten kleinzuschneiden«, verkündete Felicity voller Stolz. »Und in dem Chili ist Kürbis!«

»Ich habe das Mehl geschiebt«, fiel Winnie ein.

»Gesiebt«, verbesserte Frannie sie.

»Und ich habe für die Macarons die Eier getrennt, aber bei den ersten beiden habe ich es vermasselt, die musste ich wegtun«, sagte Millie schuldbewusst.

»Das ist doch nicht schlimm, Millie.« Frannie stützte uns gegenüber die Ellbogen auf die Theke und lächelte meine Älteste an. »Es ist schwierig und erfordert Übung. Ich habe es früher auch ständig vermasselt. Und du hast dich großartig angestellt und dafür gesorgt, dass der Teig richtig gut durchgerührt war. Unser Baiser war perfekt, und das ist eine beachtliche Leistung fürs erste Mal.« Sie hatte ihre Arbeitsbluse gegen ein locker fallendes graues Oberteil ausgetauscht, das ihr von der Schulter rutschte und etwas Weißes aus Spitze hervorblitzen ließ.

Schnell richtete ich den Blick auf meine Schale und konzentrierte mich aufs Essen. Tatsächlich verschlang ich die erste Schale Chili, die Frannie mir gegeben hatte, so schnell, dass ich mir die Zunge verbrannte, aber es kümmerte mich nicht. Das Chili war scharf und köstlich, mit reichlich Huhn und Gemüse.

»Daddy, dürfen wir uns *Story of Andy* ansehen?«, fragte Millie und sprang von ihrem Stuhl. »Frannie hat gesagt, wir sollen warten, bis du zu Hause bist, bevor wir fernsehen dürfen.«

Ich nickte den Mädchen zu. »Dürft ihr.«

Die Kinder liefen ins Wohnzimmer und schalteten den Fernseher ein, während ich meine Schale auskratzte. Als auch der letzte Rest verschwunden war, legte ich meinen Löffel beiseite und drückte mir die Hände auf den Magen. »Gott, war das gut.«

»Es gibt noch mehr«, bot Frannie mir an.

»Da sage ich nicht Nein.« Ich schnappte mir meine leere Schale, rutschte von meinem Hocker und ging um die Theke herum. »Nur noch eine Schale, dann fahre ich dich nach Hause.« Ich schob mich an ihr vorbei zum Herd, sorgfältig darauf bedacht, sie nicht zu berühren.

»Oh, du brauchst mich nicht nach Hause zu fahren«, sagte sie.

»Ich habe es deiner Mutter versprochen.« Ich nahm den Deckel vom Topf und tat mir noch eine Schöpfkelle voll in die Schale. »Und es fährt sich wirklich schlecht. Es wäre nicht richtig, dich auf die Straße zu lassen, schon gar nicht heute, nachdem du so viel für mich getan hast.« Obwohl ins Auto zu steigen das Letzte war, was ich mir wünschte. Und ich würde die Mädchen mitnehmen müssen, da ich wegen des Schneesturms ewig unterwegs sein würde und sie nicht so lange allein lassen konnte.

»Das war keine große Sache. Es hat mir Spaß gemacht. Meine Tage an der Rezeption sind manchmal ziemlich monoton, vor allem im Winter, wenn im Hotel so wenig los ist.«

Ich setzte den Deckel wieder auf den Topf und ging erneut um sie herum, um mich wieder an die Theke zu setzen. »Arbeitest du gern an der Rezeption? Oder gibt es im *Cloverleigh* einen anderen Job, der dich mehr interessieren würde?«

Sie zuckte die Achseln und stützte die Arme wieder auf die Theke. »Chloe hat mir angeboten, die Weinproben in

*Traverse City* zu leiten, aber mit Wein kenne ich mich nicht besonders gut aus. Im Hotel bin ich besser aufgehoben. Ich arbeite gern in der Küche, und am liebsten backe ich.«

»Soweit ich gehört habe, machst du deine Sache großartig – und natürlich nach dem zu urteilen, was ich schmecke. Hast du je daran gedacht, eine Bäckerei aufzumachen?«

Sie senkte den Blick auf ihre Hände. »Manchmal.«

»Und?«

Sie antwortete nicht sofort. »Ich weiß nicht. Es erfordert eine Menge Zeit und Geld, sich selbstständig zu machen, und ich bin nicht sehr ... abenteuerlustig. Ich glaube nicht, dass ich eine besonders gute Unternehmerin abgeben würde.«

»Ich glaube, du könntest alles erreichen, was du dir vornimmst«, sagte ich zu ihr.

»Wirklich?« Sie sah auf und lächelte, woraufhin mein Herz einige Schläge aussetzte.

»Wirklich.«

»Mit meinem Dad ließe sich wahrscheinlich reden«, seufzte sie. »Aber meine Mutter hätte ein Problem damit.«

»Warum?«

Sie richtete sich auf und lehnte sich wieder an die Kücheninsel. Dann verdrehte sie ein wenig die Augen. »Es ist keine große Sache, wirklich, aber ich bin mit einem Herzfehler zur Welt gekommen, durch den ich ein *geringfügig* höheres Infarktrisiko habe, ob du es glaubst oder nicht. Darum macht sie sich ständig Sorgen, ich könnte mich überanstrengen.«

»Das wusste ich nicht«, sagte ich und begriff, dass es

wahrscheinlich eine Menge gab, was ich von ihr nicht wusste, aber gern wissen wollte. »Geht es dir mittlerweile gut?«

»Ja. Ich bin, als ich jünger war, mehrmals operiert worden, um das Problem zu beheben. Aber meine Mutter hat mir gegenüber schon immer einen übertriebenen Beschützerinstinkt an den Tag gelegt – tatsächlich gilt das für meine Mutter *und* für meinen Vater. Obwohl die Ärzte sagen, dass es mir gut geht, habe ich das Gefühl, dass meine Eltern in mir immer noch ein krankes Kind sehen.«

Ich legte meinen Löffel in die leere Schale und trug sie zur Spüle. »Als Vater kann ich das verstehen. Wir können einfach nicht anders, als unsere Kinder als unschuldige, hilflose Babys anzusehen, die unseren Schutz brauchen.«

»Ich bin aber kein Baby mehr«, blaffte sie mich an. »Und ich will auch nicht wie eines behandelt werden.«

Überrascht drehte ich mich zu ihr um. Noch nie hatte ich sie so zornig sprechen hören. »Tut mir leid, Frannie. Ich wollte damit nicht sagen, dass *du* ein Baby bist. Ich meinte, dass es schwer ist für einen Dad, loszulassen. Vom Verstand her wissen wir, dass es für unsere Kinder wichtig ist, dass wir das tun, damit sie ihren eigenen Weg im Leben finden. Aber vom Gefühl her können wir es nicht lassen, sie daran zu hindern, Fehler zu machen. Wir wollen nicht, dass sie verletzt werden.«

Sie holte Luft. »Entschuldige, ich wollte dich nicht anfahren. Ich habe mich vorhin mit meiner Mutter gestritten, und … ich bin es einfach ziemlich leid, ständig wie ein Kind behandelt zu werden. Ich will als Erwachsene wahrgenommen werden, die in der Lage ist, ihre eigenen Entscheidungen zu treffen. Verstehst du das?«

Ich verstand vor allem, wie gut sie in meiner Küche aussah, temperamentvoll und wütend, ein wenig Farbe in den Wangen, ein bisschen nackte Haut dort, wo ihr das Top von der Schulter gerutscht war. Ich hätte am liebsten hineingebissen.

Ich lehnte mich an die Spüle und umklammerte die Kante der Theke. »Das kann ich nachvollziehen.«

»Ich meine, ich bin siebenundzwanzig Jahre alt.« Sie trat einen Schritt näher. »Findest du nicht auch, man sollte mir erlauben, ein paar Fehler zu machen?«

Apropos Fehler. Mit zwei Schritten hätte ich den Abstand zwischen uns überwinden können. Um sie in den Arm zu nehmen. Meine Lippen auf ihre zu pressen und zu spüren, wie sich ihre Brust an meine drückte.

Aber das würde ich nicht tun.

Sie war vielleicht kein Baby mehr, aber sie war erst siebenundzwanzig – ganze zehn Jahre jünger als ich. Und dazu auch noch die Tochter vom Chef. Sie war das Kindermädchen. Sie war hier, weil sie mir einen Gefallen tat.

Und sie vertraute mir.

Es ging einfach nicht.

# Kapitel 7

Frannie

Ich hielt den Atem an.

Ich war mir nicht sicher, warum, aber es hatte etwas mit der Art zu tun, wie Mack mich ansah. Und mit der Anspannung in seinem Körper. Den verkrampften Muskeln in seinem Hals. Den Fingern, mit denen er sich an die Theke klammerte. Seinem starren Kiefer. Das alles vermittelte den Eindruck von *Selbstbeherrschung.* Als halte er sich irgendwie zurück.

Etwas Unbekanntes ließ die Luft zwischen uns vibrieren. Ich *spürte* es – er wollte mich genauso sehr wie ich ihn.

Kein Wunder, dass ich keine Luft bekam.

Dann räusperte er sich, wandte sich ab, und die Spannung löste sich. »Natürlich. Jeder muss ab und zu Fehler machen.«

Ich hatte ganz vergessen, dass ich die Frage überhaupt gestellt hatte.

Er drehte den Hahn auf, ließ Wasser über das Geschirr laufen und stellte es in die Spülmaschine. Ich stand da und starrte auf seinen muskulösen Rücken, die breiten Schultern, die sich an seinen Hintern schmiegende Jeans. *Wenn wir zusammen wären, würde ich jetzt zu ihm gehen, ihm die Arme um die Taille legen und meine Wange an seinen Rücken pressen. Dann würde er sich umdrehen und die Arme um mich legen. Er würde seine Lippen auf meine drücken und …*

»Ich sollte dich jetzt nach Hause fahren«, unterbrach er meine Träumerei. »Holst du schon mal deinen Mantel?«

»Sicher.« Aber eigentlich wollte ich gar nicht weg. Ich wollte bei ihm und den Mädchen in diesem warmen, chaotischen Haus bleiben. So tun, als würde ich hierhergehören. So tun, als würde ich zu ihm gehören.

»Soll ich noch das Chili in den Kühlschrank stellen?«, fragte ich.

»Das kann ich machen, wenn ich wieder zurück bin.«

»Okay. Ich sage nur schnell den Mädchen gute Nacht.«

»Tatsächlich sollten sie wahrscheinlich lieber mitkommen. Es ist schon so spät.« Er ging zur Hintertür und schlüpfte in seine Stiefel, schnürte sie aber nicht zu. »Kannst du ihnen sagen, dass sie sich anziehen sollen? Ich wärme schon mal den Wagen auf.«

»Ja.« Ich ging ins Wohnzimmer, um den Kindern Bescheid zu sagen, und wir zogen gerade die Reißverschlüsse unserer Mäntel zu, als Mack mit unfroher Miene wieder durch die Hintertür hereinkam. »Natürlich springt meine Scheißkarre nicht an.«

Eins der Mädchen schnalzte mit der Zunge. »Das macht einen Dollar, Daddy.«

Er funkelte sie an. »Für Probleme mit dem Auto sollte ich Straferlass bekommen.«

»Ist es die Batterie?«, fragte ich. Ich hatte erst einen Handschuh angezogen und wartete mit dem zweiten zunächst einmal ab.

»Kann sein. Aber so, wie der Wagen in der Garage

steht, kämen wir mit deinem gar nicht nah genug ran, um mir Starthilfe zu geben.«

»Wie wär's, wenn wir mein Auto nehmen? Du kannst mich zu Hause absetzen und es dir bis morgen ausborgen. Oder wie lange du es auch brauchst. Ich kann jederzeit den SUV meiner Mom kriegen, wenn ich irgendwohin muss.«

Er legte die Stirn in Falten. »Ich könnte es versuchen, aber dein Auto ist fast völlig unter Schnee begraben. Dauert wohl ein Weilchen, ihn auszubuddeln. Ging es denn vorhin einigermaßen mit dem Fahren? Die Straßen hier wurden bisher noch nicht geräumt.«

»Es war nicht gerade ein Vergnügen«, gab ich zu. Mein Käfer war toll, und im Sommer machte das Fahren wirklich Spaß, aber jeden Winter bereute ich, mir nichts Größeres ausgesucht zu haben, das besser für Schneewetter geeignet war.

Mack seufzte und rieb sich den Nacken. Schneeflocken schmolzen auf seinen Schultern, Schal und Haar – er war ohne Mütze aus dem Haus gegangen. Von der Kälte hatte er ganz rote Ohren bekommen.

Während wir so dastanden, klingelte das Telefon, und Millie ließ einen Jauchzer hören. »Schneefrei! Bitte, bitte, bitte!«

Felicity schaffte es als Erste zum Telefon und nahm den Hörer ab. »Hallo?« Dann nickte sie aufgeregt und vollführte einen kleinen Freudentanz. »Morgen ist schneefrei! Die Schule fällt aus!«

Während die Mädchen jubelten, sah Mack mich mit grimmiger Miene über ihre Köpfe hinweg an. »Ich brauche ein Bier.«

Ich lachte und schüttelte den Kopf. »Kann man dir nicht verdenken.«

»Dad, kann Frannie hier übernachten?«, fragte Millie.

»Sie darf in meinem Zimmer schlafen!«, rief Winnie und klatschte in die Hände.

»Sie will nicht bei *dir* schlafen«, sagte Millie. »Du machst noch ins Bett.«

»Mach ich nicht!«

»Machst du doch!«

»Dad, Millie hat gesagt, ich mache noch ins Bett, und das stimmt nicht!«

»Schluss jetzt.« Mack hob die Hände. »Ich muss nachdenken.«

»Aber kann sie hier schlafen, Daddy? Bitte?« Felicity faltete die Hände unterm Kinn.

Er sah mich an. »Ich sage das nicht gern, aber ich glaube, du sitzt heute Nacht in diesem Zoo fest.«

»Das stört mich nicht. Ich muss nur meine Mom anrufen und ihr Bescheid sagen.« Ich verdrehte die Augen – mit siebenundzwanzig hätte ich das eigentlich nicht nötig haben sollen, und wahrscheinlich klang ich wie ein Kind. »Sonst flippt sie am Ende noch aus.«

»Das verstehe ich«, sagte er.

»Juchhu! Dann können wir morgen zum Frühstück etwas backen. Frannie weiß, wie man glutenfreie Zimtschnecken macht!« Millie tanzte um die Kücheninsel herum.

Mack nahm seinen Schal ab. »Na, dann ist es wohl entschieden. Zu Zimtschnecken kann ich nicht Nein sagen.«

Mein Herz klopfte wie verrückt, während die Mädchen mich umringten. Wie dumm von mir – ich blieb schließlich nicht über Nacht, weil er es wollte, sondern weil ich hier *festsaß*. Trotzdem. Wir würden unter demselben Dach schlafen. Bei dem Gedanken erfüllte mich eine Erregung, wie ich sie schon sehr lange nicht mehr empfunden hatte.

*Erbärmlich, was?*

Ich zog Mantel und Stiefel aus und holte mein Handy aus der Handtasche, um Mom eine SMS zu schicken.

Ich bleibe bei Mack. Sein Wagen springt nicht an, und meiner ist unter einem Haufen Schnee begraben.

Sie rief sofort zurück, und ich sah vor meinem geistigen Auge, wie sie schon voller Nervosität mit dem Telefon in der Hand gewartet hatte. Zähneknirschend nahm ich den Anruf entgegen.

»Hallo?« Ich ging ins Esszimmer, wo es weniger laut war.

»Sollen Dad und ich dich abholen?«, fragte sie ohne Umschweife.

»Nein, schon in Ordnung.« Ich blickte auf und sah, wie Mack ein Bier aus dem Kühlschrank nahm. Dann hielt er es hoch, als wolle er fragen: *Willst du auch eins?* Ich nickte. »Ich komme hier gut zurecht.«

»Bist du sicher?«

»Ja. Die Mädchen sind ganz aus dem Häuschen, weil wir morgen früh zusammen backen können. Und ich will nicht, dass Dad heute Abend noch fährt. Die Straßen sind schrecklich, und du weißt, wie schlecht er im Dunkeln sieht.«

»Das ist wahr«, räumte sie ein.

»Ich schicke dir morgen eine SMS. Die Kinder haben keine Schule, daher werden Mack und ich sie wahrscheinlich mit ins *Cloverleigh* bringen.« *Mack und ich.* Es war eigenartig, das zu sagen. »Aber wir werden uns vielleicht ein wenig verspäten.«

»Das ist nicht schlimm. Hauptsache, ihr fahrt vorsichtig.«

»Machen wir.«

»Gute Nacht, Liebes.«

»Nacht.«

Ich ging zurück in die Küche, wo die Mädchen gerade einen Beutel Popcorn in die Mikrowelle legten. Nachdem ich mein Handy wieder in der Handtasche verstaut hatte, reichte Mack mir ein Bier. Ich nahm es entgegen, und er stieß mit seiner Flasche gegen meine. »Prost.«

»Ich habe meiner Mom gesagt, dass wir morgen vielleicht etwas später zur Arbeit kommen. Zumindest können wir ausschlafen.« Kaum dass ich es ausgesprochen hatte, schämte ich mich, weil es sich so anhörte, als dächte ich, wir würden *zusammen* ausschlafen.

»Ha!« Er grinste. »Man merkt, dass du nicht mit Kindern zusammenlebst. Ich weiß gar nicht mehr, wie sich Ausschlafen anfühlt.«

»Daddy, dürfen wir uns einen Film ansehen?«, fragte Felicity.

Er nahm einen Schluck von seinem Bier. »Welchen Film?«

»*Hotel Transsylvanien!*«

Millie stöhnte. »Nein. Das müssen wir uns ständig ansehen. Sie ist gar nicht an der Reihe, etwas auszusuchen.«

»Wer ist denn dann an der Reihe?«, fragte er.

»Winifred, glaube ich«, antwortete Millie, »aber da wir Besuch haben, sollten wir vielleicht Frannie den Film aussuchen lassen.«

Alle sahen mich an. »Oh!« Ich biss mir auf die Unterlippe. »Ähm, wie wäre es mit etwas Klassischem wie dem *Zauberer von Oz?*«

»Winnie hat Angst vor der bösen Hexe«, sagte Felicity mit einem spöttischen Lachen.

»Stimmt, die mag ich nicht«, bestätigte Winnie traurig. »Die Hexe ist so *gemein.*«

»Nun, was ist, wenn ich die ganze Zeit neben dir sitze?«, schlug ich vor. »Bei den gruseligen Stellen kannst du ja die Augen zumachen.«

Sie strahlte. »Okay.«

Nachdem das geklärt war, füllten die Mädchen das Popcorn in Schälchen und gossen sich Limonade ein. Mack ging ins Wohnzimmer, um zu schauen, ob es den Film zum Herunterladen gab, und ich schaufelte das übrig gebliebene Chili in einen großen Plastikbehälter und stellte ihn in den Kühlschrank.

»Ich hab ihn gefunden!«, rief er einen Moment später.

Die Mädchen schrien aufgeregt durcheinander, und wir gingen mit unserem Knabberzeug ins Wohnzimmer. Winnie sprang sofort auf das eine Ende der L-förmigen Couchgarnitur. »Setz dich hierhin«, wies sie mich an und klopfte auf das Kissen neben sich.

Ich gehorchte und fragte mich flüchtig, wo sich Mack wohl niederlassen würde und ob es vermessen war, darauf zu hoffen, dass er sich vielleicht neben mich setzte. Wie sich herausstellte, blieb ihm gar nichts anderes übrig, denn Millie streckte sich mit einem großen Kissen auf dem Boden aus, und Felicity lag auf dem kleineren Eckteil des Sofas. Damit blieb nur ein Platz frei, und zwar der direkt neben mir.

Er warf einen raschen Blick aufs Sofa, während der Vorspann über den Bildschirm lief. »Mädels«, sagte er, »ich bin gleich wieder da. Ich will nur schnell nach Mrs Gardner sehen, okay?«

»Okay«, antworteten sie wie aus einem Munde.

»Hey, Dad, mach das Licht aus, wenn du gehst!«, rief Millie und suchte sich eine noch bequemere Position auf dem Boden.

Er salutierte, schaltete beide Wohnzimmerlampen aus und ging in die Küche. Von meinem Platz aus sah ich zu, wie er sein Bier auf die Kücheninsel stellte und im hinteren Flur verschwand.

Nach ungefähr zehn Minuten war er auch schon wieder da, in den Händen einen mit Alufolie abgedeckten Teller. Nachdem er seinen Wintermantel ausgezogen hatte, griff er nach seinem Bier und kam mit dem Teller ins Wohnzimmer. »Möchte jemand einen Brownie?«

»Oooh«, sagte Felicity. »Ich!«

»Und ich auch«, fiel Millie ein und sprang auf. »Obwohl sie nicht so toll aussehen wie Macarons.«

»Wenn etwas köstlich ist, muss es nicht toll aussehen«, versicherte ich ihr. »Ist bei Mrs Gardner drüben alles in Ordnung?«

Mack nickte und stellte den Teller neben Winnie auf den Beistelltisch. »Ja. Ich habe mir ihre Heizung angesehen, und sie läuft wie eine Eins.«

Dann ließ er sich auf das Kissen neben mich fallen, und ich dachte, ich würde sterben.

Aber ich tat ganz gelassen. »Das ist gut. Es wäre schlimm, heute Nacht ohne Heizung zu sein. Es ist eiskalt.«

»Frierst du? Hier.« Er griff hinter mich, nahm eine dicke Häkeldecke von der Rückenlehne des Sofas und legte sie mir über den Schoß.

Mir war gar nicht so kalt – tatsächlich wurde mir ganz heiß, weil er so nah bei mir war –, aber ich konnte der Idee nicht widerstehen, mich im Dunkeln mit ihm unter eine Decke zu kuscheln. »Danke. Komm, wir teilen.« Ich faltete die schwere Wolldecke auseinander, breitete eine Hälfte über Winnies abgewinkelte Beine und legte Mack die andere über den Schoß.

»Hey, ich will auch eine Decke«, jammerte Felicity.

»Ich auch«, stimmte Millie ein.

Mack stellte grummelnd sein Bier auf den Tisch und stand wieder auf, lief die Treppe hoch und kam kurz darauf mit zwei Fleecedecken zurück. Nachdem er eine über Millie geworfen hatte, schüttelte er die andere aus und deckte Felicity damit zu. »Sonst noch was, wenn ich schon mal stehe?«

»Psst«, tadelte Millie ihn.

Mack stupste sie mit dem Fuß in die Rippen, bevor er sich wieder neben mich setzte, und wenn ich nicht völlig den Verstand verloren hatte, rückte er diesmal sogar noch ein wenig näher an mich heran. Unter der Decke spürte ich ganz deutlich seinen Oberschenkel an meinem.

Wir sahen uns den Film an. Mack und ich nippten an unserem Bier, während die Kinder Popcorn knabberten und Limonade schlürften. Irgendwann wollte Millie noch mehr zu knabbern, Felicity musste zur Toilette, und Winnie verlangte nach einem Plüschtier, also klickten wir auf Pause. Alle drei Mädchen standen auf und verschwanden in unterschiedliche Richtungen. Mack und ich blieben allein im schwach beleuchteten Wohnzimmer zurück.

»Noch ein Bier?«, fragte er und erhob sich.

Ich zögerte. Ich war ein ziemliches Fliegengewicht und wollte mich nicht lächerlich machen. Er sollte mich als Erwachsene sehen und nicht als Kind, es war also nicht besonders hilfreich, wenn ich einen Schwips bekam. Nichtsdestotrotz war ich mir dieses Mannes neben mir so deutlich bewusst, dass es mir schwerfiel, mich zu entspannen. Ein weiteres Bier konnte doch wohl nicht schaden, oder? »Okay.«

»Gut. Ich dachte schon, du würdest total verantwortungsbewusst Nein sagen, und ich müsste mich scheiße fühlen, weil ich einen schlechten Einfluss auf dich ausübe.«

Ich schaute lächelnd zu ihm hoch. »Du übst keinen schlechten Einfluss auf mich aus.«

»Das wird sich erst noch zeigen.« Er schaute zur Küche, wo irgendwer das Licht eingeschaltet hatte. Es war ein Streit darüber entbrannt, wie lange das Popcorn wohl brauchte. »Oh Mann. Ich bin gleich wieder da.«

Während er fort war, nahm ich meine Handtasche und lief die Treppe hinauf ins Bad. Blinzelnd stand ich im grellen Licht und überprüfte meinen Anblick im Spiegel über dem Waschbecken, während ich mir vorzustellen versuchte, was er sah, wenn er mich anschaute. Ein Kind? Eine Kollegin? Die bezahlte Babysitterin? Wie konnte ich ihn dazu bringen, in mir etwas anderes zu sehen?

*Gib's auf,* sagte ich zu meinem Spiegelbild. Dann suchte ich in der Handtasche nach den Antibabypillen, schluckte meine tägliche Tablette, schaltete das Licht aus und kehrte ins Wohnzimmer zurück, wo Mack bereits wieder auf dem Sofa saß. Die Mädchen waren immer noch in der Küche und veranstalteten ein Riesenspektakel.

»Bitte schön«, sagte er und reichte mir noch ein Bier.

»Danke.« Ich nahm die Flasche entgegen und ließ mich wieder auf dem Sofa nieder. Unter der Decke kreuzte ich die Beine zum Schneidersitz. Es war keine Absicht, also jedenfalls nicht direkt, aber mein linkes Knie ruhte jetzt auf seinem rechten Oberschenkel, und er rückte nicht von mir ab. Mein Puls beschleunigte sich.

Mack schaute zur Küche, während er sein Bier an den Mund führte. »Manchmal kann ich nicht glauben, dass ich diese Dad-Geschichte noch nicht total vergeigt habe.«

»Machst du Witze? Du bist ein toller Vater.«

Er nahm noch einen Schluck. »Ich weiß nicht. Zwischendurch denke ich, dass ich es gut hinbekomme. Dann wieder bin ich fest davon überzeugt, dass ich irreparablen Schaden anrichte. An den meisten Tagen habe ich einfach verdammt noch mal keine Ahnung, was ich eigentlich tu.«

Das Eingeständnis rührte mich, und seine Unsicherheit schnürte mir das Herz zusammen. Ich legte ihm eine Hand auf den Arm. »Wer hat die schon. Ich meine, ich weiß, dass du viel größere Sorgen hast als ich, viel mehr Verantwortung, aber trotzdem … manchmal geht es mir genauso.«

»Wirklich?« Überrascht sah er mich an.

»Natürlich. Wenn ich mir meine Schwestern oder andere Menschen meines Alters so ansehe, denke ich oft: Wieso zum Teufel lebe ich eigentlich immer noch im Familienbetrieb bei meinen Eltern? Warum habe ich nicht mehr Ehrgeiz? Was stimmt nicht mit mir, dass ich nicht in die Welt hinausgehe und knallhart mein Ding durchziehe?«

Er schüttelte den Kopf. »Du brauchst nichts knallhart durchzuziehen. Du musst einfach nur so sein, wie du bist. Und ehrlich, die Welt könnte mehr Menschen wie dich gebrauchen.«

»Wie bin ich denn?«, fragte ich, gleichermaßen überrascht wie geschmeichelt.

»Liebenswürdig. Authentisch. Freundlich.«

Ich starrte auf das Etikett der Bierflasche. Das war ja alles ganz nett, und ich war froh, dass er so über mich dachte, aber nichts davon klang besonders aufregend oder sexy. »Danke.«

»Habe ich was Falsches gesagt?«

Ich lachte verlegen. »Nein. Ich wünschte nur manchmal, ich hätte nicht so eine … Angst.«

»Wovor hast du denn Angst?«

»Vor allem Möglichen.« Ich nippte an meinem Bier. »Aber in letzter Zeit habe ich vor allem Angst, dass das Leben an mir vorbeizieht.«

»Was soll das heißen? Du bist doch noch jung.«

»Aber ich gehe nie irgendwelche Risiken ein. Lasse es nie drauf ankommen. Als Kind wäre ich um ein Haar gestorben, aber ich bin noch hier. Bloß – was tu ich denn, um zu beweisen, dass ich es auch verdient habe, weiterzuleben? Und koste ich das Leben wirklich richtig aus?«

Mack schwieg für einen Moment. Trank einen Schluck Bier. »Wie würde das für dich aussehen? Das Leben richtig auszukosten? Welche Risiken würdest du eingehen?«

Ich holte tief Luft und wollte gerade antworten, da erlosch das Licht in der Küche, und die Mädchen kamen zurück ins Wohnzimmer marschiert.

»Es kann weitergehen«, verkündete Felicity und sprang mit ihrem Schälchen aufs Sofa. Popcorn ergoss sich auf Kissen und Boden.

Mack stöhnte. »Felicity, pass doch auf.«

»Entschuldigung.« Sie sammelte das verstreute Popcorn vom Sofa und tat es zurück in ihre Schale.

»Die vom Boden kannst du aber nicht mehr essen.« Er erhob sich und kümmerte sich um das, was auf dem Teppich gelandet war. Während er es in die Küche brachte und in den Müll warf, machten Winifred und Millie es sich wieder bequem, und irgendwer schaltete den Film wieder ein.

Ich musste lachen, weil ich mir vorstellte, dass das hier wahrscheinlich ein typischer Samstagabend war – ein Film, ein paar Decken, Popcorn und Limonade. Ein wenig Zankerei, etwas Chaos hier und da, ein paar Flaschen Bier für Mack nach einer anstrengenden Woche als Finanzchef und Daddy. Auf mich wirkte es gemütlich und tröstlich, aber ich betrachtete das Ganze von außen. Ob er glücklich war? Das fragte ich mich vielleicht zum ersten Mal. Ich verbrachte zwar jede Menge Zeit damit, mich meinen Fantasien über ihn hinzugeben, aber eigentlich *kannte* ich ihn gar nicht, also nicht so richtig.

War er einsam? Hatte *er* das Gefühl, dass er sein Leben voll auskostete, oder war das eine dumme Vorstellung, um die sich nur jemand in meiner Situation Gedanken machen konnte? Denn was für eine Wahl hatte er schon? Seine Kinder waren in jeder Hinsicht von ihm abhängig, angefangen bei der Frage, wo sie schliefen, bis hin zu der

Frage, was sie anzogen, aßen und wie sie sich fühlten. Er war zu hundert Prozent für ihre körperliche und psychische Gesundheit verantwortlich. Er hatte nicht den Luxus, sich zu fragen: *Puh, ist das eigentlich wirklich das Leben, das ich mir wünsche?*

Ich kam mir dumm vor, weil ich so etwas Oberflächliches zu ihm gesagt hatte, während ich ihn gleichzeitig dafür bewunderte, wie er sich für seine Kinder aufopferte. Seinem eigenen Eingeständnis zufolge war er nicht perfekt, aber er war da, er gab sich Mühe, und er liebte sie über alles.

Es war inspirierend. Es machte demütig. Es war *heiß*.

Sogar sein schmutziges Mundwerk war heiß. Einen Moment lang fragte ich mich, wie schmutzig es wohl werden konnte, und Hitze stieg mir in die Wangen.

Als er aus der Küche zurückkam und sich wieder neben mich setzte, zog ich mein Bein weg, um ihm ein wenig mehr Platz zu geben. »Entschuldige«, flüsterte ich. »Ich mache mich hier ziemlich breit.«

»Alles in Ordnung.« Dann legte er zu meinem großen Schrecken eine Hand auf mein Bein und schob es dorthin zurück, wo es gewesen war, sodass es wieder an seinem lehnte. *Und er ließ die Hand dort liegen.*

Sie befand sich über der Decke, und es war nicht so, als hätte er zärtlich die Innenseite meines Oberschenkels gestreichelt oder so, aber trotzdem. *Trotzdem.* Mein Herz hämmerte. Mir stockte der Atem. Meine Haut kribbelte.

Und dann spürte ich, wie sein Daumen langsam über mein Knie strich.

# Kapitel 8

## Mack

*Was zum Teufel tust du da?* Meine innere Dad-Stimme brüllte mich an. *Hör auf, sie anzutatschen!*

Aber ich ließ die Hand genau da liegen, wo sie war, und genoss es, wie sich Frannies Knie an meinen Schenkel drückte, stellte mir vor, meine Hand wäre unter der Decke statt darüber.

Ich wusste, dass es falsch war. Ich wusste, dass ich wahrscheinlich in die Hölle kam, weil ich unkeusche Gedanken über die Babysitterin hegte. Ich wusste, dass ich definitiv gefeuert wäre, wenn Sawyer sehen könnte, wie ich seine Tochter begrapschte, aber ich ließ meine Hand trotzdem dort liegen.

Schließlich *begrapschte* ich sie nicht wirklich, oder? Es war eher ein Streifen. Völlig unschuldig. Über der Decke. Für alle Augen sichtbar. Sie hatte es wahrscheinlich gar nicht bemerkt, denn sie sah mich nicht einmal an.

Und es fühlte sich schön an, so nah bei ihr zu sein. Sie zu berühren. Sie an einem Winterabend im Wohnzimmer hier bei mir zu haben – eine Erwachsene, jemanden, mit dem ich reden konnte, jemanden, der mich verstand. Vielleicht konnte sie nicht gänzlich erfassen, wie es war, alleinerziehender Vater zu sein, aber auch sie hatte schließlich zu kämpfen gehabt. Sie kannte die Angst, nicht gut genug zu sein, wusste, wie es war, wenn man sich Sorgen darüber machte, vielleicht die einzige Chance auf ein geglücktes Leben zu vermasseln. Sie war ebenfalls mit ihrer eigenen Sterblichkeit konfrontiert gewesen, so wie ich damals in Afghanistan – und sie war noch ein Kind gewesen.

Meine Eingeweide krampften sich zusammen, als ich mir vorstellte, wie es für sie und ihre Eltern gewesen sein musste. Frannie wusste das Leben zu schätzen. Sie wusste Kleinigkeiten wie gutes Essen, Freundlichkeit und Schlittenfahrten im Winter zu schätzen. Sie war süß und schön und großzügig – und damit des Lebens, das ihr geschenkt worden war, mehr als würdig. Ich wünschte, ich hätte ihr das sagen können. Ich wünschte, sie wäre nicht die Tochter meines Chefs gewesen. Ich wünschte, meine Kinder wären nicht im Zimmer gewesen. Ich wünschte, ich hätte nicht nur diese Decke, dieses Sofa und diesen verschneiten Abend mit ihr teilen können, sondern viel mehr. Sehr viel mehr.

Doch näher als jetzt würde ich ihr niemals kommen.

Als der Film schließlich endete, war Winnie eingeschlafen. Ich trug sie die Treppe hinauf, schaffte es, ihr die Sachen aus- und den Schlafanzug anzuziehen und sie lange genug zu wecken, damit sie es schaffte, zur Toilette zu gehen und sich die Zähne zu putzen. Einige Minuten später kamen auch Felicity und Millie die Treppe herauf, und während sie in ihre Schlafanzüge schlüpften, stritten sie darüber, in welchem Zimmer Frannie schlafen sollte. Sobald ich Winnie ins Bett gesteckt und ihr einen Gutenachtkuss gegeben hatte, ging ich ins Bad, wo die beiden Älteren sich beim

Zähneputzen weiterzankten. Zahnpasta und Spucke flogen nur so durch die Gegend.

»Ich habe ein Etagenbett«, sagte Millie. »Dann muss sie nicht mit einer von uns im selben Bett schlafen.«

»Aber mein Bett ist groß genug für zwei«, argumentierte Felicity.

»Eigentlich passen in dein Bett nur eineinhalb Personen, es reicht nicht für dich und einen Erwachsenen«, korrigierte ich sie. »Millies Etagenbett ist da, was die Größe betrifft, sinnvoller.« Tatsächlich war das *Sinnvollste*, wenn es um den Platz ging, die andere Hälfte meines Doppelbetts. *Und wenn sie sich auf meine Seite verirren sollte, würde ich mich nicht im Mindesten darüber beklagen.*

»Hey«, flüsterte Frannie hinter mir im Flur.

Ich drehte mich um, und mein Gesicht wurde ganz heiß bei dem Gedanken, sie könne erraten, was ich gerade gedacht hatte.

»Hey«, erwiderte ich leise. »Ich beziehe nur noch schnell die untere Koje von Millies Etagenbett für dich. Und vielleicht kann sie dir etwas geben, worin du schlafen kannst.« Sie war so zierlich, dass ihr Millies Sachen möglicherweise passen mochten, obwohl sie erheblich mehr Kurven hatte als meine Tochter.

Frannie lächelte. »Oh, ihre Sachen sind bestimmt zu klein für mich.«

»Ja, genau. Mensch, Dad. Glaubst du denn, sie ist noch ein Kind?« Millies Tonfall war das Äquivalent zum schönsten Augenverdrehen.

Ich bedachte meine Erstgeborene über meine Schulter hinweg mit einem strengen Blick, dann drehte ich mich wieder zu Frannie um. »Ich kann dir ein T-Shirt von mir geben. Wäre das okay?«

Sie nickte. »Perfekt. Und wirklich, mach dir mit dem Bett keinen Stress. Ich kann auf dem Sofa schlafen.«

»Ist das denn bequem genug?«

»Absolut«, versicherte sie mir.

Ich kratzte mich am Kopf. »In Ordnung. Wenn du es so willst. Dann organisiere ich dir ein Kissen.«

»Danke. Oh, und wenn ihr zufällig noch eine unbenutzte Zahnbürste habt ...«

»Haben wir. Millie, kannst du ihr eine neue Zahnbürste aus der Schublade holen?«

»Na klar, Dad.«

»Brauchst du auch ein Handtuch?«, fragte ich Frannie, obwohl ich bei dem Gedanken, sie könnte in meinem Haus duschen, ein wenig in Panik geriet.

Sie überlegte kurz. »Vielleicht ein kleines, damit ich mir das Gesicht waschen kann.«

»Ich hol ihr eins«, erbot sich Felicity und flitzte aus dem Badezimmer zum Wäscheschrank oben an der Treppe.

»Danke, Felicity. Ich bin gleich wieder da«, sagte ich dann an Frannie gewandt. »Mädels, macht euch fertig, und dann ab mit euch ins Bett. Ich komme in einer Minute rauf und sage euch gute Nacht.«

Ich ging in mein Zimmer im Erdgeschoss und suchte nach einem sauberen T-Shirt, in dem sie schlafen konnte. Bedauerlicherweise waren meine schönsten weißen entweder schmutzig oder zwar frisch gewaschen, dafür aber rosa. Fluchend durchstöberte ich meine Schubladen und fand schließlich ein dunkelgraues Shirt, bei dem in dicken, schwarzen Buchstaben USMC auf der Brust stand. Es war schon ziemlich ausgeblichen, aber nur minimal ausgefranst, und hatte keine Flecken an den Achseln. Sie würde zwar völlig darin verschwinden, aber es war zumindest bequemer, als wenn sie in ihren normalen Sachen schlief.

*Oh, verdammt. Stell sie dir nicht ausgezogen vor.*

Ich schnappte mir ein Kissen vom Bett, warf es auf dem Weg durchs Wohnzimmer aufs Sofa und lief wieder die Treppe hinauf, vorbei an der geschlossenen Badezimmertür. Mit dem T-Shirt in der Hand wünschte ich Millie und Felicity eine gute Nacht, drückte beiden Mädchen einen Kuss auf die Stirn und sagte ihnen, dass ich sie lieb hatte.

»Dürfen wir wirklich morgen mit dir und Frannie zur Arbeit fahren?«, fragte Millie gähnend.

»Natürlich. Vorausgesetzt, dass wir es überhaupt bis ins *Cloverleigh* schaffen.« Mit einer Grimasse dachte ich daran, wie sich mein Wagen vorhin geweigert hatte, anzuspringen. Vermutlich war die Batterie tot, und ich würde morgen Starthilfe brauchen. »Und jetzt schlaft.«

In dem Moment, als ich ihr Zimmer verließ, kam Frannie gerade aus dem Bad, und wir begegneten uns im Flur. Gott sei Dank hatte sie das Licht angelassen, sonst hätten wir allein im Dunkeln voreinander gestanden. Ihr Gesicht war frisch gewaschen, und ohne Make-up sah sie noch jünger und süßer aus.

*Weil sie jung und süß* ist. *Also hör auf, dir vorzustellen, wie du ihr deinen Schwanz in den Mund steckst.*

Ich hielt ihr das T-Shirt hin. »Hier.«

Sie nahm es. »Oh – danke.«

»Ich habe noch ein Kissen aufs Sofa gelegt. Muss nur

noch schnell einen frischen Kissenbezug aus dem Wäscheschrank holen. Am besten mach ich das jetzt sofort.«

»Okay.«

»Die Decken sind auch immer noch alle unten.«

»Gut. Danke.« Sie lächelte mich an, und es schnürte mir derart die Brust zusammen, dass ich kaum atmen konnte.

*Geh schon, du Arschloch. Hol den Kopfkissenbezug. Lauf nach unten. Lass sie allein, damit sie sich umziehen kann, und verzieh dich in dein Zimmer, wo du hingehörst. Dann mach die Tür zu und denk nicht einmal daran, wieder rauszukommen.*

Aber ich blieb stehen und starrte sie weitere zehn Sekunden lang an, die Hände an den Seiten zu Fäusten geballt. Ich wollte sie verdammt gern küssen. Nur ein einziges Mal, um zu wissen, wie sich ihre süßen Lippen auf meinen anfühlten. Sie in den Armen halten. Ich ertappte mich bei der Frage, wie falsch das auf einer Skala von eins bis zehn wäre. Eine Sieben? Eine Acht?

Ich schob die Hände in meine Hosentaschen.

Sie schaute über ihre Schulter ins Badezimmer. »Ich schätze, dann ziehe ich mich mal um.«

Ich nickte. »Okay. Nacht.«

»Nacht.« Sie ging wieder ins Bad und schloss die Tür, und ich sackte mit einem Seufzer der Erleichterung in mich zusammen.

*Scheiße. Das war knapp.*

Dann lief ich zum Wäscheschrank, schnappte mir einen frischen Kissenbezug und lief die Treppe nach unten, wobei ich immer drei Stufen auf einmal nahm. Wenn sie herunterkam, musste ich das Wohnzimmer verlassen haben.

Das Problem war, dass ich beim Kopfkissenbeziehen echt *scheiße* war. Den alten bekam ich gut herunter, aber den neuen drauf zu bekommen war verdammt noch mal ein Problem. Nach drei Minuten war ich völlig durchgeschwitzt und immer noch dabei, das dicke, beschissene Kissen in den Bezug zu stopfen – warum zum Teufel war das so schwierig? Warum steckte das Kissen jetzt falsch herum im Bezug? War der im Trockner eingelaufen? Fluchend schaltete ich eine Lampe ein und versuchte es noch einmal.

Natürlich kam sie gerade rechtzeitig auf Zehenspitzen die Treppe herunter, um noch mit anzusehen, wie ich mich abmühte. Kichernd legte sie ihre Sachen auf dem Sofa ab und griff nach dem Kissen. »Was ist denn hier los? Wehrt es sich?«

»Ganz genau.« Nur zu gern überließ ich es ihr und stöhnte innerlich auf bei ihrem Anblick in meinem T-Shirt. Es war viel zu groß für sie – es reichte ihr fast bis zu den Knien –, aber das war wahrscheinlich ganz gut so. Ich brauchte nicht *noch mehr* von ihren nackten Beinen zu sehen.

»So.« Sie streifte den Bezug völlig ohne Schwierigkeiten über das Kissen.

Ich schüttelte den Kopf. »Worin liegt das Geheimnis? Und warum scheinen nur Frauen es zu kennen?«

Sie drückte das Kissen an sich und bedachte mich mit einem schelmischen Lächeln. »Das werde ich niemals verraten.«

Gott, war sie süß. Und sexy. Und sie stand wirklich,

wirklich nah bei mir. Die Vorhänge waren geschlossen, und es brannte nur die eine Lampe, was dem Raum eine intime Atmosphäre verlieh. Das Haus wirkte schläfrig und still unter dem Schnee, und wir waren allein – was auch immer jetzt geschah, würde unser Geheimnis bleiben. Meine Gedanken wanderten in gefährliche Gefilde. Mein Herz gebärdete sich beängstigend wild in meiner Brust.

*Es darf nichts passieren*, sagte ich mir. *Überhaupt nichts.*

Aber statt mich zurückzuziehen und ins Bett zu gehen, wie ich es hätte tun sollen, griff ich nach dem Kissen, das sie immer noch festhielt, und warf es aufs Sofa.

Ihr Lächeln verschwand.

Ich kam noch näher. Und umfasste ihr Gesicht mit beiden Händen. Dann strich ich mit dem Daumen über ihre weichen, rosigen Lippen.

»Du solltest mich ins Bett schicken«, sagte ich leise.

»Warum?«, flüsterte sie.

»Weil ich dich küssen werde, wenn du es nicht tust.«

Ihre Hände wanderten an meiner Brust hinauf, und sie stellte sich auf die Zehenspitzen. »Mack. Küss mich.«

Ich senkte meine Lippen auf ihre und schwor mir, sie nur einmal zu küssen – *ein einziges Mal* –, nur um zu wissen, wie es sich anfühlte. Das sagte ich mir natürlich, *bevor* sie den Mund öffnete und meine Zunge einließ. *Bevor* sie mir die Arme um den Hals legte und ihren Oberkörper an meinen drückte. Und *bevor* meine Hände an ihren Seiten hinabglitten und sich langsam unter ihr T-Shirt schoben. Und auch lange bevor sie hochsprang und die Beine um mich schlang und damit meine Hände aufforderte, sich unter den Hintern zu legen, an den ich den ganzen Tag lang gedacht hatte.

Denn danach hatte ich keine Chance mehr.

Mein Schwanz war steinhart. Adrenalin pulsierte durch meine Adern. All meine Willenskraft war verpufft.

Ich stolperte rückwärts aufs Sofa und zog sie mit mir, sodass sie rittlings auf meinen Oberschenkeln saß. Meine Hände stahlen sich wieder unter ihr T-Shirt, und ihre gruben sich in mein Haar. Sie seufzte leise und flehend, während ich ihre Brüste berührte und mit den Daumen über die Brustwarzen strich. Ihr Kopf fiel zur Seite, und ich bewegte den Mund an ihrer Kehle hinab und kostete ihre Haut. Mein Schwanz zuckte, zwischen uns gefangen.

Mit beiden Händen umfasste sie meinen Kopf und zog meine Lippen wieder zu ihren, bewegte rhythmisch die Hüften und rieb sich an mir.

Oh Gott. Das hier wurde langsam gefährlich. Wenn sie sich noch eine Minute so an mich presste, würde ich uns beide in Verlegenheit bringen, indem ich abging wie eine Rakete, und das war *wirklich* das Letzte, was ich wollte.

»Frannie.« Ich legte ihr die Hände auf die Schultern und drückte sie sanft von mir weg. »Wir müssen aufhören.«

»Wegen der Kinder?«, fragte sie atemlos.

»Weil das hier falsch ist.« Tatsächlich hatte ich die Kinder total vergessen, was nur *ein weiteres* Zeichen dafür war, dass das hier keine gute Idee sein konnte. Es tötete meine Gehirnzellen ab. »Weil du meine Kollegin und unser Babysitter bist. Weil du die Tochter meines Chefs bist. Weil ich so viel älter bin als du. Und weil gleich was passiert, wenn du nicht aufhörst, dich so zu bewegen.«

»Ich habe nichts dagegen.«

»In meiner *Hose.*«

Sie lachte leise. »Mir war schon klar, was du meinst. Aber es muss ja nicht so passieren. Wir könnten …« Sie zögerte, und als sie weitersprach, war ihre Stimme sanfter, schüchterner. »Wir könnten in dein Schlafzimmer wechseln.«

Ich stöhnte. »Nein. Können wir nicht.«

»Aber ich will es. Ich will es schon so lange.«

»Scheiße, sag doch so was nicht.«

»Warum nicht? Es ist die Wahrheit.«

Ich schüttelte den Kopf und gelobte mir, stark zu bleiben. »Nein.«

»Aber …«

»*Nein.*« Ich beschwor jedes bisschen Willenskraft, das ich besaß, und noch eine gehörige Portion dazu, die ich eigentlich nicht besaß, hob sie von mir herunter, setzte sie neben mich und stand auf. »Kein Aber.«

Sie sah mich an. »Du willst nicht?«

»Scheiße noch mal. Natürlich will ich.« Tatsächlich weigerte sich mein Ständer, aufzugeben, und ich musste ihn in meiner Hose zurechtrücken.

Mit amüsierter Miene betrachtete sie die nicht zu übersehende Beule in meinem Schritt. »Was hält dich dann zurück?«

»All das, was ich gerade gesagt habe!« Es war ein Kampf, leise zu sprechen. Ich war zornig und hätte gern gebrüllt – nicht sie angebrüllt, nicht direkt, sondern einfach im Allgemeinen gebrüllt. Wegen der Gesamtsituation. Und definitiv wegen meiner ganz persönlichen Situation. Ich fuhr mir mit einer Hand durchs Haar. »Es tut mir leid, Frannie. Ich hätte dich nicht küssen dürfen. Es ist alles meine Schuld.«

Sie seufzte resigniert und schüttelte den Kopf. »Nein, ist es nicht.«

»Doch, ist es.« Ich konnte ihr kaum in die Augen sehen, aber ich zwang mich dazu. »Ich hatte *einen einzigen Job* – den verdammten Kissenbezug auf das Kissen zu bekommen und ins Bett zu gehen. Stattdessen habe ich die Situation ausgenutzt.«

Zu meiner Überraschung verdrehte sie die Augen. »Ach, komm schon, Mack. Du hast die Situation nicht ausgenutzt. Wenn ich nicht genauso darauf gebrannt hätte, dass du mich küsst, wäre ich oben geblieben, bis ich mir sicher bin, dass du in deinem Zimmer bist. Oder zumindest hätte ich meine Hose angelassen.«

»Das hättest du wahrscheinlich besser tun sollen.«

Sie nickte und schaute auf ihre fest zusammengepressten Knie hinunter. »Tut mir leid.«

Ich versuchte, meiner Stimme die Schärfe zu nehmen. »Du bist zu jung, Frannie. Und wenn wir das hier heute Nacht weiterlaufen ließen, würde es uns beiden leidtun.«

»Zu jung! Ich bin siebenundzwanzig.«

»Und ich bin siebenund*dreißig.*«

Sie reckte das Kinn vor. »Der Altersunterschied ist mir egal.«

Ich fragte mich, wie ich ihr sonst vermitteln sollte, was ich dachte. »Ich versuche nur, dich zu schützen.«

»Tu das nicht«, sagte sie gepresst. »Sag so was nicht. Ich habe es so unendlich satt, dass mir ständig verwehrt wird, was ich will, und immer nur zu hören, es sei doch zu meinem eigenen Besten. Ich bin kein Kind mehr, Mack. Ich brauche deinen Schutz nicht.« Mit diesen Worten schnappte sie sich zornig das Kissen, packte es auf ein

Ende des Sofas, legte sich hin und zog die Decke über sich.

Ich war gleichzeitig traurig, ihre Beine verschwinden zu sehen, und froh, dass ich sie nicht länger direkt vor der Nase hatte.

»Gute Nacht«, sagte sie, zog sich die Decke bis ans Kinn und schloss die Augen.

Es gab keine Möglichkeit, das Ganze würdevoll zu beenden – erst recht nicht angesichts meiner riesigen, störrischen Erektion –, daher schaltete ich das Licht aus und ging.

In meinem Schlafzimmer schloss ich die Tür, setzte mich ans Fußende meines Betts und stützte die Hände auf die Knie.

»Scheiße«, flüsterte ich und presste fest die Augen zu. Warum krampfte sich mein Magen derart zusammen? Ich hatte schließlich das Richtige getan. Hatte ich nicht gerade meine Triebe beiseitegeschoben? Hatte ich nicht genau das getan, was ich mir auch von einem anderen Mann wünschen würde, wenn in vielen Jahren mal eine meiner Töchter an Frannies Stelle wäre? Ich ließ mich rücklings aufs Bett plumpsen und legte mir einen Arm über die Augen.

Gott. Ich wollte nicht daran denken, was meine Töchter in der Zukunft tun würden. Ich wollte nicht *jetzt* an sie denken. Und ich wollte Frannie nicht so behandeln, als sei sie eine von ihnen – denn so sah ich sie ganz und gar nicht. Aber es war falsch, sie so zu begehren. Nur hörte es deshalb trotzdem nicht einfach auf.

Irgendwann schleppte ich mich ins Badezimmer, um mir die Zähne zu putzen. Dann zog ich mich bis auf die Unterwäsche aus, schlüpfte in eine Jogginghose, löschte das Licht und kroch unter die Bettdecke, so allein, wie ich wahrscheinlich für den Rest meines verdammten Lebens sein würde.

Nur dass … ich nicht aufhören konnte, an sie zu denken. An ihre nackten Beine, die unter meinem T-Shirt hervorschauten. Daran, wie ihr Kuss geschmeckt hatte. An den Duft ihres Haars. Die harten kleinen Knospen ihrer Brüste unter meinen Händen. Wie sie rittlings auf mir gesessen und sich auf mir bewegt hatte.

Mein Schwanz war steinhart, und es hätte so gutgetan, in ihr zu sein. Mein Körper sehnte sich verzweifelt nach Erlösung. Und sie hatte es auch gewollt, oder etwa nicht? Vielleicht war sie genauso einsam wie ich. Vielleicht suchte sie nur nach ein wenig Gesellschaft. Ein wenig Spaß. Ein wenig Gemeinsamkeit.

Ich ertappte mich dabei, dass ich ins Wanken geriet. Was würde es schon schaden? Schließlich waren wir zwei Erwachsene, die in beiderseitigem Einvernehmen handelten, oder nicht? Vielleicht war ein einziges Mal okay. Vielleicht konnten wir uns diesen einen Moment des Wahnsinns leisten und dann zur Normalität zurückkehren. Vielleicht war das alles, was ich brauchte, um sie aus dem Kopf zu bekommen.

Und ich hatte es so schrecklich satt, dass mein einziger Daseinszweck im Leben war, mich verantwortungsvoll zu verhalten. Früher war ich unberechenbar gewesen. Tollkühn. Früher war ich Risiken eingegangen, hatte aus dem Bauch heraus gehandelt und mir gesagt: *Scheiß auf die Konsequenzen.*

Meine Füße berührten den Boden, und ehe ich wusste,

was ich da tat, öffnete ich meine Schlafzimmertür und trat in die Dunkelheit.

# Kapitel 9

Frannie

Ich starrte im Dunkeln an die Decke und wusste nicht, ob ich wütend war oder zutiefst beschämt.

Er hatte mich gewollt, oder etwa nicht? Natürlich hatte er das – zwischen seinen Beinen war das deutlich zu spüren gewesen. Und er hatte mich zuerst geküsst! Er hatte seine Hände überall auf mir gehabt! Meine Brüste schmerzten bei der Erinnerung an seine Berührung, und die ungestillte Sehnsucht in meinem Körper wollte nicht nachlassen. Ich war unruhig und sauer, gleichermaßen auf ihn wie auf mich selbst.

Obwohl es irgendwie auch nett war, dass er versuchte, sich so nobel und heldenhaft zu verhalten, was Sex betraf. Ich konnte seinen Standpunkt nachvollziehen – er arbeitete für meinen Dad, also war ich im Grunde die Tochter seines Chefs. Und sein Aushilfs-Kindermädchen. Und zehn Jahre jünger.

Aber verdammt, ich war schon seit einer Ewigkeit in ihn verknallt. Alles andere war mir gleichgültig. Ich wollte einfach mit ihm zusammen sein.

Und das wusste er jetzt.

Ich presste die Lider zusammen und kam mir vor wie ein Kind, das sich gerade vor dem Lehrer, in den es verknallt war, total zum Narren gemacht hatte. Hatte ich wirklich vorgeschlagen, er solle mich in sein Schlafzimmer bringen? Unter heftigem Kopfschütteln versuchte ich, seine Zurückweisung aus meinem Gedächtnis auszulöschen.

So viel zum Thema Verführung.

Aber je länger ich da lag, ein wenig zitternd und hellwach unter der Decke, umso klarer wurde mir, dass ich den Versuch nicht bereute. Zumindest war ich ein Risiko eingegangen. War einem Impuls gefolgt. Na schön, es war nicht so gut gelaufen, wie ich gehofft hatte, aber trotzdem – *Mack hatte mich geküsst.*

Ich drehte mich auf die Seite, zog mir die Decke über die Schulter und schloss die Augen.

Ich war nicht sicher, wie lange ich dagelegen hatte, da spürte ich eine Hand auf meiner Hüfte. Ich öffnete die Augen und sah Mack, der neben mir auf den Fußballen hockte. Ohne Shirt.

Mir stockte der Atem.

Er legte einen Finger auf die Lippen.

Mein Herz hämmerte. Passierte das gerade wirklich, oder war es ein Traum?

So ganz genau wollte ich es gar nicht wissen, also legte ich meine Hand in seine und stand vom Sofa auf. Er führte mich durchs Esszimmer in sein Schlafzimmer und schloss lautlos die Tür hinter uns.

»Mack. Was tust du da?«, flüsterte ich.

Statt zu antworten, drückte er mich gegen die Tür und küsste mich heftig und leidenschaftlich, seine Arme rechts und links neben mir aufgestützt, sodass ich dazwischen gefangen war. »Ich habe meine Meinung geändert.«

»Warum?«

»Weil ich schon seit Stunden wachliege und verdammt

noch mal an nichts anderes denken kann als daran, wie sehr ich dich begehre.« Seine Stimme, leise und rau, klang eher wie ein Knurren als wie ein Flüstern.

»Aber du hast gesagt …«

»Ich weiß, was ich gesagt habe. Doch ich habe beschlossen, heute Nacht lieber meinem Verlangen nachzugeben als verantwortungsbewusst. Wenn du damit einverstanden bist.«

Ich legte ihm beide Hände auf die Brust und schob ihn von mir. »Das bin ich.«

Dann zog ich mir das T-Shirt über den Kopf. Sofort fanden unsere Körper zusammen, unsere nackten Oberkörper fest aneinandergedrückt, unsere Münder verschmolzen. Irgendwie schafften wir es zum Bett, wo er seine Hose abstreifte und sich auf mich legte. Mein Herz klopfte so stark, dass ich fast Angst bekam, die Ärzte hätten sich geirrt, und es gäbe doch etwas, das ich nicht verkraftete – nackt mit Declan MacAllister im Bett zu liegen nämlich.

Ein wohliger Schauer lief durch meinen Körper.

»Frierst du?«, fragte er.

»Ist das dein Ernst?«

Ich sah sein Lächeln in der Dunkelheit über mir. Die Wärme und das Gewicht seines maskulinen, muskulösen Körpers waren himmlisch, und ich schlang Arme und Beine um ihn. Seine Erektion presste sich fest gegen mich.

»Wir müssen leise sein«, flüsterte er, und sein Atem strich über meine Lippen.

»Ich kann leise sein«, versprach ich.

»Gut.« Dann küsste er mich, und Sterne schossen durch meinen Körper, bis in die Fingerspitzen und Zehen hinein. Ich erwiderte seinen Kuss, küsste ihn, wie ich noch nie zuvor jemanden geküsst hatte, als sei er die Luft, die ich zum Atmen brauchte. Ich liebte die Wärme seiner Haut auf meiner, seinen Geruch, seine breite Brust.

*Mack, Mack, Mack.*

Er legte die Hände auf meine Brüste, und ich wölbte mich seiner Berührung entgegen, musste mir aber auf die Unterlippe beißen, um nicht allzu laut zu stöhnen. Dann glitt sein Mund an meiner Kehle und meinem Oberkörper hinab, seine Zunge strich über meine kribbelnden Brustwarzen, spielte damit, bis sie zu unerträglich harten Knospen wurden. Er saugte an ihnen, schnippte mit der Zunge dagegen und zog sie zwischen die Zähne. Meine Hände in seinem Haar vergraben, wand ich mich verzückt unter ihm. Als er anfing, Küsse auf meinem Bauch zu verteilen, bekam ich Panik, mein Versprechen, leise zu sein, nicht halten zu können.

Er löste kaum den Mund von mir, während er meinen Slip herunterstreifte. Dann verschwand sein Kopf gänzlich unter der Decke, und er drückte meine Schenkel auseinander.

Bei der ersten Berührung seiner Zunge schrie ich auf. Ich konnte es einfach nicht unterdrücken. Sofort hielt ich mir den Mund zu und hörte ihn lachen, bevor er meine Klitoris ein weiteres Mal lange und genüsslich mit der Zunge streichelte. Wieder schrie ich und legte schnell die zweite Hand über die erste.

Mack kam unter der Decke hervor. »Soll ich lieber aufhören?«

Ich schüttelte den Kopf. Mit Nachdruck.

»Dann musst du leise sein, mein Engel. Psst.« Er

machte weiter, und ich wimmerte hilflos hinter meinen Händen. Er schob einen Finger in mich hinein, und ich drückte mir ein Kissen aufs Gesicht. Jetzt saugte er an meiner Klitoris, während er mich erst mit einem und dann mit zwei Fingern stimulierte, woraufhin mein ganzer Körper anfing zu summen und in Flammen zu stehen schien. Unkontrollierbare Lustgefühle überkamen mich, bis ich mich nicht mehr zurückhalten konnte, und sich alles in einer Explosion aus lauter rings um mich herabregnenden Sternen auflöste.

*Vielleicht* war ich leise gewesen. Ich war nicht ganz sicher.

Mit einem letzten Kuss auf die Innenseite meines Schenkels schob sich Mack wieder nach oben. »Herr im Himmel«, sagte er heiser.

»War ich zu laut?«, flüsterte ich.

»Ich habe keine Ahnung. Ich war zu beschäftigt damit, nicht zu kommen, weil du so gut schmeckst.« Er küsste mich auf den Hals. »Und weil du dich so unglaublich bewegst.« Er küsste mich aufs Kinn. »Und weil ich daran gedacht habe, wie es sich anfühlen wird, wenn ich in dir bin.« Er drückte seinen Mund auf meinen, und ich schlang fest Arme und Beine um ihn, weil ich mir nichts mehr wünschte als genau das hier. Als er über mir die Hüften bewegte, spürte ich, wie groß und hart er war.

»Ja«, sagte ich dicht an seinen Lippen. »Ich will dich in mir haben. Jetzt.«

Mack lehnte sich über mich, um die Nachttischschublade aufzuziehen. Zehn Sekunden später kniete er zwischen meinen Beinen und streifte sich ein Kondom über. Ich hatte schon ein paarmal Männern dabei zugesehen, aber es war immer von Peinlichkeit und Gefummel begleitet gewesen, als hätten sie nicht gewollt, dass ich sie auch nur ansehe. Nun gut, das waren magere Halbwüchsige gewesen im Vergleich zu dem reifen Mann vor mir. Er war selbstbewusst, robust und stark. Alles an ihm strahlte Männlichkeit aus, von den Bartstoppeln auf seinem Kinn bis zu seiner behaarten Brust, den muskulösen Armen und seinem dicken, harten Schwanz.

Aber ich hatte kaum Zeit, seine Silhouette in der schummrigen Dunkelheit zu bewundern, bevor er wieder über mir war, sich zwischen meinen Beinen positionierte und sich dann in mich hineingleiten ließ. Ganz langsam und einen heißen, steinharten Zentimeter nach dem anderen.

Ich atmete ein paarmal tief durch und schloss die Augen, während sich mein Körper daran gewöhnte, so weit gedehnt, so vollkommen ausgefüllt zu werden.

»Alles okay?«, fragte er. »Du kannst es mir sagen, wenn ich langsamer machen soll.« Aber er begann bereits, seine Hüften in tiefen, ruhigen Stößen zu bewegen.

Meine Hüften antworteten im selben Rhythmus, und ich ließ die Hände an seinem Rücken hinunterwandern. Ich flüsterte ihm ins Ohr: »Mehr als okay. Ich will das hier so sehr.«

Er behielt den langsamen, gleichmäßigen Rhythmus bei, seine Stimme leise in meinem Ohr. »Weißt du, wie oft ich mir vorgestellt habe, dich hier in diesem Bett zu vögeln?«

»Erzähl es mir.« Ich hatte Mühe zu sprechen.

»So viele Nächte.« Als sein Rhythmus schneller wurde, keuchte ich auf und biss ihm in die Schulter. »Aber du bist noch besser als meine Fantasie. Süßer. Heißer. Und verdammt, ich liebe es, wie feucht du für mich bist. Es fühlt sich so verflucht gut an.«

Gott, ich liebte sein unflätiges Mundwerk. Ich würde jeden Cent, den ich besaß, in die Fluchkasse spenden, wenn er nur weiter so mit mir redete.

Und die Art, wie er sich bewegte, oh mein *Gott* …

Bereits erregt von meinem ersten Orgasmus, war mein Körper mehr als empfänglich für einen zweiten. Schon nach wenigen Minuten war ich wieder kurz davor zu kommen, jeder tiefe, harte Stoß seines Schwanzes trieb mich weiter darauf zu. Und wenn ich nach Macks ersticktem Stöhnen und seiner heftigen Atmung ging, war auch er ganz kurz davor.

Ich bohrte die Nägel in seine Haut und unterdrückte meine Schreie. Packte seinen Hintern und zog ihn in mich hinein, wollte *mehr, mehr, mehr*, obwohl ich wusste, dass ich mehr gar nicht aushielt. »Mack«, flehte ich. »*Mack* …« Es war schon Ekstase, nur seinen Namen zu sagen, den Namen auf meinen Lippen zu spüren, während er sich in mir bewegte.

Sex mit Mack war anders als alles, was ich je zuvor erlebt hatte. Rauer. Leidenschaftlicher. Intensiver. Es fühlte sich an wie das Original, während die Male davor lächerliche Imitationen gewesen waren. Und alles wurde noch intensiver durch die Tatsache, dass wir leise sein mussten. Es war fast unmöglich! Ich musste mich völlig darauf konzentrieren, nicht zu schreien – vor Lust, vor Schmerz, in tiefer Ungläubigkeit, dass das hier tatsächlich geschah.

Dann fluchte er in das Kissen unter meinem Kopf, all seine Muskeln krampften sich zusammen, und ich spürte, wie der Orgasmus wellenförmig durch seinen Körper in meinen hinüberrollte. Er schickte mich in schwindelerregende Höhen, ließ mich dann kopfüber wieder herabstürzen. Ich klammerte mich an ihn, während wir dieses wahnsinnige, kraftvolle, unglaubliche Gefühl miteinander auskosteten.

Wenige Sekunden später hob er den Oberkörper von meinem und zog sich aus mir zurück. »Ich bin gleich wieder da.«

»Okay«, sagte ich, enttäuscht, dass er schon aufstehen wollte.

Während er im Bad war, lag ich da, die Decke bis unters Kinn hochgezogen. Ich konnte es nicht glauben! Nur um sicher zu sein, dass es kein Traum war, kniff ich mich. Kräftig.

*Nein. Es ist wirklich passiert.*

Aber was jetzt? Ich konnte ja nicht in diesem Bett schlafen, oder? Nein, ich ging besser wieder aufs Sofa. Wir wollten schließlich nicht, dass seine Kinder mich am Morgen in seinem Schlafzimmer vorfanden. Ich entdeckte meine Unterwäsche am Fußende des Bettes, zog sie rasch an und suchte gerade auf dem Boden nach meinem T-Shirt, als Mack die Badezimmertür öffnete. Licht ergoss sich ins Schlafzimmer.

»Hey«, sagte er.

»Hey.« Ich fand das T-Shirt auf dem Boden, richtete mich auf und streifte es mir über den Kopf.

»Ähm, willst du ins Bad?«

»Oh … klar.« Er trat beiseite, als ich an ihm vorbeiging, und ließ mir viel mehr Platz als nötig, was irgendwie seltsam war angesichts der Tatsache, dass sich sein verschwitzter, nackter Körper die letzten dreißig Minuten an meinen gepresst hatte. Das war eine Geste, wie wenn man jemandem bei der Arbeit im Flur begegnete, nicht im Schlafzimmer, nachdem man gerade Sex gehabt hatte. Was bedeutete das?

Ich schloss die Badezimmertür hinter mir, wusch mich ein wenig und versuchte, nicht zu viel in die Sache hineinzuinterpretieren. Aber irgendetwas fühlte sich völlig falsch an. Ich trocknete mir die Hände ab und hielt für einen Moment inne, bevor ich die Hand auf den Türknauf legte. Nach ein paar tiefen Atemzügen schaltete ich das Licht aus, öffnete die Tür und hoffte einfach, dass ich mich geirrt hatte.

Meine Augen waren nicht an die Dunkelheit gewöhnt, und zuerst war ich mir nicht sicher, wo er sich befand. Ich brauchte einen Moment, um zu begreifen, dass *er gar nicht im Zimmer war.* Eine Weile stand ich einfach nur da und betrachtete verwirrt blinzelnd das leere Bett, dann wurde die Schlafzimmertür geöffnet. Mack kam herein, in der Hand mein Kissen vom Sofa. Er trug eine Jogginghose und ein T-Shirt.

»Hey«, flüsterte er. »Ich habe nur die Kissen ausgetauscht.«

»Kissen ausgetauscht?«

»Ja. Ich habe meins mitgenommen und deins hergebracht. Ich schlafe auf dem Sofa, und du kannst das Bett haben.«

»Das ist doch nicht nötig. Ich kann auch auf dem Sofa schlafen.«

»Ich sage den Mädchen einfach, ich hätte dir das Bett

angeboten, als mir klar wurde, wie kalt es im Wohnzimmer ist.«

Tatsächlich war es dort gar nicht so kalt gewesen, aber hier drin kam es mir plötzlich verdammt arktisch vor. »Mack, ich …«

»Brauchst du ein sauberes Laken für das Bett?«

»Was? Nein.«

»Okay. Mach die Tür zu, und dann hoffe ich mal, dass die Kinder nicht so laut sind, wenn sie herunterkommen. Du kannst ausschlafen.« Er legte eine Hand auf den Türknauf, um sie hinter sich zuzuziehen. »Nacht.«

»Warte mal kurz, Mack.« Ich ging auf die Tür zu. »Komm für eine Sekunde wieder rein.«

Er zögerte, kam dann aber wieder ins Schlafzimmer und schloss die Tür. »Was?«

»Nun …« Ich verschränkte die Arme vor der Brust. »Was jetzt?«

»Wie meinst du das?«

»Ich meine, sollen wir jetzt einfach so tun, als sei das hier nicht passiert?«

»Das halte ich für das Beste. Du nicht?«

Natürlich nicht. Ich wollte mit ihm in den Sonnenuntergang reiten. Zu romantischer Musik, während der Abspann über die Kinoleinwand lief. »Ich … ich weiß nicht. Wahrscheinlich schon.«

»Es ist wirklich besser so. Vertrau mir, Frannie.« Er schlug einen Ton an, der signalisieren sollte, wie viel älter und weiser er war als ich und der mir das Gefühl gab, fünf Jahre alt zu sein. »Die heutige Nacht war eine nette Unterbrechung der Normalität, aber so etwas darf sich nicht wiederholen.«

Nette Unterbrechung der Normalität?

*Nett?*

Ich hatte gerade den unglaublichsten, wahnwitzigsten, weltbewegendsten Sex gehabt, den man sich vorstellen konnte. Mein Leben würde nie wieder dasselbe sein. Und er fand es nett?

Ich wäre am liebsten gestorben.

»Klar«, sagte ich und war froh, dass das Licht ausgeschaltet war und er nicht sah, wie zutiefst gedemütigt ich mich fühlte. »Okay, es ist nie passiert.«

»Gut, dann sind wir ja einer Meinung.« Er klang erleichtert. »Und jetzt, wo wir das aus dem System geschafft haben, können wir da weitermachen, wo wir aufgehört haben. Nacht.«

Er war bereits aus der Tür, bevor ich auch Gute Nacht sagen konnte.

Durcheinander, verletzt und beschämt kroch ich wieder ins Bett, das nach ihm roch. Ich rollte mich auf der Seite zusammen, ein Kissen fest im Arm, und versuchte den Kloß in meiner Kehle herunterzuschlucken.

Dann wurde ich sauer.

*Werd endlich erwachsen, Frannie. Du willst wie eine Erwachsene behandelt werden? Deine eigenen Fehler machen? Bitte schön – ein großer Teller SO FÜHLT SICH DAS AN, kalt serviert mit Demütigung als Beilage. Und es hilft dir überhaupt nicht, darüber Tränen zu vergießen.*

*Hast du etwa gedacht, er würde dir seine Liebe gestehen, nur weil er dir zwei Orgasmen verschafft hat? Das ist doch wohl ein Witz.*

*Manchmal ist Sex eben nur Sex, und du führst dich auf wie ein im Dunkeln in sein Kissen schluchzender Teenager. Kein*

*Wunder, dass er dich für zu jung hält. Dir war von Anfang an klar, dass deine Gefühle für ihn zu nichts führen werden, also tu jetzt nicht so, als hättest du das nicht gewusst.*

*Nur ein Kind glaubt noch an Märchen.*

# Kapitel 10

## Mack

Ich sah zu, dass ich ins Wohnzimmer kam, legte mich aufs Sofa und warf mir die Decke über die Beine.

Gott, das hatte sich gut angefühlt. Besser noch, als ich es mir ausgemalt hatte – und ich hatte es mir oft ausgemalt. Alles war so intensiv gewesen – die Hitze, die Chemie, die Verbundenheit. So etwas hatte ich seit Jahren nicht mehr gespürt, falls überhaupt jemals. Vielleicht war es der Reiz des Verbotenen, vielleicht lag es an der Tatsache, dass ich monatelang meinen unerlaubten Fantasien über sie nachgehangen hatte, oder vielleicht hungerte mein Schwanz nach einem Jahr des Zölibats auch einfach nach Aufmerksamkeit. Aber bei Gott, ich hätte nach diesem Orgasmus weinen können.

Für einen Moment gestattete ich mir die Vorstellung, wie es wäre, jünger zu sein und keine Kinder zu haben. Wenn ich um sie werben könnte. Sie erobern. Sie behalten. Ich würde sie ständig maßlos verwöhnen. Sie war die perfekte Kombination aus sexy und süß – es machte mich völlig verrückt. In einem anderen Leben hätte ich alles nur Mögliche unternommen, um sie zu meiner Frau zu machen.

Aber weil die Dinge lagen, wie sie lagen, war es mir ernst gewesen mit dem, was ich gesagt hatte. So gut der

Sex gewesen war, wir durften das nicht wiederholen. Sie war nach wie vor zu jung, sie war nach wie vor die Tochter des Chefs, und sie war nach wie vor das Kindermädchen, und ich war gar nicht in der Position, um *irgendjemanden* zu werben.

Gott sei Dank hatte sie mir recht gegeben, dass wir einfach so tun sollten, als sei es nie passiert, und so weiterzumachen wie zuvor.

Ich wusste wirklich nicht, was ich ohne sie tun würde.

Am Morgen kamen die Mädchen im Schlafanzug herunter und fragte sofort nach Frannie.

»Sie ist in meinem Zimmer«, sagte ich ihnen gähnend und zog mir die Decke über die Schulter. »Es war zu kalt hier, daher habe ich ihr das Schlafzimmer überlassen und selbst auf dem Sofa geschlafen.«

Keine von ihnen zuckte auch nur mit der Wimper. »Dürfen wir sie jetzt wecken?«, fragte Felicity. »Wir wollen die Zimtschnecken machen.«

»Nein. Tut das nicht.« Widerstrebend richtete ich mich auf und kratzte mir den Bauch.

Winifred kicherte. »Ich hab Daddys haarigen Bauch gesehen.«

»Iiih!«, riefen die beiden älteren wie aus einem Mund.

»Hey«, sagte ich, schnappte mir Winnie und warf sie mir über den Schoß. »Ich habe keinen haarigen Bauch.«

»Doch, hast du wohl«, quietschte Felicity. »Und du hast auch welche auf der Brust!«

»Hey, hör zu. Wo ich herkomme, sollte ein Mann ein paar Haare auf der Brust haben. Und ich bin ein Mann.«

Aber für eine Sekunde fragte ich mich, was wohl Frannie über meinen Körper gedacht hatte. Ich war keine zwanzig mehr, und obwohl ich körperlich fit war, hatte ich keinen sorgfältig gepflegten, vollkommen glatten und haarlosen Männerkörper. Es schien ihr nichts ausgemacht zu haben, und ich war in der vergangenen Nacht zu angetörnt gewesen, um mich auch nur einen Scheißdreck darum zu scheren, aber jetzt hoffte ich, dass sie nicht enttäuscht gewesen war … ich ertappte mich bei einem schnellen Gebet: *Bitte, Gott, mach, dass es für sie wenigstens halb so gut war wie für mich.*

Entschlossen verbannte ich die gestrige Nacht aus meinem Kopf, stand auf und warf mir Winnie wie einen Sack Kartoffeln über die Schulter. »Seid jetzt leise, wir suchen uns etwas zum Frühstück.«

Quengelnd und unter Protest folgten sie mir in die Küche und schauten zu, wie ich nacheinander den Kühlschrank, die Tiefkühltruhe und zahlreiche Schränke aufriss. Natürlich lehnten sie alles ab, was ich ihnen anbot – Waffeln, Haferbrei, Pfannkuchen, Eier, Toast, Müsli, Müsliriegel.

»Kommt schon, Leute. Ihr müsst Euch für irgendetwas entscheiden. Es ist gleich acht, und ich habe noch eine Menge Schnee wegzuräumen, bevor wir irgendwohin fahren können.«

»Aber wir wollen Zimtschnecken«, beharrte Felicity.

»Nun, ich habe keine verdammte Ahnung, wie man die macht.«

Dann hörte ich, wie die Tür meines Schlafzimmers geöffnet wurde, und gleich darauf knarrte der Eichenfußboden des Wohnzimmers. Frannie erschien, barfuß, das

Haar zerzaust und die Arme vor der Brust verschränkt. »Morgen«, sagte sie.

Ich war auf ihren Anblick nicht vorbereitet. Mein Herz setzte einen Schlag aus. Meine Kehle wurde trocken. Mein Schwanz zuckte.

Ich trat hinter die Kücheninsel und räusperte mich. »Morgen.«

»Daddy weiß nicht, wie man etwas Gutes zum Frühstück macht«, beklagte sich Millie. Ich hätte sie am liebsten gekniffen. »Kannst du uns Frühstück machen?«

Frannie lächelte sie an. »Na klar. Ich ziehe mich nur noch schnell an, ja?«

»Ja, jippie!«

Ohne einen weiteren Blick in meine Richtung verschwand Frannie ins Wohnzimmer, um ihre Sachen zu holen. Dann war sie wohl nach oben ins Badezimmer gegangen, um sich umzuziehen, denn als sie wieder in die Küche kam, war sie vollständig bekleidet.

Nur kurz begegneten sich unsere Blicke, dann schaute sie wieder weg.

»Also«, sagte sie und krempelte sich die Ärmel hoch. »Ganz ehrlich, Mädchen, ich glaube nicht, dass wir die richtigen Zutaten für Zimtschnecken dahaben. Aber mit dem, was ich gestern in der Speisekammer gesehen habe, denke ich, können wir ein paar tolle, glutenfreie Bananenmuffins mit Schokostreuseln machen. Klingt das gut?«

»Ja!« Millie rieb sich die Hände. »Darf ich dir helfen?«

»Auf jeden Fall.« Frannie machte sich an die Arbeit und gab den Mädchen kleine, altersgerechte Aufgaben. »Millie, du schälst zwei Bananen und schneidest sie irgendwie klein. Felicity, kannst du die saure Sahne und die

Eier aus dem Kühlschrank holen? Und Winnie, du kannst mir helfen, mich daran zu erinnern, wo sich die Schokoladenstreusel versteckt haben.«

Ich setzte Kaffee auf und achtete darauf, ihnen nicht im Weg zu sein. Außerdem checkte ich Nachrichten auf meinem Handy und schrieb Sawyer eine SMS, dass ich mich verspäten würde. Dann schaute ich aus dem Fenster vorne, um nachzusehen, ob die Straße schon geräumt worden war (war sie), und aus dem Fenster hinten, um abzuschätzen, wie viel Schnee die Schneefräse würde bewältigen müssen (eine Menge). Als der Kaffee fertig war, schenkte ich mir eine Tasse ein und fragte Frannie, ob sie auch eine wolle.

»Ja, danke«, antwortete sie, ohne den Blick von ihrer Arbeit abzuwenden.

»Milch? Zucker?«, fragte ich und wünschte, sie würde mich so ansehen wie gestern Nacht, mit Bewunderung in den Augen. Oder zumindest mit Wärme.

»Einfach schwarz.«

Ich schenkte ihr eine Tasse ein und stellte sie auf die Kücheninsel, dann lehnte ich mich an die Esszimmerseite der Frühstückstheke und nippte an meinem eigenen. Die Mädchen befolgten begeistert ihre Anweisungen, gaben keine Widerrede und arbeiteten emsiger, als sie es in der Küche je für mich getan hatten. Sie spülten sogar zwischendurch das Geschirr ab und räumten es in die Spülmaschine. Einige Male versuchte ich, Frannies Blick aufzufangen und zu lächeln, aber irgendwie schien sie nie in meine Richtung zu sehen.

Nach einer Weile gab ich es auf und ging in mein Zimmer, um mich anzuziehen. Ich versuchte, nicht auf das Bett zu schauen oder an Frannies nackte Gliedmaßen auf meinem Laken zu denken, aber es war unmöglich. Ich beließ es nicht beim Schauen, sondern griff nach einem Kissen, hielt es mir ans Gesicht und atmete tief ein. Der Überzug verströmte noch immer Frannies Duft. Süß und sexy zugleich, genau wie sie. Meine Bauchmuskeln verkrampften sich, und …

»Daddy?«

Ich sah zur Tür, die ich anscheinend nicht ganz zugezogen hatte. Felicity blinzelte mich mit Eulenaugen hinter ihren Brillengläsern an. »Was *machst* du da?«

»Gar nichts.« Ich warf das Kissen auf das zerwühlte Laken. »Ich wollte gerade das Bett machen. Was möchtest du denn?«

»Wir können das Vanilleextra nicht finden. Hast du welches?«

»Vanille*extrakt?*« Ich runzelte die Stirn. »Keine Ahnung. Ist es nicht in der Speisekammer? Oder in dem Schrank überm Kühlschrank? Manchmal verstaue ich Dinge, die ich nicht so oft brauche, da oben.«

»Wir kommen nicht an den Schrank.«

»Ah. Okay, ich sehe nach.« Ich folgte ihr in die Küche, wo Frannie ihr Bestes gab, an den Griff des Küchenschranks über dem Kühlschrank heranzukommen, allerdings ohne Erfolg.

Ich drückte die Brust raus und fühlte mich wie der Retter in der Not. »Lass mich mal.« Ich trat hinter sie – viel näher als notwendig –, griff über ihren Kopf hinweg und zog den Schrank auf.

Sie zuckte sofort von mir weg.

Beim Blick in den Schrank sah ich für einen Moment rein gar nichts, dann konzentrierte ich mich auf das, was vor mir lag. »Brauchst du das hier?« Ich griff nach einer kleinen braunen Plastikflasche und reichte sie Frannie.

Sie inspizierte das Etikett, dann schraubte sie den Verschluss ab und schnupperte. »Ja. Ist zwar diesen Monat abgelaufen, aber die Vanille riecht noch gut. Okay, Mädels …« Sie drehte sich von mir weg und setzte ihre Arbeit mit den Kindern fort. Mir wurde bewusst, dass sie mich nicht ein einziges Mal angesehen hatte.

*Na schön. Wenn du es so willst.*

Von irrationalem Ärger erfüllt, stampfte ich in mein Zimmer, zog mich an und stampfte dann in den hinteren Flur, um meinen ganzen Winterscheiß überzustreifen – Stiefel, Mantel, Schal, Mütze, Handschuhe –, ohne irgendjemanden anzuschauen. Als ich fertig war, riskierte ich einen Blick zu Frannie und erwischte sie dabei, wie sie mich ebenfalls ansah. Sofort drehte sie sich in die entgegengesetzte Richtung.

Ich ging durch die Hintertür nach draußen und ließ sie hinter mir zuknallen.

Nachdem ich den Schnee in meiner Einfahrt und der von Mrs Gardner weggeräumt hatte, befreite ich auch beide Wege zum Haus und die Verandatreppen von Schnee, dann ging ich nach hinten. Als ich dort fertig war, schnappte ich mir eine Schaufel und machte mich daran, Frannies Auto auszugraben, obwohl ich in Wirklichkeit lieber ins Haus marschiert und sie gefragt hätte, warum sie mir die kalte Schulter zeigte.

Denn je länger ich darüber nachdachte, umso mehr kam ich zu dem Schluss, dass das *nicht* das war, worauf wir uns geeinigt hatten. Wir hatten gesagt, wir würden so tun, als sei nie etwas passiert, und dass wir weitermachen wollten wie bisher.

So war es vorher nicht gewesen!

Erfüllt von einer zornigen Energie, vollendete ich mein Werk und stampfte zurück ins Haus. In der Küche war es herrlich warm, und es roch himmlisch. Aber ich war verdammt schlecht drauf. »Kann ich deine Schlüssel haben?«, fragte ich Frannie, die gerade die Spülmaschine einräumte.

Ohne zu antworten, ging sie zu ihrer Handtasche und zog den Schlüsselbund heraus. Dann reichte sie ihn mir, ohne mir in die Augen zu sehen oder irgendetwas zu sagen.

Ich schaute zum Wohnzimmer, aber die Kinder sah ich nicht. »Wo sind die Mädchen?«

»Ziehen sich an.« Sie tat ein Spülmaschinentab in die Maschine, schloss die Tür und schaltete sie ein.

»Bist du sauer auf mich?«, platzte ich heraus, weil ich es einfach nicht länger aushielt.

Sie machte sich daran, die Theke abzuwischen. »Weshalb sollte ich sauer sein?«

Ich verdrehte die Augen. »Wegen gestern Nacht.«

»Gestern Nacht hat es nichts gegeben, schon vergessen?«

Ich starrte für einen Moment auf ihren Rücken, dann stürmte ich zur Hintertür hinaus und schlug sie hinter mir zu. Ziemlich laut.

Ihr Wagen sprang ohne Probleme an, also duschte ich schnell und zog mich an. Dann zwängten wir uns alle für die Fahrt zum *Cloverleigh* in ihr Auto, ich hinterm Steuer, Frannie auf dem Beifahrersitz und die Mädchen zusammengequetscht auf der Rückbank. Die Atmosphäre auf den vorderen Sitzen war eisig.

»Daddy, was machen wir im *Cloverleigh?*«, fragte Felicity. »Können wir uns die Tiere ansehen?«

»Ich weiß es nicht«, antwortete ich knapp.

»Können wir eine Schlittenfahrt machen?«, kam es von Winnie.

»Das glaube ich nicht.«

»Aber Frannie hat gesagt, wir dürfen eine machen.«

»Wir können nicht Frannies ganze Zeit beanspruchen.«

»Das geht schon in Ordnung«, sagte Frannie kühl.

»Essen wir da auch zu Mittag?«, überlegte Millie laut. »Ich habe irgendwie Hunger.«

»Ich weiß es nicht«, blaffte ich. »Hört endlich auf mit der Fragerei.«

»Meine Güte, warum bist du denn so schlecht gelaunt?«, fragte Millie.

»Ich bin nicht schlecht gelaunt!«, brüllte ich. Rechts von mir spürte ich Frannies Blick. Ich biss die Zähne zusammen und umklammerte das Lenkrad noch fester.

Als wir im *Cloverleigh* ankamen, stürzte Daphne Sawyer sofort hinter der Rezeption hervor auf uns zu. »Da seid ihr ja! Ich habe mir solche Sorgen gemacht, wegen der verschneiten Straßen. War die Fahrt sehr schlimm?«

»Nein, es ging«, antwortete ich. Aber ich schaffte es irgendwie nicht, den Kiefer zu entspannen.

Sie umarmte Frannie. »Ich bin ja so froh, dich zu sehen. Und euch auch, Mädels«, fügte sie hinzu und lächelte meine Töchter an. »Mr Sawyer hat gesagt, dass ihr heute Nachmittag den Schlitten nehmen könnt.«

»Und wie wär's mit einem Mittagessen oben in meiner Wohnung?«, fragte Frannie.

Die Mädchen hüpften angesichts der beiden Vorschläge vor Aufregung in die Höhe. Nachdem ich mich bei Daphne und Frannie bedankt und den Kindern eingeschärft hatte, sich zu benehmen, ging ich in mein Büro und versuchte, das ein oder andere zu erledigen, aber es fiel mir unendlich schwer.

Meine düstere Stimmung wollte sich einfach nicht lichten. Als DeSantis wegen seiner neuen Flaschenabfüllanlage mit mir Rücksprache halten wollte, fuhr ich ihn an. Zur Strafe ließ ich das Mittagessen aus, und mein Magen knurrte den ganzen Nachmittag vor Hunger. Ich verfluchte den Mann vom Abschleppdienst, der mir mitteilte, dass sie mit den Aufträgen wegen des Schnees nicht hinterherkamen und er nicht sicher sei, wann sie meinen Wagen würden holen können. Und den ganzen Tag lang schaute ich immer wieder aus dem Fenster und fragte mich, ob wohl Frannie gerade mit den Kindern im Schlitten unterwegs war und ob sie mich jetzt wegen gestern Nacht hasste. Heute Morgen war es mir auf jeden Fall so vorgekommen.

Dabei wusste ich, dass ich sie zu nichts gezwungen hatte. Hatte sie ihre Orgasmen nur vorgetäuscht? Vielleicht war ich doch nicht der Hengst, für den ich mich gern hielt.

Der Gedanke gefiel mir überhaupt nicht.

Oder hatte ich sie irgendwie verletzt? Sie in irgendeiner Weise gekränkt? Etwas Unsensibles gesagt, ohne es zu merken?

Verdammte Scheiße, ich hatte keine Ahnung von Frauen.

Gegen halb fünf rief mich auch noch meine Ex an. Natürlich.

Als ich ihren Namen auf meinem Telefon sah, zuckte ich zusammen und zeigte dem Display den Stinkefinger, aber ich nahm den Anruf entgegen. »Hallo?«

»Ich bin's«, meldete sie sich.

»Ich weiß.« Ich kniff mir mit zwei Fingern in den Nasenrücken. »Was willst du?«

»Mir geht es gut, danke. Wie geht es dir?« Ihre Stimme troff von Sarkasmus.

»Bestens.«

Ein tiefer Seufzer. »Ich komme dieses Wochenende rauf.«

»Hast du es den Kindern schon gesagt?«

»Nein. Ich will sie überraschen.«

»Hast du schon ein Ticket?«

»Noch nicht.«

»Tu mir den Gefallen und sag den Kindern nichts, bis du dir sicher bist, dass du wirklich kommst«, sagte ich. »Letzten Monat hast du es nicht geschafft, und sie waren am Boden zerstört.«

»Tu ich nicht«, fauchte sie. »So läuft das bei Überraschungen, Mack. Man sagt vorher nichts. Und es ist nicht meine Schuld, dass ich letztes Mal nicht kommen konnte. Ich war krank.«

»Wie auch immer. Ich will nur nicht, dass sie noch mal enttäuscht werden.«

»Ich enttäusche sie schon nicht«, blaffte sie. »Ich werde am Freitag da sein.«

»Schön.« Ich beendete das Gespräch und warf mein Handy auf den Schreibtisch. Am liebsten hätte ich es aus dem Fenster geschleudert. Warum zum Teufel machte sie sich überhaupt die Mühe herzukommen? An den Mädchen lag ihr nicht wirklich viel. Und sie würde mich wahrscheinlich das ganze Wochenende vor ihnen schlecht machen.

Plötzlich flog meine Bürotür auf, und die Mädchen kamen hereingestürmt. Sie hatten rote Wangen, von der Kälte liefen ihnen die Nasen, und das Haar war von ihren Mützen ganz zerzaust.

»Daddy!«, rief Winnie aufgeregt. »Ich durfte den Schlitten lenken!«

»Ich auch«, vermeldete Felicity und nahm ihre beschlagene Brille ab, um sie trocken zu wischen. »Die Pferde heißen Scout und Cinnamon!«

»Frannie sagt, wir dürfen in ihrer Wohnung echte heiße Schokolade machen, wenn du damit einverstanden bist«, plapperte Millie drauflos. »Also, dürfen wir?«

Ich schaute auf meine Armbanduhr. Es war kurz vor fünf und somit kurz vor dem Abendessen, aber ich hatte immer noch einiges zu erledigen. »In Ordnung. Aber kommt wieder runter, wenn ihr fertig seid. Wir müssen dann bald los, auch wenn ich noch keine Ahnung habe, wie wir nach Hause kommen sollen.«

»Brauchst du ein Auto?«, fragte Frannie von der Tür aus. Sie hatte sich umgezogen, und ihr langes, mit goldenen Strähnen durchzogenes Haar fiel ihr in zwei Zöpfen über die Schultern. Das ließ sie noch jünger aussehen, als sie ohnehin war, und das Herz wurde mir noch schwerer. Sie hatte offensichtlich keine Ahnung, was sie mit mir anstellte.

»Ja, vielleicht«, gab ich zu. »Ich habe den Abschleppdienst angerufen, aber sie haben sich noch nicht wieder bei mir gemeldet. Allerdings fände ich es schrecklich, dich schon wieder einzuspannen.«

»Es ist keine große Sache«, sagte sie, aber in ihrem Gesicht war immer noch keine Spur der gestrigen Wärme. »Ich kann euch nach Hause fahren. Kommt mit, Mädels.« Sie verließ mit ihnen das Zimmer. »Machen wir unsere Schokolade.«

»Frannie, warte.«

Sie sah mich wieder an, ihre Miene völlig neutral. »Ja?«

Aber was hätte ich schon sagen können, solange die Kinder in Hörweite waren?

*Es tut mir leid*, formte ich mit den Lippen.

Sie zuckte die Achseln. »Mach dir keine Gedanken.«

»Ich spreche nicht von der Heimfahrt.«

»Ich weiß, wovon du sprichst.« Damit zog sie die Tür hinter sich zu.

Mit einem Fluch ließ ich mich wieder auf meinen Stuhl fallen.

Es klopfte zweimal an der Tür, dann wurde sie geöffnet. Für eine Sekunde hoffte ich, dass es Frannie war, aber stattdessen kam DeSantis herein.

»Oh. Hallo«, begrüßte ich ihn niedergeschlagen.

Er lachte. »Nicht gerade das herzlichste Willkommen, das mir je zuteil geworden ist.«

Ich seufzte und rieb mir das Gesicht. »Tut mir leid. Mein Tag heute war beschissen. Was kann ich für Sie tun?«

»Ich wollte fragen, ob wir jetzt besprechen können, wie viel Personal wir für den Frühling brauchen, aber wenn es gerade nicht passt, kann es warten.«

»Nein, ist schon gut. Setzen Sie sich.«

DeSantis schüttelte den Kopf. »Lassen Sie uns morgen darüber reden. Warum machen Sie nicht für heute Schluss?«

»Nicht mal das kann ich tun.« Mir kam ein Gedanke. »Hey, darf ich Sie um einen Gefallen bitten?«

»Selbstverständlich. Was gibt es denn?«

»Könnten Sie die Kinder und mich nach Hause fahren? Wann immer Sie bereit sind, loszufahren, wäre mir recht.«

Er nickte. »Ich kann jederzeit aufbrechen.«

»Und wenn es nicht zu viel Mühe macht, könnten wir dann vielleicht versuchen, meinem Wagen Starthilfe zu geben? Er steht allerdings in der Garage, wir müssten ihn erst dort rausholen.«

»Kein Problem.«

»Danke. Geben Sie mir ungefähr zwanzig Minuten, um alle zusammenzutrommeln.«

»Ich bin in meinem Büro.«

Ich griff nach meinem Handy und schickte Frannie eine Nachricht.

Danke für das Angebot, aber du brauchst uns nicht zurückzufahren. DeSantis nimmt uns mit.

Okay.

Ich funkelte mein Display an und tippte eine weitere Nachricht.

Ich komme die Kinder in fünfzehn Minuten abholen.

Okay.

Einen Moment lang saß ich da, kochend vor Wut, dann legte ich mein Handy beiseite und versuchte, einige E-Mails zu beantworten. Aber es waren nur ungefähr drei Minuten vergangen, als ich den Versuch aufgab, mich zu konzentrieren, meinen Laptop zuknallte und aus meinem Büro marschierte.

Scheiße, was wollte sie denn noch? Ich hatte mich doch entschuldigt. Ich hatte sie gefragt, ob sie sauer sei. Wenn sie etwas zu sagen hatte, warum sagte sie es dann nicht?

Sie verhielt sich einfach total unreif und albern, und das würde ich ihr auch mitteilen.

# Kapitel 11

Frannie

Wir waren kaum in meiner Wohnung angekommen, als er mir schrieb, dass ich ihn nicht nach Hause fahren müsse.

*Gut*, dachte ich. Je weniger Kontakt wir hatten, desto besser.

Den ganzen Tag lang hatte ich mein Bestes gegeben, so zu tun, als sei nichts, aber es war hoffnungslos. Ich konnte immer nur an ihn denken. Und ich wusste nicht, wie ich mich jetzt in seiner Gegenwart verhalten sollte – da lag diese seltsame Spannung zwischen uns, die zuvor nicht dagewesen war. Auch er schien sich in meiner Nähe nicht besonders wohlzufühlen. Ich hatte ihn noch nie so übellaunig und verstimmt erlebt wie heute, seit wir das Haus verlassen hatten.

Ich hätte ihn gern gefragt, was los war, aber ich konnte nicht. Jeder Augenblick in seiner Gegenwart war die reinste Folter. Ich wollte einfach nur diesen Tag zu Ende bringen, damit ich mich auf meinem Sofa zusammenrollen und losheulen konnte. Ich hatte gedacht, es wäre die Erfüllung meiner Träume, so mit ihm zusammen zu sein, aber das hier fühlte sich eher an wie ein Albtraum.

Als die heiße Schokolade fertig war, füllte ich sie für die Mädchen in Becher, dann ließ ich sie Schlagsahne darauf sprühen und Streusel darüberstreuen.

»Das ist wie Nachtisch vor dem Abendessen«, bemerkte Millie und leckte Schlagsahne von ihrem Löffel.

Kaum dass ich sie an die Theke gesetzt hatte, klopfte es an der Tür. Ich schaute auf mein Handy, das mir verriet, dass gerade einmal fünf Minuten vergangen waren, seit er mir geschrieben hatte, er würde die Kinder in einer Viertelstunde abholen.

Ich öffnete, und da stand er im Flur und wirkte unruhig und aufgebracht. Sein Haar war völlig zerrauft, und er hatte die Hände an den Seiten zu Fäusten geballt. Trotzdem drehte mein Herz bei seinem Anblick schier durch.

»Wir sind noch nicht ganz fertig«, sagte ich.

»Das macht nichts. Können wir reden?«

Achselzuckend öffnete ich die Tür, damit er hereinkommen konnte, aber er schüttelte den Kopf. »Im Flur.«

»Oh.« Ich schaute zu den Kindern hinüber. »Okay.« Ich trat in den Flur und zog die Tür hinter mir zu. Dann lehnte ich mich dagegen und verschränkte die Arme vor der Brust. »Was gibt es?«

»Frannie.« Er klang ziemlich schlecht gelaunt.

»Was?«

»Hör auf damit.«

»Womit soll ich aufhören? Ich mache genau das, was du mir aufgetragen hast – so zu tun, als sei nichts passiert. Weiterzumachen wie zuvor. *Du* bist derjenige, der sauer ist.«

»Ich bin sauer, weil …« Er deutete zwischen uns hin und her. »So war es vorher nicht.«

»Wie meinst du das?«, fragte ich, obwohl ich genau wusste, was er meinte.

»Du hast mir früher nicht die ganze Zeit die kalte

Schulter gezeigt. Du hast nicht vermieden, mich anzusehen. Wir haben herumgealbert und geredet.«

»Vielleicht ist mir einfach nicht nach Rumalbern.«

Er verschränkte die Arme vor der Brust. »Warum nicht?«

Ich beschloss, ehrlich zu sein. Verstellung war offensichtlich *nicht* mein Ding. »Weil die gestrige Nacht für mich alles bedeutet hat und für dich nichts.«

Er ließ die Arme sinken, sodass seine feste Brust zur Geltung kam. »Das ist nicht wahr. Sie hat mir sehr wohl etwas bedeutet, Frannie.«

»Warum müssen wir dann so tun, als sei es nie passiert? Warum darf es nicht wieder passieren?«

»Weil es zu kompliziert ist. Du weißt genau, dass ich mich in einer unmöglichen Situation befinde.«

»Nein, weiß ich nicht. Gestern Abend hast du mich gefragt, welche Risiken ich eingehen würde, wenn ich keine Angst hätte. Ich hatte in dem Moment keine Gelegenheit, dir zu antworten, aber ich werde es dir jetzt sagen – ich würde das Risiko mit dir eingehen.«

Seine Miene wurde weicher, und seine aggressive Haltung lockerte sich ein wenig. »Du weißt nicht, was du da redest.«

Mir stiegen die Tränen in die Augen, doch ich lächelte. »Vielleicht weiß ich es wirklich nicht. Vielleicht bin ich tatsächlich zu jung und unreif. Vielleicht ist es dumm von mir zu denken, zwischen uns könnte je mehr sein als Freundschaft.«

»Du bist nicht dumm, Frannie. Und in einem anderen Leben könnte es mehr sein.«

Ich schüttelte den Kopf. »Es gibt kein anderes Leben,

Mack. Das hier ist das einzige, das wir bekommen. Du hast wahrscheinlich ständig solchen Sex, aber …«

Mack klappte der Unterkiefer herunter. »Machst du Witze? Ich hatte seit über einem Jahr keinen Sex mehr. Und verdammt, die letzte Nacht war absolut umwerfend. Ich konnte den ganzen Tag an nichts anderes denken.«

Jetzt schon etwas mutiger, löste ich mich von der Tür. »Dann verstehe ich nicht, warum du mir keine Chance gibst. Ich empfinde etwas für dich, Mack. Und zwar schon lange – ich hatte nur zu große Angst, etwas zu unternehmen.«

»Deine Angst war berechtigt.« Er kam auf mich zu, und für einen Moment dachte ich, er würde mich in den Arm nehmen. Aber in der letzten Sekunde fasste er an mir vorbei nach der Türklinke. Dann sagte er leise über seine Schulter: »Verschwende deine Zeit nicht mit mir, Frannie. Ich habe nichts, was ich dir im Gegenzug bieten könnte.«

Eine Stunde später, als ich schon solide zwanzig Minuten ordentlich geheult hatte, klopfte es an der Tür. Herrgott, was war denn jetzt schon wieder? Auf dem Weg zur Tür schnappte ich mir eine Handvoll Papiertaschentücher und putzte mir die Nase, bevor ich öffnete. Meine Schwester Chloe stand im Flur.

Sie hatte gerade etwas sagen wollen, aber bei meinem Anblick weiteten sich ihre Augen. »Meine Güte«, murmelte sie. »Was ist denn mit dir passiert?«

»Was willst du?«, fragte ich, ein wenig unwirscher als beabsichtigt.

»Nun, ich wollte dich nach deiner Meinung zu einigen

Entwürfen für ein neues Label fragen, aber vielleicht ist das jetzt kein günstiger Zeitpunkt.«

»Stimmt, ist es nicht.« Ich stampfte zurück zu der Schachtel mit Papiertüchern, die auf meiner Küchentheke stand, und zog ein weiteres Tuch heraus.

»Was ist los?« Meine Schwester kam herein und schloss die Tür hinter sich.

Es lag mir auf der Zunge »nichts« zu sagen, da wir uns solche Sachen normalerweise nicht anvertrauten, aber während ich mir die Nase putzte, dachte ich mir: *Was soll's?* Vielleicht wäre unser Verhältnis enger, wenn ich mit ihr über so etwas reden würde. Und vielleicht hatte sie ja einen Rat für mich.

»Du darfst mit niemandem darüber sprechen«, sagte ich.

Sie hob drei Finger. »Indianerehrenwort.«

»Ich habe mit Mack geschlafen«, sagte ich.

Ihr Unterkiefer klappte fast bis auf den Boden herunter. »Du hast *was* getan?«

»Ich habe mit Mack geschlafen.«

»Heilige Scheiße. *Heilige. Scheiße.* Ich muss mich setzen.« Sie ließ sich auf einen Stuhl an meinem Tisch sinken, während ich nasse Taschentücher in den Mülleimer stopfte. »*Du* hast mit Mack geschlafen? Ich meine, du …« Sie ballte eine Hand zur Faust und schlug damit mehrmals in die Handfläche der anderen.

Ich verdrehte die Augen. »Ja, Chloe. Ich hatte Sex mit ihm. Du kannst es ruhig aussprechen.«

»Donnerwetter. Ich meine – Donnerwetter.« Blinzelnd sah sie mich an. »Tut mir leid, ich bin echt überrascht.«

»Dass ich es getan habe?«, fragte ich, ging zu ihr zum

Tisch und ließ mich auf den Platz neben ihr fallen. »Oder dass ich dir davon erzähle?«

»Beides.« Dann zuckte sie die Achseln. »Tatsächlich überrascht es mich, dass du überhaupt Sex hast.«

»Natürlich habe ich Sex«, blaffte ich. »Ich bin eine erwachsene Frau. Nicht, dass irgendjemand hier das zur Kenntnis zu nehmen scheint.«

»He, entspann dich«, sagte sie und beugte sich vor, um mir den Arm zu tätscheln. »Du brauchst nicht gleich sauer zu werden. Ich bin froh, dass du es mir erzählt hast. Ehrlich, es ist eine Erleichterung. Es macht dich menschlich. Es ist nur so überraschend, das ist alles.«

»Es ist eine Überraschung, dass ich *menschlich* bin?«, schrie ich.

»Irgendwie schon, ja.« Sie zog die Schultern hoch. »Du bist immer so ein Mama-Mädchen gewesen. So wohlerzogen und einfach … *brav.* Ich hätte nie gedacht, dass du noch eine andere Seite hast. Mir gegenüber hast du sie nie sehen lassen.«

Ich spürte schon wieder Tränen in mir aufsteigen und kämpfte dagegen an. »Tja, ich habe es satt, wie ein kleines Mädchen behandelt zu werden, daher höre ich wohl besser auf, mich wie eins zu benehmen.«

»Du bist auf einem guten Weg«, murmelte sie trocken. »Also Mack, hm?«

»Mack.« Schwer zu glauben, dass ich vor weniger als vierundzwanzig Stunden seinen Namen geflüstert hatte, während er in mir war.

Chloe schüttelte den Kopf. »Willst du was Witziges hören? Bei der Weihnachtsfeier letztes Jahr hat April *geschworen*, dass zwischen euch etwas läuft.«

»Ach, wirklich?«

»Ja. Sie hat gesehen, wie ihr zwei euch ständig angesehen und miteinander unterhalten habt, und sie hat mich nach meiner Meinung gefragt. Ich habe gesagt, das sei unmöglich.« Sie lachte. »Da lag ich wohl falsch.«

»Stimmt«, bestätigte ich kläglich. »Ich bin schon seit einer Ewigkeit in ihn verknallt.«

»Also, wann ist es passiert?« Chloe ließ erneut die Faust in die andere Handfläche sausen.

»Gestern Nacht. Ich habe die Mädchen gehütet und musste wegen des Wetters über Nacht bleiben. Nachdem die Mädchen ins Bett gegangen waren, hat irgendwie eins zum anderen geführt.«

»Verstehe. Also, was ist danach passiert? Hat er sich wie ein Mistkerl benommen?«

Ich wischte mir mit dem Ärmel die Nase. »Ja und nein. Er hat gesagt, wir sollten vergessen, dass es passiert ist, und wieder einfach nur Freunde sein – ich sei zu jung, ich sei die Tochter des Chefs, blablabla.«

Meine Schwester zuckte die Achseln. »Da liegt er nicht direkt falsch.«

Ich funkelte sie an. »Doch, tut er, Chloe. So jung bin ich nun auch wieder nicht. Und ich kann nichts dafür, dass mein Vater sein Chef ist.«

»Was hast du denn dazu gesagt?«

»Ich habe ihm zugestimmt, weil ich nicht wie ein Baby dastehen wollte und weil ich Angst hatte auszusprechen, was ich wirklich empfinde. Also habe ich versucht, so zu tun, als sei es mir gleichgültig. Aber es war so peinlich.« Ich wand mich und schüttelte den Kopf. »Wir mussten die Kinder ins *Cloverleigh* mitnehmen, weil sie heute schneefrei hatten, und als er hochgekommen ist, um sie abzuholen, hat er gesagt, er wolle im Flur mit mir reden. Dann hat er mir vorgeworfen, ich würde ihm die kalte Schulter zeigen.«

Sie verdrehte die Augen. »Natürlich. Er will beides haben. Wasch mir den Pelz, aber mach mich nicht nass.«

»Ich habe es aufgegeben, mich zu verstellen, und ihm gesagt, wie verletzt ich bin. Dass ich das alles nicht einfach so vergessen könne wie er.« Ich stand auf, ging wieder zu der Schachtel mit den Papiertaschentüchern und versuchte mich daran zu erinnern, was genau er gesagt hatte. »Er hat behauptet, es sei auch für ihn nicht leicht, aber er wäre in einer unmöglichen Situation. Und dann hat er noch gesagt, er habe mir nichts zu bieten.«

»Mmh.« Chloe stützte sich mit dem Ellbogen auf den Tisch und bettete das Kinn in die Hand. »Vielleicht hat er recht. Ich meine, er ist frisch geschieden und hat drei kleine Kinder. Er will wahrscheinlich gerade keine Freundin.«

Ich putzte mir die Nase. »Es ist nicht so, als wäre ich besonders anspruchsvoll. Und ich liebe seine Kinder.«

»Es tut mir leid, Schätzchen.« Sie warf mir einen mitfühlenden Blick zu. »Ich weiß nicht, was ich sagen soll.«

Seufzend ließ ich mich wieder auf meinen Stuhl fallen. »Ich wüsste gern mehr über seine Scheidung. Was eigentlich vorgefallen ist. Glaubst du, Sylvia weiß was darüber?« Sylvia und Mack waren auf dieselbe Schule gegangen.

»Möglich wäre es. Sie waren mal ziemlich gut befreundet. Aber sie ist schon vor so langer Zeit von hier fortgegangen.« Sie zuckte die Achseln. »Du könntest sie fragen.«

Ich schüttelte den Kopf. »Das geht nicht.«

»Warum nicht?«

»Weil wir nie über solche Dinge miteinander reden. Sie fände es wahrscheinlich seltsam.«

Meine Schwester setzte sich auf und nickte langsam. »Frannie, ich spreche jetzt einfach mal laut aus, was ich denke, und obwohl ich im Laufe der Jahre *enorm* daran gearbeitet habe, nicht immer gleich alles herauszuposaunen, was mir durch den Kopf geht, habe ich das Gefühl, du solltest es hören.«

»Okay«, antwortete ich zögerlich.

»Ich saß noch nie so hier mit dir im Wohnzimmer, nur wir zwei. Und ich habe noch nie wirklich ein persönliches Gespräch mit dir geführt. Geheimnisse miteinander geteilt.« Sie beugte sich vor. »Und der Grund dafür ist der, dass du mich nie eingeladen hast.«

»Nun …« Ich war plötzlich verlegen. »Du hattest immer so viel zu tun. Und ich habe gedacht, dass du nicht mit mir reden willst. Ich habe das Gefühl, dass keiner von euch wirklich mit mir reden will. Du wirst das für dumm halten, aber mir kommt es vor, als wärt ihr alle Teil eines geheimen Schwesternbundes, und ich gehöre gar nicht dazu.«

»Ich finde das überhaupt nicht dumm«, sagte sie ernst. »Für uns fühlt es sich manchmal auch so an. Und vieles davon rührt aus unserer Kindheit. Mom und Dad haben sich immer solche Sorgen um dich gemacht. Sie haben dich oft von uns ferngehalten. Wir hatten immer das Gefühl, du würdest in einer Blase leben, und wir müssten alle furchtbar vorsichtig sein.«

»Das finde ich schrecklich«, stieß ich zwischen zusammengebissenen Zähnen hervor. »Ich weiß, ich sollte nicht sauer sein, weil sie mich so extrem behütet haben, aber weißt du, wie einsam meine Kindheit war? Ich hatte kein enges Verhältnis zu euch, hatte in der Schule keine Freunde, ich war ewig im Krankenhaus, nur mit meinen Eltern und den Krankenschwestern als Gesellschaft, und selbst als ich wieder völlig gesund war, wollten Mom und Dad mich weiter in dieser Blase festhalten. Das wollen sie heute noch!«

»Es tut mir leid«, sagte Chloe. »Jetzt verstehe ich, dass du einsam gewesen sein musst, aber damals haben wir alle einfach nur versucht, auch ein wenig Aufmerksamkeit abzubekommen. Doch davon schien es nicht genug für alle zu geben.«

»Das hast du mir wahrscheinlich ziemlich übel genommen«, bemerkte ich. Es war eine Erleichterung, all das endlich laut auszusprechen. »Du warst das Nesthäkchen, bis ich aufgetaucht bin.«

Chloe dachte darüber nach. »Es ging weniger darum, nicht mehr die jüngste zu sein, als darum, das Gefühl zu haben, nicht mehr bemerkt zu werden. Meine Therapeutin meint, das sei der Grund, warum ich mich ständig mit jedem angelegt habe.«

Ich nickte, und meine Augen füllten sich mit Tränen. »Es tut mir so leid, Chloe. Ich habe viel darüber nachgedacht, als ich älter wurde und mir wünschte, es wäre anders, aber ich wusste nicht, wie ich es anpacken sollte.«

»Hey.« Sie legte ihre Hand auf meine. »Es war nicht deine Schuld. Ich denke, in diesem Punkt irrt meine Therapeutin – ich glaube, es lag mir einfach im Blut, in der Pubertät durchzudrehen. Und wir können zwar die Vergangenheit nicht ändern, aber ich bin der festen Meinung, dass wir es in Zukunft besser machen können und offen miteinander reden und uns einander mehr öffnen sollten.«

Ich schniefte. »Das wäre schön. Ihr habt alle so ein tolles Verhältnis zueinander.«

Sie zuckte die Achseln. »Manchmal. Ich meine, mit April bin ich ziemlich dicke. Sylvia ist seit einer ganzen Weile etwas distanziert, aber sie ist ja auch total beschäftigt mit ihrem perfekten Leben. Und was Meg angeht – wer zum Teufel weiß schon, was sie denkt? Wir sind uns zwar altersmäßig am nächsten, aber ich habe seit Monaten nicht mit ihr gesprochen. Mom beschwert sich immer darüber, dass sie nie anruft.«

»Mit Mom hatte ich gestern eine Auseinandersetzung.«

Sie sah mich überrascht an. »Worum ging es denn?«

Ich erzählte ihr von meinen Hoffnungen, meinen eigenen Laden aufzumachen, von Mrs Radleys Angebot und dass unsere Mutter die Idee sofort abgeschmettert hatte.

»Ich finde, das ist eine tolle Idee«, sagte sie aufgeregt. »Pfeif auf Moms Meinung. Wirklich. Ich hab sie echt lieb, aber sie muss dich loslassen, oder du wirst sie irgendwann hassen.«

Ich glaubte zwar nicht, dass ich meine Mutter jemals hassen könnte, aber ich verstand, was Chloe meinte. »Vielleicht versuche ich noch mal, mit ihr zu reden.«

Sie nickte nachdenklich. »Brauchst du denn wirklich die Hilfe unserer Eltern? Denn ihre Erlaubnis brauchst du ganz sicher nicht.«

Ich seufzte und legte die Daumen aneinander. »Ich könnte es vielleicht aus eigener Kraft schaffen. Mir von der Bank einen kleinen Kredit geben lassen oder herausfinden, ob Mrs Radley bereit wäre, in mich zu investieren. Aber es wäre wirklich schwer für mich, ein so großes Vorhaben ohne ihre Unterstützung durchzuziehen – und ich rede nicht nur vom finanziellen Aspekt.« Ich sah sie an. »Du findest das wahrscheinlich kindisch von mir.«

»Ganz und gar nicht.« Sie beugte sich vor und tätschelte mir den Arm. »Es ist nichts daran auszusetzen, sich die Unterstützung seiner Familie zu wünschen, und ich stimme dir zu, dass es für dich besser wäre, wenn du sie hättest. Also, rede noch einmal mit Mom. Und sieh zu, dass Dad diesmal ebenfalls dabei ist. Ich könnte mir vorstellen, dass er eher bereit wäre, die Sache aus deiner Perspektive zu sehen. Er ist rationaler – bei Mom gewinnen immer die Gefühle die Oberhand.«

Ich nickte. »Danke, das ist ein guter Rat. Und wahrscheinlich wäre es hilfreich, mit konkreten Zahlen und Statistiken bewaffnet zu sein. Vielleicht sogar mit möglichen Standorten aufwarten zu können.«

»Genau«, pflichtete Chloe mir bei. »Ich kann dir dabei helfen. Hey, hast du schon was gegessen? Warum lassen wir uns nicht etwas kommen und verbringen den Abend zusammen? Wir könnten eine kleine Recherche starten.«

»Okay.« Bei der Aussicht auf einen Abend mit meiner Schwester hob sich meine Stimmung ein wenig. Etwas hatte sich zwischen Chloe und mir verändert – es kam mir vor, als sei eine Schranke weggefallen. Und es wäre gut, im Kampf um die Unterstützung meiner Eltern eine Verbündete zu haben.

Vielleicht würde aus diesem Tag ja doch noch etwas Gutes erwachsen.

# Kapitel 12

Mack

Nach meiner Unterhaltung mit Frannie im Flur sammelte ich die Kinder ein und sah zu, dass ich sie so schnell wie möglich in ihre Wintersachen kriegte. Die ganze Zeit über mied ich jeden Blickkontakt mit Frannie. Sie hatte keine Ahnung, was ihre Worte bei mir anrichteten. Wie schwer es gewesen war, mich von der Vorstellung zu verabschieden, mehr für sie zu sein als ein Freund. Wie sehr ich mir wünschte, sie in den Arm zu nehmen und zu sagen: *Ja, bitte, gib mir eine Chance. Gib mir tausend Chancen, denn so viele werde ich brauchen.* Sie wusste nichts von alledem.

Und so sollte es bleiben.

Das Wichtigste in meinem Leben waren die Kinder, und an zweiter Stelle kam mein Job, damit ich ihnen ein gutes Leben bieten konnte. Das ließ keinen Raum für irgendetwas anderes. Frannie konnte unmöglich verstehen, wie viel Kraft es mich kostete, Vater und Mutter gleichzeitig zu sein. Am Ende hätte sie mich nur gehasst.

Ich seufzte vor Erleichterung, als ihre Tür sich hinter uns schloss, und scheuchte die Kinder nach unten, wo DeSantis schon auf uns wartete. Nachdem wir Winnies Kindersitz aus meinem Büro geholt hatten, marschierten wir zum Parkplatz und stiegen in seinen SUV. Felicity und Winifred fingen sofort an, drauflloszuplappern, und die gesamte Rückfahrt nach Hause erzählten sie, was sie heute alles erlebt hatten. Doch mir fiel auf, dass Millie stumm blieb und sich die ganze Zeit mit ihrem Handy beschäftigte. In meinem Kopf schrillten die Alarmglocken. Ich musste mich später unbedingt mit ihr unterhalten.

Die Straßen befanden sich endlich wieder in einem vernünftigen Zustand, sodass es nur ungefähr fünfzehn Minuten dauerte, bis DeSantis vor unserem Haus anhielt. Die Mädchen liefen hinein, während er und ich meinen Wagen aus der Garage schoben, damit DeSantis nah genug heranfahren konnte, um das Starthilfekabel anzuschließen. Es war nicht einfach, und unsere Hände waren fast abgefroren, als wir fertig waren, aber es klappte. Ich bedankte mich überschwänglich und versprach, ihn so bald wie möglich nach der Arbeit auf ein Bier einzuladen.

Später am Abend, als das Geschirr vom Abendessen gespült war, die Mädels geduscht hatten und die Strafzahlungen des Tages in die Schimpfwortkasse gewandert waren, machte ich die Runde durch die Zimmer der Mädchen und blieb bei jedem ein Weilchen.

»Und, hast du dich im *Cloverleigh* gut amüsiert?«, fragte ich Winifred und legte das Buch beiseite, aus dem ich ihr gerade vorgelesen hatte.

»Ja. Das Schlittenfahren hat so viel Spaß gemacht.«

Ich stand von ihrem Bett auf und schaltete ihre Lampe aus. »War das das Schönste heute?«

»Ja. Kann ich ein Pferd bekommen?«

»Nein.«

Sie seufzte. »Das habe ich mir schon gedacht. Können wir morgen wieder eine Schlittenfahrt machen?«

Ich lachte und bückte mich, um ihr einen Kuss zu geben. Ihr feuchtes Haar roch nach Babyshampoo, und ich wünschte kurz, ich könnte die Zeit anhalten. »Vielleicht nicht morgen, aber irgendwann bestimmt. Gute Nacht.«

»Warte, Daddy! Hast du unter dem Bett nachgesehen?«

»Oh, tut mir leid. Das habe ich ganz vergessen.« Ich kniete mich auf den Boden und führte die erforderliche Suche nach Ungeheuern durch. »Alles klar. Nur ein paar Wollmäuse.«

Sie lächelte. »Die sind okay. Gib Ned dem Hammerhai aus dem Shedd noch einen Kuss.«

Pflichtbewusst drückte ich einen Kuss auf ihren Plüschhai, den sie letzten Sommer im Shedd-Aquarium in Chicago bekommen hatte und nach Möglichkeit nicht aus den Augen ließ. »Dieses Ding sieht nicht besonders kuschelig aus.«

»Ich weiß, aber ich hab ihn lieb. Ich fühle mich irgendwie nicht gut, wenn er nicht neben mir liegt.«

»Dann darf er bleiben. Ich hab dich lieb, Prinzessin.«

»Ich dich auch, Daddy.«

»Gute Nacht.« Ich ließ ihre Tür offen, so wie sie es gernhatte, und ging in Felicitys Zimmer. Ihr Nachtlicht leuchtete in der Dunkelheit, und sie lag bereits unter der Decke. »Müde?«, fragte ich und setzte mich auf die Bettkante.

Sie gähnte. »Ja.«

»Hattest du Spaß an deinem Schneefrei-Tag?«

»Ja. Ich habe Frannie so lieb. Sie ist echt nett.«

»Das ist sie.« Ich musste an ihren verletzten Gesichtsausdruck heute Nachmittag denken, und meine Brust schnürte sich zusammen. Was würde passieren, wenn sie beschloss, dass sie nicht mehr als Kindermädchen für mich arbeiten wollte? Dann würden die Mädchen sie verlieren, und das wäre gänzlich meine Schuld. Gott, ich hatte die Sache wirklich gründlich vermasselt.

»Sie ist mein Lieblings-Babysitter aller Zeiten. Sie hat gesagt, als sie in meinem Alter war, hätte sie auch ständig Albträume gehabt.«

»Wirklich?«

»Ja. Und dann hat ihr jemand erzählt, dass bestimmte Steine einem helfen könnten, sich zu entspannen und besser zu schlafen. Sie hat mir sogar einen geschenkt, willst du mal sehen?« Sie zog die Hand unter der Decke hervor und öffnete die Faust. Darin lag ein kleiner, glatter Stein.

Ich schaltete die Lampe auf ihrem Nachttisch ein und schaute ihn mir genauer an. Es war irgendein Kristall, durchzogen von violetten, grünen und hellllila Adern. Das perfekte Geschenk für Felicity. »Das war aber nett von ihr.«

Sie schloss die Faust und schob den Arm wieder unter die Decke. »Darf sie irgendwann noch mal hier schlafen?«

»Ähm … wir werden sehen.« Ich schaltete die Lampe aus, beugte mich vor und küsste meine Tochter auf die Wange. »Nacht, Mavis.«

Sie kicherte. »Nacht, Daddy.«

»Ich hab dich lieb.«

»Ich hab dich auch lieb.«

Die Tür zu Millies Zimmer war geschlossen, und ich klopfte leise an.

»Herein«, sagte sie.

Als ich die Tür öffnete, sah ich sie im Licht der Nachtischlampe im Bett lesen. Ich trat ins Zimmer und setzte mich ans Fußende. »Hey.«

»Hey.« Sie hob nicht einmal den Blick von ihrem Buch.

»Alles in Ordnung?«

»Ich glaub schon.«

»Glaubst du?« Ich nahm ihr das Taschenbuch aus den Händen und klappte es zu. »Das klingt nicht sehr überzeugend.«

»Dad, jetzt weiß ich nicht mehr, wo ich war«, sagte sie ärgerlich.

»Ich finde die Stelle schon wieder. Erzähl mir, was los ist.«

»Gar nichts.« Sie spielte an ein paar losen Fäden ihrer Steppdecke herum.

»Das glaube ich dir nicht.«

Sie zuckte die Achseln. »Ich hab Bauchweh.«

Besorgt legte ich das Buch auf den Nachttisch. »Mit deinem Bauch hattest du jetzt seit Monaten keine Probleme mehr. Ist irgendwas vorgefallen?«

»Nein.«

Das überzeugte mich nicht. Es gab offensichtlich ein Problem, aber sie wollte mir nicht sagen, was es war. Für einen Moment geriet ich in Panik, dass es irgendwie mit der Pubertät zusammenhängen könnte, und mir brach der Schweiß aus. Was zum Teufel sollte ich tun, wenn diese ganzen Veränderungen kamen? Gott, warum konnten sie nicht ewig klein bleiben?

»Millie, brauchst du …« Meine Stimme versagte, und ich räusperte mich. »Soll ich dir das Heizkissen holen? Eine Ibuprofen?«

»Nein. Ich komme schon zurecht, Dad.« Sie drehte sich von mir weg und auf die Seite. »Nacht.«

»Nacht.« Ich beugte mich vor, küsste sie auf den Kopf

und knipste ihre Lampe aus. Auch ihr Haar roch süß, aber nicht nach Babyshampoo. Eher fruchtig. Wie ein Frauenshampoo. Einen Moment lang stand ich da und betrachtete sie, während ich mich fragte, wo die Zeit geblieben war. Es kam mir vor, als sei es erst gestern gewesen, dass …

»Dad?«

»Ja?«

»Was machst du da?«

»Dich ansehen. Daran denken, dass du zu schnell groß wirst.«

»Hör auf damit. Das ist unheimlich.«

Ich lachte. »Tut mir leid. Ich gehe jetzt. Bist du dir sicher, dass du das Heizkissen nicht brauchst?«

»Ganz sicher. Gute Nacht.«

»Gute Nacht.« An der Tür drehte ich mich noch einmal um. »Ich hab dich lieb.«

»Hab dich auch lieb.«

Als ich nach unten ging, fühlte ich mich ein klein wenig besser, wenn auch nicht viel. Millies Bauchschmerzen waren genau wie Felicitys Albträume und Winifreds Ungeheuer auf der Bildfläche erschienen, nachdem ihre Mutter fortgegangen war, und flammten normalerweise jedes Mal neu auf, wenn Carla einen Besuch ankündigte, obwohl sie selten wirklich auftauchte.

In der Küche nahm ich mir Millies Handy, das gerade aufgeladen wurde, und tippte ihr Passwort ein. Sie und ich hatten eine Abmachung – ich erlaubte ihr ein Handy, und sie erlaubte mir jederzeit Zugang dazu, damit ich mich davon überzeugen konnte, dass sie sich nicht in den Sozialen Medien herumtrieb oder Nachrichten mit Serienmördern austauschte. Ab und zu las ich ihre Nachrichten, aber meistens waren es einfach nur lange Mitteilungen voller Smileys, die sie mit ihren Freunden austauschte, und gelegentlich SMS von ihrer Mutter.

Als ich sah, dass sich Carla heute bei ihr gemeldet hatte, ergaben Millies Bauchschmerzen plötzlich einen Sinn.

> Hallo Liebling, ich wollte dir nur schreiben, wie aufgeregt ich bin, dass ich euch besuchen werde! Denk dran, deinen Schwestern nichts zu sagen, damit mein Besuch eine Überraschung bleibt! Ich erzähle es dir nur, weil du mir geschrieben hast, wie sehr du mich vermisst. Das war so süß von dir, aber nachdem ich gehört habe, dass du meinetwegen traurig bist, bin ich auch traurig geworden. Ich hatte anschließend tagelang Migräne. Ich wünschte wirklich, ich könnte bei der Mutter-Tochter-Modenschau, die du erwähnt hast, dabei sein, doch zu diesem Datum kann ich nicht. Aber wir sehen uns am Freitag, das wird bestimmt toll!

Ich legte das Handy weg, und mir kochte das Blut in den Adern. Ich hatte Carla ausdrücklich gebeten, den Kindern nichts von ihrem geplanten Besuch zu erzählen, und sie hatte Millie hinter meinem Rücken auf der Stelle eine Nachricht geschickt. Und wie konnte sie es verdammt noch mal wagen, Millie ein schlechtes Gewissen zu machen, weil sie ihrer Mutter mitgeteilt hatte, wie sehr sie sie vermisste! Wutschnaubend ging ich in der Küche auf und ab. Ich hätte am liebsten um mich geschlagen. Mit irgendwas geworfen. Etwas kaputt gemacht. Schließlich öffnete ich die Hintertür und atmete ein paarmal tief die eiskalte

Luft ein, um mich zu beruhigen. Doch es zeigte kaum Wirkung. Also ging ich wieder ins Haus und kippte ein Glas Whiskey runter.

Zehn Minuten später lief ich die Treppe nach oben, immer drei Stufen auf einmal, und öffnete Millies Tür. »Millie? Bist du noch wach, Schätzchen?«

»Ja.«

»Kann ich kurz mit dir reden?«, fragte ich und musste mich sehr beherrschen, ruhig zu bleiben.

»Okay.«

Ich ging zu ihrem Bett und setzte mich ans Fußende. »Ich habe auf deinem Handy die Nachricht von Mom gelesen. Ist es das, was dir zu schaffen macht?«

Schweigen. »Sie hat geschrieben, dass sie uns besuchen will.«

»Ich weiß.«

»Kommt sie diesmal wirklich?«

»Das weiß ich nicht.«

Millie drehte sich auf die andere Seite, um mich anzusehen. »Manchmal vermisse ich sie wirklich und wünschte, sie wäre hier. Und manchmal wünschte ich, sie würde einfach wegbleiben.«

Es schnürte mir die Kehle zu. »Es ist okay, dir das zu wünschen, Schätzchen. Alles, was du fühlst, ist okay.«

»In der Schule findet eine Mutter-Tochter-Modenschau statt«, fuhr sie unglücklich fort.

»Das habe ich mitgekriegt. Wofür ist die Veranstaltung gedacht?«

»Es ist irgendeine Spendensammelaktion. Man darf sein eigenes Outfit anfertigen. Alle meine Freundinnen machen mit.«

»Nun, das ist dumm und unfair«, blaffte ich. »Nicht alle haben ihre Mutter in der Nähe.«

»Meine Freundinnen aber schon. Selbst wenn ihre Eltern geschieden sind, sind ihre Mütter immer noch hier.«

Ich stieß den Atem aus, und die Schuldgefühle lasteten schwer auf meinen Schultern. »Es tut mir leid, Mills.«

Millie schwieg für einen Moment. »Hat sie uns überhaupt noch lieb?«

»Natürlich hat sie euch lieb.« Ich beugte mich über sie, legte ihr eine Hand auf die Schulter und strich ihr das Haar aus dem Gesicht. »Und ich habe euch auch lieb.«

»Das weiß ich.«

Das hätte mich glücklich machen sollen, aber ich hatte nach wie vor das Gefühl, als sei es irgendwie nicht genug. Ich versuchte es noch einmal. »Manchmal beschließen Moms und Dads, dass sie nicht länger verheiratet sein wollen. Aber sie hören deshalb niemals auf, ihre Kinder zu lieben.«

»Aber wenn man jemanden liebt, will man doch bei ihm sein, oder nicht?«

»Na ja … Normalerweise schon. Aber Liebe ist kompliziert.«

»Das sollte sie aber nicht sein«, brach es aus ihr hervor. »Wenn man jemanden liebt, sollte nichts anderes eine Rolle spielen. Man sollte alles dafür tun, um so oft wie möglich mit diesem Menschen zusammen zu sein.«

»Da stimme ich dir zu.«

Sie schwieg einen Moment. »Mom sagt, du hättest sie nicht genug geliebt, und deshalb musste sie gehen.«

Meine Beherrschung geriet ins Wanken. »Das ist absoluter Scheiß.« Dann seufzte ich. »Tut mir leid. Ich lege einen Dollar in das Glas, wenn ich nach unten gehe.«

»Ist schon gut. Das brauchst du nicht. Ich war auch sauer, als sie das gesagt hat. Weil ich mich deswegen mies gefühlt habe.«

»Es gibt *nichts*, weswegen du dich mies fühlen müsstest.« Ich beugte mich vor und drückte ihr die Lippen auf die Stirn. »Hör zu. Vielleicht war ich nicht gut darin, sie zu lieben. Vielleicht habe ich mich nicht genug angestrengt. Ich weiß es nicht. Um ehrlich zu sein, Schätzchen, war ich die meiste Zeit einfach nur verwirrt. Aber jetzt zählt für mich vor allem, dass ihr Mädchen wisst, wie sehr ich euch liebe, und dass ich der großartigste Dad für euch sein will, den es gibt. Selbst wenn das Geld, mit dem ich das College für euch bezahlen wollte, für die Fluchkasse draufgeht.«

Das zauberte ihr ein kleines Lächeln aufs Gesicht.

»Hey, ich habe eine Idee.«

»Was für eine?«

»Wie wäre es, wenn *ich* mit dir zur Modenschau gehen würde?«

»Du?«

Ich setzte mich ganz gerade hin und drückte die Brust raus. »Ja, ich. Ich bin ein gut aussehender Typ, findest du nicht?«

Sie kicherte. »Vielleicht.«

Ich stand vom Bett auf und stolzierte durch ihr Zimmer wie John Travolta in *Saturday Night Fever.* »Und ich kann mich *bewegen*, Millsy.«

»Oh mein Gott, Dad. Lauf bitte niemals so vor meinen Freundinnen.«

»Hey, hör mal zu. Es ist die heilige Pflicht eines Dads, seine Kinder in ihrer Jugendzeit so oft wie möglich in Verlegenheit zu bringen. Ich kann also nichts versprechen.«

»Willst du wirklich die Modenschau mit mir machen?«

»Möchtest du denn, dass ich das tu?«

»Ja. Aber ich muss nachfragen, ob es okay ist, einen Dad zur Mutter-Tochter-Modenschau mitzubringen.«

»Wenn es nicht okay ist, verklagen wir sie wegen Diskriminierung«, sagte ich und zeigte mit dem Finger auf sie.

Sie lächelte, und ich hatte beinahe das Gefühl, als sei die Welt wieder in Ordnung. Vielleicht war ich nicht Superdad, aber ich tat, was ich konnte.

»Nacht, Schätzchen.« Ich warf ihr eine Kusshand zu und ging zur Tür.

Unten legte ich etwas Wäsche zusammen, tat jedem von uns seinen Wäschestapel in seinen Korb und klappte den Laptop auf, der auf dem Esszimmertisch lag. Ich schickte Sawyer und DeSantis jeweils eine E-Mail, dass ich morgen nicht kommen würde, weil ich mich um die Kinder kümmern müsse, und bat darum, anstehende Meetings zu verschieben. Abschließend entschuldigte ich mich dafür, dass ich sie erst so kurzfristig informierte. Dann versuchte ich, mir einige Aufgaben vorzunehmen, die ich heute nicht fertig bekommen hatte, aber es fiel mir immer noch schwer, mich zu konzentrieren.

Gegen Mitternacht gab ich es endlich auf und ging ins Bett. Aber obwohl ich müde war, konnte ich nicht einschlafen. Ich war sauer auf Carla und machte mir einerseits Sorgen, dass sie nicht auftauchen würde, und andererseits, *dass* sie auftauchen würde. Ich zerbrach mir wegen Millie den Kopf und hatte die Befürchtung, dass ich mit ihren

Fragen nicht richtig umging. Die Zukunft machte mir Angst, und ich wünschte mir verzweifelt, mit Frannie wieder ins Reine zu kommen. Aber wie?

Ich konnte die Zeit nicht zurückdrehen und ungeschehen machen, was wir getan hatten. Ich bekam das, was sie zu mir gesagt hatte, nicht mehr aus dem Kopf. Und ich konnte die Sehnsucht nach ihr einfach nicht leugnen. Aber es war mir genauso wenig möglich, etwas zu unternehmen. Auch wenn ich die Mädchen mal kurz außer Acht ließ: Frannie verdiente jemanden, der sie an die erste Stelle setzen konnte, jemanden in der gleichen Lebensphase wie sie, einen Mann, der alle Zeit und Energie der Welt hatte, um sie glücklich zu machen.

Ich lag die halbe Nacht wach und wünschte mir, dieser Mann sein zu können.

# Kapitel 13

Frannie

Am nächsten Morgen an der Rezeption wappnete ich mich jedes Mal, wenn jemand durch die Eingangstür des Hotels kam, aber Mack tauchte nicht auf. Gegen Mittag fragte ich beiläufig meinen Dad, wo er sei, und er informierte mich, dass Mack sich den Tag freigenommen habe.

Obwohl ich eigentlich hätte froh sein sollen, ihm nicht begegnen zu müssen, ertappte ich mich dabei, wie ich trotzdem an seinem leeren Büro vorbeiging, traurig und einsam und innerlich zerrissen. War es ein Fehler gewesen, ihm zu erzählen, was ich wirklich für ihn empfand? Hatte ich damit die Sache nur verschlimmert? Was, wenn ich alles zwischen uns für immer ruiniert hatte und wir uns nie wieder in die Augen sehen konnten?

Abends schickte er mir eine SMS.

Am Freitag kommt Carla die Kinder besuchen. Kannst du immer noch morgen einspringen?

Es gab so viele andere Dinge, die ich ihm sagen wollte, aber am Ende antwortete ich nur mit einem einzigen Wort.

Ja.

Drei Punkte erschienen auf meinem Display, als tippe er eine Antwort, aber ein paar Sekunden später verschwanden sie, und es kamen keine weiteren SMS mehr. Enttäuscht legte ich mein Handy beiseite.

Dann klappte ich meinen Laptop auf, um ein wenig zu Krediten für Kleinunternehmen zu recherchieren, und las alles, was ich an Ratschlägen für junge Unternehmerinnen finden konnte. Es tat gut, meine Energie auf etwas anderes zu richten als auf die zwanghafte Beschäftigung mit Mack, aber ich bekam ihn trotzdem nicht aus dem Kopf.

Die Nacht verbrachte ich damit, mein Kissen zu umarmen und zu versuchen, nicht hineinzuweinen.

Am Donnerstag holte ich Winnie von der Schule ab, und der Nachmittag mit den Mädchen verlief wie gewohnt. Ich half Millie mit ihrem Dutt für den Ballettunterricht und winkte ihr nach, als sie von ihrer Fahrgemeinschaft abgeholt wurde. Sie war mir heute ein wenig niedergeschlagen vorgekommen, aber ihre Stirn hatte sich nicht heiß angefühlt, und sie hatte beteuert, es gehe ihr gut.

Etwa gegen Viertel nach fünf stand ich gerade an der Küchentheke und half Felicity mit ihren Rechtschreibübungen, da hörte ich, wie die Hintertür geöffnet wurde. Mein Herz fing heftig an zu klopfen.

»Hi, Daddy«, rief Felicity.

»Hi ihr.« Einen Moment später trat Mack in die Küche. Ich stand mit dem Rücken zu ihm, aber ich bekam kaum Luft, als hätte er allen Sauerstoff aus dem Raum gezogen.

»Wie war die Schule?«, fragte er.

»Gut. Mir ist schon wieder ein Zahn rausgefallen.« Felicity grinste stolz und präsentierte ihre neue Zahnlücke.

Mack untersuchte ihre Zähne eingehend. »Prima. Wo ist er?«

»Ich habe ihn in einer kleinen Tüte auf ihre Kommode gelegt.« Ich drehte mich zu ihm um, konnte mich aber nicht dazu überwinden, ihm in die Augen zu sehen. Stattdessen starrte ich auf seine Brust. »Millie ist beim Ballett, Winnie in ihrem Zimmer.«

»Okay.«

Ich wandte mich schnell ab und ging in den hinteren Flur, zog rasch die Stiefel an und warf mir meinen Mantel über. Ohne mich mit Handschuhen oder Mütze aufzuhalten, rief ich in gespielter Fröhlichkeit »bis morgen« und rannte aus dem Haus.

Ich konnte nicht einmal atmen, bis ich in meinem Wagen saß und der Motor lief.

Später bekam ich eine Nachricht von Mack.

> Du bist so schnell verschwunden, dass ich keine Gelegenheit hatte, dir Geld zu geben. Ich bringe dir morgen einen Scheck mit und hinterlege ihn an der Rezeption.

Freitags arbeitete ich normalerweise nicht an der Rezeption. Wenn ich Macaron-Bestellungen für eine Wochenendveranstaltung hatte, stand ich früh auf, um sie gleich morgens zu backen, noch bevor ich Winnie abholte. Doch an diesem Wochenende gab es im *Cloverleigh* keine Veranstaltung, und ich brauchte nicht einmal Winnie abzuholen, ich hatte also den ganzen Tag frei. Mir unten den Scheck von Mack abzuholen war daher gar kein Problem.

Aber dann würde ich mit ihm reden müssen, und ich war mir nicht sicher, ob ich damit umgehen konnte.

Danke.

Er antwortete nicht mehr.

Den Freitag nutzte ich, um zu putzen, Wäsche zu waschen, die Social-Media-Präsenz des Hotels auf den neusten Stand zu bringen, Suppe zu kochen und mich wegen der in den nächsten Wochen anstehenden Hochzeiten mit April zu besprechen. Als Nächstes stand Ryan Woods' Hochzeit an, und ursprünglich hatte ich mich darauf gefreut – Ryan war ein ehemaliger Angestellter, und alle aus der Familie, die im Hotel arbeiteten, waren eingeladen. Aber jetzt ertappte ich mich dabei, dass mir davor graute, denn ich wusste, dass Mack der Trauzeuge war. Wahrscheinlich würde ich den ganzen Abend damit verbringen, ihn aus sicherer Entfernung anzustarren.

April bestätigte, dass tatsächlich Macarons als Geschenke für die Hochzeitsgäste gewünscht wurden, und Stellas Hochzeitsfarben Dunkelblau, Dunkelrot, Elfenbein und Gold waren. »Sie überlässt dir die Wahl der Geschmacksrichtungen und hat um farblich passende Samtschleifen auf den Schachteln gebeten.«

»Das klingt wunderschön. Ich kümmere mich drum.«

Ich sah gerade Rezepte durch und versuchte, mich für eine Auswahl an Geschmacksrichtungen zu entscheiden, da rief meine Mutter an und erkundigte sich, ob ich etwas dagegen hätte, die Abendschicht im Restaurant zu übernehmen, es habe sich jemand krankgemeldet. Nur zu gern sagte ich zu. Ich hätte ohnehin nur rumgesessen und Trübsal geblasen.

Der Gedanke machte mich wütend. Ich war erst siebenundzwanzig Jahre alt. Warum hatte ich kein interessanteres Privatleben? Weshalb hatte ich an einem Freitagabend nichts vor? Nächste Woche war Valentinstag. Das Hotel würde voller verliebter Pärchen sein, was mich normalerweise freute, aber jetzt graute mir davor. Immer noch aufgebracht ging ich duschen und machte mich für die Arbeit fertig. Auf dem Weg nach unten ins Restaurant bemerkte ich, dass es schon wieder schneite. Verdammt noch mal, selbst *Schnee* ließ mich jetzt an Mack denken.

Ich besprach mich mit dem Restaurantleiter, nahm meinen Posten am Empfangspult ein und bemühte mich, die Paare, die zu einem romantischen Dinner kamen, nicht allzu mürrisch anzusehen. Offensichtlich gelang mir das nicht besonders gut, denn nach einer Weile kam meine Mutter von der Rezeption durch die Lobby gelaufen und musterte mich stirnrunzelnd.

»Frannie, würde es dir was ausmachen, den säuerlichen Gesichtsausdruck abzulegen? Das ist sehr abschreckend.«

»Mein Gesichtsausdruck ist nicht säuerlich«, blaffte ich.

Sie verschränkte die Arme vor der Brust. »Ich kann ihn von meinem Platz aus gut erkennen. Wir wollen, dass sich die Gäste willkommen fühlen. Schau doch bitte ein wenig freundlicher.«

»Entschuldigung.« Ich kämpfte gegen den Drang, die Augen zu verdrehen. »Ich werde mir Mühe geben.«

Plötzlich verwandelte sich ihr Ärger in Sorge. »Geht es dir gut?«

»Es geht mir *bestens*«, antwortete ich mit zusammengebissenen Zähnen und setzte ein Lächeln auf, als sich neue Gäste näherten. »Und ich muss jetzt die Leute hier zu ihrem Tisch führen, also entschuldige mich bitte.«

Danach gab ich mir mehr Mühe, herzlich und freundlich zu sein, und ich kam eigentlich ganz gut klar, bis ich eine vertraute Stimme hörte. Als ich von dem Stapel Speisekarten vor mir aufsah, blickte ich Mack, der gerade mit Henry DeSantis die Lobby durchquerte, direkt in die Augen. Mein Herz schlug schneller, während sie näher kamen.

»Hey, Frannie«, begrüßte mich Henry. »Hat man Sie also heute Abend hier postiert?«

»Ja.« Ich riss meinen Blick von Mack los und lächelte Henry an. »Machen Sie heute Abend Überstunden?«

»Wir haben länger gearbeitet, ja, aber gerade haben wir beschlossen, für heute Abend Schluss zu machen und in der Bar noch etwas zu trinken.«

Mack ergriff das Wort. »Ich habe an der Rezeption einen Scheck für dich hinterlegt, Frannie.«

Mein Lächeln schwand, und ich zwang mich, ihm erneut in die Augen zu sehen. »Danke.«

»Wir suchen uns einfach einen Platz an der Bar, wenn das in Ordnung ist«, sagte Henry. »Du brauchst uns nicht zu begleiten.«

»In Ordnung.« Ich gab mir größte Mühe, munter zu klingen. »Viel Spaß.«

Als sie an mir vorbeigingen, streifte mich ein Hauch von Macks Duft, und ich bekam sofort weiche Knie. Und dieser Blauton stand Mack so ausgezeichnet. Er passte zu seinen Augen. Warum nur musste er bloß so gut aussehen?

Im Laufe der nächsten Stunde spähte ich mehrfach in den Barbereich, um heimlich einen Blick auf die beiden zu werfen. Das war nicht leicht, da sie sich Plätze am hinteren Ende der Theke gesucht hatten, aber zweimal gelang es mir, eine Entschuldigung zu finden, um in die Küche zu gehen. Das bedeutete, dass ich insgesamt viermal an ihnen vorbeimusste. Beim ersten Mal achtete ich darauf, nicht den geringsten Blickkontakt herzustellen. Beim zweiten Mal bemerkte Mack mich zufällig, und wir schauten uns in die Augen. Keiner von uns lächelte. Beim dritten Mal fiel mir auf, dass sie beschlossen hatten, an der Theke zu essen und sich Steak bestellt hatten. Beim letzten Mal war Henry anscheinend zur Toilette gegangen oder so, denn Mack saß allein da. Als ich an ihm vorbeiging, sah er mich an, doch ich weigerte mich, seinen Blick zu erwidern. Dann sagte er meinen Namen.

Ich tat so, als hätte ich ihn nicht gehört, und ging schneller. Meine Absätze klackerten über den Holzboden. Einen Moment später lag eine Hand auf meiner Schulter.

»Frannie«, wiederholte er. »Bleib mal für eine Minute stehen.«

Ich drehte mich zu ihm um. Widerstrebend sah ich ihn an. »Ja?«

»Bist du – ich meine, wie geht es dir?« Er steckte die Hände in die Hosentaschen.

»Bestens.« Ich verschränkte die Arme vor der Brust. »Sind die Mädchen bei ihrer Mom?«

Er verzog das Gesicht und schüttelte den Kopf. »Sie ist mal wieder nicht aufgetaucht.«

Ich schnappte nach Luft, obwohl es mich nicht wirklich überraschte. »Echt jetzt?«

»Sie hat mir heute Morgen eine SMS geschickt, um mir mitzuteilen, dass sie wegen des Wetters nicht kommen würde. Sie wollte nicht mit dem Flugzeug in einen Schneesturm geraten.«

»Waren die Mädchen sehr traurig?«

»Sie wussten gar nicht, dass sie kommen wollte. Na gut, Millie wusste, dass die Möglichkeit bestand, aber sie kommt langsam an den Punkt, da sie weiß, dass sie nicht alles glauben darf, was ihre Mutter sagt.«

»Das tut mir leid.« Ich spürte, wie ich ein bisschen weicher wurde. »Arme Millie.«

»Ja.« Er rieb sich den Nacken. »Ich habe mich so mies gefühlt, dass ich die Mädchen von der Schule abgeholt und sie den ganzen Weg zu meiner Schwester nach Petoskey kutschiert habe, damit sie mit ihrem Cousin und ihrer Cousine spielen können. Dann hat Jodie sie eingeladen, dort zu übernachten, also bin ich hergekommen, um noch ein wenig zu arbeiten, weil ich so hinterherhinke, aber … ich konnte mich nicht konzentrieren.«

»Warum nicht?«

Er senkte die Stimme. »Weil du mir böse bist.«

»Nein, bin ich nicht«, widersprach ich, den Blick fest auf die anderen Gäste in der Bar gerichtet.

»Warum gehst du mir dann aus dem Weg? Du hast seit Dienstag kaum zwei Worte mit mir gewechselt. Gestern bei uns zu Hause hast du mich kein einziges Mal angesehen.«

Ich holte Luft und straffte mich. »Ich bin dir nicht *böse.* Ich versuche lediglich, über meine albernen Gefühle hinwegzukommen. Mit dir zu reden macht es für mich nicht leichter.«

Er nickte langsam. »Heißt das, du willst nicht mehr auf die Mädchen aufpassen?«

»Nein, das heißt es nicht.« Ich seufzte, und es war mir peinlich, dass ich das Ganze so sehr aufgebauscht hatte, dass wir beide in Verlegenheit gerieten. »Ich schaffe das schon, Mack. Mach dir deswegen keine Sorgen. Und ich sollte jetzt weitermachen.«

»Okay.« Er öffnete den Mund, als wolle er noch etwas hinzufügen, und mir wären alle möglichen Dinge eingefallen, die ich gern gehört hätte. *Geh nicht. Es tut mir leid. Ich habe meine Meinung geändert.*

Aber eine Sekunde später schloss er den Mund wieder, und ich ging.

Was blieb mir auch anderes übrig?

Die Abendgäste des Restaurants kamen im Winter immer sehr früh, daher ließ der Restaurantleiter mich schon um halb zehn Schluss machen. Mack und Henry waren noch immer nicht aus der Bar gekommen, und ich war froh, dass ich ihn nicht noch einmal zu sehen brauchte.

Nachdem ich alles erledigt hatte, was sonst noch zum Tätigkeitsbereich am Empfang des Restaurants gehörte, verabschiedete ich mich an der Rezeption von meiner Mom, steckte Macks Scheck ein und ging hoch in meine Wohnung. Dort warf ich den Scheck auf die Kommode, zog meine Arbeitskleidung aus und schlüpfte in eine Schlafanzughose aus Flanell, ein riesiges graues Sweatshirt mit gefütterter Kapuze und kuschelige Socken. Achtlos band ich mir das Haar hoch und ging in die Küche, um mir einen Teller von meiner heute gekochten Kürbissuppe aufzuwärmen. Aber ich hatte keinen großen Hunger und aß am Ende nur eine halbe Portion.

Ich spülte gerade den Suppenteller ab, als es an meiner Tür klopfte.

*Seltsam*, dachte ich und blickte auf mein Handy, um nachzusehen, wie spät es war – nach zehn – und ob jemand von der Familie versucht hatte, mich zu erreichen. Es hatte niemand versucht.

Auf dem Weg zur Tür schlug mein Herz schneller und geriet ein wenig ins Stolpern, und mit angehaltenem Atem öffnete ich.

Mack stand im Flur, die Hände an den Seiten zu Fäusten geballt, sein Gesicht wirkte angespannt. Er atmete schwer, als sei er gerade eine steile Treppe hinaufgerannt.

Plötzlich war ich tatsächlich sauer auf ihn. Wie konnte er es wagen, hier aufzutauchen? Er *wusste*, dass ich versuchte, ihm aus dem Weg zu gehen. Es kam mir einfach gemein vor. »Was willst du?«, fragte ich, ohne mir die Mühe zu machen, meinen Ärger zu verbergen.

»Ich will, dass du mir sagst, dass ich gehen soll.« Er sprach leise, aber entschieden.

»Geh«, sagte ich zu ihm und verschränkte die Arme vor der Brust.

Ohne ein weiteres Wort stürzte er auf mich zu und presste seine Lippen auf meine.

# Kapitel 14

Mack

Dann ging alles ziemlich schnell.

Mit einem Tritt schloss ich die Tür hinter uns. Dann schob ich Frannie rückwärts in den Raum. Ich zerrte an ihren Kleidern und dann an meinen eigenen, obwohl ich es lediglich schaffte, ihr das Kapuzenshirt und die Schlafanzughose auszuziehen, und ich selbst wurde zwar mein Hemd los, aber die Jeans bekam ich in der Eile nur bis auf Kniehöhe runter.

Das alles spielte keine Rolle. Binnen fünf Minuten nach meinem Erscheinen an ihrer Tür vögelte ich sie gnadenlos auf dem Wohnzimmerteppich, rammte meinen steinharten Schwanz in ihren weichen, warmen Körper, wieder und wieder und wieder. Beinahe so, als wollte ich sie dafür bestrafen, dass sie mich einfach nicht zur Ruhe kommen ließ.

Und sie wollte mich offensichtlich ebenfalls bestrafen.

Sie schlang die Beine um mich und bohrte mir ihre Fingernägel in den Rücken. Dicht an meinen Lippen flüsterte sie meinen Namen und schrie bei jedem tiefen, harten Stoß auf. Ihre Hüften bewegten sich im Gleichklang mit meinen, sie zog mich enger an sich, bis wir uns keuchend und bebend in einem simultanen Orgasmus aneinanderklammerten, einem Orgasmus, der so intensiv war, dass ich nicht atmen, nichts sehen, nicht denken konnte.

Es war offensichtlich, dass unsere erste Nacht kein Ausreißer gewesen war – was immer das zwischen uns war, es war real. Und machtvoll. Und es führte nirgendwohin.

Als ich endlich die Augen öffnete, sah ich ihr Gesicht unter mir. Sie hatte den Kopf zur Seite gedreht und zeigte mir ihr Profil, das Kinn leicht angehoben. Dann wurde mir bewusst, dass sie sich nicht länger an mich klammerte.

Scheiße. Ich war so ein Arschloch.

Ich löste mich von ihr, hockte mich auf die Fersen und ließ den Kopf hängen. »Gott. Es tut mir leid.«

»Das muss es nicht. Ich hätte dich stoppen können.«

Da war ich mir nicht so sicher. »Warum hast du es nicht getan?«

Sie antwortete nicht.

Ich beugte mich erneut über sie und stützte mich oberhalb ihrer Schultern ab. »He. Sieh mich an.«

Sie tat es nicht, daher legte ich ihr zwei Finger unters Kinn und drehte ihren Kopf zu mir. Ihre Unterlippe zitterte, und ich musste sie einfach küssen.

»Lass das«, sagte sie leise.

Ein Lächeln zog meinen Mundwinkel nach oben. »Jetzt willst du, dass ich aufhöre?«

»Ja. Du bringst mich völlig durcheinander.«

»Ich weiß. Das tut mir leid. Ich bin selbst völlig durcheinander.«

»Warum bist du überhaupt raufgekommen?«

»Weil ich die ganze Woche scheißunglücklich war. Weil die Nacht mit dir das Beste war, was mir seit Jahren passiert ist. Weil es keine Rolle spielt, warum ich mich lieber von dir fernhalten sollte – ich kann es einfach nicht.«

»Spiel nicht mit mir. Oder meinst du das wirklich ernst?«

Ich nickte. »Ich war schon auf dem Parkplatz und hatte mich bereits in den Wagen gesetzt. Dann habe ich den verdammten Motor angelassen, saß da und bin immer wütender auf mich selbst geworden, weil ich nicht wegfahren konnte.«

»Wirklich?«

»Wirklich. Schließlich hab ich es aufgegeben. Aber ich wusste, dass es nach dem, was ich gesagt hab, eigentlich nicht fair ist, daher habe ich mir selbst das Versprechen abgenommen, zu gehen, wenn du es mir sagst.«

Sie wirkte belustigt. »Ich *habe* dir gesagt, du sollst gehen.«

»Ähm, stimmt.« Ich räusperte mich. »Offensichtlich war das ein Versprechen, das ich nicht halten konnte.«

»Ist schon gut.« Sie ließ die Hände an meinem Rücken auf und ab wandern, und bei ihrer Berührung überliefen mich warme Schauer. »Ich will mit dir zusammen sein.«

»Ich will auch mit dir zusammen sein.« Ihr Haar hatte sich aus dem Knoten gelöst, und ich strich es ihr aus dem Gesicht. »Aber ich kann überhaupt nichts versprechen, Frannie. Was ich gesagt habe, meinte ich auch so – ich habe dir nichts zu bieten.«

»Das ist nicht wahr«, widersprach sie mit diesem unwiderstehlich störrischen Vorrecken ihres Kinns.

»Das sagst du jetzt, aber warte nur ab. Mein Leben ist das totale Chaos. An den meisten Tagen habe ich das Gefühl, nur mit knapper Not die Kurve zu kriegen.«

»Du brauchst dir um mich keine Sorgen zu machen, Mack. Ich will keine weitere Verpflichtung in deinem Leben sein. Und ich brauche keine Versprechen für das zwischen uns und auch keinen Namen dafür.« Sie holte Luft. »Ich will einfach das Gefühl haben, wichtig für dich zu sein.«

Ich lächelte sie an. »Das bist du. Aber wir müssen vorsichtig sein. Ich will nicht, dass die Kinder …« Plötzlich wurde mir etwas klar – heute Abend waren wir *nicht* vorsichtig gewesen. Mich überkam Panik, und erneut löste ich mich von ihr. »Oh Scheiße, Frannie. Ich habe überhaupt nicht nachgedacht. Ich …«

Sie brachte mich mit einer erhobenen Hand zum Schweigen. »Keine Sorge. Ich nehme die Pille, und ich bin sehr, sehr gewissenhaft bei der Einnahme.«

Ich entspannte mich ein wenig. »Okay. Puh. Das ist gut.« Das Letzte, was ich im Moment gebrauchen konnte, war ein Baby. Sowohl jetzt als auch später.

»Gib mir ein paar Minuten Zeit, ja?«, bat sie und stand auf. »Wenn du etwas trinken möchtest oder so, bedien dich. Es gibt zwar kein Bier, aber ich habe Wein, Whiskey, Wodka, Tequila …«

Ich zog die Augenbrauen hoch. »Muss ich mir Sorgen um dich machen?«

Lachend sammelte sie ihre Anziehsachen zusammen und ging Richtung Schlafzimmer. »Nein. Ich trinke nicht viel Alkohol, aber ab und zu genehmige ich mir einen kleinen Whiskey am Feuer.«

»Dann soll es ein Whiskey am Feuer sein.« Ich schaute mich um und bemerkte den Kamin am anderen Ende des Raums. Also hob ich meine Sachen vom Boden auf, schlüpfte in Unterwäsche, Jeans und Hemd und ging in die Küche.

Als Frannie aus dem Schlafzimmer zurückkam, genauso gekleidet wie zuvor, aber mit offenem Haar, das ihr über die Schultern fiel, füllte ich zwei Gläser mit Whiskey und zündete den Gaskamin an. Ich fand zwar, es fehlte ihm die Romantik von echtem Holzfeuer, aber er sorgte immerhin für Wärme.

Sie lächelte, als sie sich zu mir aufs Sofa setzte und die Beine unterschlug. »Wie schön.«

Ich nahm ihr Glas vom Beistelltisch und reichte es ihr. »Stimmt. Viel schöner als da, wo ich gerade wieder hinwollte, nämlich in ein leeres Haus.«

Sie nippte an ihrem Whiskey. »Die Mädchen sind also bei deiner Schwester?«

»Ja, ich habe sie zu Jodie gebracht. Ihre Tochter ist ein Jahr älter als Millie, ihr Sohn in Felicitys Alter. Die Kinder verstehen sich wirklich gut. Ich wünschte, sie würden nicht so weit weg wohnen.«

»Ich wünschte auch, Sylvia würde nicht so weit weg wohnen. Ich kenne meine Nichten und meinen Neffen kaum.« Sie lächelte traurig.

»Wie geht es Sylvia? Ich habe seit einer ganzen Weile nicht mehr mit ihr gesprochen.«

»Gut, glaube ich. Ich rede auch nicht so oft mit ihr.« Frannie hob erneut ihr Glas und starrte hinein. »Aber das möchte ich gern ändern. Ich sollte mich öfter bei ihr melden. Hast du ein enges Verhältnis zu deiner Schwester?«

Ich nickte. »Ziemlich eng. Ich meine, wir sind beide sehr beschäftigt mit unseren Kindern und der Arbeit, aber in unserer Jugend standen wir uns sehr nahe. Sie ist nur siebzehn Monate älter als ich. Und sie ist mit einem tollen Mann verheiratet. Bei den beiden wirkt das alles so einfach.«

Sie sah mich neugierig an. »Darf ich fragen, was in deiner Ehe schiefgelaufen ist, oder ist das zu persönlich?«

Ich atmete aus und nahm noch einen ordentlichen Schluck von meinem Whiskey. »Unsere Ehe war von Anfang an schwierig. Unmittelbar vor meinem Auslandseinsatz ist Carla mit Millie schwanger geworden, und wir haben schnell geheiratet, bevor ich abkommandiert wurde. Wir kannten uns erst seit wenigen Monaten.«

»Du warst bei den Marines, richtig?«, fragte sie.

»Ja, genau.«

»Was hat dich veranlasst, zu den Marines zu gehen?«

»Ich war mit Anfang zwanzig eine Weile irgendwie ziemlich orientierungslos, habe nicht so recht gewusst, was ich wollte. Ich bin vom College abgegangen, weil ich zu unreif war, mit der Verantwortung klarzukommen, und meine Eltern hatten mir gesagt, dass sie mir die Rumgammelei nicht länger finanzieren würden.« Ich nahm noch einen Schluck. »Ich musste etwas Energie loswerden, und ich wollte hier weg. Und weil ein Marine zu sein in meinen Ohren nach einem knallharten Kerl klang, habe ich mich verpflichtet.«

»Und du warst in Afghanistan?«

Ich nickte. »Zweimal. Und auch im Irak. Deshalb war ich in den ersten Jahren unserer Ehe, als Millie und Felicity noch klein waren, sehr viel weg. Das hat es nicht besser gemacht. Als ich die Armee schließlich verließ, wollte ich wieder dahin ziehen, wo ich aufgewachsen bin, aber sie wollte nach Georgia, wo sie herkommt. Sie erklärte sich damit einverstanden, hierher zurückzukommen, wenn ich einem dritten Kind zustimmte. Also haben wir beides getan.« Ich hielt inne, um einen Schluck zu trinken. »Aber es hat gar keine Rolle gespielt, wo wir lebten. Wir haben uns gegenseitig nie wirklich glücklich gemacht. Irgendwann kam dann der Groll.«

»Groll worüber?« Sie nippte an ihrem Glas.

»Such dir was aus. Sie hatte den Verdacht, ich hätte sie nur aus Pflichtgefühl geheiratet, und das nahm sie mir übel. Sie hat mir nicht verziehen, dass ich sie mit den Kindern allein gelassen hatte, während ich im Einsatz war. Und als ich nach Hause kam und Mühe hatte, mich wieder an das zivile Leben zu gewöhnen, verübelte sie es mir, dass ich mich nicht schneller wieder fing. Außerdem fühlte sie sich erneut im Stich gelassen, weil ich tagsüber einen Eisenwarenladen leitete. Und in der Zeit bin ich auch noch in die Abendschule gegangen, damit ich meinen Abschluss machen konnte.«

Frannie nickte langsam und nahm noch einen Schluck. »Wie bist du im *Cloverleigh* gelandet? Hat Sylvia dir den Job hier besorgt?«

»Ja. Ich hatte inzwischen meinen Abschluss in der Tasche und war auf der Suche nach einem besseren Job, und eines Tages bin ich ihr über den Weg gelaufen, als sie gerade in der Gegend war. Sie hat mich eurem Dad vorgestellt.«

»Wurde es leichter, nachdem du eine bessere Stelle hattest?«

»Nicht wirklich. Es gab ständig Streit, und wenn wir uns nicht stritten, haben wir uns wütend angeschwiegen.«

»Das muss schrecklich gewesen sein.«

»Das war es auch.« Ich runzelte die Stirn. »Ich habe versucht, es hinzubekommen, wirklich – vor allem wegen der Kinder. Aber nichts, was ich getan oder gesagt habe, war richtig, und ich war es irgendwann leid, immer der Böse zu sein. Schließlich habe ich aufgehört, mir Mühe zu geben, und sie ist mit einem anderen abgezogen.«

»Das tut mir leid.«

Ich schüttelte den Kopf. »Das muss es nicht, jedenfalls nicht um meinetwillen. Es ist nicht so, als wäre das zwischen Carla und mir die große Liebe gewesen. Aber unsere Kinder hätten etwas Besseres verdient. Ich fühle mich jeden Tag schrecklich, weil ich ihnen gegenüber versagt habe.«

»Du hast nicht versagt, Mack.« Sie legte mir eine Hand aufs Bein. »Manche Ehen scheitern eben. Es war nicht deine Schuld.«

Das Gleiche hatte ich schon von meiner Schwester gehört und von Woods und auch von meinen Eltern … aber es kam einfach nicht bei mir an. Vom Kopf her wusste ich, dass es nicht fair von Carla war, mir die ganze Schuld am Scheitern unserer Ehe zu geben, aber ihre Worte nagten untergründig an mir. Vielleicht hatte ich sie wirklich nicht so geliebt, wie ich es hätte tun sollen. Vielleicht wusste ich gar nicht, wie das ging.

Frannie ließ die bernsteinfarbene Flüssigkeit in ihrem Glas kreisen. »Die Mädchen sprechen nicht viel von ihrer Mutter.«

Ich schüttelte den Kopf. »Nein, nicht mehr. Anfangs haben sie sie sehr vermisst, aber da Carla sie seither nur wenige Male besucht hat, hat auch ihr Trennungsschmerz nachgelassen. Ich bin mir sicher, dass in jeder der drei irgendwo eine tiefe Wunde klafft und eine ständige Angst vor dem Verlassenwerden, aber im Alltag scheinen sie ganz gut zurechtzukommen.«

»Und das haben sie dir zu verdanken«, sagte Frannie.

»Und ihrer Therapeutin.« Ich nahm noch einen Schluck Whiskey. »Ich werde noch jahrelang deren Rechnungen bezahlen müssen. Millie fragt mich in letzter Zeit ziemlich schwierige Sachen und zweifelt daran, ob ihre Mutter sie überhaupt lieb hat.«

Frannie schnappte nach Luft. »Was sagst du ihr dann?«

»Ich sage ihr, dass sie sie natürlich liebt, und das glaube ich tatsächlich. Aber Scheiße, woher soll ich wissen, was in Carlas Kopf vor sich geht.« Ich nahm noch einen großen Schluck und fuhr mir mit einer Hand durchs Haar. »Tut mir leid, Frannie. Ich wollte diesen ganzen Scheiß nicht bei dir abladen.«

»Hey«, sagte sie nachdrücklich und legte mir wieder eine Hand aufs Bein. »Ich *will*, dass du das bei mir ablädst. Du kannst mir alles erzählen.«

Ich lächelte sie an. Ihre Wangen waren gerötet, ihr Haar total zerzaust und die Wimperntusche verschmiert, aber das spielte keine Rolle. Ihr Anblick ließ trotzdem mein Herz schneller schlagen. Und dass sie so geduldig dasaß, während ich all meinen emotionalen Müll bei ihr ablud, mir ihre ganze Aufmerksamkeit schenkte und genau das Richtige sagte … Sie gab mir das Gefühl, auf eine Weise geschätzt und verstanden zu werden, wie ich es sehr, sehr lange nicht mehr erlebt hatte. Ich hatte tatsächlich das Gefühl, ihr alles erzählen zu können.

Doch ich hatte jetzt genug geredet.

»Danke«, sagte ich. »Aber weißt du was? Abende wie

dieser werden sehr selten sein, wahrscheinlich praktisch nicht existent, und ich will keine Minute mehr damit verschwenden, mich über meine Ex zu beklagen. Erzähl mir etwas über dich.«

Sie zog die Schultern hoch. »Was willst du denn wissen?«

»Mmmh.« Ich nahm einen letzten Schluck Whiskey und stellte das leere Glas auf den Tisch, bevor ich auch nach ihrem griff. »Vor allem möchte ich wissen, warum du gerade nicht näher bei mir sitzt.«

Kichernd ließ sie sich von mir das Glas aus der Hand nehmen und sich auf meinen Schoß ziehen, sodass sie wie neulich Nacht rittlings auf meinen Oberschenkeln saß. Mein Hemd war aufgeknöpft, und sie legte mir sofort beide Hände auf die Brust. Gott, es fühlte sich gut an, so berührt zu werden. Ich hatte ganz vergessen, wie gut.

»Was jetzt?«, fragte sie.

»Jetzt will ich wissen, warum du so viel anhast.«

Mit einem diabolischen Grinsen zog sie den Reißverschluss ihres Sweatshirts runter und warf es beiseite. Doch dann zögerte sie und schaute ins Feuer, das die einzige Lichtquelle im Raum war. Zuerst verstand ich nicht, warum, aber als sie sich das enge weiße Tanktop über den Kopf zog, sah ich die Narbe auf ihrem Oberkörper.

Rasch streckte ich die Hand aus und zeichnete die lange, gezackte, dunkelrosa Linie nach, die an ihrem Brustbein zwischen ihren Brüsten hinunterlief. »Tut sie weh?«, fragte ich.

Sie schüttelte den Kopf.

»Weshalb bist du operiert worden?«

»Ich bin mit einem Herzfehler auf die Welt gekommen,

einer sogenannten bikuspiden Aortenklappe. Als Baby hatte ich mehrere Operationen, um die Klappe zu reparieren, und mit zehn schließlich noch eine letzte Operation, um sie zu ersetzen.«

»Das klingt beängstigend.« Ich schaute sie voller Sorge an und legte die Hände auf ihre Rippen. »Geht es dir mittlerweile gut?«

»Es geht mir blendend. Außer dass ich manchmal schnell ermüde und mein Cholesterin im Auge behalten muss, merke ich nichts davon. Ich habe ein leicht erhöhtes Risiko für ein Aneurysma oder einen Herzinfarkt. Aber ich bin sehr gut darin, auf meinen Körper zu achten, und ich ernähre mich vernünftig und treibe Sport, außerdem nehme ich immer meine Medikamente und gehe wie ein braves Mädchen zu all meinen Untersuchungen.«

»Gut.« Ich besah mir noch einmal die Narbe, und sie seufzte.

»Ich weiß, sie ist wirklich hässlich, aber ich habe meinen Frieden damit geschlossen.«

Ich blickte ihr in die Augen. »Jeder Zentimeter von dir ist wunderschön. Innen wie außen.«

»Du bist auch wunderschön«, flüsterte sie.

Ich zog sie dichter an mich, drückte den Mund auf eine ihrer perfekten, rosigen Brustwarzen und neckte mit der Zunge die Knospe. Sie schob die Hände in mein Haar, stöhnte leise und bog den Rücken durch. Sofort war mein Schwanz wieder hart.

Zu meinem Glück hungerte sie genauso nach mehr wie ich, und sie entledigte sich ihrer Jogginghose und zog meine herunter. Es verschlug mir die Sprache, als sie die Hand um meinen Schwanz schloss und sie auf und ab bewegte, bevor sie ihre Finger befeuchtete und sich auf eine Weise selbst berührte, bei der mir der Mund offen stehenblieb.

»Heilige Scheiße«, flüsterte ich, dankbar dafür, dass das hier Runde zwei war, sonst wäre ich innerhalb von Sekunden gekommen.

Sie ließ sich langsam auf mich herunter, die Augen geschlossen, den Mund geöffnet. Ich legte ihr die Hände auf die Hüften und kämpfte gegen den Drang an, mich unter ihr aufzubäumen. Als ich mich ganz in ihr versenkt hatte, öffnete sie die Augen und sah mich an, bevor sie begann, sich zu bewegen.

In diesem Moment kümmerte mich weder der Altersunterschied noch die Frage, wessen Tochter sie war oder wie ich sie in meinem chaotischen Leben unterbringen sollte. Ich wusste nur, wie gut es sich anfühlte, so nah bei ihr zu sein, das Verlangen in ihren Augen zu sehen, zuzusehen, wie sie die Kontrolle verlor. Wie gut es war, der Mann zu sein, den sie in mir sah, und nicht der, den ich sah, wenn ich in den Spiegel blickte.

Diesmal ließen wir uns mehr Zeit – wahrscheinlich, weil ich es diesmal ihr überließ, das Tempo zu bestimmen. Sie raste nicht auf die Ziellinie zu, aber der allmähliche Aufbau des Höhepunkts war genauso intensiv und sein Erreichen eine noch süßere Belohnung. Unsere Körper verkrampften sich in perfekter Harmonie.

Als es vorbei war, ließ sie sich nach vorn fallen und bettete den Kopf auf meine Schulter. Ihre Brust hob und senkte sich auf meiner. Ich schlang die Arme um sie und atmete den Duft ihres weichen, gewellten Haares ein.

»Mack«, flüsterte sie.

»Ja?«

»Musst du heute Nacht unbedingt nach Hause fahren?«

Ich dachte einen Moment lang nach und begriff schnell, dass ich nicht wollte, dass dieser Traum so bald endete. Heute Nacht war ich einfach ein Mann, der sich nahm, was er wollte. Was er brauchte. Was sich gut anfühlte. Wenn ich hier rausging, kehrte ich ins reale Leben zurück. Wer wusste schon, wann sich wieder so eine Gelegenheit ergeben würde? Die Wahrheit war, ich hatte keinen Schimmer, wie das hier funktionieren sollte – wie ich den Balanceakt zwischen dem, was ich sein musste, und dem, der ich sein wollte, meistern konnte. Vielleicht stellte ich mich einfach innerlich auf ein weiteres Scheitern ein. Vielleicht war es töricht zu denken, ich könne es hinbekommen. Vielleicht würde sie in einer Woche begreifen, dass es die Mühe nicht lohnte, in meinem Leben eine Rolle zu spielen, und sie würde mich hinter sich lassen.

Aber die heutige Nacht … die heutige Nacht konnte uns gehören.

»Nein«, antwortete ich. »Ich könnte bei dir bleiben.«

Sie hob den Kopf. »Willst du denn bleiben?«

»Ja«, sagte ich und drückte meine Lippen auf ihre. »Das will ich.«

# Kapitel 15

## Frannie

Am nächsten Morgen musste ich arbeiten, obwohl ich mich noch nie so sehr versucht gefühlt hatte, mich krankzumelden. Wir waren die halbe Nacht wach gewesen. Ich war erschöpft, mir tat alles weh, und ich hatte Hunger wie ein Wolf. Aber zugleich war mir schwindlig vor Glück – nach dem Aufwachen war mein erster Blick zu dem neben mir schlafenden Mann gegangen, um mich davon zu überzeugen, dass die vergangene Nacht kein Traum gewesen war.

Mack lag auf dem Bauch, den Kopf ganz unter dem Kissen. Ich unterdrückte ein Kichern, schlüpfte vorsichtig aus dem Bett und sprang unter die Dusche. Ich musste die ganze Zeit lächeln, während ich mein Haar wusch und Conditioner einmassierte, mich einseifte, abspülte und abtrocknete.

Wieder im Schlafzimmer und in ein Handtuch gewickelt, konnte ich der Versuchung nicht widerstehen, mich zum Bett zu schleichen und das Kissen an einer Ecke hochzuheben, um einen Blick auf Macks Gesicht zu werfen.

Auch im Schlaf sah er so unglaublich gut aus, dass sich mein Herzschlag beschleunigte. Sein Profil war markant und sehr maskulin, das Kinn von einem Dreitagebart bedeckt, seine Nase stark und gerade. Er schlief mit beiden Armen über dem Kopf, und die kräftigen Muskeln seiner nackten Schultern wölbten sich. Ich hätte liebend gern mit der Hand darübergestrichen, wollte ihn aber nicht wecken. Wir hatten nur ungefähr vier Stunden geschlafen.

Er öffnete die Augen.

»Hi«, flüsterte ich lächelnd.

»Hi.« Er griff nach dem Kissen, das ich angehoben hatte, stopfte es sich unter die Wange und schloss wieder die Augen. »Habe ich geschnarcht?«

»Nein. Schnarchst du denn normalerweise?«

»*Ich* glaube das nicht. Aber die Mädchen ziehen mich immer damit auf. Das ist überhaupt ihre Lieblingsbeschäftigung, mich aufzuziehen.«

Mein Grinsen wurde noch breiter. »Womit ziehen sie dich denn sonst noch so auf? Abgesehen von deinen Kochkünsten.«

»Mit meinem haarigen Bauch, meiner haarigen Brust …«

»Mir gefallen die Haare auf deiner Brust. Ich finde es heiß.«

»Danke. Dann gibt es noch meine Falten, meine grauen Haare …«

»Du hast keine Falten. Und ich mag auch deine grauen Haare.« Ich strich mit den Fingerspitzen über die silbrigen Strähnen an seinen Schläfen. »Du bist perfekt.«

Er öffnete erneut die Augen, und zog lächelnd an meinem Handtuch. »Komm wieder ins Bett.«

Ich ließ das Handtuch fallen und kuschelte mich in seine Arme. Seine nackte Haut auf meiner fühlte sich wunderbar an. »Nur eine Minute«, sagte ich und schmiegte meinen nassen Kopf unter sein Kinn.

Er drückte mich an sich und küsste mich auf den Haaransatz. »Musst du arbeiten?«

»Leider.« Ich seufzte. »Ich wünschte, es wäre anders. Was hast du heute vor?«

»Die Kinder abholen. Zu Hause putzen. Einkaufen. Versuchen, ein bisschen Arbeit aufzuholen. Dein Dad wird mich bestimmt feuern, weil ich so im Rückstand bin. Das heißt, wenn er mich nicht sowieso dafür feuert, dass ich seine Tochter verführt habe.«

»Verführt hast du mich definitiv nicht.« Ich drückte einen Kuss auf seine Brust und setzte mich auf. »Du hast mich lediglich wach gehalten.«

»Tut mir leid.«

Ich lachte. »Lügner.«

Er grinste und verschränkte die Hände hinterm Kopf. »Du hast recht, das war gelogen.«

Leise stöhnend stieg ich aus dem Bett. »Meine Güte. Mir tut alles weh. Meine Bauchmuskeln bringen mich um.«

»Aber sonst ist alles in Ordnung?« Mit besorgtem Gesicht richtete er sich auf. »Ich meine, du hast nicht dein Herz zu sehr belastet, oder?«

Ich grinste. »Oh, *jetzt* sehe ich die Falten.«

Er riss das Kissen hinter seinem Rücken hervor und warf es nach mir.

Mit beiden Händen fing ich es auf und schlug ihm damit auf die Schulter, aber bevor ich entwischen konnte, packte er mich und warf mich aufs Bett. Ich kreischte und mühte mich halbherzig, unter ihm wegzukommen, aber in Wirklichkeit bekam ich einfach nicht genug von ihm.

»Weißt du, was ich mit meinen Mädchen immer mache, wenn sie mich veräppeln?«, fragte er, umfasste meine Handgelenke und drückte sie mir über Schulterhöhe in die Matratze.

»Was denn?«, fragte ich atemlos, glücklich, dass er mich zu seinen Mädchen zählte.

»Es nennt sich Kitzelfolter.«

»Nein! Nein, bitte nicht! Ich bin so kitzlig – nicht – nein, nicht am Hals ...« Ich zappelte, wand mich lachend, als er das Gesicht an meinen Hals drückte und mit der Zunge sachte über die Haut direkt unter meinem Ohr fuhr. »Es tut mir leid«, stieß ich hervor. »Es tut mir leid, dass ich mich über dich lustig gemacht habe! Ich tu es nie wieder!«

»Wer lügt jetzt?« Er hob den Kopf und sah mich herausfordernd an. »Das mit deinem Herz war ernst gemeint. Geht es dir gut?«

»Ja. Deine Besorgnis ist sehr süß, aber kein noch so wilder Sex wird mein Herz zum Stillstand bringen, ganz gleich, wie gut er ist. Versprochen.« Ich musste schon wieder lachen. »Dein Schwanz ist zwar groß, aber nicht so groß, dass er meine Aorta durchstoßen könnte.«

»Das reicht.« Erneut nahm er meinen Hals ins Visier, hielt meine Hände fest und peinigte die kitzlige Stelle mit der Zunge, bis ich um Gnade flehte.

»Ich werde auch ganz brav sein, bitte, bitte«, keuchte ich. »Ich komme noch zu spät zur Arbeit. In ungefähr zehn Minuten muss ich unten sein, und ich bin noch nicht einmal gekämmt.«

»Soll ich dich kämmen? Ich kann das wirklich gut.«

Ich lachte. »Vergiss es. Millie beklagt sich immer über deine Dutts.«

»Okay, was Dutts angeht, bin ich scheiße, aber Haare kämmen kann ich wirklich gut. Ernsthaft.« Er ließ meine Handgelenke los und hockte sich auf die Fersen. »Hol deine Bürste.«

»Mack, du brauchst mich nicht zu kämmen. Meine Haare sind ganz nass und verheddert. Hast du eine Ahnung, wie mühsam das ist?«

»Mir egal. Ich kann nicht viel für dich tun, und du tust so viel für mich. Lass mich das machen.«

Ich hatte wirklich keine Zeit herumzualbern, aber irgendwas an Macks Angebot war zu süß, um zu widerstehen. »Okay.«

Im Badezimmer schnappte ich mir meine Bürste und schlüpfte in meinen Morgenmantel. Als ich herauskam, hatte Mack schon seine Hose an und zog gerade den Reißverschluss hoch.

»Bitte schön«, sagte ich, drehte mich um und präsentierte ihm das lange, nasse, verknotete Wirrwarr.

Er begann an den Spitzen und arbeitete sich langsam und geduldig nach oben vor. Da ich dem Spiegel über meiner Kommode zugewandt stand, konnte ich sein Gesicht sehen, und seine ernste Miene ließ mein Herz schneller schlagen. Seine langen, sanften Bürstenstriche über meine Kopfhaut und meinen Rücken ließen mir Schauer über die Wirbelsäule laufen. Es war mir egal, wenn ich zu spät kam. Das hier war es so was von wert.

»So«, sagte er. »Wie war das?«

»Perfekt.« Wir sahen einander im Spiegel in die Augen.

»Du hattest recht – du kannst tatsächlich großartig Haare kämmen. Vielen Dank.«

Er schlang einen Arm um mich und küsste mich auf den Kopf. »Gern geschehen.«

Wenige Minuten später verabschiedeten wir uns an der Tür. Er zog mich an sich und umarmte mich fest. »Das war wirklich toll. Ich danke dir.«

»Du brauchst dich nicht bei mir zu bedanken, Dummkopf.« Ich legte ihm die Arme um die Taille und drückte meine Wange an seine Brust. »Ich fand es auch toll.«

»Ich hoffe, es erwischt mich niemand dabei, wie ich mich hier wegschleiche.«

»Weißt du, es ist mir wirklich egal, was meine Eltern über uns denken. Wir brauchen uns nicht zu verstecken.«

»Aber *mir* ist es nicht egal.« Er löste sich von mir und schaute mir ernst ins Gesicht. »Ich habe es gut bei deiner Familie. Und das mit uns verkompliziert nicht nur unser Arbeitsverhältnis, sondern auch die Situation mit meinen Kindern. Können wir es noch eine Weile für uns behalten? Ist das in Ordnung?«

»Natürlich.«

»Danke.« Er zupfte mir an einer nassen Haarsträhne. »Ich möchte das hier wiederholen. Aber ich habe keine Ahnung, wann das sein wird.«

»Ist schon gut, Mack. Was ich letzte Nacht gesagt habe, meinte ich ernst. Ich brauche keine Versprechen, und ich stelle keine Ansprüche an dich. Wenn wir hin und wieder ein wenig Zeit für uns abzweigen können, reicht mir das vollkommen.«

Er küsste mich auf die Stirn. »Du bist zu gut, um wahr zu sein.«

»Du bist ja blendend gelaunt heute«, bemerkte meine Mutter, nachdem sie mich dabei ertappt hatte, wie ich an der Rezeption eine Melodie vor mich hin summte.

»Das bin ich.« Ich hatte den ganzen Vormittag bei der Arbeit an ihn gedacht und im Geiste die gestrige Nacht noch einmal durchlebt, und ich fragte mich, wann ich ihn wohl wiedersehen würde. Ich hatte es ehrlich gemeint, dass ich keine weitere Verpflichtung für ihn sein wollte. Das Letzte, was Mack brauchte, war noch ein weibliches Wesen, das Anspruch auf seine Zeit und Aufmerksamkeit erhob. Aber ich konnte nichts für meine Gefühle – jede Zelle in meinem Körper strahlte vor Glück.

Kurz vor Ende meiner Schicht streckte Chloe den Kopf aus der Tür, die zu den Büros führte. »Hey. Ist Mom in der Nähe?«

Ich schüttelte den Kopf. »Sie war hier, ist aber nach oben gegangen, um sich umzuziehen. Sie und Dad haben irgendwo einen Tisch fürs Abendessen reserviert.«

Sie trat durch die Tür und schloss sie hinter sich. Dann lehnte sie sich dagegen und verschränkte die Arme vor der Brust. Ihre Augen leuchteten. »Also.«

Ich sah sie erwartungsvoll an. »Also was?«

»Ich war gestern Abend in der Kellerei auf einer Weinprobe für ein paar Leute aus der Branche, und es wurde irgendwie ziemlich spät.«

»Ach ja?« Plötzlich glaubte ich zu wissen, worauf das hier hinauslief, und ich fing an, geschäftig den Computerbildschirm vor mir zu säubern.

»Als ich mit dem Aufräumen fertig war, war es kurz vor Mitternacht.«

»Mmmh.«

»Und ich bin auf den Parkplatz gegangen, um nach Hause zu fahren, und habe Macks Tahoe auf dem Personalparkplatz stehen sehen.«

»Wirklich?« Ich wischte wiederholt über einen besonders hartnäckigen Fleck.

»Wirklich. Das Restaurant war längst geschlossen. Die Bar war geschlossen. In den Büros war es dunkel. Irgendeine Ahnung, wo er gewesen sein könnte?«

»Nein«, sagte ich, aber ich spürte bereits mein Gesicht brennen und wusste, dass sich meine Wangen gleich scharlachrot färben würden.

»Lügnerin!«, zischte sie und boxte mir mehrmals gegen die Schulter. »Es steht dir ins Gesicht geschrieben! Er hat die Nacht bei dir verbracht, nicht wahr?«

»Psst!«, schimpfte ich und schaute mich um, um mich davon zu überzeugen, dass niemand sie gehört hatte.

»Oh mein Gott, ich hatte recht!« Sie schwang sich auf den Tresen der Rezeption, was wir eigentlich nicht sollten. »Erzähl mir alles.«

»Komm da runter, bevor Mom dich sieht.« Ich warf mein Papiertuch in den Mülleimer und schob den Bildschirmreiniger unter den Tresen. »Und sprich nicht so laut.«

Sie zog einen Schmollmund, sprang aber vom Tresen. »Nun?«

Ich ließ den Blick noch einmal durch die Lobby schweifen, sah aber niemanden, den ich kannte. »Okay, ja. Er war bei mir.«

Chloe schnappte hörbar nach Luft. »Hab ich's doch gewusst!«

»Aber du darfst niemandem was davon erzählen. Ich will nicht, dass es die Runde macht.«

»Was soll nicht die Runde machen? Dass du unseren Finanzchef vögelst?« Sie schnaubte. »Ich kann mir nicht vorstellen, warum. Also, wie war es?«

Ein langer Seufzer entwich mir. »Magisch.«

Sie brach in Gelächter aus und schüttelte den Kopf. »Dir ist klar, dass du es nicht lange schaffen wirst, das geheim zu halten, oder? Dein Gesichtsausdruck zeigt ganz deutlich, dass du verliebt bist.«

»Ich habe nie behauptet, ich sei verliebt«, verteidigte ich mich, obwohl meine Gefühle für Mack schwindelerregend, atemberaubend und überwältigend waren – genau so, wie ich mir Liebe vorstellte.

»Was immer du sagst, Schwesterherz.« Sie klopfte mir auf die Schulter, bevor sie die Tür zum Flur aufzog und mir zum Abschied ein schiefes Grinsen zuwarf.

Ich konnte es mir nicht verkneifen, ebenfalls zu grinsen.

Gegen zwei schickte er mir eine SMS.

Hey, meine Schöne. Wie war dein Tag?

Mein Wangen brannten wie Feuer, als ich ihm antwortete.

Gut. Nicht allzu viel zu tun. Wie läuft's bei dir?

Auch gut. Willst du mal raten? Meine Schwester hat angerufen, und die Mädchen dürfen noch eine Nacht bei ihr bleiben. Anscheinend läuft da gerade ein ernsthaftes Junior-Monopolyturnier.

Mein Magen schlug einen Purzelbaum. Bedeutete das, dass wir uns sehen konnten? Mit zitternden Fingern schrieb ich zurück.

Das ist sehr nett von ihr.

Was hältst du von Abendessen und Netflix bei mir zu Hause? Keine Sorge, ich werde nicht kochen. Wir lassen uns was kommen.

Ich lachte laut auf, bevor ich antwortete.

Wie wär's, wenn ich koche? Ich würde ein paar Sachen einkaufen und dann zu dir kommen. Sieben?

Perfekt. Bis dann.

Meine Schicht an der Rezeption endete um drei, und oben in meiner Wohnung ließ ich mich sofort aufs Sofa fallen. Als ich aufwachte, ging es bereits auf sechs zu, und ich beeilte mich mit dem Umziehen.

Nachdem ich meine Arbeitskleidung gegen Jeans und einen Pulli eingetauscht hatte (und meine zweckdienliche Unterwäsche gegen etwas Hübsches aus Spitze), kämmte ich mich noch rasch und frischte mein Make-up auf. Nur für den Fall des Falles packte ich eine kleine Tasche mit Wechselsachen, meiner Zahnbürste und Make-up-Entferner. Ich überprüfte zweimal, ob ich meine Antibabypillen dabeihatte, hängte mir meine Tasche über die Schulter und verließ die Wohnung.

Auf dem Weg zu Mack fuhr ich im Laden vorbei und

kaufte alles, was ich brauchte, um gefüllte Muschelnudeln zu machen. Nicht direkt glutenfrei, aber da Millie heute Abend nicht zu Hause war, dachte ich, ich könnte die Gelegenheit nutzen, ihm Nudeln zu kochen.

Ich kaufte außerdem ein frisches italienisches Brot und Zutaten für einen Gartensalat mit Zitronen-Estragon-Vinaigrette. Schon möglich, dass ich ein wenig angeben wollte, aber ich würde auch jede Sekunde genießen, die ich mit ihm zusammen in der Küche bei der Zubereitung des Abendessens verbrachte. Ich kochte und buk schrecklich gern, und ich hatte selten jemanden, mit dem ich gemeinsam essen konnte. Gewöhnlich lief es darauf hinaus, dass ich Essen verschenkte.

In Macks Haus brannte kein Licht, als ich dort um zehn nach sieben vorfuhr, und ich fragte mich, ob er vielleicht gerade unter der Dusche stand. Ich parkte auf der Straße, nahm die Tüten mit den Lebensmitteln aus dem Kofferraum und lief durch den Schnee zu seiner Haustür. Dort stellte ich eine Tasche auf den Boden, hob die andere auf eine Hüfte und klopfte mehrmals.

Als er nicht öffnete, nahm ich die zweite Tüte wieder hoch und lief ums Haus herum. In der Küche war es ebenfalls dunkel. Ich klopfte noch einmal und probierte sogar, die Hintertür zu öffnen, aber sie war abgeschlossen.

*Seltsam.*

Ich zog meine Handschuhe aus und schaute auf mein Handy. Viertel nach sieben und weder eine Nachricht noch ein Anruf von Mack. Ich las noch einmal die SMS von vorhin und überzeugte mich davon, dass ich mich nicht in der Uhrzeit geirrt hatte, aber das war nicht der Fall – ich hatte sieben vorgeschlagen, und er hatte geschrieben, das sei perfekt. Ich hoffte, dass nichts passiert war. Ratlos biss ich mir auf die Lippen und schaute mich um. Die Garagentür war verschlossen, daher konnte ich nicht erkennen, ob sein Wagen dort drin stand oder nicht.

Was jetzt? Ich hatte keinen Schlüssel. Sollte ich im Wagen warten? Nach Hause fahren? Versuchen, ihn anzurufen? Ich beschloss, ihm erst eine Nachricht zu schicken.

Hey, ich bin da.

Ich fügte ein weiteres lächelndes Smiley hinzu und klickte auf Senden.

Und wartete.

Nichts.

Sehr rasch wurden meine Finger eiskalt, daher ließ ich die Lebensmittel auf der Veranda zurück, stieg wieder in den Wagen und versuchte es noch einmal.

Bist du zu Hause? Ich habe es vorne an der Haustür und an der Hintertür versucht, aber beide sind abgeschlossen.

Ich wartete ungefähr fünf Minuten und schaltete wegen der Heizung den Motor ein.

Nichts.

Dann versuchte ich anzurufen. Und landete direkt auf seiner Mailbox.

»Hallo, Mack, ich bin's. Ähm, Frannie. Ich bin bei dir zu Hause, und ich dachte, wir hätten uns für sieben verabredet, aber vielleicht habe ich mich in der Zeit vertan? Wie dem auch sei, ich hoffe, es ist alles okay. Ruf mich an, wenn du kannst. Ich schätze, ich werde … einfach wieder nach Hause fahren. Ich habe Lebensmittel dabei.«

Ich holte die Tüten, fuhr langsam heim, hielt vor jeder gelben Ampel an, schaute oft auf mein Handy und nahm einen Umweg. Aber Mack meldete sich nicht.

In meiner Wohnung packte ich die Tüten aus und beschloss, das Abendessen so zuzubereiten, wie ich es geplant hatte. Als die Muschelnudeln im Ofen waren, schickte ich sowohl April als auch Chloe eine SMS mit der Frage, ob sie zum Abendessen rüberkommen wollten. Aber Chloe war mit Freunden unterwegs, und April war bereits nach Hause gefahren und hatte keine Lust, noch einmal loszuziehen.

Am Ende aß ich allein vor dem Fernseher, aber nicht einmal ein kitschiger Valentintagsfilm konnte mich ablenken. Was um alles in der Welt war passiert? Ging es allen gut? Warum hatte er nicht wenigstens angerufen?

Gegen zehn Uhr hatte ich den Abwasch erledigt und den Rest des Essens weggepackt, aber ich wusste, dass ich nie und nimmer würde schlafen können. Zu groß war meine Angst, dass etwas Furchtbares passiert war. Mein Abendessen lag mir schwer im Magen. Ich schlüpfte erneut in Mantel und Stiefel, stieg in meinen Wagen und fuhr wieder zu seinem Haus.

Als ich in seine Straße einbog, sah ich sofort, dass in seinem Wohnzimmer Licht brannte. Also verringerte ich das Tempo, fuhr an den Straßenrand und legte den Parkgang ein. Was hatte das zu bedeuten? War er zu Hause? Warum hatte er meine Nachrichten nicht beantwortet?

Ich stieg aus dem Wagen, lief die Einfahrt hoch und klopfte an die Hintertür.

# Kapitel 16

Mack

Ich war gerade dabei, mir ein dringend benötigtes Bier aufzumachen, als ich es klopfen hörte. Meine Eingeweide zogen sich zusammen, und ich ging zur Tür, um zu öffnen.

Wie erwartet war es Frannie. In ihren gewohnt warmherzigen, freundlichen Gesichtsausdruck mischten sich Erleichterung und die Frage, was zum Teufel hier los war.

»Hi«, sagte ich leise. »Komm rein.«

Sie trat ein, und ich schloss die Tür hinter ihr. Dann verschränkte sie die Arme vor der Brust und beäugte die Bierflasche in meiner Hand. »Was ist los? Wo bist du gewesen?«

»Mit Winnie in der Notaufnahme«, antwortete ich grimmig.

Frannie schnappte hörbar nach Luft und ließ die Hände sinken. »Oh nein! Geht es ihr gut?«

»Ja. Sie ist bei meiner Schwester die Treppe runtergefallen. Hat sich einen Zahn ausgeschlagen und sich auf die Lippe gebissen. Glücklicherweise war es ein Milchzahn, aber …« Ich schüttelte den Kopf und stöhnte. »Es floss eine Menge Blut, und sie musste genäht werden. Sie hatte ziemliche Angst.«

»Oh mein Gott. Wie schrecklich.« Ihre hübschen Gesichtszüge verzogen sich mitfühlend. »Das arme Ding. Wo ist sie jetzt?«

»Sie liegt oben im Bett. Wir sind vor ungefähr zwanzig Minuten nach Hause gekommen.«

»Und die anderen?«

»Immer noch bei meiner Schwester in Petoskey. Frannie, es tut mir so leid«, sagte ich und kniff mir in den Nasenrücken. In meinem Schädel hämmerte es. »Dieser Tag hat sich zu einer beschissenen Katastrophe entwickelt.«

»Ist schon gut, aber … warum hast du nicht angerufen?«

»Mein Scheißtelefon ist weg. Ich erinnere mich nicht einmal, wo ich es zuletzt hatte. Ich weiß noch, dass meine Schwester mich angerufen hat, total panisch und in Tränen aufgelöst, und dann bin ich in den Wagen gesprungen, aber ich habe keine Ahnung, ob ich es bei mir hatte oder nicht. Mir war nicht einmal bewusst, dass es weg ist, bis ich bereits in der Notaufnahme saß.«

»Hast du im Auto nachgesehen?«

»Ja, erst vor ein paar Minuten. Aber es war dunkel in der Garage, und ich wollte Winn nicht zu lange oben allein lassen. Ich suche morgen noch mal danach, wenn es hell ist.«

»Oh, Mack. Es tut mir so leid.« Sie legte mir die Arme um die Taille und zog mich fest an sich.

»Ich fühle mich wie ein Riesenarschloch, dass ich dir das angetan habe.« Ich schlang die Arme um ihren ausladenden Mantel und küsste sie auf den Kopf. »Genau davon habe ich geredet. Das ist der Scheiß, der passieren wird.«

»Psst. Du bist kein Arschloch. Du bist ein Dad. Dafür

habe ich Verständnis. Du hast mich doch nicht absichtlich versetzt.«

»Nein, aber es ist trotzdem blöd. Willst du auf ein Bier reinkommen? Ich weiß, wir hatten für diesen Abend etwas anderes geplant, aber da du schon mal hier bist, würde ich mich sehr freuen, wenn du noch ein bisschen bleiben würdest.«

»Natürlich.« Sie schlüpfte aus ihren Stiefeln, öffnete den Mantel und reichte ihn mir, damit ich ihn aufhängen konnte.

In der Küche nahm ich noch ein Bier aus dem Kühlschrank und öffnete es für sie, bevor ich ihr die Flasche reichte. »Es ist so verdammt beängstigend, wenn einem von meinen Mädels etwas zustößt. Es gibt nichts Schlimmeres, als dein Kind leiden zu sehen und nichts dagegen tun zu können. Und es war noch schlimmer, weil ich nicht da war, als es passiert ist. Ich fühle mich so schuldig, vor allem, weil ich mich so darüber gefreut hatte, sie für eine Nacht aus dem Haus zu haben.«

Frannie nahm einen Schluck von ihrem Bier und lehnte sich an die Theke. »Du musst dich nicht schuldig fühlen, Mack. Du kümmerst dich sieben Tage die Woche um sie, vierundzwanzig Stunden am Tag. Da würde sich jeder über eine kleine Pause freuen.«

»Ja, wahrscheinlich.« Vom Verstand her wusste ich, dass meine ungebremste Begeisterung bei der Aussicht auf eine durchvögelte Nacht mit Frannie nichts mit Winnies Unfall zu tun hatte, aber mein Bauch sagte etwas anderes. »Sobald sie versorgt worden war und ich einen klaren Kopf hatte, konnte ich nur noch daran denken, dass du hier draußen in der Kälte stehst und an die Tür klopfst und vergeblich darauf wartest, dass ich dir aufmache. Dich habe ich ebenfalls im Stich gelassen.« Ich stellte meine Bierflasche beiseite und nahm Frannie in den Arm. »Hast du Frostbeulen gekriegt?«

Sie kicherte. »Nein, Dummkopf. Ich halte einiges aus.«

Ich lehnte mich zurück und drückte ihr Kinn hoch. »Ich hatte mich wirklich auf heute Abend gefreut.«

»Ich mich auch. Aber so ist das Leben.« Sie küsste mich und legte mir eine Hand auf die Brust. »Ich weiß, worauf ich mich einlasse, Mack. Okay? Ich weiß, dass es Abende wie diesen gibt, an denen wir Pläne haben, aus denen nichts wird, weil eins der Kinder dich braucht. Ja, es ist enttäuschend, aber ich verstehe das, und ich will trotzdem mit dir zusammen sein. Das bist du mir wert.«

So unmöglich es schien, aber als ich das hörte, empfand ich noch mehr für sie als ohnehin schon. »Danke.«

Mein Magen wählte genau diesen Augenblick, um laut zu knurren, und sie blickte auf meinen Bauch. »Hast du Hunger?«

»Und wie.«

»Lass mich dir etwas zu essen machen.« Sie stellte ihre Bierflasche weg, ging zum Kühlschrank und öffnete ihn. »Ich hätte die Reste mitbringen sollen. Ich habe eine ganze Wagenladung Essen gekocht.«

»Was hast du denn gekocht?«, fragte ich, obwohl es sicher die reine Folter sein würde, die Antwort zu hören.

»Mit Spinat und Ricotta gefüllte Muschelnudeln und Bolognese.«

Ich stöhnte lange und vernehmlich. »Das klingt so verdammt gut.«

»War es auch.« Sie durchsuchte meinen Kühlschrank

und holte ein paar Sachen hervor, die ich heute gekauft hatte. »Ich bringe dir im Lauf der Woche was vorbei. Es ist noch reichlich übrig.«

»Du brauchst doch nicht für mich zu kochen«, sagte ich, als sie ein Schneidebrett auf die Arbeitsplatte legte. »Ich esse einfach irgendwas Schnelles. Schiebe mir eine Tiefkühlpizza in den Ofen oder so.«

»Nein, das wirst du nicht.« Sie machte sich daran, eine Knoblauchzehe zu würfeln. »Ich koche gern. Wenn ich mit meinen Mini-Burgern fertig bin und du immer noch geschmacklose Tiefkühlpizza willst, dann bitte.«

»Mini-Burger«, wiederholte ich und betrachtete das Roastbeef und den Provolone auf der Theke. Meine Speicheldrüsen drehten durch.

»Mhm. Mit Roastbeef und karamellisierten Zwiebeln. Kannst du mir ein Glas Fleischbrühe aus der Speisekammer holen? Ich bin mir ziemlich sicher, dass ich letzte Woche eins gesehen habe.« Sie schaltete den Ofen ein, um ihn vorzuheizen. »Oh, und ich schreibe dir meine Nummer in das Notizbuch neben dem Telefon. Dann hast du sie griffbereit, falls es noch einmal einen Notfall gibt.«

Während ich dastand und sie beobachtete, donnerte mir das Herz in der Brust wie ein Presslufthammer. Ich räusperte mich und ging in die Speisekammer, bevor ich noch etwas Verrücktes tat, wie zum Beispiel ihr zu sagen, dass ich sie liebte.

Aber Scheiße auch, genau das hätte ich beinahe getan.

Frannie setzte sich zu mir an den Esszimmertisch, während ich aß, nippte hin und wieder an ihrem Bier und erzählte mir von ihrem Gespräch mit ihrer Schwester Chloe über ihre Überlegungen, sich selbstständig zu machen.

»Du weißt ja, dass ich das für eine großartige Idee halte«, sagte ich zwischen zwei Bissen von den köstlichen Mini-Roastbeef-Burgern. »Ich werde dir helfen, wo ich nur kann.«

»Das ist sehr nett von dir.« Sie lächelte dankbar. »Ich muss immer noch eine Menge Details überprüfen, aber ich habe während der letzten paar Tage immer mal wieder daran gearbeitet.«

»Hast du schon mit deinen Eltern gesprochen?«

Sie seufzte. »Ich habe es meiner Mom gegenüber erwähnt, und wir sind darüber in Streit geraten. Sie hat mal wieder ihre alten Argumente abgespult, meine Gesundheit, der Stress, blablabla. Bisher habe ich in solchen Situationen immer klein beigegeben, aber diesmal tu ich das nicht.«

»Worum ging es denn früher in solchen Diskussionen?«

Sie zog ein Bein an, schlang die Arme darum und legte das Kinn auf ihr Knie. »Im Grunde wollte ich einfach so sein wie andere Kinder. Zur Schule gehen. In der Hofpause herumlaufen. Fußball spielen.«

Mit einem Mini-Burger auf halbem Weg zu meinem Mund hielt ich inne. »Du bist nicht in die Schule gegangen?«

»Ich wurde zu Hause unterrichtet.«

»Ah.«

»Später wollte ich aufs College. Mit dem Rucksack durch Europa reisen wie meine Schwestern. Weißt du eigentlich, dass ich noch nie aus den Vereinigten Staaten rausgekommen bin?«

»Echt nicht?«, fragte ich überrascht.

Sie schüttelte den Kopf. »Nein. Ich habe zwar einen Pass und was man sonst noch so braucht, aber das staubt alles in einer Schublade vor sich hin.«

Ich griff nach dem letzten Mini-Burger. »Wohin würdest du denn als Erstes reisen?«

»Mmmh.« Nachdenklich presste sie die Lippen aufeinander. »Frankreich. Ich wollte natürlich immer nach Paris, aber ich würde auch gern andere Orte besuchen. Vor ein paar Jahren, bevor du bei uns angefangen hast, hatten wir im *Cloverleigh* einen französischen Konditor. Er stammte aus einer kleinen Stadt im Loiretal, und dort gibt es ein Schloss, das als Inspiration für das Märchen von Dornröschen gedient hat.«

»Ach, wirklich?«

»Ja. Château d'Ussé«, sagte sie in perfekter französischer Aussprache. »Er hat mir alles darüber erzählt, und ich träumte davon, dass er mich eines Tages aus meinem stumpfsinnigen Trott rettet und in sein verzaubertes Schloss entführt, wo ich dann glücklich und bis ans Ende meiner Tage mit ihm lebe.«

Ich lachte und schob mir den letzten Bissen in den Mund. »Ist nicht passiert?«

Sie schüttelte kichernd den Kopf. »Leider hat sich Jean-Gaspard nicht für Frauen interessiert. Irgendwann ist er wieder nach Frankreich gegangen, und ich blieb mit gebrochenem Herzen zurück. Aber ich habe eine Menge von ihm gelernt.«

»Nun, ich bin zwar kein französischer Konditor, aber ich bin felsenfest davon überzeugt, dass du dich selbstständig machen kannst.« Ich lehnte mich zurück und setzte meine Bierflasche an die Lippen. »Mann, das war gut. Danke, dass du für mich gekocht hast.«

»Gern geschehen.« Sie lächelte glücklich. »Die Braut von der Hochzeit im *Cloverleigh* letztes Wochenende hat angeboten, mir zu helfen, habe ich dir das schon erzählt? Sie ist Maklerin für Gewerbe-Immobilien und hat gesagt, sie investiere manchmal in kleine Projekte von Unternehmerinnen. Wenn sie aus ihren Flitterwochen zurückkommt, will sie sich bei mir melden.«

»Das ist ja großartig«, antwortete ich. »Siehst du? Das Universum will, dass du das tust. Alle Zeichen stehen auf Erfolg.«

Sie lachte. »Vielleicht. Wir werden sehen.«

Ich trank das Bier aus, griff nach meinem Teller und ging damit zur Spüle. »Ich sollte mal nach Winnie sehen.«

Frannie erhob sich ebenfalls und unterdrückte ein Gähnen. »Ja, es ist auch schon echt spät. Ich sollte langsam aufbrechen.«

»Warte, geh noch nicht. Ich bin gleich wieder unten.« Als ich auf dem Weg zur Treppe an ihr vorbeiging, legte ich ihr kurz die Hand auf den Rücken.

Oben schaute ich in Winnies Zimmer und vergewisserte mich, dass sie gleichmäßig atmete und ihre Lippe nicht wieder blutete. Dann hob ich Ned den Hammerhai aus dem Shedd vom Boden auf, legte ihn neben sie und drückte ihr für einen Moment die Lippen auf die Stirn, während ich Gott erneut dafür dankte, dass es ihr gut ging. Ich würde die Gesundheit und Sicherheit der Menschen, die ich liebte, niemals als selbstverständlich ansehen. Dafür hatte ich zu viel erlebt.

Ohne die Tür zu schließen oder das Nachtlicht im Flur

zu löschen, verließ ich leise ihr Zimmer. Ich würde heute bei Winnie schlafen, für den Fall, dass sie aufwachte und nach mir rief. Aber zuerst wollte ich mich von Frannie verabschieden und sie zu ihrem Wagen begleiten.

Unten räumte sie gerade die Spülmaschine ein. Zuneigung und Dankbarkeit überwältigten mich. Was hatte ich getan, um so viel Zuwendung zu verdienen? Ich trat hinter sie, schlang ihr die Arme um die Taille und vergrub das Gesicht in ihrem süß duftenden Haar. »Du bist das Beste, was mir seit sehr langer Zeit passiert ist, weißt du das?«

Sie legte ihre Hände auf meine. »Das fühlt sich gut an.«

»Und ich wünschte, du müsstest nicht fahren.« Ich küsste sie auf die Schulter.

»Ich auch. Aber es ist schon spät, und du musst – Mack … was tust du da?«

Eine meiner Hände hatte sich unter ihren Pullover verirrt, die andere zwischen ihre Beine. Ihre warme, nackte Haut und ihre Wärme unter meinen Fingern ließen das Blut schneller durch meine Adern fließen. Der Schritt meiner Hose war plötzlich zu eng. »Geh nicht«, flüsterte ich und streichelte sie durch den Stoff ihrer engen Jeans. »Bleib noch ein bisschen.«

Sie ließ einen kleinen Protestlaut hören, gab aber ihren Widerstand auf, als ich ihr die Jeans aufknöpfte und eine Hand in ihren Slip schob, um sie mit den Fingerspitzen sanft zu streicheln. »Oh Gott«, flüsterte sie. »Das fühlt sich so gut an.«

Meine andere Hand fand ihre Brust, und ich umfasste die perfekte Rundung, neckte ihre Brustwarze durch den Spitzenstoff ihres BHs. Plötzlich fiel mir auf, dass wir uns im Fenster über der Spüle spiegelten. Ihre Augen waren geschlossen und ihr Mund geöffnet, während sie sich gegen meine Hand drückte. Inzwischen wusste ich genau, wie sie gern berührt wurde, und ich liebte es, ihr schöne Gefühle zu bereiten.

»Du willst für mich kommen, nicht wahr?«, flüsterte ich ihr ins Ohr. »Du willst genau hier am Fenster für mich kommen.«

Sie riss die Augen auf und bemerkte unser Spiegelbild auf der Scheibe vor dem Hintergrund der nächtlichen Dunkelheit. Ich hatte keine Vorhänge oder Rollläden, hinter denen wir uns verstecken konnten.

Vergeblich versuchte sie, sich loszumachen. »Mack, hör auf«, flüsterte sie panisch. »Es könnte uns jemand sehen.«

»Wenn jemand so spät am Abend in meinem Garten wäre, würde ich ihm mit bloßen Händen das verdammte Genick brechen.« Mit meinem Arm über ihrer Brust hielt ich sie fest und schob zwei Finger in sie hinein. »Ich lasse dich nicht gehen, bevor ich dich habe kommen lassen.«

»Aber …«

»Psst.« Ich spürte, wie heiß und feucht sie war, während ich es ihr mit den Fingern besorgte. Die Art, wie sich ihre Hüften bewegten, verriet mir, dass ihr Körper es wollte, auch wenn sie mir sagte, ich solle aufhören. »Ich höre erst auf, sobald ich dafür gesorgt habe, dass diese süße kleine Muschi mithilfe meiner Finger kommt«, erklärte ich ihr und rieb schnell und hart ihre Klitoris. »Sobald ich diesen ganz bestimmten Laut höre – das leise Stöhnen, das du von dir gibst, wenn ich dich ficke, wenn ich meinen Schwanz so tief in dir versenke, dass es wehtut, und du spürst, dass ich gleich kommen werde, und dein Körper …«

Plötzlich schrie sie auf, ihre Knie gaben unter ihr nach, und sie wäre hingefallen, wenn ich sie nicht festgehalten hätte. Ich tat mein Bestes, sie zu stützen und weiter die Finger zu bewegen, bis ich sicher war, dass sie gekommen war, während sie sich an der Arbeitsplatte abstützte und nach Luft rang.

»Braves Mädchen«, flüsterte ich und drückte sie an mich. »Jetzt lass mich dich kosten.«

In der Fensterscheibe sah ich, wie sie die Augen aufriss und zuschaute, wie ich die Finger an den Mund hob und ableckte. Mein Schwanz bäumte sich schmerzhaft in der Jeans auf. »Fuck«, knurrte ich ihr ins Ohr. »Weißt du, wie hart du mich machst? Willst du es fühlen?«

»Ja«, flüsterte sie. »Bitte.«

Ich vergaß mein Versprechen, vom Fenster wegzugehen, und zerrte erst ihr die Hose herunter, dann mir selbst. Meinen heißen, steifen Schwanz in der Hand, rieb ich mit der Spitze über ihren prallen kleinen Hintern, bevor ich ihn in sie hineinschob, was uns beiden ein Stöhnen entlockte.

»Fuck, ja«, murmelte ich mit zusammengebissenen Zähnen, umfasste ihre Hüften und schaute zu, wie ich tief in sie hineinglitt.

Frannie fiel nach vorn, presste aber die Beine fest zusammen, sodass sie sich für mich noch enger anfühlte. Wimmernd umklammerte sie die Kante der Arbeitsplatte, während ich sie härter und schneller fickte, als ich vorgehabt hatte. Aber ihr Hintern war so perfekt und ihre Muschi so feucht, und ihr Stöhnen machte mich verrückt. Ihr Geschmack lag mir immer noch auf der Zunge, und im Handumdrehen kam ich in ihr, mit der Wucht einer atomaren Explosion. Ich fühlte mich jung und mächtig und männlich – verdammt noch mal unbesiegbar.

Als es vorbei war, fiel ich ebenfalls nach vorn, sodass mein Oberkörper auf ihrem Rücken lag. Mein Puls donnerte, und ich spürte immer noch, wie die Nachbeben des Orgasmus durch mich hindurchrollten.

»Oh mein Gott.« Frannie zitterte. »Das war … intensiv.«

»Ja.«

»Und ich kann nicht glauben, dass wir es vor dem Fenster getrieben haben«, flüsterte sie, so weit vorgebeugt, dass ihre Wange auf dem Rand des Waschbeckens lag. »Es hätte uns jemand sehen können.«

»Es hat uns aber niemand gesehen«, versicherte ich ihr.

»Was ist mit Mrs Gardner?«

Ich lachte. »Sie wäre wahrscheinlich begeistert. Ohnehin droht sie mir immer damit, mich mit der netten jungen Dame aus ihrem Kosmetikstudio zu verkuppeln.«

»Ernsthaft?«

»Ja, wirklich. Sie sagt auch ständig, dass sie diejenige gewesen sei, die Stella und Woods zusammengebracht hat. Was das angeht, ist sie ziemlich selbstgefällig.« Behutsam versuchte ich, mich aus ihr zurückzuziehen, ohne eine Riesenschweinerei zu veranstalten, aber es gelang mir nicht. »Entschuldige. Ich hole dir ein Handtuch.«

»Ist schon gut«, sagte sie, schnappte sich ihre Hose und verschwand Richtung Badezimmer. »Ich brauche nur eine Minute.«

Solange sie im Bad war, zog ich meine Jeans wieder an und schaltete in der Küche das Licht aus. Während ich dort in der stillen Dunkelheit stand, fragte ich mich ein wenig nervös, ob ich zu grob und fordernd mit Frannie umgesprungen war. Hoffentlich war sie jetzt nicht traumatisiert. Keine Ahnung, was in mich gefahren war, so mit ihr zu reden – erotische Machtspiele hatten mir eigentlich nie wirklich einen Kick gegeben. Aber sie brachte das irgendwie in mir zum Vorschein. Vielleicht lag es am Altersunterschied.

Vielleicht war ich aber auch einfach ein Arschloch. Scheiße.

Die Badezimmertür öffnete sich, und Frannie kam auf Zehenspitzen in die unbeleuchtete Küche. »Hallo.«

Sie sah so unschuldig und süß aus, dass ich mich noch mieser fühlte. »Hallo. Alles okay bei dir?«

»Natürlich.«

»War ich zu fies?«

*»Fies?«* Sie lachte. »Nein. Warum sagst du das?«

»Keine Ahnung.« Ich massierte mir den Nacken. »Weil du gesagt hast, ich soll aufhören, und ich es nicht getan habe. So ein Typ will ich nicht sein.«

Ich schüttelte den Kopf. »Glaub mir, das bist du auch nicht.«

»Gut.« Ich nahm sie in den Arm, und es widerstrebte mir zutiefst, sie gehen zu lassen.

»Tatsächlich gefällt es mir, wenn du so dominant bist. Es ist heiß.« Sie hielt inne. »Allerdings hast du jetzt *ziemlich* viel in die Schimpfwortkasse zu zahlen.«

Ich drehte sie um, presste ihr die Arme an den Körper, damit sie nicht wegkonnte, und flüsterte ihr ins Ohr: »Psst, Kleine. Wenn du mit mir zusammen sein willst, wirst du dich an mein schmutziges Mundwerk gewöhnen müssen.«

Sie kicherte. »Du weißt doch, dass ich darauf stehe.«

Ich stöhnte. »Gott, ich wünschte, du könntest über Nacht bleiben. Es gibt *so vieles*, was ich mit dir anstellen will.«

»Nächstes Mal«, antwortete sie. »Also merk es dir bis dahin.«

»Worauf du dich verlassen kannst«, flüsterte ich.

Ich schaltete den Motor ihres Autos an, damit die Heizung anging, während sie in Stiefel und Mantel schlüpfte. Dann begleitete ich sie die vereiste Einfahrt entlang, ihre Hand in meiner.

»Du hast nicht mal einen Mantel an«, tadelte sie mich auf unserer vorsichtigen Wanderung zur Straße und schauderte. »Du wirst hier draußen erfrieren.«

»Keine Sorge«, beruhigte ich sie und sah zu, wie unser Atem in der eisigen Luft warme, weiße Wolken bildete. »Aber ich habe diese Kälte gründlich satt.«

»Ich auch. Schnee ist ja ganz hübsch, aber genug ist genug. Ich wünschte, ich könnte Urlaub nehmen.«

»Ich auch«, brummte ich. Wir erreichten den Wagen. »Ich möchte irgendwohin, wo es heiß und sonnig ist.«

»Ja! Ein Strand mit meilenweit weißem Sand. Klares, blaues Wasser. Exotische Drinks mit kleinen Schirmchen.«

»Ähm, auf keinen Fall trinke ich etwas mit einem verdammten Schirm drin. Aber Strand klingt gut.« Ich öffnete die Tür auf der Fahrerseite für sie.

»Ja, nicht wahr?« Rasch hauchte sie mir einen Kuss auf die Lippen. »Lass uns das tun. Lass uns abhauen.«

Ich lachte. »Na klar. Irgendwann zwischen dem Klavierunterricht am Dienstag, Ballett am Donnerstag und der Mutter-Tochter-Modenschau, zu der ich mich habe breitschlagen lassen.«

Sie fing an zu lachen. »Was? Davon habe ich ja noch gar nichts gehört.«

»Millie.« Ich schüttelte den Kopf. »Sie hat ihre Mutter gefragt, doch die hat Nein gesagt, und weil sie mir so leidtat, habe ich angeboten, einzuspringen.«

»Wann findet die Modenschau denn statt?«

»Ich glaube, am Wochenende nach der Hochzeit.«

»Das ist so lieb von dir.« Sie zögerte. »Wenn du es partout nicht tun willst, hätte ich nichts dagegen, das mit ihr zu machen.«

Ich verzog das Gesicht. »Du hast keine Ahnung, wie groß die Versuchung ist, dein Angebot anzunehmen. Aber ich habe es ihr versprochen. Sie soll wissen, dass sie ein Elternteil hat, auf das sie sich verlassen kann. Dass nicht jeder, den sie liebt, sie im Stich lässt.«

Sie stellte sich auf die Zehenspitzen und küsste mich erneut, eine Hand auf meiner Wange. »Du bist ein guter Mann, Declan MacAllister.«

»Ich gebe mir Mühe.«

»Morgen habe ich frei. Brauchst du irgendetwas? Soll ich bei Winnie bleiben, während du die beiden anderen abholst? Dann musst du sie nicht in die Kälte hinausjagen.«

Ich schüttelte den Kopf. »Du hast schon so viel für mich getan diese Woche. Du hast zumindest einen freien Tag verdient.«

Sie schob sich hinters Lenkrad und schaute lächelnd zu

mir hoch. »Meine Nummer liegt neben dem Telefon. Sag einfach Bescheid.«

»Danke. Nacht.«

»Nacht.« Sie zog die Tür zu und schnallte sich an. Beim Losfahren warf sie mir über die Schulter eine Kusshand zu.

Mit den Händen in den Hosentaschen stand ich einen Moment lang in der eisigen Dunkelheit und schaute ihr nach. Ich stellte mir vor, wie wir beide allein in irgendeinem Tropenparadies Urlaub machten. Im Sand lagen. Uns im Wasser küssten. Bei Mondschein am Strand entlanggingen. Endlose Nächte Arm in Arm, unsere erhitzten Körper eng umschlungen auf dem kühlen Laken. Völlig unbeschwert.

Jammerschade, dass es niemals möglich sein würde.

# Kapitel 17

Frannie

Ich lag noch im Bett, als Mack mich am nächsten Morgen anrief. Die Nummer auf dem Display war die seines Handys. »Du hast dein Telefon wiedergefunden«, sagte ich leise und etwas heiser.

»Es lag im Auto unter dem Fahrersitz.«

»Gut. Wie geht es Winnie?«

»Sie ist okay, nur verdammt schlecht drauf. Aber ich kann sie verstehen.« Er seufzte. »Ich hasse es, dich darum zu bitten, aber sie will partout nicht ins Auto steigen, und ich muss spätestens um zwölf los und Millie und Felicity abholen.«

»Du brauchst gar nicht weiterzureden.« Ich schwang die Beine über die Bettkante. »Ich dusche schnell und komme rüber.«

»Du bist ein Schatz. Die Hintertür ist offen.«

Als ich bei Mack ankam, erwartete er mich schon in der Küche. Er wuschelte mir durch das immer noch feuchte Haar. »Hast du mich heute Morgen vermisst?«

»Ja. Ich musste mir selber die Haare kämmen, und das ist nicht ansatzweise so schön.«

Er lächelte. »Entschuldige, dass du dich so abhetzen musstest. Sie ist im Wohnzimmer und sieht sich einen Zeichentrickfilm an. In ungefähr einer Stunde kann sie noch eine Dosis Ibuprofen-Tropfen bekommen. Du findest sie auf der Küchentheke, ist schon fertig abgemessen.«

»Okay.«

»Wenn sie Hunger hat, kann sie etwas zu Mittag essen, aber sie hat schon beim Frühstück kaum etwas herunterbekommen.« Er holte seinen Mantel aus dem Flur und zog ihn über. »Ich sollte vor zwei wieder da sein. Ruf mich an, falls etwas ist.«

»In Ordnung. Mach dir keine Sorgen, ich kümmere mich um sie«, beruhigte ich ihn mit einem Lächeln. »Ich koche ihr eine Suppe oder so.«

»Das ist lieb von dir.« Er warf mir einen dankbaren Blick zu und verließ das Haus.

Den Rest des Vormittags brachte ich mit Winnie auf dem Sofa zu und gab mir alle Mühe, sie von ihrer schmerzenden genähten Lippe abzulenken. Wir sahen uns Disneys Dornröschen an, und ich erzählte ihr, dass ich jemanden kannte, der in der Nähe des Schlosses aufgewachsen war.

»Echt?« Sie riss die Augen auf. »Dieses Schloss gibt es wirklich?«

Nickend riss ich ebenfalls die Augen auf. »Ja.«

»Ist die Geschichte tatsächlich passiert?«, fragte sie weiter.

»Definitiv«, bestätigte ich.

»Ich will einen Prinzen heiraten, du nicht auch?«

Ich zwinkerte ihr zu. »Auf jeden Fall.«

Später brachte ich sie dazu, ihre Ibuprofen-Tropfen einzunehmen, aber sie weigerte sich, mehr zu essen als ein Stück trockenes Brot. Allerdings erlaubte sie mir, ihr die Haare zu flechten, und dann schlief sie mit dem Kopf auf meinem Schoß ein. Kurze Zeit später hörte ich Mack und die beiden anderen durch die Hintertür treten.

Mack kam hinter Millie und Felicity ins Wohnzimmer. »Wie geht es ihr?«, fragte er.

»Gut«, flüsterte ich und legte einen Finger auf die Lippen, damit die Mädchen keinen Lärm machten.

Millie fielen die geflochtenen Zöpfe ihrer Schwester sofort auf. »Du hast gesagt, du würdest mir beibringen, holländische Zöpfe zu flechten, weißt du noch?«

»Ich will auch Zöpfe«, meldete sich Felicity zu Wort.

Millie verdrehte die Augen. »Du hast gar nicht genug Haare dafür. Weil du sie dir vorne alle abgesäbelt hast.«

Felicity fing an zu weinen, und Winnie wachte auf. Mack half ihr, sich aufzusetzen, und legte ihr eine Hand auf die Stirn. »Ich glaube schon, dass du genug Haare für Zöpfe hast, Felicity«, sagte ich. »Ich kann dir welche machen – sie werden dann eben einfach ziemlich kurz.«

»Hurra! Daddy, darf Frannie noch etwas bleiben?«

»Das ist Frannies Entscheidung«, antwortete er. »Wenn sie noch mehr Zeit in diesem Irrenhaus zubringen will, werde ich sie nicht daran hindern.«

Ich lachte. »Ich mag dieses Irrenhaus. Ich kann noch ein Weilchen bleiben.«

Als alle drei Mädchen holländische Zöpfe hatten, umarmte ich sie der Reihe nach zum Abschied und ging in die Küche, wo Mack gerade für Winnie eine Dose Tomatensuppe in eine Schale goss.

»Hey, ich fahr dann mal los«, sagte ich. »Es sei denn, du brauchst mich noch.«

»Nein, kein Problem.«

»Wie sieht es diese Woche aus? Der übliche Ablauf?«

»Ja, genau. Ich kann nicht glauben, dass das Wochenende schon wieder vorbei ist.« Er deckte die Schale mit einem Teller ab und stellte sie in die Mikrowelle. »Aber ich habe auf der Fahrt nach Petoskey mit Mrs Ingersoll gesprochen, und wie sich herausgestellt hat, ist das mit dem Bruch nicht so schlimm, wie es anfangs aussah. Sie hat einen Gips, aber ihre Tochter kann sie fahren, sodass sie diese Woche auf die Mädchen aufpassen kann.«

»Das sind ja gute Neuigkeiten.«

»Ja, das stimmt. Ohne sie wäre ich total angeschissen gewesen. Und ohne dich letzte Woche auch.« Nachdem er den Timer der Mikrowelle auf drei Minuten eingestellt hatte, holte er sein Portemonnaie hervor und legte vierzig Dollar auf die Theke. »Für all das, was du zusätzlich getan hast, auch wenn es immer noch nicht genug ist.«

Ich schob ihm das Geld wieder hin. »Ich will dein Geld nicht, Mack.«

»Bitte, nimm es.« Er sah mir in die Augen. »Du verbringst einen so großen Teil deiner Zeit damit, mir mein Leben zu erleichtern, und *ich* kann dir nicht mehr von meiner Zeit schenken.« Er steckte sein Portemonnaie weg und schob die Geldscheine wieder zu mir herüber. »Nimm es.«

»Nein«, sagte ich störrisch. »Wir sind Freunde. Und Freunde bezahlen sich nicht für gegenseitige Gefallen.« Ich ging in die Diele, wo ich in meine Stiefel stieg und den Reißverschluss meines Mantels hochzog. Ich wollte gerade Mütze und Handschuhe anziehen, als Mack zu mir an die Tür kam.

»Hey«, flüsterte er und griff nach meinem Arm.

»Hey, was?«

Mit einem schnellen Blick über seine Schulter zog er mich plötzlich an sich und drückte seinen Mund auf meinen. Seine Zunge glitt zwischen meine Lippen. Er legte die Arme um mich und ließ die Hände an mir hinabwandern. Volle zehn Sekunden lang küsste er mich so leidenschaftlich, dass es mir den Atem verschlug. Als er sich schließlich von mir löste, war mir ganz schwindlig.

»Wir sind *mitnichten* Freunde«, sagte er leise und mit Nachdruck. Dann zwinkerte er mir zu, verließ rückwärts die Diele und rief die Mädchen zum Mittagessen.

Benommen ging ich zum Wagen hinaus und spürte nicht einmal das Brennen der eisige Luft auf meinen Wangen.

Später fand ich die beiden Zwanziger in meiner Manteltasche und begriff, was Mack dort an der Tür getan hatte. Lachend stopfte ich die Scheine wieder hinein.

Jeden Sonntagabend kochte meine Mutter für die ganze Familie. Meine Eltern wohnten noch immer in dem »alten Teil des Hauses«, wie wir es nannten. Nach dem Auszug von uns Kindern waren mehrere Räume für das Hotel umgebaut worden, aber sie hatten jede Menge Zimmer für sich behalten, einschließlich der Küche, des Esszimmers, der Bibliothek und des Wohnzimmers unten, außerdem das Schlafzimmer mitsamt Bad sowie eine Gästesuite im ersten Stock.

Nicht immer schafften meine Schwestern es zum Sonntagsessen, vor allem, wenn sie gerade gar nicht im Hotel waren. Aber heute Abend waren sie beide da.

Chloe passte mich im Wohnzimmer beim Tischdecken

ab. »Also«, flüsterte sie und schaute zur Küche hinüber. »Irgendwelche Neuigkeiten?«

Ich konnte ein Lächeln nicht unterdrücken, während ich eine Gabel links neben jeden Teller legte. »Wir haben uns gestern Abend gesehen. Und heute schon wieder.«

Ihr klappte der Unterkiefer herunter. »Oh Mann. Dann ist es etwas Ernstes, oder?«

»Heute habe ich nur auf die Mädchen aufgepasst. Gestern Abend war es eher ein …« Ich brach ab. Was war es gewesen? Nicht wirklich ein Date. »Ein romantisches Intermezzo.«

Chloe schnaubte und stellte ein Weinglas an jeden Platz. »Was zum Teufel ist ein *romantisches Intermezzo?* Gehört auch Sex dazu?«

»In diesem Fall ja.« Ich hielt inne und überlegte, ob ich weitersprechen sollte, dann dachte ich: *Scheiß drauf.* »In der Küche.«

Chloe stutzte und blinzelte mich an. »Ernsthaft? Küchensex? Ich bin beeindruckt.«

»Psst.« Ich schaute hinter mich, um mich davon zu überzeugen, dass Mom und April immer noch im Nebenzimmer miteinander plauderten. »Es hat sich spontan ergeben. Winnie schlief oben.« Ich erzählte ihr von dem Unfall im Haus der Tante, während ich das restliche Besteck verteilte.

»Oh mein Gott, die arme Kleine«, sagte sie und nahm aus der obersten Schublade der Anrichte einen Korkenzieher, mit dem sie den Korken aus der Weinflasche zog. »Es muss schwer sein, ganz allein drei Mädchen großzuziehen.«

»Das ist es«, bestätigte ich. »Er macht sich Sorgen,

nicht genug Zeit für mich zu haben. Aber ich sage ihm immer, dass ich nicht viel brauche. Ich will einfach nur mit ihm zusammen sein.«

»Mit wem zusammen sein?« April kam herein, eine Platte mit gebratenem Lachs in den Händen, und stellte sie auf den Tisch.

Chloe und ich sahen uns mit großen Augen an. »Ähm«, murmelte ich.

April verschränkte die Arme vor der Brust und schaute zwischen uns beiden hin und her. »Irgendetwas habt ihr zwei doch. Raus mit der Sprache.«

Ich beugte mich vor und schaute an April vorbei, um sicherzugehen, dass unsere Mutter immer noch in der Küche beschäftigt war. Sie stritt wegen irgendwas mit meinem Dad. »Okay, aber wenn ich es dir erzähle, musst du versprechen, es für dich zu behalten.«

»Natürlich. Sag schon, wer ist es?«

Ich grinste. »Mack.«

Sie öffnete den Mund, dann sah sie Chloe an. »Wusst' ich's doch! Ich hatte recht!«

»Psst«, ermahnte ich sie. »Ja, hattest du. Aber die Sache ist noch ganz frisch und ein bisschen schwierig wegen der Umstände. Mom und Dad sollen es noch nicht erfahren.«

»Warum nicht? Ich finde es großartig.«

»Es fühlt sich bisher auch großartig an«, sagte ich, und mein Gesicht wurde ganz warm. »Aber es sind Kinder im Spiel, und …«

»Was hat es mit dem kleinen Kriegsrat hier auf sich?«, fragte meine Mutter, die mit einer Schale grüner Bohnen ins Esszimmer kam.

»Es geht um Ryans und Stellas Hochzeit«, sagte April

schnell. »Frannie macht Macarons, und sie hat mir gerade erzählt, welche Geschmacksrichtungen sie plant.«

Ich warf ihr einen dankbaren Blick zu. »Ich habe an Schokolade gedacht, außerdem Crème brûlée und Red Velvet.«

»Perfekt.« Sie zwinkerte mir zu, und wir gingen alle in die Küche und halfen ihr, die restlichen Speisen hereinzutragen.

Beim Essen kam die Rede wieder auf Ryans und Stellas Hochzeit. Während April für Chloe und meine Mom einige der Details auflistete, schweiften meine Gedanken ein wenig ab. Ich malte mir aus, wie es wäre, meine eigene Hochzeit zu planen, welche Farben ich aussuchen, wie viele Gäste ich einladen und was ich tragen würde. Ich hatte nie sehr detailliert darüber nachgedacht, aber jetzt stellte ich mir eine im kleinsten Kreis durchgeführte Zeremonie im Freien vor, neben der Festscheune des *Cloverleigh.* Ich sah mich an einem zauberhaften Sommerabend durch die Stuhlreihen nach vorn schreiten, begleitet von den Klängen einer klassischen Gitarre. Unter dem rustikalen Bogen mit Blick auf den Weinberg wartete Mack auf mich, und seine drei Töchter gingen vor mir her und streuten Rosenblütenblätter auf den Boden. Er sah hinreißend aus in seinem anthrazitfarbenen Anzug mit einer saphirblauen Krawatte, die genau zu seiner Augenfarbe passte, und als er mich in meinem Brautkleid erblickte, trat er …

*»Frannie«*, sagte meine Mutter, als sei es nicht das erste Mal, dass sie versuchte, meine Aufmerksamkeit zu erringen. »Was um alles in der Welt ist denn los? Ich habe dich jetzt schon dreimal gebeten, mir die Kartoffeln zu reichen.«

»Oh! Entschuldige.« Verwirrt griff ich nach der Schüssel mit Röstkartoffeln und gab sie ihr. »Ich habe an die Hochzeit gedacht.«

April lächelte mich an. »Als ich gestern mit Emme Pearson geredet habe – das ist Stellas Schwester, eine Hochzeitsplanerin aus Detroit«, erklärte sie meinen Eltern, »hat sie von deinen Macarons regelrecht geschwärmt und äußerte die Hoffnung, dass du dich damit selbstständig machst und dann auch in ihren Bundesstaat lieferst.«

»Das wäre ja wunderbar«, sagte Chloe und versetzte mir unter dem Tisch einen Tritt. »Aber dafür bräuchtest du wahrscheinlich eigene Räumlichkeiten, oder? Eine größere Küche und vielleicht einen Laden irgendwo?«

Ich nahm einen Schluck Wein, um mir Mut zu machen, und stellte gerade mein Glas auf den Tisch, da ergriff meine Mutter das Wort.

»Das haben wir bereits geklärt. Ich denke, Frannie hat weder die Zeit noch die Energie für so ein Unternehmen«, erklärte sie. »Sie hat hier im Hotel so viel zu tun, außerdem passt sie auf Macks Töchter auf. Mehr sollte sie sich wirklich nicht aufhalsen. Eigentlich bräuchte sie sogar mehr Freizeit, finde ich.«

»Nun, *ich* finde, wir sollten Frannie für sich selbst sprechen lassen«, gab Chloe zurück.

»Tatsächlich«, sagte ich und setzte mich kerzengerade auf meinen Stuhl, »tatsächlich ist ein eigenes Geschäft etwas, worüber ich gern reden würde.«

»Aber du hast nicht die geringste Ahnung von so etwas, und es ist *sehr* stressig, sich selbstständig zu machen.« Mom warf Chloe einen Blick zu, als sollte sie es eigentlich besser wissen. »Das ist gefährlich für Frannie. Meinst du nicht auch, John?«

Mein Vater sah mich nachdenklich an, während er zu Ende kaute und schluckte. »Womit selbstständig machen?«

»Mit einem Macaron-Laden«, antwortete ich und nestelte nervös an der Serviette auf meinem Schoß. »Einem kleinen, aber feinen.«

»Frannie, die Ärzte haben sehr deutlich gemacht, dass du viel Ruhe brauchst und unnötige Risiken für dein Herz vermeiden solltest«, fuhr meine Mutter fort.

»Mom, sie haben von Risiken wie Rauchen oder Übergewicht gesprochen.« Ich sah ihr in die Augen und schlug einen selbstbewussten Ton an, damit sie begriff, dass ich diesmal keinen Rückzieher machen würde.

»Stress ist auch ein Risikofaktor«, beharrte sie und griff nach ihrem Weinglas. »John, könntest du mir bitte helfen?«

»Stress ist ein Risikofaktor. Da stimme ich deiner Mutter zu.« Mein Dad wischte sich mit der Serviette über den Mund. »Deine Mutter und ich sagen nicht, dass wir dich nicht unterstützen würden, wir wollen einfach, dass du gesund bleibst und es dir gut geht.«

»Frannie ist doch kein Baby mehr«, schaltete sich April ein. »Warum kann sie nicht selbst entscheiden, was ungefährlich und gesund für sie ist? Ich finde, es ist eine großartige Idee. Und wie wäre es, wenn sie den Laden auf dem Gelände des *Cloverleigh* eröffnen würde? Ihr könntet in ihren Laden investieren!«

»Ich will keinen Laden hier.« Ich schüttelte den Kopf.

»Ich will mein eigenes Geschäft an einem Standort, den ich mir dafür aussuche. Und ich brauche kein Geld.«

»Sei nicht albern, Frannie«, tadelte meine Mutter mich. »Wo um alles in der Welt solltest du das Geld herbekommen, um ein Geschäft zu eröffnen?«

»Man nennt es Bank, Mom. Ich würde einen kleinen Geschäftskredit bekommen.«

Sie wedelte geringschätzig mit der Hand. »Das reicht. Du machst dich nicht selbstständig. Du hast schon genug am Hals.«

»Hör auf damit! Ich bin kein Kind mehr.« Bei meinem hitzigen Ton verstummten alle am Tisch. Ich senkte die Stimme – ich wollte gelassen und selbstsicher klingen, nicht trotzig und zornig. »Ich bin erwachsen, und es wird Zeit, dass ich auch anfange, mich wie eine Erwachsene zu verhalten.«

»Was soll denn das heißen?« Meine Mutter wirkte plötzlich verunsichert.

»Das heißt, dass ich vielleicht ausziehen und mir meinen Lebensunterhalt selbst verdienen muss.« Ich hatte nicht vorgehabt, mit Auszug zu drohen, aber sie sollten wissen, dass ich es ernst meinte. Wenn es notwendig werden sollte, dass ich auszog, würde ich es tun.

»Ausziehen!«, rief sie. »Warum das denn? Woanders müsstest du Miete zahlen.«

»Genau darum geht es. Welche Siebenundzwanzigjährige wohnt noch bei ihren Eltern?« Ich deutete auf April und Chloe. »Meine Schwestern haben das Haus verlassen und ihre eigenen Träume verfolgt. Und selbst wenn diese Träume sie wieder genau hierher zurückgebracht haben, war das ihre Entscheidung. *Ich will zumindest eine Wahl haben.*«

»Wie wäre es, wenn wir eine angemessene Miete von dir verlangen würden?«, schlug mein Dad vor.

»John, das kann nicht dein Ernst sein!« Meine Mutter sah ihn schockiert an. »Wir nehmen doch keine Miete von ihr.«

»Es ist besser, als zuzulassen, dass sie auszieht«, argumentierte er.

»Frannie«, appellierte meine Mutter an mich, »du weißt, dass ich mich nur um dich sorge, weil ich dich so lieb habe.«

»Das weiß ich, Mom. Aber diese Liebe wird mir manchmal ein wenig zu viel. Ich fühle mich davon erdrückt und ausgebremst. Du musst ein bisschen loslassen, okay? Du musst darauf vertrauen, dass ich auf mich selbst aufpassen kann. Ich brauche die Freiheit, mein Ding durchzuziehen, selbst wenn es ein Fehler ist. Selbst wenn ich scheitere.«

Da ich nichts mehr essen mochte, stand ich auf und griff nach meinem halbvollen Teller. »Ich will euch nicht wehtun, und ich bin euch dankbar für alles, was ihr für mich tut. Ich finde es wunderschön hier. Aber ich brauche mehr, und zwar zu meinen eigenen Bedingungen.« Ich drehte mich zu meinem Vater um. »Danke für das Angebot, was die Miete betrifft. Ich werde darüber nachdenken.«

Und mit diesen Worten ging ich mit vor Nervosität und Triumphgefühl zitternden Beinen in die Küche, stellte meinen Teller auf die Arbeitsplatte und verschwand durch die Hintertür.

Ich hatte nicht vorgehabt, beim sonntäglichen Essen eine Unabhängigkeitserklärung abzugeben, aber verdammt, es fühlte sich gut an.

Später – ich hatte mich bereits zum Schlafengehen umgezogen und lag unter der Decke, die ich nicht neu beziehen mochte, weil sie immer noch nach ihm roch – holte ich mein Handy hervor, um ihm die Hölle heißzumachen wegen der Zwanzig-Dollar-Scheine, die er mir in die Tasche gestopft hatte.

Mistkerl.

Ich habe keine Ahnung, wovon du redest.

Natürlich nicht. Weil du ja so unschuldig bist. Du mit deinem schmutzigen Mundwerk.

Hey, das Geld in der Schimpfwortkasse wird für wohltätige Zwecke gespendet. Ich leiste nur meinen Beitrag.

Davon wusste ich ja gar nichts. Was denn für wohltätige Zwecke?

Die Mädchen wechseln sich monatlich mit der Entscheidung ab. Ich glaube, gerade ist Felicity an der Reihe. Normalerweise entscheidet sie sich für die National Geographic Society.

War ja klar.

Ich habe den Stein gesehen, den du ihr geschenkt hast. Das war sehr lieb von dir. Vielen Dank.

Gern geschehen. Welche Organisation unterstützen denn die anderen?

Bei Millie sind es meistens Aktionen für Kinder, bei Winnie für Tiere.

Ich liebe diese Mädchen. Sie haben so große Herzen.

Sie lieben dich auch. Sie haben sich geweigert, fürs Duschen ihre Zöpfe aufzumachen. Ich glaube, sie wollen so sein wie du.

Wie süß! Schlafen sie schon?

Ja. Endlich. Winnie hat einige Zeit gebraucht, und ich liege immer noch neben ihr. Sie ist davon überzeugt, dass Ungeheuer unter ihrem Bett sind, daher musste ich ihr versprechen, hier zu schlafen.

Ich stellte mir vor, wie er neben der kleinen Winnie lag, und mein Herz fing an zu klopfen.

Arme Kleine. Du bist echt ein guter Daddy. Dann schreibe ich dir also lieber nichts Schmutziges.

Moment, ich könnte eine Pause ganz gut gebrauchen. Über was für schmutzige Dinge reden wir hier?

Nur ein bisschen schmutzig? Oder etwas richtig Versautes?

Ich lachte leise und schrieb meine Antwort.

Richtig versaut

Oh, Scheiße. Warte mal. Ich gehe nach unten.

Mein Puls raste. Ich hatte gar nicht die Absicht gehabt, Sexnachrichten mit ihm auszutauschen, und es war das erste Mal, dass ich so etwas überhaupt tat. Aber wenn es um ihn ging, hatte ich genug Fantasien, unter denen ich wählen konnte, und heute Abend fühlte ich mich verwegen und frei – als könnte ich alles tun, was ich nur wollte. Ich biss mir auf die Unterlippe, knipste meine Lampe aus und schlüpfte aus meinem T-Shirt. Dann streifte ich auch meinen Slip ab und ließ mich tiefer unter die Decke gleiten.

Wenn ich das hier schon machte, dann richtig.

# Kapitel 18

## Mack

Ich lief so schnell die Treppe hinunter, dass ich auf der letzten Stufe stolperte und beinahe hingefallen wäre. Nachdem ich mich davon überzeugt hatte, dass sowohl die Vorder- als auch die Hintertür abgeschlossen war, beeilte ich mich, in mein Zimmer zu kommen, machte die Tür hinter mir zu und riss mir das Shirt herunter.

Ich bin jetzt allein. Bist du noch da?

Ja. Ich wünschte, du wärst hier bei mir.

Meine Jeans saß ohnehin ziemlich eng. Ich öffnete sie und zog den Reißverschluss runter, bevor ich mich wieder auf mein Bett legte. Dann rief ich sie an.

Lachend nahm sie den Anruf entgegen. »Ich habe gesagt, ich würde dir schmutzige Dinge *schreiben.*«

»Scheiß drauf«, sagte ich leise, hielt das Telefon mit der linken Hand fest und ließ die rechte über meinen Bauch in die Hose gleiten. »Wenn du mir was Versautes zu sagen hast, will ich es auch hören. Also, sprich.«

Ihr Lachen klang plötzlich sinnlich und katzenhaft. »Das klingt so dominant.«

»Das magst du doch.«

»Du hast recht. Das tu ich«, flüsterte sie.

»Wo bist du gerade?« Ich umfasste meinen wachsenden Schwanz und ließ meine Hand daran hoch und runter gleiten.

»Ich liege im Bett. Und ich habe keinen Faden am Leib.«

Ich schloss die Augen und stellte sie mir nackt und warm unter der Decke vor. »Warum nicht?«

»Weil ich jede Nacht, wenn ich ins Bett gehe, so tue, als lägest du neben mir. Und du hast gern deine Hände auf meiner nackten Haut.«

»Das ist nicht alles, was ich gern auf deiner nackten Haut habe.«

Sie lachte wieder, leise und melodisch. »Nein. Du hast auch gern deinen Mund auf mir. Ich liege hier und berühre mich an all den Stellen, an denen ich deine Zunge spüren möchte.«

»Tu es jetzt sofort«, verlangte ich, und meine Hand bewegte sich jetzt schneller. »Fass dich an.«

»Wo?«, flüsterte sie. »Sag es mir.«

»An deinen Titten. Deinem Bauch. Deinen Schenkeln. Deiner Muschi.« Ich sprach möglichst leise und stellte mir vor, wie ihre Hände über sie hinwegwanderten.

Sie stöhnte, und mein Schwanz in meiner Faust wurde größer und härter. »Es fühlt sich so gut an«, seufzte sie. »Und allein deine Stimme macht mich so heiß.«

»Bist du feucht?«

»Du weißt, dass ich es bin. Weil du mich mit deiner Zunge fickst.«

Heilige Scheiße. Ich konnte sie schmecken. Ich spürte ihre seidige, geschwollene Haut auf der Zunge. Ich konnte ihren Atem hören, der immer schneller und heftiger wurde. Ich konnte spüren, wie sie sich verkrampfte und erbebte. »Sag mir, dass ich dich kommen lassen soll.«

»Mack«, keuchte sie. »Lass mich kommen. Oh Gott, genau so. Ich liebe es, wenn du sanft anfängst, so langsam und süß, als könntest du nicht genug bekommen.«

»Scheiße, ja.« Ich musste mich anstrengen, meinen eigenen Orgasmus zurückzuhalten, der mir jede Sekunde die Kontrolle zu entreißen drohte.

»Und dann wirst du schneller und härter, und meine Hände sind in deinem Haar, und ich komme dann so heftig für dich …« Ihre Worte verwandelten sich in ein zunächst sanftes Flehen, das bald lauter und intensiver wurde, und ich stellte mir vor, wie sie dalag, eine Hand zwischen den Schenkeln, die Beine gespreizt, während ein lustvolles Beben durch ihren Körper lief und sie wieder und wieder meinen Namen sagte.

Mein Unterleib verkrampfte sich, und ich stieß meinen Schwanz in meine Hand, die jetzt warm und glitschig war. »Ich muss dich ficken«, ließ ich sie wissen. »Jetzt.«

»Ja. Tu es«, antwortete sie atemlos. »Und hör nicht auf.«

»Gott, mein Schwanz ist so hart für dich. Und du bist so feucht und eng, und du nimmst ihn so tief in dich auf …«

»Ich kann dich spüren«, flüsterte sie. »Ich liebe es, wie du dich bewegst, wie du mich ausfüllst und so schwer auf mir liegst. Ich liebe deinen großen, harten Schwanz in mir, so tief, dass ich am liebsten schreien würde.«

»Sprich weiter.« Ich war kurz davor zu kommen, meine Haut kribbelte, und alle meine Muskeln waren angespannt. Ich lauschte auf ihre Stimme in meinem Ohr und ließ mich von ihren Worten und ihren Atemgeräuschen und der Erinnerung daran, wie sich ihre süße kleine Muschi um meinen Schwanz schloss, näher an den Orgasmus herantreiben.

»Ich liebe es, wenn du grob mit mir umgehst. Wenn du mir sagst, was ich tun soll. Wenn du die Kontrolle übernimmst und mir das Gefühl gibst, dir gegenüber machtlos zu sein. Wenn du mich so hart fickst, dass ich kaum atmen kann, und ich nur den einen Wunsch habe, zu spüren, wie du kommst. Ich will jeden Tropfen von dir. Gib's mir«, drängte sie, und es war so verdammt heiß, zuzuhören, wie sie gierig und fordernd wurde, dass ich mich nicht mehr zurückhalten konnte.

Während ich eine Abfolge von Flüchen knurrte, die jeden Marine mit Stolz erfüllt hätte, explodierte ich in dicken, heißen, pulsierenden Stößen über meine nackte Brust und meinen nackten Bauch.

Anschließend hörte ich ihr atemloses Lachen. »Bist du noch da?«

»Ich glaube ja.« Meine Bauchmuskeln weigerten sich, sich zu entspannen. »Scheiße. Das war so heiß.«

»Das war es. Aber ich wünschte trotzdem, du wärest hier.«

»Ich weiß. Ich auch.« Über mir rumste etwas. Ich hielt inne und lauschte. »Scheiße. Ich hoffe, ich war nicht zu laut.«

Sie keuchte auf. »Das hoffe ich auch.«

»Gib mir eine Minute. Ich ruf dich sofort zurück.«

»Okay.«

Ich warf mein Handy aufs Bett, ging ins Badezimmer,

um mich zu waschen, dann zog ich meine Jeans an, schlüpfte wieder in mein T-Shirt und ging die Treppe hinauf, um nach den Kindern zu sehen.

Alle drei schlummerten tief und fest, aber Millie hatte sich im Traum offensichtlich heftig genug bewegt, um ein Buch vom Nachttisch zu stoßen. Das war wohl das Plumpsen, das ich gehört hatte. Nachdem ich es an seinen Platz gelegt hatte, verließ ich leise ihr Zimmer und ging zurück nach unten.

Ich rief wieder bei Frannie an. »He, tut mir leid. Ich wollte nur schnell nach den Kindern sehen.«

»Kein Problem. Alles okay bei ihnen?«

»Ja, sie schlafen.« Ich setzte mich auf mein Bett und stieß den Atem aus. »Aber ich sollte jetzt unter die Dusche springen und dann wieder zu Winnie gehen – obwohl ich wahrscheinlich auf dem Boden enden werde, weil ihr Bett so schmal ist.«

Sie lachte mitfühlend. »Du Armer. Ich würde dir ja einen Platz in meinem großen Bett anbieten, aber das hilft dir jetzt auch nichts.«

Ich stöhnte. »Nein, ganz und gar nicht.«

»Nun, neben mir gibt es ein Plätzchen für dich, wann immer du dich wegstehlen kannst.«

»Danke. Ich wünschte, ich wüsste, wann das sein wird.«

»Wie wäre es mit der Nacht der Hochzeit?«, fragte sie hoffnungsvoll.

»Ja, stimmt, dann kommen ja meine Leute. Das wäre eine Möglichkeit.«

»Keine Sorge, ich mache mir keine zu großen Hoffnungen«, sagte sie schnell. »Es war nur eine Idee.«

»Die Idee gefällt mir.« Ich atmete aus. »Lass mich sehen, was ich tun kann.«

»Okay.« Sie gähnte, dann kicherte sie. »Du hast mich vom anderen Ende der Stadt aus müde gemacht.«

»Ein Witz über die Größe meines Schwanzes bietet sich geradezu an.«

»Es ist kein Witz«, sagte sie. »Und ich werde jetzt jede Nacht um diese Zeit daran denken, bis ich dich wieder für mich allein habe.«

»Du willst mich wirklich foltern, was?«

»Ja.« Sie lachte leise. »Und nein. Ich will einfach mit dir zusammen sein, das ist alles. Ich weiß, dass die Sache zwischen uns noch ganz frisch ist, aber sie fühlt sich wirklich gut an.«

»Das finde ich auch.«

»Also verzeih mir, wenn ich ins Schwärmen gerate. Ich stehe schon so lange auf dich, dass ich mich kaum an eine Zeit erinnern kann, als du mir noch kein Herzklopfen beschert hast.«

»Wirklich?«

»Wirklich. Aber ich war davon überzeugt, dass du in mir nur ein Kind siehst.«

Ich schnaubte. »Wieso das denn? Ich meine, ich fand, dass du zu jung bist und außerdem tabu, aber ich erinnere mich noch gut an die letzte Weihnachtsfeier. Da hätte ich dich am liebsten über die Schulter geworfen, in mein Büro geschleppt und dich auf meinem Schreibtisch gevögelt.«

»Was?«, kreischte sie. »Du hast nie ein Wort gesagt!«

»Was zum Teufel hätte ich denn sagen sollen?«, fragte ich lachend. »Deine Eltern waren anwesend. Und meine Kinder. Und sämtliche Kollegen.«

»Da hast du wohl recht. Aber bei Gott, ich wünschte, ich hätte es gewusst. Du hast es gut verborgen.«

»Das musste ich auch. Ich habe mir eingeredet, es sei falsch, dich auf diese Weise zu begehren.«

»Und hast du deine Meinung inzwischen geändert?«, gab sie leise zurück.

»Gute Frage.« Ich beschloss, ehrlich zu sein. »Ja und nein. Ich mache mir immer noch Sorgen darüber, was deine Eltern denken werden. Und ich mache mir Sorgen, was geschehen wird, wenn du begreifst, dass ich all die Scheiße, mit der du dich abfinden musst, nicht wert bin.«

»Was denkst du denn, was passieren wird?«, hakte sie nach.

»Du wirst mich verlassen, sobald du begreifst, dass du was Besseres verdienst«, sagte ich unumwunden. »Und ich werde es akzeptieren, weil ich es ebenfalls wissen werde.« *Ich weiß es jetzt schon*, dachte ich.

»Wenn du das glaubst, kennst du mich nicht besonders gut, Declan MacAllister. Dann ist es wohl an mir, zu beweisen, dass du dich irrst.«

Ich lächelte und stellte mir die störrische kleine Bewegung vor, mit der sie immer das Kinn vorreckte. »Okay.«

»Wir sehen uns morgen.« Ein gehauchter Kuss. »Gute Nacht.«

»Gute Nacht.«

Während ich unter der Dusche stand, fragte ich mich, wie es sein würde, sie diese Woche bei der Arbeit zu sehen. Tatsächlich nicht nur diese Woche, sondern überhaupt von jetzt an. Ob es für alle offensichtlich war, dass wir … was miteinander hatten?

Vielleicht war es dumm von mir, zu denken, wir müssten es geheim halten. Vielleicht war mein ungutes Gefühl eher auf Erschöpfung und Sorgen zurückzuführen und nicht auf die Überzeugung, dass die Sache mit uns schiefgehen würde. Vielleicht kamen meine Zweifel daran, dass es mit uns etwas werden könnte, nur von meiner gescheiterten romantischen Vergangenheit und meinen Schuldgefühlen als geschiedener Dad. Ich war schließlich auch nur ein Mensch. Auch ich brauchte hin und wieder Gesellschaft. Ich sehnte mich von Zeit zu Zeit nach Kontakt – zu *erwachsenen* Menschen. Frannie war sexy, witzig und locker, sie passte einfach perfekt in unser Leben, und sie stellte für mich die Verbindung zu einem Teil von mir wieder her, den ich aus den Augen verloren hatte – dem Teil, der nicht vor allem Vater war. Ich fühlte mich einfach so verdammt gut, wenn ich mit ihr zusammen war.

Aber tief im Inneren wusste ich, dass es nicht von Dauer sein konnte.

Als ich am nächsten Morgen das Hotel betrat, stand sie an der Rezeption, mit einigen Gästen beschäftigt, und schaute grinsend zu mir hoch. Und es war kein unverbindliches Grinsen, sondern vielmehr ein Grinsen, das sagte, *wir vögeln heimlich*, begleitet von einem schelmischen Glanz in ihren Augen.

Und ich erwiderte ihr Grinsen sofort. Ich konnte es einfach nicht unterdrücken. Aber ich wünschte ihr und den Gästen sehr förmlich einen »Guten Morgen«, worauf sie genauso förmlich antwortete, als hätte sie mir in der vergangenen Nacht nicht am Telefon lauter schmutzige Sachen ins Ohr geflüstert, während ich mir einen runterholte. Als ich durch den Flur zu meinem Büro ging, fühlte mich wie ein Teenager, dem es gelungen war, sich aus ihrem Schlafzimmer zu stehlen, ohne sich erwischen zu lassen.

Im Laufe der nächsten Tage tauschten wir immer wieder dieses Grinsen aus, hielten uns ansonsten aber ziemlich gut. Wenn wir uns im Flur oder in der Lobby begegneten, gaben wir unser Bestes, uns nichts anmerken zu lassen, aber manchmal, wenn niemand hinschaute, drückte ich ihre Hand oder küsste sie rasch. Jeden Abend, sobald die Kinder im Bett waren, simsten oder chatteten wir.

Am Mittwoch klopfte es am späten Nachmittag an meiner offenen Bürotür. Als ich aufschaute und Frannie sah, die sich einige Papiere an die Brust drückte, begann mein Herz zu rasen. »Hallo du. Wie war dein Tag?«

»Großartig«, sagte sie, »hast du einen Moment Zeit?«

»Natürlich.« Ich stand auf und ging um den Schreibtisch herum zu ihr. »Komm doch rein. Setz dich.«

Sie trat ein, und ich schloss die Tür. Dann, bevor sie mir entwischen konnte, griff ich nach ihrem Arm, zog sie an mich und drückte sie gegen die Tür. »Aber zuerst …«

Ich stützte mich links und rechts von ihr ab, presste meine Lippen auf ihre und küsste sie, wie ich es gestern Nacht ersehnt hatte, kostete sie, neckte ihre Zunge mit meiner und drückte mich an sie. Was immer sie in der Hand gehalten hatte, fiel zu Boden, und sie ließ die Finger an meiner Brust emporwandern. Grub sie mir ins Haar. Legte sie mir in den Nacken.

Als der Kuss außer Kontrolle zu geraten drohte und ich mich dabei ertappte, wie ich an ihrer Arbeitskleidung herumfummelte, löste ich mich von ihr. »Wir sollten besser aufhören.«

»Stimmt«, pflichtete sie mir heftig atmend bei und bückte sich, um ihre Dokumente aufzuheben.

Ich ging wieder an meinen Schreibtisch und zog meine Hose zurecht, um meiner armen Erektion etwas Platz zu verschaffen. Dann setzte ich mich wieder auf den Stuhl. »Was kann ich für dich tun?«

Ihr Gesicht leuchtete auf, und sie trat vor und legte die Papiere vor mich hin. »Mrs Radley, die Braut, die mir bei der Geschäftseröffnung helfen wollte, hat das hier gerade für mich abgegeben. Sie musste sofort wieder weg, aber sieh es dir an.«

Oben auf dem Stapel lag ein handgeschriebener Brief. Darin stand:

*Liebe Frannie,*
*noch einmal vielen Dank, dass Sie mich rechtzeitig vor Beginn des ersten Tanzes gerettet haben. Ich habe Sie nicht vergessen! Nachdem ich unsere Hochzeitsgäste von Ihren Macarons habe schwärmen hören, war ich fester denn je davon überzeugt, dass Sie damit weitermachen müssen! Und dann habe ich gleich heute Morgen, kaum dass ich wieder im Büro war, eine Nachricht von jemandem vorgefunden, der direkt im Stadtzentrum von Traverse City sein kleines Café verkaufen möchte. Das ist ein Zeichen! Ich habe die Informationen beigelegt, zusammen mit meiner Visitenkarte und einigen anderen Optionen für mögliche Standorte, die man mieten oder kaufen kann. Rufen Sie mich an!*
*Maxima Radley*

Nachdem ich die anderen Seiten durchgeblättert hatte, bei denen es sich um Immobilienangebote für Gewerbeflächen handelte, schaute ich Frannie an. Ihre Augen strahlten. »Das ist ja wunderbar. Du musst sie anrufen.«

»Meinst du?« Sie verschränkte die Hände. »Ich möchte es gern – ich bin nur so nervös. Ich hatte noch keine Gelegenheit, es dir zu erzählen, aber ich habe meinen Eltern am Sonntagabend beim Essen mitgeteilt, was ich vorhabe.«

»Das freut mich für dich. Was haben sie gesagt?«

Sie gestikulierte mit beiden Händen. »Sie haben mir einen Haufen Mist erzählt, vor allem meine Mutter. Aber ich habe nicht klein beigegeben, sondern ihnen gesagt, dass ich genau das tun will und es für mich an der Zeit ist, Entscheidungen zu treffen, von denen *ich* denke, dass ich es schaffen kann.«

Ich lehnte mich auf meinem Stuhl zurück und musterte sie. »Ich bin beeindruckt. Wie haben sie es aufgenommen?«

Sie ächzte. »Nicht besonders gut. Ich habe sogar damit gedroht auszuziehen, was ich gar nicht vorgehabt hatte, aber meine Sehnsucht nach Unabhängigkeit hat mich ziemlich aufgeheizt. Mein Dad hat dann den Vorschlag gemacht, dass ich ab jetzt ja auch Miete zahlen könnte.«

Ich zog die Augenbrauen hoch. »Und was hast du dazu gesagt?«

»Ich habe gesagt, ich denke darüber nach. Natürlich würde ich Miete zahlen und tu das vielleicht auch, aber darum ging es mir nicht. Alle meine Schwestern haben die Chance bekommen, aufs College zu gehen, zu reisen und ihre Ziele zu verfolgen. Niemand hat sie davon abgehalten, und ich werde mich auch nicht länger abhalten lassen.

Wenn ich scheitere, dann ist es eben so, aber ich muss es wenigstens versuchen.«

»Als Vater gesprochen, machst du mir gerade eine Scheißangst. Als jemand, der sehen möchte, wie du es allen da draußen so richtig zeigst, bin ich verdammt glücklich und will, dass du die Frau anrufst.«

Sie grinste. »Danke. Das habe ich vor.«

Ich schob die Papiere für sie zusammen und heftete die beigelegte Visitenkarte mit einer Büroklammer an den Brief. »Halt mich auf dem Laufenden, wie es weitergeht.«

»Ich bin so nervös.« Sie presste sich die Hände auf den Bauch. »Was ist, wenn sie mich Sachen fragt, die ich nicht beantworten kann?«

»Hey. Hör mir zu.« Ich ließ die Immobilienangebote auf meinem Schreibtisch liegen, ging zu Frannie und fasste sie an den Schultern. »Du bist klug, talentiert und beharrlich. Wenn du auf etwas keine Antwort weißt, wirst du eine finden. Und du bist nicht allein.«

»Nicht?«

Ich schüttelte den Kopf. »Du hast deine Schwestern, außerdem ist diese Frau, diese Maxima Radley, auf deiner Seite, und du hast auch noch mich. Ich werde bei jedem Schritt auf diesem Weg für dich da sein.«

Ihre Mundwinkel hoben sich. »Wirklich?«

»Ja, wirklich.«

Sie legte mir die Arme um die Taille und schaute mich mit ihren wunderbaren großen Augen an. »Sag mir noch einmal, dass ich dich habe.«

»Du hast mich.«

Sie stellte sich auf die Zehenspitzen und berührte meine Lippen mit ihren. »Das ist alles, was ich will.«

Vermutlich hatte sie nur einen flüchtigen, süßen Kuss geplant, aber da sie mir schon so nah war, konnte ich der Versuchung nicht widerstehen, sie in den Arm zu nehmen und meine Zunge zwischen ihre Lippen gleiten zu lassen. Wie so oft wurde der Kuss schnell kühner, und plötzlich zog ich ihr die Bluse aus der Hose und ließ die Hände über ihre Rippen wandern, während ich sie rückwärts zu meinem Schreibtisch zog. Sie griff mir zwischen die Beine und rieb meinen Schwanz, dessen Hoffnungen erneut gen Himmel stiegen wie ein Heliumballon. Ich wollte sie gerade auf den Schreibtisch heben, da klopfte jemand an die Tür.

Frannie und ich stoben auseinander.

Ich räusperte mich. »Herein.«

Chloe betrat mein Büro, den Blick auf ihr Handy gerichtet. »Hey, was hältst du von dieser Anzeige für …« Dann schaute sie auf und brach ab. Musterte Frannie, die sich alle Mühe gab, ganz normal zu wirken, obwohl ihr die Bluse aus der Hose hing und sie schwer atmete. Als mir die Beule in meiner eigenen Hose einfiel, ging ich schnell hinter meinen Schreibtisch und setzte mich. Strich mir übers Haar.

»Störe ich?«, fragte Chloe, offenkundig amüsiert.

»Nein«, antworteten wir wie aus einem Mund.

Sie lachte. »Ihr zwei seid furchtbar schlechte Lügner.«

»Ich wollte gerade gehen«, erklärte Frannie, deren Wangen einen zauberhaften Rosaton annahmen. Sie griff sich den Papierstapel von meinem Schreibtisch und lief zur Tür. »Wir reden später weiter.«

»Okay«, sagten Chloe und ich gleichzeitig. Dann sahen wir uns an.

»Nun«, sagte sie.

»Es ist nicht das, wonach es aussieht«, platzte ich heraus. Dann schüttelte ich den Kopf. »Tatsächlich ist es genau das, wonach es aussieht.«

Chloe brach in Gelächter aus. »Mach nicht so ein verschrecktes Gesicht, Mack. Ich finde es fantastisch. Frannie braucht jemanden wie dich. Du tust ihr gut.«

Ich rieb mir mit beiden Händen übers Gesicht. »Da bin ich mir nicht so sicher. Ich denke die ganze Zeit, jeden Moment taucht euer Dad mit einer Schrotflinte bei mir auf.«

Sie tat das mit einer knappen Handbewegung ab. »Ach was. Es wird keine zwei Sekunden dauern, bis er erkennt, wie verrückt Frannie nach dir ist. Und was Frannie will, bekommt sie auch. Sie braucht ihn nur mit ihren großen, grünen Augen anzuschauen, und er ist geliefert.«

Ich konnte nur seufzen. »Ja. Das Gefühl kenne ich.«

# Kapitel 19

## Frannie

Auf dem Weg nach oben in meine Wohnung versuchte ich mein Bestes, mir Mut zuzusprechen. *Du schaffst das. Kopf hoch. Es gibt Menschen, die an dich glauben.*

Ich setzte mich an meine Küchentheke und ging alle Notizen noch einmal durch, die ich mir im Laufe der vergangenen Woche gemacht hatte; sämtliche Listen mit Bedürfnissen und Wünschen, die ungefähren Kosten für Ausstattung, Zutaten und die Stunden von Angestellten. Zumindest zu Anfang brauchte ich eine Hilfe, aber eine Vollzeitkraft konnte ich mir nicht leisten. Ich hatte überlegt, dass ich vielleicht am besten eine College-Studentin oder sogar eine Highschool-Schülerin suchte, die sich fürs Backen interessierte und am Wochenende Zeit hatte.

Schließlich rief ich die Nummer an, die auf der Visitenkarte von Maxima Radley stand.

»Hallo?« Es klang, als säße sie gerade im Auto.

»Hi, Mrs Radley, hier ist Frannie Sawyer aus dem …«

»Frannie Sawyer, wie *geht* es Ihnen? Haben Sie meinen Brief bekommen?«

»Ja. Ich bin – ich habe mich wirklich sehr darüber gefreut.«

»Nun, ich sage Ihnen, Frannie, das hier ist Bestimmung. Während meiner gesamten Flitterwochen habe ich immer wieder überlegt, was ich für Sie tun könnte, und dann habe ich heute Morgen bei meiner Rückkehr ins Büro einen Anruf von der Tochter einer Freundin meiner Mutter bekommen. Sie haben zusammen an Schönheitswettbewerben oder so was in der Art teilgenommen.« Sie lachte. »Wie dem auch sei, ihre Tochter, sie heißt Natalie Haas, hat seit Jahren ein kleines Café in der Innenstadt. Es läuft wirklich sehr gut, aber sie hat einen zweijährigen Sohn und ist wieder schwanger, und anscheinend betreibt sie zusätzlich noch ein anderes Lokal, daher muss sie einen Gang runterschalten.«

»Wie heißt denn das Café?«, hakte ich nach, weil ich wissen wollte, ob ich schon einmal dort gewesen war.

»*Coffee Darling.*«

»Oh, das kenne ich!«, rief ich. »Es ist ganz entzückend. *Das* ist der Laden, der zum Verkauf steht?«

»Nun, sie ist noch nicht ganz sicher, ob sie das Gebäude wirklich verkaufen will – sie ist die Eigentümerin –, oder ob sie sich auf die Suche nach einem zuverlässigen Mieter machen sollte. Sie hat mich um Rat gefragt. Eigentlich wäre es ihr Traum, jemanden für eine Partnerschaft zu finden. Da habe ich sofort an Sie gedacht.«

Mein Herz hatte begonnen zu rasen. »Haben Sie ihr von mir erzählt?«

»Noch nicht. Aber ich konnte mich einfach des Gedankens nicht erwehren, dass dieses Projekt mit Natalies Erfahrung, der ganzen bereits vorhandenen Ausstattung und dem Kundenstamm kombiniert mit Ihren frischen neuen Ideen, ihrer Jugend und Energie eigentlich ein Selbstläufer ist.«

»Ich würde sie schrecklich gern kennenlernen«, sagte ich atemlos.

»Großartig! Ich organisiere ein Treffen. Wie wär's, wenn Sie in der Zwischenzeit schon mal hinfahren und sich das Café ansehen? Betrachten Sie es mit Ihren Visionen im Hinterkopf und sagen Sie mir, was Sie denken.«

Ich setzte mich auf. »Das werde ich ganz bestimmt tun.«

»Perfekt. Ich muss Schluss machen, meine Liebe. Aber ich melde mich wieder, sobald ich mit Natalie gesprochen habe.«

»Vielen, vielen Dank«, sagte ich.

Wir beendeten das Telefonat, und ich blieb für einen Moment sitzen, mein Magen ein einziger aufgeregter Knoten. Zum ersten Mal hatte ich das Gefühl, aus der Idee könnte wirklich etwas werden.

Ich sprang vom Hocker auf, ging, eine Melodie vor mich hin summend, in mein Zimmer und zog eine Jogginghose und ein Kapuzenshirt über. All die nervöse Energie in mir musste verbrannt werden, und außerdem konnte ich ein wenig Zeit zum Nachdenken gebrauchen. Ein Spaziergang draußen an der frischen, kalten Abendluft war genau das Richtige. Unser Landhotel mit seinen umliegenden Feldern war im Sommer wunderschön, aber ich liebte es hier auch im Winter – die schneebedeckten, sanften Hügel, die hohen, majestätischen Tannen, der Himmel voller Sterne, die man in der Stadt wegen all der Lichter nicht sehen konnte. Alle beklagten sich ständig über die eisigen Temperaturen im nördlichen Michigan – ich selbst eingeschlossen –, aber ich liebte alle Jahreszeiten hier oben und konnte mir nicht vorstellen, je hier wegzugehen. Und wann schmeckten heiße Schokolade, Irish Coffee oder Whiskey am Feuer besser als in dem Moment, wenn man gerade aus der Kälte wieder ins Warme gekommen war?

Einen Moment lang wünschte ich mir, Mack wäre da, um mit mir zusammen spazieren zu gehen und zu reden, aber ich wusste, dass er wahrscheinlich bereits auf dem Heimweg war, und wenn ich mich nicht irrte, hatten die Mädchen an diesem Mittwoch Therapie. Aber ich schickte ihm trotzdem eine kurze SMS.

Tolle Neuigkeiten! Ruf mich an, wenn du kannst.

Dann schob ich Handy und Kopfhörer in die Manteltasche, suchte meine Fausthandschuhe raus und ging nach draußen.

Nach meinem Spaziergang schwitzte ich unter den vielen winterlichen Kleidungsschichten, und ich sprudelte nur so vor Ideen, die ich aufschreiben wollte. Außerdem hatte ich einen Mordshunger, aber ich beschloss, es erst noch einmal bei meiner Mom und meinem Dad zu versuchen. Aufgeregt, wie ich war, musste ich die Neuigkeiten einfach mit irgendwem teilen, und da April und Chloe das Hotel für heute bereits verlassen hatten – ihre Autos standen bei meiner Rückkehr nicht mehr auf dem Parkplatz –, waren meine Eltern die einzige Option.

Meine Mutter und ich hatten diese Woche häufig zusammen gearbeitet, aber sie hatte das Abendessen am Sonntag mit keinem Wort mehr erwähnt. Eigentlich hatte sie überhaupt nicht viel mit mir gesprochen und auch den Briefumschlag, den Maxima Radley für mich abgegeben hatte, demonstrativ ignoriert. So viel Spannung zwischen meiner Mutter und mir war ungewohnt – unser Verhältnis war immer sehr eng gewesen, und jetzt hatte ich plötzlich das unangenehme Gefühl, als läge ein Abgrund zwischen uns.

Aber ich würde nicht klein beigeben, und das sollte sie erfahren.

Nachdem ich Mütze und Fausthandschuhe abgestreift hatte, klopfte ich an die Tür zum Wohnzimmer meiner Eltern. Mein Vater öffnete und schien überrascht, mich zu sehen. »Hey, Mäuschen. Komm rein.«

»Hi, Dad. Ist Mom da?«

»Ja. Sie ist in der Küche und liegt mir mal wieder damit in den Ohren, dass ich mich zur Ruhe setzen soll.«

Ich folgte ihm durch das Esszimmer in die Küche, wo meine Mutter in einer verbeulten alten Pfanne Rosenkohl anbriet. »Hey, Mom«, begrüßte ich sie und zog den Reißverschluss meines Mantels auf. »Das riecht aber gut.«

»Ich habe Huhn und Reis gekocht«, antwortete sie. »Willst du mit uns essen?«

»Gern.« Ich ließ mich auf einen Stuhl am Küchentisch fallen, wo ich in meiner Kindheit und Jugend fast jeden Tag meines Lebens Frühstück, Mittagessen und Abendessen zu mir genommen hatte. Warme, gesunde, selbst gekochte Mahlzeiten für sieben Personen, die ich damals wahrscheinlich nicht zu schätzen gewusst hatte. Mittlerweile war mir klar, wie viel Zeit und Mühe so etwas kostete, und zudem hatte mir diese Familientradition den Wert von echten Lebensmitteln, frischen Zutaten und Zeit mit der Familie vermittelt. Es war etwas, das ich eines Tages an meine eigenen Kinder weitergeben wollte. Ich nahm mir vor, meiner Mutter gegenüber nicht zu streng zu urteilen.

»Ich dachte, wir könnten vielleicht noch mal über meine Pläne zur Eröffnung einer Konditorei sprechen«, sagte ich. »Ich habe Neuigkeiten.«

Gerade als ich ins Bett steigen wollte, summte mein Telefon. Ein Anruf von Mack.

»Hallo?«

»Hey. Entschuldige, dass es so lange gedauert hat, bis ich dich zurückrufen konnte.«

»Schon in Ordnung.« Ich hüpfte ins Bett und zog mir die Decke über die Beine. »Wie war dein Abend?«

»Ganz gut.« Aber er klang müde. »Ich bin mit den Mädels zur Therapie gefahren, und dann haben wir in einem Imbiss zu Abend gegessen, aber Winnie hat immer noch Mühe, etwas herunterzubringen.«

»Arme Kleine.«

»Dann hat Felicity einen Panikanfall bekommen, weil sie befürchtet, nicht genug Valentinskarten für ihre ganze Klasse zu haben, also musste ich noch zu einem Schreibwarenladen fahren. Und Millies ständiges Augenverdrehen gerät langsam außer Kontrolle. Aber alles in allem war es kein schlechter Abend.«

Ich lachte. »Nimm es dir nicht zu Herzen. Sie ist einfach in dem Alter. Die Augen zu verdrehen ist eine automatische Reaktion auf alles, was einem der eigene Dad sagt.«

Das entlockte ihm ein Stöhnen. »Ich freue mich nicht besonders auf die Pubertät.«

»Vielleicht wird es ja nicht so schlimm. Ich war kein aufsässiger Teenager.«

»Nein?«

»Nein, aber das könnte natürlich auch eine Reaktion auf Chloe gewesen sein. Sie war so aufsässig, wie man es sich nur vorstellen kann, und ich habe gesehen, wie meine Eltern gekämpft haben. Wahrscheinlich habe ich deshalb versucht, die Anti-Chloe zu sein.« Ich seufzte. »Ich wollte es immer allen recht machen.«

»Das versuchst du immer noch.«

Ich lächelte. »Aber willst du mal raten?«

»Worum geht es denn?«

»Ich habe mit Maxima Radley gesprochen, und es ist wirklich sehr gut gelaufen. Danach bin ich nach unten gegangen und habe meinen Eltern davon erzählt.«

»Und?«

»Und ich habe sie davon überzeugt, dass sie mich, wenn sie mich wirklich lieben, in dieser Sache unterstützen müssen. Ich habe ihnen gesagt, dass ich das mit ihrer Unterstützung oder ohne sie durchziehen werde, es aber bei Weitem schöner fände, sie auf meiner Seite zu wissen.«

»Wie haben sie darauf reagiert?«

»Mein Dad hat mir ein paar praktische Fragen gestellt. Meine Mutter hat mich überwiegend mit Schweigen gestraft. Aber am Ende hat mein Vater sie überredet, es mir nicht so schwer zu machen.«

»Wirklich? Wie ist ihm das denn gelungen?«

»Es war echt unglaublich. Er hat gesagt, er habe gestern den ganzen Abend und heute den ganzen Tag darüber nachgedacht. Er hat sie daran erinnert, wie ihre eigenen Eltern – die Familie hatte schon immer Geld – sie behandelt haben, als sie verkündete, sie wolle einen Mann heiraten, den sie auf dem College kennengelernt habe und der einen Familienbetrieb oben im Norden betreibe. Dass sie ihr gesagt hätten, es sei unter ihrer Würde, ein Landhotel zu führen. Und dass *alle* ihnen gesagt hätten, es sei verrückt, noch mehr Land zu kaufen und einen Weinberg anzulegen.« Als ich weitersprach, hatte ich einen Kloß im Hals. »Dann hat er ihre Hand genommen und sie daran erinnert, dass sie sich immer einig gewesen seien, dass die Erziehung von Kindern die schwierigste und wichtigste Aufgabe sei, die sie jemals übernehmen würden …, dass diese Aufgabe jetzt aber erledigt sei. Sie seien zwar immer noch Eltern, aber ihre Kinder wären mittlerweile erwachsen, und sie müssten darauf vertrauen, kluge, freundliche und verantwortungsbewusste Menschen großgezogen zu haben, die sich nicht davor fürchten, sich der Welt zu stellen und ihre Träumen zu verwirklichen. Andernfalls, meinte er noch, hätten sie versagt.«

»Wow. Wie hat sie es aufgenommen?«

»Sie hat ein paar Tränen vergossen. Aber am Ende hat sie sich einsichtig gezeigt. Sie hat zugegeben, dass ihr Klammern vielleicht mehr mit ihr selbst zu tun hat als mit mir. Ihre Identität hing so viele Jahre vor allem daran, eine überfürsorgliche Mutter zu sein. Sie hat Angst, dass sie sich verloren fühlt, wenn das wegfällt, und sie kann sich nicht vorstellen, wie die nächste Etappe ihres Lebens aussehen soll.«

Er schwieg einen Moment lang. »Das kann ich nachvollziehen.«

»Mein Dad hat ihr erklärt, es könnte so werden, wie sie es sich wünscht. Dann sagte er noch, sie sollten vielleicht aufhören, nur darüber zu reden, mehr zu reisen, und es stattdessen einfach tun. Die Jahre genießen, die ihnen noch bleiben, solange sie sich noch jung genug dafür fühlen.«

»Was hat sie darauf geantwortet?«

Ich lachte. »Sie hat drei Dinge gesagt. Erstens, dass sie liebend gern mehr reisen würde, vor allem, um ihre Enkelkinder zu besuchen. Zweitens, dass das aber nur funktionieren könne, wenn er sich bereit erklärt, beruflich etwas kürzerzutreten. Er sollte sich also wirklich einen Plan für seinen Ruhestand zurechtlegen. Und drittens, dass sie sich noch *mehr* Enkelkinder wünscht. Dann hat sie mir einen vielsagenden Blick zugeworfen.«

»Einen Blick? Was denn für einen Blick?«

»Einen, der besagt: *Besteht irgendeine Hoffnung, dass du mir irgendwann ein Enkelkind schenkst?*«

Er hustete. »Du hast doch noch drei kinderlose Schwestern. Warum macht sie ausgerechnet dir Druck?«

»Keine Ahnung. Vielleicht überlegt sie, dass April inzwischen eine Familie gegründet hätte, wenn sie eine haben wollte? Oder dass Meg zu sehr darauf bedacht ist, Karriere zu machen? Oder dass man Chloe nicht zutrauen kann, Kinder großzuziehen, die nicht genau solche kleinen Teufelsbraten werden, wie sie einer war?«

»Willst du überhaupt Kinder?«

»Oh, definitiv«, bejahte ich. »Ich habe mir schon immer welche gewünscht. Und ich habe den Arzt gefragt, ob mein Herz bei einer Schwangerschaft Schwierigkeiten machen könnte. Das hat er verneint. Ich kann problemlos Kinder bekommen.«

»Das ist … das ist gut.«

Angesichts der Furcht in seiner Stimme musste ich lächeln. »Keine Sorge. Ich habe es nicht eilig.«

Er lachte. »Das ist noch besser.«

Ich berichtete ihm haarklein von meinem Gespräch mit Maxima und erzählte ihm, dass ich wegen eines Treffens mit Natalie Haas, der Besitzerin von *Coffee Darling*, auf ihre Rückmeldung wartete.

»Oh ja, das Café kenne ich. Ich glaube, die Besitzerin hieß früher Nixon. Sylvia und ich haben mit ihrer Schwester Jillian den Highschool-Abschluss gemacht.«

»Wirklich? Cool, das werde ich erwähnen, wenn ich sie treffe.« Ich holte tief Luft und wackelte unter der Bettdecke mit den Zehen. »Ich will es nicht beschreien, aber ich habe ein gutes Gefühl bei der Sache.«

»Das freut mich.«

»Sobald ich kann, sehe ich mir das Café an.«

»Ich freue mich wirklich total für dich, Frannie.«

»Danke. Ich freu mich auch.«

»Oh Scheiße. Bleib mal eine Sekunde am Apparat.« Im Hintergrund waren gedämpfte Stimmen zu hören, dann war er wieder in der Leitung. »Tut mir leid, ich muss Schluss machen, Winnie ist wach. Sie hat etwas unter ihrem Bett gehört, und jetzt muss ich nachsehen, ob dort Ungeheuer sind.«

»Alles gut. Umarm sie von mir. Wir sehen uns morgen.«

»Ja, bis morgen.«

Ich stellte meinen Wecker, legte mein Handy wieder auf den Nachttisch, schaltete meine Lampe aus und ließ mich in die Kissen sinken. Es war wahrscheinlich voreilig, so ein positives Gefühl wegen der Sache zu haben, aber ich konnte es nicht unterdrücken.

Mein eigenes Unternehmen, mehr Unabhängigkeit, Mack … all das, was ich mir im Leben am meisten gewünscht hatte, war plötzlich in greifbare Nähe gerückt.

# Kapitel 20

Mack

Winnie war ziemlich schnell wieder eingeschlafen, und ich kehrte in mein Zimmer zurück. Die Tür ließ ich offen für den Fall, dass sie noch mal nach mir rief. Ich zog mich aus, putzte mir die Zähne und schlüpfte ins Bett, wo ich mit geschlossenen Augen und hinter dem Kopf verschränkten Händen dalag.

Aber irgendwie war ich unruhig, und ich konnte mich einfach nicht entspannen.

Sie wollte Kinder, und das war keine Überraschung. Man brauchte sich nur anzusehen, wie großartig sie mit meinen umging. Aber für mich kam das nicht infrage. Nie und nimmer würde ich noch mehr Kinder bekommen. Scheiße, ich würde durchdrehen. Und was schlaflose Nächte anging – am einen Ende des Spektrums hätte ich Teenager, die ständig die Augen verdrehten und sich gegen alles auflehnten, am anderen schreiende Säuglinge in schmutzigen Windeln und Kleinkinder mit Tobsuchtsanfällen, ganz zu schweigen von den Kindern dazwischen, die auch noch Aufmerksamkeit brauchten. Ich konnte das einfach nicht. Es gab nicht genug von mir für alle. Musste ich Frannie wissen lassen, dass *diese* Art von Zukunft mit mir außer Frage stand?

Oder war das einfach nur dumm? Nur weil sie irgendwann einmal eine Familie wollte, hieß das nicht, dass sie an eine Familie mit *mir* dachte, oder? Sie hatte gesagt, sie habe es nicht eilig. Mann, das mit uns lief erst seit zwei Wochen.

Ich drehte mich auf den Bauch, drückte mir das Kissen auf den Kopf und zwang mich, nicht länger darüber nachzudenken. Endlich schlief ich ein.

Sie kam am Donnerstag vorbei, um auf die Mädchen aufzupassen, und ich war wegen eines überlangen Meetings spät zu Hause. Als ich eintraf, roch es ganz köstlich, und ich fand sie alle im Wohnzimmer vor. Felicity und Winnie sortierten gerade Valentinskarten auf dem Sofa, und Frannie und Millie stellten auf dem Fußboden mit weißen T-Shirts, Klebstoff und Glitter irgendwas an. Ich erkannte eins meiner Shirts wieder.

»Ist das beschissener Glitter?«, fragte ich scharf und beobachtete voller Entsetzen, wie Millie händeweise rosa und roten Funkelscheiß über Klebstofflinien auf meinem T-Shirt warf.

»Ja, aber mach dir deswegen keine Sorgen. Wenn wir es abschütteln, ist nicht mehr so viel davon dran.«

Daraufhin musste Frannie so heftig lachen, dass sie umkippte und auf dem Rücken liegenblieb.

»Und worüber lachst du, he?« Ich stupste mit dem Fuß gegen ihr Bein. »Vielleicht nehme ich dein Angebot, an meiner Stelle in der Modenschau aufzutreten, doch noch an.«

»Vergiss es«, sagte sie. »Du hast es versprochen.«

»Genau.« Millie griff nach der Flasche mit Klebstoff

und warf mir einen altklugen Blick zu. »Und es war deine Idee.«

»Ich brauche ein Bier«, verkündete ich.

»Ich habe dir etwas zum Abendessen gemacht«, sagte Frannie und stand auf. »Es steht im Ofen, damit es warm bleibt.«

»Ist es das, was hier so gut riecht? Das hättest du nicht zu tun brauchen.«

Sie lächelte. »Es ist nur ein Auflauf. Keine große Sache.«

»Oh doch. Und ich weiß es zu schätzen. Haben die Mädchen schon gegessen?«

»Ja, deshalb werde ich jetzt auch mal langsam aufbrechen. Tschüss, Mädels. Alles Gute zum Valentinstag!«

»Alles Gute zum Valentinstag!«, riefen sie zurück.

Fuck, das hatte ich ganz vergessen. Den ganzen Tag hatte ich mir immer wieder vergegenwärtigt, dass ich nicht vergessen durfte, irgendwo anzuhalten und eine Kleinigkeit für Frannie zu besorgen, aber bei der Arbeit war es ziemlich hoch hergegangen, und dann war ich so spät dran gewesen … Gott, ich war wirklich ein beschissener Liebhaber.

Ich folgte ihr in die Küche. Nachdem ich hinter mich geschaut hatte, um mich davon zu überzeugen, dass die Mädchen uns nicht beobachteten, zog ich sie in den Flur, öffnete die Tür zur Garderobe und zog sie mit hinein. Sie kicherte, als ich die Tür schloss und pechschwarze Finsternis uns umgab.

»Was hast du vor?«, flüsterte sie, ihre Stimme gedämpft von all den Mänteln.

»Ich stehle mir zum Valentinstag dreißig Sekunden allein mit dir.« Ich schlang die Arme um sie. »So ist es, mein Valentinsschatz zu sein. Ist das nicht romantisch?«

Sie kicherte. »Total romantisch.«

»Ich wünschte, wir hätten ein wenig Zeit allein miteinander. Und ich hätte dir etwas besorgen sollen. Blumen oder Pralinen oder sonst irgendetwas.«

»Ich will keine Geschenke, Mack. Ich will nur dich.«

»Aber nicht einmal das kann ich dir geben. Jedenfalls nicht so, wie ich es mir wünsche.«

Sie legte mir die Hände auf die Brust. »Halt die Klappe und küss mich.«

Ich versuchte es, aber es war so dunkel hier drin, dass ich beim ersten Mal ihre Lippen verfehlte und am Ende ihr Kinn ableckte. Wir lachten und küssten uns, aber da ging plötzlich die Tür auf, und Winifred starrte uns an.

»Was macht ihr da drin?«, fragte sie.

»Ich habe … eine Glühbirne gewechselt«, stammelte ich, hob die Hand und zog an der Schnur, die von der nackten Glühbirne herabhing. Das Licht sprang an. »Oh, gut. Jetzt funktioniert es wieder.«

»Und was hat Frannie hier gemacht?«, fragte Winnie und musterte uns durchdringend, während wir aus der Garderobe kamen.

»Ich habe deinem Vater geholfen«, erklärte Frannie, nahm ihre Jacke vom Haken und versuchte, nicht in Lachen auszubrechen.

»Kannst du ihm auch helfen, einen Nachtisch zu machen?«, erkundigte Winnie sich hoffnungsvoll.

»Nein, sie hat zu tun, Winn.« Ich schnappte mir meine Jüngste und nahm sie liebevoll in den Schwitzkasten. »Wir sehen sie morgen wieder.«

»Tschüss.« Frannie zog ihren Reißverschluss hoch und öffnete die Tür. Ihre Wangen waren dunkelrot, und sie konnte nicht aufhören zu grinsen. »Wir sehen uns morgen.«

Am nächsten Tag fühlte ich mich immer noch schuldig, weil ich ihr nicht mal ein kleines Geschenk zum Valentinstag gemacht hatte, nachdem sie so lange bei meinen Töchtern geblieben war und mir sogar noch ein Abendessen gekocht hatte. Ich konnte ihr natürlich mehr Geld geben, und das hatte ich auch vor, aber ich wollte darüber hinaus etwas für sie tun. Konnte ich ihr etwas zur Arbeit mitbringen? Kaffee? Einen Muffin? Eine Karte? Einem Impuls folgend bog ich auf den Parkplatz einer Drogerie ein.

Im Gang mit den Grußkarten fand ich einen schon ziemlich durchwühlten Rest Valentinskarten. Es herrschte verdammtes Chaos. Überfordert ging ich weiter zu der Es-tut-mir-leid-Abteilung und hielt nach irgendwas Passendem Ausschau.

Es gab Karten mit Rosen und schicken, schnörkeligen Entschuldigungen, Karten mit Kätzchen und Entschuldigungen in Schreibschrift, Karten mit Illustrationen und witzigen Zitaten, inspirierenden Sprichworten und Versprechen, es in Zukunft besser zu machen. Ich las ungefähr tausend Stück und wurde von Sekunde zu Sekunde unruhiger. Irgendwie hätte ich gut Lust gehabt, den ganzen Ständer leer zu kaufen – früher oder später würde ich sie wahrscheinlich alle brauchen.

Am Ende schnappte ich mir eine Karte mit einer Zeichnung von einem Lolli mit der Aufschrift: I SUCK. (SORRY.)

Ich bezahlte die Karte und lief zurück zu meinem Auto, wo ich schnell ein paar Worte auf die Innenseite kritzelte.

*Tut mir leid, dass es gestern nicht romantischer war. Ich werde es wiedergutmachen.*
*Mack.*

Ich schob die Karte in den Umschlag, schrieb *Frannie* vorne drauf und steckte ihn in meine Jackentasche.

Mein nächster Zwischenstopp war der Blumenladen, wo ich ein Dutzend rote Rosen kaufte. Zurück in meinem Wagen steckte ich die Karte zwischen die Blumen und fuhr zur Arbeit. Unterwegs wurde mir klar: Falls jemand anders an der Rezeption saß, wäre für denjenigen wahrscheinlich verdammt offensichtlich, was los war. Aber ich kam zu dem Schluss, dass es mich nicht kümmerte.

Sie saß tatsächlich nicht an der Rezeption, als ich im Hotel ankam – sondern ihre Mutter. In dem Moment fiel mir auch wieder ein, dass Frannie freitags nie am Empfang arbeitete.

»Oh, guten Morgen«, sagte Daphne Sawyer und lächelte mich an, als ich mich mit den Rosen näherte. »Und wer ist die Glückliche?«

Mein Magen verkrampfte sich, aber ich sagte die Wahrheit. »Ähm, die Blumen sind für Frannie. Sie kümmert sich immer so großartig um die Kinder, und gestern ist sie bis spät abends geblieben und hat gekocht … ich wollte einfach zu erkennen geben, wie sehr ich ihre Hilfe zu schätzen weiß.«

Ihr Lächeln wurde breiter. »Das ist aber nett. Sie arbeitet heute Morgen nicht, aber soweit ich weiß, ist sie zu

Hause. Warum bringen Sie ihr die Blumen nicht einfach hoch?«

»Vielleicht mach ich das tatsächlich, danke.« Ich ging in mein Büro und war froh darüber, dass Daphne nicht irritiert und auch nicht allzu überrascht gewirkt hatte, dass ich ihrer Tochter Blumen mitbrachte. Vielleicht hatte Frannie recht, und ihre Eltern wären wegen einer Beziehung zwischen uns weder schockiert noch wütend.

Als ich im Büro war, schickte ich ihr eine Nachricht.

Morgen, meine Schöne. Was treibst du gerade?

Stecke bis zu den Ellbogen in Kuchenteig. Ich muss richtig viel backen. Ausgebuchtes Wochenende. Veranstaltungen an allen drei Abenden.

Stimmt ja, das Wochenende vor dem President's Day. Ist das Hotel auch ausgebucht?

Ja.

Das bedeutete, dass sie vollauf beschäftigt war und wahrscheinlich gar keine Zeit für mich hatte, aber ich brannte darauf, ihr die Rosen zu überreichen und mir zumindest ein paar Minuten allein mit ihr zu sichern. Also beschloss ich, mich in der Mittagspause zu ihr hochzuschleichen.

Doch ich hielt nur bis halb zehn durch, weil ich nicht länger warten konnte, dann ging ich verstohlen die Treppe zu ihrem Appartement hinauf, den Blumenstrauß hinter dem Rücken versteckt.

Als sie mir die Tür öffnete, wirkte sie überrascht, aber

erfreut. Und verdammt entzückend – ihr Haar war zu einem großen, unordentlichen Knoten auf ihrem Kopf aufgetürmt, und auf der Wange hatte sie einen Klecks rosafarbenen Kuchenteig.

»Hey«, begrüßte sie mich mit einem strahlenden Lächeln. »Was machst du denn hier?«

»Ich habe dir was mitgebracht.« Ich hielt ihr die Blumen hin.

Sie schnappte nach Luft. »Wofür sind die denn?«

»Zum Valentinstag. Wegen allem, was du für mich tust.« Außerstande, der Versuchung zu widerstehen, fasste ich sie um die Taille und küsste sie. Sie schmeckte süß – nach Erdbeeren und Sahne.

»Das wäre doch nicht nötig gewesen. Aber trotzdem danke.« Sie schaute an sich herunter, auf ihr T-Shirt und die Jogginghose. »Ich wünschte, ich hätte gewusst, dass du kommst. Ich sehe furchtbar aus.«

»Du bist wunderschön.« Ich besah mir ihr Haar. »Aber ich glaube, sogar ich hätte einen besseren Dutt hinbekommen.«

Lachend schlug sie mir gegen die Brust. »Jetzt wirst du aber dreist.«

»Oh, das war ich schon immer.«

»Willst du reinkommen?«, fragte sie. »Oder musst du zurück zur Arbeit?«

»Ich sollte eigentlich weitermachen«, antwortete ich widerstrebend.

»Nur für ein paar Minuten?« Sie stellte sich auf die Zehenspitzen.

Scheiße, sie war so süß. »In Ordnung. Ein paar Minuten, aber länger kann ich wirklich nicht. Ich treffe mich in einer halben Stunde mit deinem Dad und DeSantis.«

»Ich gelobe feierlich, dich bis dahin hinauszuwerfen.« Grinsend machte sie mir Platz, und ich trat in ihre Wohnung, die genauso gut roch, wie Frannie schmeckte.

»Lass mich nur schnell eine Vase für die Blumen suchen.« Sie legte den Strauß auf die Theke und zog die Karte hervor. Während sie las, breitete sich ein Lächeln auf ihrem Gesicht aus. »Oh, danke.«

»Gern geschehen. Es ist nur eine Kleinigkeit, aber ich wollte dich wissen lassen, dass ich an dich gedacht habe. Und dass ich weiß, was für ein Glück ich habe, dass du Teil meines Lebens bist.«

»Mir geht es genauso.«

»Deine Mom hat mich mit den Blumen gesehen und wollte wissen, für wen sie sind.«

Frannie klappte der Unterkiefer herunter. »Was hast du ihr erzählt?«

»Tatsächlich habe ich die Wahrheit gesagt.« Und plötzlich fühlte sich das ausgesprochen gut an.

»Wirklich?« Sie legte die Karte beiseite, schlang mir die Arme um den Hals und drückte mich fest an sich. »Das macht mich so glücklich!«

Ich legte meinerseits die Arme um sie, drückte sie an mich und hob sie hoch. »Das freut mich.«

»War meine Mutter überrascht?«, fragte Frannie.

»Nicht so sehr, wie ich erwartet habe. Es schien in Ordnung für sie zu sein.«

»Hab ich's dir doch gesagt.« Dann atmete sie tief ein. »Mmmh. Du riechst so gut.«

»Du riechst auch gut. Ich könnte dich auf der Stelle vernaschen.« Nur zum Spaß biss ich ihr zart in die Kehle.

Kreischend versuchte sie, sich aus meinen Armen zu befreien, aber ich hielt sie fest. Ließ den Mund auf ihrem Hals, leckte, saugte und küsste ihre süß schmeckende Haut, und bevor ich wusste, was ich tat, schob ich sie rückwärts in ihr Schlafzimmer und riss ihr die Kleider herunter, während sie zugleich an meinen zerrte. Bald darauf hatte ich mich in ihr versenkt, und sie lag unter mir auf der Überdecke, die Hände gegen das Kopfbrett gestemmt, damit sie nicht mit dem Kopf dagegen knallte. Es war so schnell vorbei, wie es begonnen hatte, und wir rangen beide heftig nach Luft, während unsere Körper gemeinsam in kurzen, ekstatischen Kontraktionen pulsierten. Im selben Moment ging der Ofentimer in der Küche los.

Lachend kamen wir wieder zur Besinnung, und Frannie schaute mich an. »Gutes Timing.«

»Heißt das, du musst dieses Bett verlassen?«

»Bedauerlicherweise ja.«

»Ich will nicht, dass du gehst.«

»Ich komme gleich wieder.«

Widerstrebend erlaubte ich ihr, sich unter mir herauszuwinden. Zuerst lief sie ins Badezimmer, dann in die Küche, und einen Augenblick später ging der Timer aus. Ich hörte sie die Ofentür öffnen und schließen, und dann war sie auch schon wieder im Schlafzimmer.

»Ich habe nur noch ein paar Minuten«, sagte sie, als sie zurück ins Bett sprang. »Und du auch. Um wie viel Uhr fängt noch mal dein Meeting an?«

Ich setzte mich auf. »Scheiße! Das habe ich total vergessen. Wie spät ist es jetzt?«

»Ein paar Minuten vor zehn.«

»Mist!« Ich sprang aus dem Bett und hielt nach meiner Hose Ausschau. »Mein Meeting beginnt um zehn.«

Frannie lachte, während ich mich hektisch anzog. »Tut mir leid. Ich hätte dich früher rauswerfen sollen.«

Ich warf ihr einen anklagenden Blick zu und mühte mich, mein zweites Bein in die Hose zu bekommen, während ich auf dem anderen Fuß umherhüpfte. »Ja. Das ist alles deine Schuld. Wenn du nicht so gut gerochen hättest und so verdammt süß gewesen wärst, als du die Tür geöffnet hast, wäre ich pünktlich zu meinem Meeting erschienen.«

Sie warf ein Kissen nach mir.

Ich zog den Reißverschluss meiner Hose hoch und stürzte mich auf Frannie, um sie rückwärts aufs Bett zu werfen. »Du willst es so.«

Kichernd schlang sie Arme und Beine um mich. »Hart und oft.«

Ich stöhnte und gab ihr einen schnellen Kuss, bevor ich mich aus ihrer Umklammerung befreite. »Fuck, ich muss gehen. Ich wünschte, ich könnte bleiben.«

»Ich auch.« Seufzend richtete sie sich auf und sah zu, wie ich hastig mein Hemd anzog. »Es war so schön, mal wieder mit dir allein zu sein.«

»Tut mir leid. Ich fühle mich ganz mies, weil wir so was wie das hier nicht einfach jederzeit während der arbeitsfreien Zeit tun können, so wie normale Menschen.«

»Ist schon in Ordnung.« Sie lächelte. »Irgendwie macht diese Heimlichtuerei auch Spaß.«

»Nur dass ich gerade zu spät zu einem Meeting mit deinem *Dad* komme«, sagte ich und betrachtete im Spiegel über ihrer Kommode stirnrunzelnd meine vom Sex völlig durcheinandergeratene Frisur. »Und ich sehe aus, als käme ich geradewegs aus dem Bett.«

Einige Minuten später rannte ich aus ihrer Wohnung, ohne mir die Zeit zu nehmen, meine Schuhe zuzubinden, und ließ sie in einem rosa Frotteebademantel an der Tür zurück. »Wir sehen uns heute Abend zu Hause«, rief sie und lachte, als ich die ersten paar Treppenstufen hinunterstolperte. »Und noch mal danke für die Blumen!«

»Gern geschehen!«, rief ich zurück, und sprang die letzten Stufen hinunter. Während ich in mein Büro zurücklief, gingen ihre Worte mir nicht aus dem Kopf. *Wir sehen uns heute Abend zu Hause.*

Sie gefielen mir.

# Kapitel 21

Mack

Als ich an diesem Abend nach Hause kam, bestellten wir uns Pizza, und Frannie blieb noch, um sich mit uns einen Film anzusehen. Wir saßen nebeneinander auf dem Sofa und konnten unter der Decke zumindest ein paar gerade noch so eben jugendfreie Berührungen austauschen, aber das war so ziemlich alles. Ich traute mich nicht einmal, sie zum Abschied zu küssen, weil ich das Gefühl hatte, dass die Kinder uns genau beobachteten. Vielleicht war es nur Einbildung, aber vor allem Millie schien an diesem Abend ziemlich oft zu uns rüberzusehen.

Am Samstag bekam ich Frannie weder zu Gesicht, noch hörte ich viel von ihr – sie schickte mir morgens nur eine kurze SMS, in der sie mir mitteilte, dass das Hotel in Arbeit unterging. Sie wünschte mir einen gelungenen Tag und ließ dem Ganzen ein kleines rotes Herz folgen. Und es war tatsächlich ein ziemlich gelungener Tag – ich setzte Millie ausnahmsweise einmal pünktlich beim Ballett ab, kaufte ein, putzte, holte ein wenig liegengebliebene Arbeit auf und wusch sämtliche Bettwäsche und Handtücher. Aber die ganze Zeit dachte ich an Frannie, und im Laufe des Tages wurde mir so richtig bewusst, wie sehr ich sie vermisste. Wie sehr ich sie *körperlich* vermisste. Montag hatte ich frei, und das Wissen, dass ich sie bis Dienstag nicht sehen würde, lastete als dumpfer Schmerz auf meiner Brust.

An diesem Abend ging ich mit den Kindern essen. Wir hatten gerade einen Tisch zugewiesen bekommen, als Felicity wie aus heiterem Himmel bemerkte: »Mir fehlt Frannie.«

»Mir auch«, stimmte Winnie ihr zu. »Ich wünschte, sie wäre hier.«

»Dürfen wir sie anrufen, Dad?«, fragte Millie.

Ich räusperte mich. »Nein, sie muss heute Abend arbeiten. Wir sehen sie nächste Woche wieder.«

»Vielleicht könnte sie morgen kommen und uns wieder Zöpfe machen«, schlug Winnie vor.

»Und mir bei meinen Shirts helfen«, fügte Millie hinzu und griff auch schon in ihre Manteltasche, um ihr Handy hervorzuholen. »Ich schicke ihr eine SMS.«

»Nein, tu das nicht.« Ich legte Millie eine Hand auf den Arm, um sie zu stoppen, als würde ich nicht selbst darauf brennen, Frannie zu sehen. »Sie soll das Wochenende für sich haben, okay? Wahrscheinlich kann sie eine Pause von uns ganz gut gebrauchen.«

Das glaubte ich zwar nicht ernsthaft, aber selbst, wenn sie morgen nichts vorhatte … es wurde immer schwieriger, unsere Gefühle vor den Mädchen zu verbergen, wenn wir zusammen waren. Ich konnte einfach meine verdammten Hände nicht bei mir behalten. Und ich war schlicht noch nicht bereit, es ihnen zu sagen – es war zu früh. Außerdem war es mir irgendwie unangenehm, dass ich Frannie auf diese Weise vermisste. Ich wollte sie nicht vermissen. Der Sinn des Ganzen bestand doch darin, einfach etwas Spaß zu haben und mich wieder wie der alte Mack zu fühlen, zumindest für kurze Zeit. Oder etwa nicht?

Aber als ich später im Bett lag, konnte ich der Versuchung nicht widerstehen, sie anzurufen. Sie ging nicht dran, und ich hinterließ keine Nachricht.

Ein paar Minuten später rief sie mich zurück. »Hi. Tut mir leid, dass ich deinen Anruf verpasst habe. Chloe brauchte heute Abend Hilfe, daher schenke ich gerade bei einer Weinprobe für so ein blödes Firmending Wein aus.«

»Das bedeutet dann wohl, du hast keine Zeit, mir schmutzige Sachen ins Ohr zu flüstern.«

Sie lachte. »Nein, eher nicht. Das könnte peinlich werden. Wie war dein Tag?«

»Gut. Nicht besonders aufregend.« Ich setzte sie über die Details ins Bild. »Die Mädchen haben dich beim Abendessen vermisst. Sie wollten dich anrufen.«

»Oooh. Tut mir leid, dieses Wochenende ist total verrückt.«

»Ich weiß. Ich habe ihnen erklärt, dass du arbeiten musst.« Ich zögerte, hin- und hergerissen zwischen dem Wunsch, ihr zu gestehen, dass ich sie ebenfalls vermisst hatte, und der Scheu, es laut auszusprechen, als wäre es, wenn ich schwieg, weniger wahr. »Ich sollte dich weiterarbeiten lassen.«

»Okay. Rufst du mich morgen an, falls du es einrichten kannst?«

»Mach ich«, antwortete ich.

Aber ich tat es nicht.

Am Sonntagabend rief meine Mutter an. Felicity nahm den Anruf am Küchentelefon entgegen, und vom Esszimmertisch aus, wo ich Wäsche zusammenlegte, hörte ich sie aufgeregt berichten, wie Winnie letztes Wochenende von Tante Jodies Kellertreppe gestürzt war. Das erbitterte Winnie, die gerade an der Theke eine Kleinigkeit aß und jedes Wort ihrer Schwester mithören konnte.

Die drei Enkelinnen wechselten sich nacheinander ab, um mit Grandma zu reden, und mir gelang es währenddessen, die gesamte Wäsche zu falten, nach oben zu bringen und dann auch noch die Spülmaschine einzuschalten. Millie war die letzte, die mit ihrer Großmutter plauderte, und sie erzählte meiner Mom von der Modenschau.

»Ja genau, es sollte eigentlich eine Mutter-Tochter-Sache sein, aber sie haben erlaubt, dass Daddy teilnimmt.« Dann lachte sie. »Wir machen uns unsere eigenen Outfits. Frannie hilft mir.«

Während ich die Arbeitsflächen abwischte und den Küchenboden fegte, stöhnte ich innerlich auf bei dem Gedanken, in der Öffentlichkeit dieses elendige Glitzer-T-Shirt tragen zu müssen.

»Okay. Hab dich auch lieb. Tschüss.« Millie reichte das Telefon an mich weiter. »Darf ich noch ein bisschen fernsehen?«, fragte sie.

»Erst duschen.«

Sie nickte. »Geht klar.«

Ich zog sie am Zopf und hob den Hörer ans Ohr. »Hi, Mom.«

»Hi, Liebling. Wie geht es dir?«

»Gut. Viel zu tun. Und dir?«

»Mir geht es ganz großartig. Wir können es kaum erwarten, euch zu besuchen.«

»Wir freuen uns auch darauf.« Es war nicht völlig gelogen, obwohl meine Mutter bisweilen ein wenig erdrückend sein konnte. Und es gab keine Situation, in der sie sich nicht genötigt fühlte, ihre Meinung zum Besten zu geben. Ich lehnte mich an die Theke. »Ihr kommt morgen an?«

»Ja. Wir werden zwei Nächte bei Jodie verbringen und dann für drei Nächte zu dir runterfahren. Ist das immer noch in Ordnung?«

»Ja, das ist perfekt. Die Hochzeit findet Samstag statt, aber am Freitag ist das Probedinner, und ich soll am Donnerstagabend Woods Gesellschaft leisten.«

»Und wer ist die Braut? Kenne ich sie?«

»Es ist Ruth Gardners Enkelin. Sie lebt in Detroit.«

Meine Mutter schnalzte mit der Zunge. »Oh, die liebe Ruthie Gardner. Wie geht es ihr?«

»Gut.«

»Und was ist mit dir? Die Mädchen haben mir erzählt, dass ihr eine ziemlich anstrengende Woche hinter euch habt. Die arme Winnie!«

Ich seufzte. »Ja.«

»Alle haben viel von Frannie gesprochen.«

Bei der Erwähnung ihres Namens schlug mein Magen einen Purzelbaum. »Ja. Sie hat uns sehr geholfen. Sie macht das großartig mit den Mädchen.«

»Hört sich an, als würden sie sie vergöttern.«

»Das tun sie auch.«

»Und mir scheint, sie verbringt eine Menge Zeit mit ihnen.«

Bildete ich es mir nur ein, oder lag ein vorwurfsvoller Unterton in der Stimme meiner Mutter? Ich geriet ein wenig in die Defensive. »Na ja, Miriam Ingersoll hat sich vor einigen Wochen das Bein gebrochen, daher musste Frannie einspringen. Sie war etwas öfter bei den Mädchen als sonst.«

Meine Mutter schnappte nach Luft. »Oh nein! Die arme Miriam. Gott sei Dank hattest du zusätzliche Unterstützung.« Ihre Stimme klang jetzt wieder neugierig. »Ich habe gehört, Frannie tut bei dir zu Hause mehr, als nur die Kinder zu hüten.«

Ich hätte mich beinahe verschluckt. »Was? Wer hat das behauptet?«

»Felicity hat gesagt, sie kocht öfter das Abendessen.«

»Oh.« Ich entspannte mich ein wenig. »Ja, stimmt. Das tut sie manchmal, wenn ich Überstunden machen muss.«

»Das ist schrecklich nett von ihr.«

»Sie kocht gern für andere«, sagte ich, schon wieder in der Defensive. »Und sie lebt allein, daher bekommt sie nicht oft die Gelegenheit dazu.«

»Wie alt ist Frannie eigentlich inzwischen? Als ich sie das letzte Mal gesehen habe, war sie ungefähr in Millies Alter.«

»Sie ist siebenundzwanzig.«

»Und du hast gesagt, sie lebt allein?«

»Ja.« Plötzlich wusste ich, worauf das hier hinauslief.

»Ist sie attraktiv?«

*»Mom.«*

»Was? Ich versuche lediglich, sie mir vorzustellen«, entgegnete sie unschuldig.

Ich atmete aus. Zählte bis drei. »Ja. Sie ist ein hübsches Mädchen.«

»Ist da was zwischen euch beiden?«

»Bitte, Mom!«

»Ich frage nur, weil ich denke, dass du sehr vorsichtig

sein musst. Die Mädchen haben so viel durchgemacht, und es könnte verwirrend und schmerzhaft für sie sein, dich so bald mit einer anderen Frau zu sehen.«

»Das *weiß* ich.«

»Ich sage nicht, dass du für den Rest deines Lebens allein bleiben sollst, aber sie sind noch so klein und wahrscheinlich immer noch traumatisiert, dass ihre Mom mit einem anderen Mann davongelaufen ist. Unbewusst haben sie wahrscheinlich Angst, dich auf die gleiche Weise zu verlieren. Es ist wichtig, dass sie sich zu einhundertzehn Prozent sicher sind, dass sie die wichtigsten Menschen in deinem Leben sind.«

»Das sind sie ja auch«, blaffte ich. »Das brauchst du mir nicht zu erzählen.«

»Und vielleicht wäre es das Beste, dich nicht mit ihrem geliebten Kindermädchen einzulassen«, sprach sie weiter. »Ich meine, was passiert, wenn ihr zwei euch streitet und sie hinschmeißt? Dann verlieren die Mädchen auch noch sie.«

»Und das wäre meine Schuld. Schon verstanden.«

»Ich mache dir überhaupt keinen Vorwurf, Liebling. Ich weiß, wie schwer das alles für dich gewesen ist, und ich finde es schrecklich, dass wir nicht häufiger da sind, um dich zu unterstützen. Aber diese extreme Kälte bei euch ist schlecht für Daddys Blutdruck.«

»Wir kommen bestens klar, Mom. Ich schaffe das schon.«

»Natürlich tust du das. Du bist ein wunderbarer Vater, und ich weiß, dass du die Mädchen abgöttisch liebst. Aber mir ist auch klar, wie einsam du sein musst, und wenn man so häufig ein hübsches junges Mädchen in seiner Nähe hat, kann ich mir schon vorstellen, dass es verführerisch wäre … die Situation auszunutzen.«

»Ich nutze gar nichts aus!«, brüllte ich.

»Schon gut, schon gut. Ich wollte dich nicht aufregen, ich möchte lediglich sichergehen, dass die Kinder geschützt sind.«

Ich schloss die Augen und biss die Zähne fest aufeinander. Ich wusste, dass sie es nur gut meinte, aber ich war kurz davor auszurasten. Dachte sie wirklich, ich würde den Ernst der Lage nicht begreifen? Dachte sie, ich nähme das alles auf die leichte Schulter? »Die Kinder haben bei mir oberste Priorität, Mom. Das war schon immer so, und es wird so bleiben, ganz egal, was passiert.«

»Gut. Also, dann sehen wir uns am Donnerstag, mein Lieber.«

»Gute Reise.« Ich legte auf und stand einen Moment dampfend vor Wut einfach nur da und wünschte, ich hätte einen schweren Boxsack im Haus, auf den ich einprügeln könnte. Oder ein Motorrad, mit dem ich tagelang hätte verschwinden können. Ich wünschte mir, eine halbe Flasche Whiskey runterkippen und meine Gefühle ertränken zu können.

Aber nichts von alldem stand mir offen, denn oben warteten die Kinder darauf, dass ich sie ins Bett brachte, denn das war meine Aufgabe.

Jeden. Verdammten. Abend.

Später, als ich im Bett lag und die Worte meiner Mutter immer noch schwer auf mir lasteten, summte mein Handy. Die verdammte Carla. Ich hätte den Anruf ignorieren sollen, aber irgendwie hatte ich wohl das Bedürfnis, mich zu bestrafen.

»Hallo?«

»Wer ist Frannie?«

»Was?«

»Frannie. Millie hat mir das ganze Wochenende SMS geschickt, und ständig hieß es Frannie hier, Frannie da. Wer ist das?« Nach dem Lallen zu urteilen, hatte Carla getrunken.

»Frannie Sawyer, aus dem *Cloverleigh*. Sie passt auf die Kinder auf.«

»Ist sie meine Nachfolgerin?«

»Ich lege jetzt auf, Carla. Du bist betrunken.«

»Fickst du sie?«

»Das geht dich nichts an.«

»Und ob. Ich bin ihre Mutter. Wie kannst du es wagen, irgendein Flittchen ins Haus zu holen? Wie alt ist sie überhaupt? Zweiundzwanzig?«

»Siebenundzwanzig«, antwortete ich, bevor ich mich bremsen konnte.

Sie kreischte vor Lachen. »Nun, ich verstehe ja, warum *du ihr* hinterherläufst, aber was zum Teufel will sie von dir? Glaubt sie etwa, du hast Geld?«

Ich knirschte mit den Zähnen. »Sie weiß, wer ich bin.«

»Oh, dann kann sie Gedanken lesen? Denn mir hast du nie erzählt, wer du bist. Und warum findet Millie sie so toll?«

»Weil sie *da* ist«, antwortete ich zornig. »Und *Anteil* an ihnen nimmt. Sie schenkt ihnen Liebe und Aufmerksamkeit, was mehr ist, als sie von dir bekommen.«

»Ich bin ihre Mutter. Sie sollten mich lieben, egal was passiert.«

»Du bist *weggegangen.*«

»Weil du mich dazu gezwungen hast!«, schrie sie. »Wenn du ein besserer Ehemann gewesen wärst, wäre ich nicht so allein gewesen! Du bist schuld, dass ich gehen musste.«

»Carla.«

»Gib es einfach zu – du wolltest mich damals überhaupt nicht heiraten.«

»Du hast recht. Ich wollte nicht schon so bald heiraten. Wir kannten uns ja erst wenige Monate. Wir waren noch so jung, und ich stand kurz vor einem Einsatz im Irak. Aber ich habe getan, was ich für das Richtige hielt.«

»Ich wollte nie dein Sozialfall sein!«, heulte sie.

»Das warst du auch nicht, und das weißt du. Ich habe mir alle Mühe gegeben, ein guter Ehemann und Vater zu sein.«

»Du hast dir nicht genug Mühe gegeben.«

»Du hast zu viel von mir verlangt, Carla. Was ich auch tat, es war nie genug.«

»Ich wollte nur, dass du mir Beachtung schenkst. Ich wollte, dass du mich *liebst.*«

»Das habe ich auch.« Ich senkte die Stimme. »Aber du warst ständig schlecht gelaunt und am Schmollen. Hast mich für Dinge bestraft, auf die ich überhaupt keinen Einfluss hatte.«

»Wie zum Beispiel, dass du uns ständig allein gelassen hast?«

»Ich konnte mir meine Einsätze nicht aussuchen, Carla. Das weißt du ganz genau.«

»Und als du zurückgekommen bist, hast du dich gefreut, die Kinder zu sehen, aber nicht mich.«

»Das ist nicht wahr.«

»Nun, so hat es sich aber angefühlt. Du warst immer so kalt und distanziert.«

»Ich brauchte Zeit, um mich wieder einzugewöhnen. Das Heimatleben war ein Schock für mich. Das hast du nie verstanden. Du hast mir nie erlaubt, darüber zu reden.«

»Weil ich wollte, dass du es vergisst und der Mann bist, den ich mir erträumt habe. Der Mann, den ich verdient habe. Ich hatte so lange auf dich gewartet, und dann bist du nach Hause gekommen und hast mich enttäuscht.«

»Tut mir leid«, sagte ich grimmig, und wieder überwältigte mich das Gefühl, versagt zu haben.

»Deshalb musste ich so viel Geld für irgendwelchen Scheiß ausgeben«, fuhr sie fort. »Deshalb habe ich getrunken. Ich habe versucht, die Leere auszufüllen, die du in mein Leben gebracht hast.«

Ich atmete tief durch, um ruhiger zu werden. »Ich hoffe, du bist jetzt glücklicher.«

»Das bin ich!«, fauchte sie. »Und da ihr alle so gut ohne mich zurechtkommt, werde ich vielleicht *nie wieder* bei euch auftauchen.«

»Du machst doch sowieso, was du willst, Carla. Das hast du schon immer getan.«

Sie legte einfach auf, und ich warf mein Handy beiseite. Großartig. Jetzt hatte sie noch einen Grund mehr, mir vorzuwerfen, ich hätte das Leben der Kinder ruiniert. Und sie würde den Weg über sie wählen, um es mir heimzuzahlen. Sie wusste, dass das die einzige Möglichkeit war, mir wirklich wehzutun. Morgen würde sie wahrscheinlich Millie erzählen, dass ich ihrer Mutter verboten hätte, sie zu besuchen, und nicht wolle, dass sie sie jemals wiedersah, und vielleicht würde sie sogar behaupten, ich würde das Kindermädchen vögeln. Ich starrte ratlos an die Decke.

Ohne es darauf anzulegen, hatte ich es irgendwie total vermasselt.

Aber das war bei mir ja nichts Neues.

Mit Frannie sprach ich erst am Montagabend wieder. Sie rief etwa Viertel vor zehn an, als ich gerade am Esszimmertisch saß und ein paar Arbeitsmails beantwortete. Es war hart gewesen, sie zwei Tage lang nicht anzurufen und ihr auch keine Nachrichten zu schicken, aber wann immer ich darüber nachgedacht hatte, fiel mir wieder ein, was meine Mutter gesagt hatte, und ich wurde von Schuldgefühlen überwältigt.

»Hallo?«

»Hey, willst du mal raten?«

»Was denn?«

»Ich habe gerade mit Maxima gesprochen. Sie hat erzählt, Natalie aus dem *Coffee Darling* sei völlig aus dem Häuschen, und wir haben für morgen um vier Uhr ein Treffen vereinbart.«

»Das ist ja großartig.«

»Ich weiß, es ist viel verlangt und bei deinem vollen Terminplan wahrscheinlich unmöglich, also ist es völlig okay, wenn du es nicht einrichten kannst, aber wenn es irgendeine Chance gäbe …«

»Scheiße, Frannie. Ich werde von Minute zu Minute älter.«

Sie kicherte nervös. »Entschuldige. Ich habe mich einfach nur gefragt, ob du mich vielleicht begleiten willst.«

Natürlich wollte ich. Ich wollte alles Möglichen für sie tun, und in einer perfekten Welt wäre ich dazu auch in der Lage gewesen. Leider war die Wirklichkeit von Perfektion weit entfernt. Doch das hier schien mir machbar zu sein, und es machte auch von außen gesehen keinen übertrieben romantischen Eindruck. »Ich richte es ein, allerdings kann es sein, dass wir uns dann direkt dort treffen müssen. Ich habe DeSantis gesagt, dass ich mir einige Apparaturen für Abfüllanlagen ansehe, die sie drüben bei *Abelard Vineyards* auf der Halbinsel Old Mission haben. Aber bis vier müsste ich eigentlich fertig sein.«

»Okay. Wunderbar. Ich bin so aufgeregt, Mack. Richtig, richtig und viel zu voreilig aufgeregt. Aber irgendwas an der Sache fühlt sich einfach richtig an. Ich meine, es ist so dumm, aber ich denke die ganze Zeit: Was, wenn der Träger von Maxima Radleys Hochzeitskleid nicht gerissen wäre? Was, wenn ich an diesem Abend nicht an der Rezeption eingesprungen wäre? Was, wenn ich das Toilettenpapier unter ihrem Schuh nicht bemerkt hätte?«

Ihre atemlose Begeisterung brachte mich zum Lächeln. »Dann ist es Schicksal, was? Mit ein wenig Unterstützung von Charming-Toilettenpapier?«

Sie lachte, und bei dem Laut schnürte sich mir die Brust zusammen. »Ja. Genau. Aber Schicksal allein genügt nicht – ich muss mir auch nehmen, was das Schicksal mir vor die Nase hält. Weißt du, was ich meine?«

»Natürlich.«

»Und schau uns an. Ich meine, was wäre, wenn Mrs Ingersoll sich nicht das Bein gebrochen hätte? Was, wenn es in dieser Nacht nicht so viel geschneit hätte? Was, wenn du in der Lage wärst, in weniger als fünf Minuten ein Kissen zu beziehen?«

Ich verzog das Gesicht. »Das ist kein Schicksal, das ist einfach Unfähigkeit.«

»So oder so – ich war da, aber du musstest dir trotzdem auch nehmen, was du haben wolltest.« Ihre Stimme wurde leiser. »Und ich bin wirklich froh, dass du es getan hast.«

»Ich auch«, pflichtete ich ihr bei, und es war keine Lüge. Ich *war* froh, dass ich mir genommen hatte, was ich haben wollte. Aber je mehr Zeit ich mit ihr verbrachte, umso mehr Zeit wollte ich mit ihr haben. Und zwar nicht nur heimlich abgezwackte Zeit, sondern *echte* Zeit, in der wir uns nicht verstecken oder beeilen mussten und keine Angst hatten, erwischt zu werden. Das war unmöglich, ohne es den Kindern zu erzählen, und dafür war es noch zu früh.

Ich hätte mir natürlich auch einen anderen Babysitter suchen und ohne die Kinder Zeit mit Frannie verbringen können. Aber das wiederum würde mir Zeit mit meinen Mädchen wegnehmen, und das wäre egoistisch von mir. Ich hätte ein schlechtes Gewissen, und außerdem würde es ihrer Mutter nur noch mehr Munition liefern.

Ich konnte einfach nicht gewinnen.

# Kapitel 22

Frannie

Am Dienstag parkte ich meinen Wagen ungefähr anderthalb Häuserblocks vom *Coffee Darling* entfernt und ging mit Schmetterlingen im Bauch zu dem Lokal. Meine Stiefel knirschten im Schnee. Mack hatte mir vor ungefähr einer halben Stunde geschrieben, dass er sich verspätete, aber so schnell wie möglich herkommen würde.

Das Café hatte bereits geschlossen – seit zwei Uhr mittags, wie mir das Schild mit den Öffnungszeiten im Fenster verriet –, daher war die Glastür abgeschlossen, als ich um Viertel vor vier versuchte, sie zu öffnen.

Mit rasendem Puls spähte ich durch die Scheibe. Der Raum war schmal und lang, mit einer Theke und ein paar Glasvitrinen auf der linken Seite, während Tische die Wand auf der rechten Seite säumten. Ich klopfte gegen die Scheibe, und einige Sekunden später sah ich eine Frau aus einem Raum kommen, den ich für die Küche hielt. Sie lief um die Theke herum auf die Tür zu, schloss auf und öffnete mir.

»Sie müssen Frannie sein«, begrüßte sie mich mit einem herzlichen Lächeln. »Bitte, kommen Sie doch herein. Es ist eiskalt draußen.«

»Vielen Dank.« Ich trat ein, und sie schloss die Tür hinter mir wieder ab. Sie hatte mittellanges, dunkles Haar, das sie zu einem Pferdeschwanz zusammengebunden hatte, und die Schwangerschaft war ihr schon deutlich anzumerken, auch wenn sie noch nicht so aussah, als würde sie jeden Moment platzen.

»Herzlich willkommen.« Sie hielt mir die Hand hin. »Ich bin Natalie, und …« Sie zuckte lachend die Achseln. »Das hier ist das Café.«

Ich lachte ebenfalls, während ich ihr die Hand schüttelte. »Ich bin Frannie, und ich liebe das Café. Ich war schon mehrmals hier und fand es schon immer ganz entzückend.«

Natalie strahlte. »Danke. Die Location war für mich ein echter Glücksgriff. Ich habe das Café vor fünf Jahren eröffnet, und ich schwöre, wir hatten von Jahr zu Jahr mehr zu tun, selbst außerhalb der Hauptsaison.«

»Wirklich? Das ist ja unglaublich.«

Sie nickte. »Natürlich bekommen wir durch den Tourismus im Sommer erheblich mehr Gäste, aber inzwischen haben wir auch eine ganze Menge Stammgäste von hier. Wollen Sie sich die Küche ansehen? Maxima müsste gleich da sein, aber wir können schon mal nach hinten gehen.«

»Danke. Ich habe auch noch einen Freund gebeten, dazuzustoßen.« Ich schob mir das Haar hinter die Ohren. »Ich hoffe, das ist okay.«

»Natürlich!«

»Tatsächlich kennt er Sie – gewissermaßen. Er hat gesagt, er sei mit Ihrer Schwester Jillian zur Schule gegangen.«

»Wie heißt er denn?«

»Declan MacAllister, aber er wird Mack genannt.«

»Der Name kommt mir tatsächlich bekannt vor.«

»Sie haben vielleicht auch meine Schwester kennengelernt – sie hat im gleichen Jahr ihren Abschluss gemacht. Sylvia Sawyer?«

Sie nickte. »Der Name kommt mir definitiv bekannt vor. Die Welt hier oben ist klein, nicht wahr?«

Ich lachte. »Das stimmt.«

»Aber das mag ich an Kleinstädten.« Sie lächelte mich über ihre Schulter hinweg an. »Folgen Sie mir.«

Sie zeigte mir die Küche, die nicht gerade riesig war, aber sauber, gut organisiert und voller glänzender neuer Geräte. Mir fielen schier die Augen aus dem Kopf, während ich mir alles ansah – die Arbeitsflächen aus Marmor und Holz, die Gestelle auf Rollen für die Töpfe und Pfannen, die wie Soldaten ordentlich aufgereihten Rührmaschinen, die großen Küchengeräte aus Edelstahl. Die Küche war nicht so groß wie die im Hotel, aber sie war zum Backen besser geeignet und wirkte ordentlicher.

»Die Küche ist wunderschön«, sagte ich und strich mit einer Hand über den kühlen Marmor.

»Danke. Kommen Sie, ich führe Sie herum.«

Nachdem sie mir die Küche und das winzige Büro gezeigt hatte, traf auch Maxima ein. Sie stellte einige Fragen, während Natalie den Rundgang vorn im Café beendete. Mack war immer noch nicht da, und ich schaute erneut auf mein Handy. Vor ein paar Minuten hatte ich einen Anruf von ihm verpasst, und er hatte eine Nachricht auf meiner Mailbox hinterlassen. Da es mir unhöflich vorkam, sie sofort abzuhören, schob ich mein Handy zurück in die Tasche, hoffte, dass alles in Ordnung war, und drückte mir die Daumen, dass er es trotzdem noch schaffen würde. Ich war wirklich sehr an seiner Meinung interessiert.

Aber er tauchte nicht auf.

Natalie schenkte allen eine Tasse Kaffee ein, und dann setzten wir uns an einen Tisch an der Wand. Ich holte eine weiße Schachtel mit Macarons aus meiner Tasche, die ich am vergangenen Abend gebacken hatte – pink eingefärbte mit Rosenwassercreme und violette mit Orangen-Lavendel-Geschmack.

Natalie schnappte hörbar nach Luft. »Die sind ja entzückend!«

»Warte mal, bis du sie gekostet hast«, warf Maxima ein.

»Darf ich?«

»Natürlich«, sagte ich, und mir wurde ganz warm vor Stolz. »Ich habe sie extra für Sie mitgebracht.«

Sie wählte ein Lavendel-Macaron und biss hinein. »Oh mein Gott«, murmelte sie. »Es ist köstlich.«

Ich lächelte. »Danke.«

Wir nippten an unserem Kaffee und knabberten Macarons, während wir die verschiedenen Optionen besprachen. Natalie sagte, sie würde das Gebäude zwar notfalls auch verkaufen, wenn sie den richtigen Käufer fände, hinge aber sehr an dem Café und würde es eigentlich vorziehen, einen Partner mit ins Boot zu holen. »Ich weiß, es klingt albern«, sagte sie, und Tränen stiegen ihr in die Augen, während sie sich umschaute, »aber dieses Café ist wie ein Teil von mir. Als ich es eröffnet habe, war ich erst dreiundzwanzig und hatte keine Ahnung, was ich da tat. Direkt hier vor der Tür habe ich mich verlobt. An diesem Café hängen mehr Erinnerungen – an Familie und Freunde und Menschen, die in meinem Leben wichtig waren und sind – als an meinem eigenen Haus. Weil ich einfach mehr Zeit hier verbracht habe. Tut mir leid.« Sie griff nach einer Serviette und tupfte sich damit die Augen ab. »Ich bin immer sehr sentimental, wenn ich schwanger bin.«

»Ist schon in Ordnung«, sagte ich leise. »Ich verstehe Sie gut. An das *Cloverleigh* fühle ich mich auf die gleiche Weise gebunden. In letzter Zeit habe ich häufig darüber nachgedacht, dass ich nicht weiß, ob ich jemals allzu weit wegziehen könnte, weil es ein so wichtiger Teil von mir ist. Ich bin dort aufgewachsen. Meine Wurzeln liegen dort. Mein Herz ist dort.« Ich holte tief Luft. »Aber wenn ich nicht versuche, die Fühler ein wenig auszustrecken, etwas mehr nur für mich zu tun, werde ich mich immer fragen, was passiert wäre, wenn ich es versucht hätte.«

Natalie legte eine Hand auf meine. »Ich weiß genau, was Sie meinen. Und falls dieses Café vielleicht nicht genau das sein sollte, was Ihnen vorschwebt, denke ich, Sie sollten trotzdem auf jeden Fall Ihr eigenes Geschäft eröffnen.« Sie deutete auf die leere Macaron-Schachtel. »Sie sind so talentiert. Ich würde die jeden Tag der Woche in meinem Lokal anbieten.«

»Danke.« Ich schaute zur Tür und wünschte, Mack wäre hier, um mein Selbstbewusstsein zu stärken. »Ich finde dieses Café perfekt. Was ich suche, ist eine Küche, in der ich backen kann, und Thekenfläche für den Verkauf. Außerdem brauche ich Zeit, um für Wochenendveranstaltungen wie Hochzeiten zu backen. Je mehr ich zu tun habe, umso schwieriger lässt sich das in meiner eigenen kleinen Küche bewältigen, vor allem wenn ich Veranstaltungen außerhalb des *Cloverleigh* beliefere.«

»Sind Sie Frühaufsteherin?«, erkundigte sich Natalie. »Bäckereien sind nichts für Nachteulen.«

»Das würde ich definitiv so sagen«, gab ich zurück. »Ich mag Zeitpläne und Routine, und ich halte mich an Fristen. Ich bin sehr organisiert, kontaktfreudig und arbeite gern mit anderen zusammen. Aber ich will ehrlich sein – bei dem Gedanke, mich selbstständig zu machen, bekomme ich weiche Knie.«

»Sind Sie bereit, dazuzulernen?«, hakte Maxima nach.

»Absolut.«

»Und ich bin bereit, mein Wissen weiterzugeben«, erklärte Natalie und legte sich beide Hände auf den Bauch. »Zumindest bis ich dieses Kind im Mai aus mir rauspresse.«

»Weißt du schon, was es wird?«, fragte Maxima.

»Ein Mädchen.« Natalie wurde rot und lächelte. »Ich hätte mich natürlich auch über einen Jungen gefreut. Wir haben bereits einen Sohn und eine Tochter, aber ich habe selbst Schwestern, und diese Verbindung ist etwas ganz Besonderes.«

»Da stimme ich Ihnen zu«, sagte ich. »Ich habe ebenfalls Schwestern.«

»Haben Sie auch Kinder?«, fragte sie und schaute auf meine linke Hand.

»Nein. Noch nicht.« Ich zuckte lächelnd die Achseln. »Hoffentlich eines Tages.«

»Nun, mit einer Geschäftsgründung werden Sie eine Weile ziemlich beschäftigt sein, Sie sollten also nichts überstürzen.« Natalie sah Maxima an. »Okay, was ist jetzt der nächste Schritt?«

Maxima sagte, da es nicht um den Verkauf oder die

Vermietung des Gebäudes gehe, falle das hier zwar nicht direkt in ihr Fachgebiet, aber sie habe unternehmerische Erfahrung und stünde uns gern mit ihrem Rat zur Seite. Sie wiederholte außerdem, dass sie gern in mich investieren würde, falls ich Geld brauchte, um mich bei Natalie einzukaufen.

Ungefähr eine Stunde später verabschiedeten Natalie und ich uns mit einer spontanen Umarmung und dem Versprechen, uns bald wieder zu treffen. Maxima hatte uns empfohlen, eine GmbH für die Partnerschaft zu gründen, falls wir uns dafür entscheiden sollten, die Sache durchzuziehen, aber ich wollte zuerst mit Mack oder meinem Dad reden. Mir schwirrte der Kopf.

Auf dem Weg zu meinem Wagen holte ich mein Handy hervor und hörte Macks Nachricht ab. »Hey, es tut mir so leid, aber ich schaffe es nicht zum Treffen. Mrs Ingersoll hat mich informiert, dass Felicity mit hohem Fieber nach Hause gekommen ist. Ich fahre jetzt hin, um sie zum Arzt zu bringen. Ich fühle mich schrecklich, und ich mache dir keinen Vorwurf, wenn du sauer bist. Sobald ich kann, rufe ich dich an. Ich will hören, wie es gelaufen ist.«

Ich war inzwischen an meinem Wagen angelangt und setzte mich hinein, damit ich die Heizung aufdrehen konnte. Während der Motor langsam warm wurde, schrieb ich ihm eine SMS.

Arme Felicity. Ich hoffe, sie ist okay, richte ihr bitte gute Besserung von mir aus. Bei mir lief es super. Ich kann es gar nicht erwarten, dir davon zu erzählen. Und ich bin nicht sauer!

Im Gegenteil, ich war mir nicht sicher, ob überhaupt irgendetwas meine Aufregung hätte dämpfen können. Es war schade, dass er es nicht geschafft hatte, aber ich hatte Verständnis dafür. Doch ich wollte unbedingt jemandem von dem Treffen erzählen. Auf dem Heimweg rief ich Chloe an und setzte sie ins Bild, und sie freute sich riesig für mich.

»Das ist ja toll, Frannie«, rief sie. »Ich kenne das Café, von dem du redest, und ich halte es für ideal.«

Auch April rief ich an, aber sie meldete sich nicht. Ich hinterließ ihr eine Nachricht, während ich zu Hause in die Garage fuhr, und ging hoch in meine Wohnung, außerstande, mein Lächeln abzustellen. Während ich den Reißverschluss meines Mantels öffnete, summte mein Handy – es war Mack.

»Hey, wie geht es Felicity?«

»Ganz gut. Es ist nur ein Virus. Ich habe ihr Ibuprofen gegeben und sie ins Bett gesteckt. Mrs Ingersoll ist gerade gegangen. Jetzt muss ich die beiden anderen Äffchen füttern und dafür sorgen, dass sie ihre Hausaufgaben machen.«

»Du klingst erschöpft.«

»Ich habe gestern Nacht nicht gut geschlafen, und diese Woche ist einfach verrückt. Ich muss das Haus für den Besuch meiner Eltern auf Vordermann bringen, mich um irgendwelchen Trauzeugenscheiß kümmern und zudem fünf Arbeitstage in drei quetschen, da ich mir Donnerstag und Freitag freigenommen habe – vor allem, um Zeit mit meinen Eltern zu verbringen, denn das Wochenende ist ja mit Hochzeitsscheiß besetzt.«

»Wie wäre es, wenn ich vorbeikomme und dir helfe?

Ich könnte in fünfzehn Minuten da sein, und dann kannst du dich um Hausaufgaben und Haushalt kümmern, während ich das Abendessen koche. Dann brauchst du nicht alles allein zu machen.«

»Schon in Ordnung. Das bin ich gewohnt. Und du schuldest mir im Moment keinen Gefallen, so viel steht fest.«

»Mack! Hör auf damit. Was willst du ihnen eigentlich zu essen geben?«

»Keine Ahnung. Chicken Nuggets.«

Ich sah mich in meiner Küche um, und mir fielen die gefüllten Muschelnudeln ein, die ich noch in der Tiefkühltruhe hatte. »Ich könnte die gefüllten Muscheln mitbringen, die ich letzten Samstag gemacht habe …«, lockte ich.

Er stöhnte. »Das klingt echt gut. Aber ich will nicht, dass du das Gefühl bekommst, mich ständig retten zu müssen. Ein paar Dinge kriege ich auch allein hin.«

»Das weiß ich. Aber warum solltest du, wenn es nicht sein muss? Ich stehe hier allein in einer leeren Wohnung, Mack. Ich wäre viel lieber bei dir. Außerdem kann ich dir dann auch von dem Treffen erzählen.«

Er atmete hörbar aus und sagte: »Okay. Wenn du herkommst, weil du es willst, ist es wahrscheinlich okay.«

»Ich *will* es. Ich bin gleich da.«

# Kapitel 23

Mack

Am Abend kam sie mit gefüllten Muschelnudeln zu uns und erzählte mir alles über ihr Treffen, während sie das Essen aufwärmte. Nach dem Abendessen räumten sie und Millie die Spülmaschine ein und sangen und kicherten dabei wie alte Freundinnen, und ich stellte Winnie unter die Dusche und kümmerte mich um eine hundeelende Felicity. Als ich Winnie ins Bett gesteckt hatte und wieder herunterkam, stand Millie bereits unter der Dusche, und Frannie zog gerade in der Küche ihren Mantel an.

»Dann verschwinde ich mal wieder«, verkündete sie und zog ihren Reißverschluss nach oben. »Ich weiß, dass du einen langen Tag hattest.«

Zum ersten Mal an diesem Tag nahm ich sie in den Arm und küsste sie auf die Stirn. »Danke für alles. Weder dich noch deine Muschelnudeln habe ich verdient.«

Lachend drückte sie mich an sich. »Danke, dass du dir alles über das Café angehört hast.«

»Ich fand es schön, wie aufgeregt du mir alles erzählt hast. Meiner Meinung nach ist das ein großartiger Plan. Das Risiko ist geringer, als wenn du es allein angehen würdest, und du kannst von Natalies Erfahrung und ihrem Kundenstamm profitieren.«

Sie seufzte. »Ich kann mich nicht entscheiden, ob ich

meinen Dad um das Geld bitten will, um mich bei ihr einzukaufen, oder ob ich lieber Maxima Radleys Angebot mit dem Darlehen annehmen soll.«

»Für beides gibt es Pro und Contra. Dein Dad würde dir das Geld wahrscheinlich zu einem besseren Zinssatz geben – falls er es überhaupt von dir zurückverlangt –, aber wenn du finanzielle Hilfe von Familienmitgliedern annimmst, kann das ziemliche Probleme mit sich bringen. Nun scheint dein Dad nicht der Typ zu sein, der dir das ständig unter die Nase reiben würde, aber es ist trotzdem ein Risiko. Rede mit ihm.«

»Okay.«

»Ich an seiner Stelle«, fuhr ich fort, »würde meine Tochter gern unterstützen, wenn es mir möglich wäre. Und ich würde hoffen, dass sie sich in so einem Fall an mich wendet.«

Sie küsste mich auf die Wange. »Vielen Dank. Wir sehen uns morgen.«

»Dad?«

Frannie und ich stoben so schnell auseinander, dass sie mit dem Steißbein gegen die Kücheninsel stieß. Ächzend rieb sie sich die Stelle. Millie stand im Esszimmer und blinzelte uns an. »Ich dachte, du duschst«, sagte ich mit wild klopfendem Herzen. »Weil das Wasser noch läuft.«

»Ich hatte es gerade angestellt, als mir eingefallen ist, dass ich dir noch sagen muss, dass ich die zwanzig Dollar für die Modenschau morgen brauche.«

»Moment mal, wir müssen dafür *bezahlen*, mitmachen zu dürfen?«

»Es dient einem wohltätigen Zweck, Dad. Alle müssen

bezahlen.« Dann sah sie Frannie an. »Kommst du zur Modenschau? Sie ist Samstag in einer Woche.«

»Natürlich komme ich. Um nichts in der Welt würde ich mir deinen Dad in einem pinkfarbenen Glitzershirt entgehen lassen.«

Ich stöhnte, drehte Millie an den Schultern um und versetzte ihr einen sanften Schubs Richtung Treppe. »Geh wieder rauf unter die Dusche, oder es gibt am Ende kein heißes Wasser mehr für mich.«

Als sie fort war, wechselten Frannie und ich einen erschrockenen Blick. »Glaubst du, sie hat es gesehen?«, fragte ich.

»Vielleicht nicht«, sagte sie, doch ich merkte ihr an, dass sie nicht überzeugt war. »Aber wir sollten definitiv vorsichtiger sein.«

Ich schaute ihr nach, verspürte wieder diesen Schmerz in der Brust und wünschte, ich hätte sie bitten können zu bleiben. Ich war es einfach leid, vorsichtig zu sein, mich nachts nach ihr zu sehnen und mich mies zu fühlen, weil ich sie begehrte. Ich war es leid, mich bei ihr als ein anderer zu fühlen als bei den Kindern. Keine der beiden Versionen von mir war vollständig.

Ich wollte beides gleichzeitig sein.

War das unmöglich?

Am Mittwoch sagte Mrs Ingersoll, sie würde den Mädchen etwas zu essen machen, falls ich länger arbeiten musste. Deshalb saß ich um sieben noch immer in meinem Büro, als ich es klopfen hörte.

»Herein.«

Die Tür ging auf, und Frannie spähte durch den Spalt. »Hi.«

»Hey.« Ich klappte meinen Laptop zu, froh, sie zu sehen. »Wie läuft's denn so?«

»Gut. Ich hatte gerade ein tolles Gespräch mit meinem Dad.«

»Wirklich? Komm doch rein. Erzähl mir davon.« Ich deutete auf einen der beiden Stühle vor meinem Schreibtisch. »Ich habe dich den ganzen Tag nicht gesehen.«

Sie schloss die Tür und lehnte sich mit unsicherer Miene dagegen. »Hast du nicht furchtbar viel zu tun? Ich will dich nicht stören. Ich weiß, dass du diese Woche enorm unter Zeitdruck stehst.«

»Ich könnte eine Pause gebrauchen.«

»Nun, ich werde nicht viel von deiner Zeit in Anspruch nehmen, ich wollte dir nur erzählen, dass ich mir mit meinem Dad die Zahlen angeschaut habe, die Natalie mir geschickt hat. Er meinte, er würde mir geben, was ich brauche, um mich einzukaufen.«

»Er *gibt* es dir einfach so?«

Sie nickte strahlend. »Ja. Er hat gesagt, es sei ungefähr dieselbe Summe, die die Ausbildung meiner Schwestern gekostet habe, und da ich nie aufs College gegangen bin, könne ich das Geld haben, um es in mein Unternehmen zu investieren.«

»Frannie, das ist ja wunderbar.« Ihre Augen glänzten, und ihre Haut war gerötet vor Glück. Sie sah schön und sexy aus, und ich wollte sie so gern berühren.

»Ja, oder? Ich bin so aufgeregt, dass ich überhaupt nicht weiß, was ich mit mir anfangen soll.« Sie stieß sich von der Tür ab und hüpfte ein wenig auf der Stelle.

»Ich habe da eine Idee. Komm her und setz dich auf meinen Schoß.«

Sie winkte ab. »Nein, du hast zu arbeiten. Ich sollte wieder gehen.«

»Zwing mich nicht, zu dir zu kommen und dich zu holen.« Ich sah sie mit strenger Miene an. »Schließ die Tür ab.«

Dieser Aufforderung leistete sie mit einem Lächeln Folge. »Soll ich das Licht ausmachen?«

»Scheiße, nein. Ich will dich sehen.«

»Wobei sehen?«, fragte sie kokett und zog eine Augenbraue hoch.

*Ich komme in die Hölle*, dachte ich. Aber ich sagte es trotzdem. »Ich will sehen, wie du auf die Knie gehst und meinen Schwanz in den Mund nimmst.«

Ihr klappte der Unterkiefer herunter, und für einen Sekundenbruchteil dachte ich, ich sei zu weit gegangen. Aber dann ließ sich die kleine Hexe auf den Boden sinken und kam *auf allen vieren* zu mir herüber, den Rücken durchgebogen, die Lider halb geschlossen, während ihr das Haar verführerisch ins Gesicht fiel.

Ich drehte meinen Stuhl zu ihr, und sie kam langsam um meinen Schreibtisch herum. Als sie an meinen Füßen anlangte, legte sie mir beide Hände auf die Knie. Ich öffnete meinen Gürtel, und sie schaute zu, wie ich meinen Schwanz packte und die Hand langsam an dem dicker werdenden Schaft auf und ab bewegte. Sie riss die Augen auf.

»Bist du nervös?«, fragte ich.

Sie schüttelte den Kopf und befeuchtete sich die Lippen. Dann ließ sie die Hände an meinen Schenkeln emporwandern, nahm mir meinen Schwanz aus der Hand und schloss die Finger darum.

Jetzt senkte sie den Kopf über meinen Schoß und neckte mich mit ihrer Zunge, ließ sie langsam über die Eichel kreisen, sodass sich meine Bauchmuskeln verkrampften und meine Beine sich anspannten. Mit meiner anderen Hand schob ich ihr das Haar aus dem Gesicht. Mir stockte der Atem, während ich zusah, wie sie den Kopf noch tiefer senkte, um sich gemächlich ihren Weg von unten nach oben zu lecken, wo sie die empfindliche Spitze umspielte. Drei verdammte Male folterte sie mich auf diese Weise, und beim dritten Mal sah sie mir in die Augen. Wandte den Blick nicht ab, während sie die Spitze zwischen ihre feuchten Lippen nahm und anfing, sanft daran zu saugen.

»Mehr«, knurrte ich.

Sie senkte den Blick, nahm mich noch tiefer in sich auf und stöhnte. Es fühlte sich so gut an, dass ich beinahe die Geduld verlor, und ich krallte die Hand in ihr Haar. Anscheinend zog ich etwas zu heftig daran, denn sie keuchte auf und entließ meinen Schwanz aus ihrem Mund.

Ich lockerte meinen Griff und runzelte die Stirn. Es hatte seinen Grund, warum so etwas in meiner Ehe verboten gewesen war. »Tut mir leid.«

»Es braucht dir nicht leidzutun«, stieß sie atemlos hervor und sah mich mit diesem unartigen Funkeln in den Augen an. »Ich habe dir doch gesagt, dass ich es mag, wenn du grob bist. Und das meinte ich ernst.«

Mein Schwanz pochte in ihrer Hand, und wieder packte ich sie am Haar. »Wenn das so ist …«

Sie gab einen Laut irgendwo zwischen Lachen und

Stöhnen von sich, und dann war ihr Mund wieder auf mir. Diesmal nahm sie mich ganz in ihre Kehle auf, und ich beobachtete mit einer Mischung aus Ekstase und Ungläubigkeit, wie sich ihre Lippen und ihre Zunge an meinem Schwanz auf und ab bewegten. Es dauerte nicht lange, bis nur zuzusehen mir nicht mehr genügte – die rastlose, hitzige Spannung, die sich in mir aufbaute, verlangte nach Bewegung. Mit den Händen auf ihrem Kopf lehnte ich mich zurück und begann schnell und hart zuzustoßen – Stöße, die sie zwangen, mich tiefer in sich aufzunehmen. Sie keuchte und stöhnte und hatte Mühe zu atmen, aber sie schob mich nicht weg. Ihre Hände wanderten an meinen Hüften empor, und sie bohrte mir die Finger ins Fleisch, während ich ihren heißen kleinen Mund immer schneller und schneller fickte und mein Blut immer heißer und heißer durch mich hindurchströmte, bis der Orgasmus plötzlich aus mir herausexplodierte und ich mich ohne Vorwarnung in sie ergoss.

Ein netter Mann hätte sich jetzt wahrscheinlich zurückgezogen, statt sie an sich zu drücken, aber in diesem Moment war ich gern das größte Arschloch auf dem Planeten, solange ich mit meinem Schwanz ganz hinten in ihrer Kehle kommen durfte. Es war verdammt egoistisch, aber eben auch die pure Ekstase. Nicht nur der Orgasmus, sondern das Bewusstsein, dass sie mich *ganz* wollte. Mich ganz akzeptierte. Sich sogar nach mir *sehnte*, genau so, wie ich war. Ich vergaß, wo wir uns befanden, welcher Tag heute war, was ich hätte tun sollen – möglicherweise vergaß ich sogar meinen eigenen verdammten Namen.

Als ich irgendwann ihren Kopf losließ und sie wieder auf die Fersen kam und zu mir hochschaute, als hätte sie gerade eine Million Dollar gewonnen, schwirrte mir der Kopf, mein Herz pochte, und ich bekam kaum Luft. Es war anders als alles, was ich je zuvor empfunden hatte.

Ich sah, wie sie da auf dem Boden vor meinen Füßen kauerte, und dachte: *Entweder sterbe ich gleich, und das war das letzte Abschiedsgeschenk vom Leben, oder ich bin in sie verliebt.*

Ich war mir nicht sicher, was schlimmer wäre.

# Kapitel 24

Frannie

»Mein Gott«, flüsterte er und wirkte beinahe ängstlich. »Das war verdammt intensiv.«

Lächelnd wischte ich mir mit dem Handrücken über die Unterlippe.

Plötzlich beugte er sich zu mir herunter, fasste mich unter den Armen und hob mich vor sich auf den Schreibtisch. »Ist alles in Ordnung bei dir?«

»Mehr als in Ordnung. Ich fand es toll. Ich kann gar nicht mehr klar denken.«

Ihm klappte für eine Sekunde der Unterkiefer herunter. »Willst du mir damit sagen, es hat dich angetörnt?«

Ich zuckte die Achseln und schenkte ihm ein schüchternes Lächeln. »Ja. Ich höre dich gern. Und fühle dich gern. Und ich mag es, wenn ich dir meine ganze Aufmerksamkeit schenken kann, ohne durch irgendwas abgelenkt zu werden. Wenn du kommst, komme ich ja normalerweise ebenfalls, und dann reißt es mich immer zu sehr mit, um mich auf dich zu konzentrieren.«

»Zufällig mag ich es, wenn du dich mitreißen lässt«, sagte er und knöpfte meine Hose auf. »Also bin ich jetzt an der Reihe, dir meine ganze Aufmerksamkeit zu schenken, ohne mich ablenken zu lassen.«

»Mack, nein! Du hast noch zu arbeiten.« Ich versuchte,

seine Hände wegzuschieben, aber er drückte meine Schultern nach hinten, bis ich rücklings auf dem Schreibtisch lag und meine Beine über die Kante hingen.

»Scheiß auf die Arbeit.« Er zog mir die Schuhe aus und riss mir die Hose samt Slip herunter.

Ich stützte mich auf die Unterarme. »Außerdem ist es schon spät. Wirst du nicht von Mrs Ingersoll erwartet?«

»Scheiß auf Mrs Ingersoll.« Er ging auf die Knie und warf sich meine Beine über die Schultern.

»Aber … was ist mit … den Kindern …« Und dann konnte ich nicht mehr sprechen, denn was seine Zunge anstellte, raubte mir die Fähigkeit, zusammenhängende Gedanken zu fassen.

Nach ein paar langsamen Zungenstrichen durch meine Spalte und mehreren Sekunden sanften Kreisens über meiner Klitoris hob er den Kopf. »Ich denke jetzt nicht an die Kinder. Und will es auch nicht. Jeden Tag bringe ich damit zu, alles Mögliche für sie zu machen, und das werde ich für den Rest meines Lebens tun. Aber in diesem Moment geht es darum, was *ich* will. Und ich will das Gesicht in deiner Muschi vergraben und dich mit meiner Zunge kommen lassen. Dann würde ich dich gern auf meinem Schreibtisch vögeln. Ist das in Ordnung für dich?«

»Uh. Ja«, sagte ich. Ich war bereits feucht, und mein Verlangen nach ihm tat fast weh.

»Gut. Danach werde ich dann wieder ein verantwortungsbewusster Mensch sein.« Er machte mit dem weiter, was er gerade getan hatte, aber diesmal schob er auch noch einen Finger in mich hinein.

»Tatsächlich?«, fragte ich schwach. Beim Anblick seines

dunklen Haares zwischen meinen Schenkeln fielen mir schier die Augen aus dem Kopf.

»Vielleicht.« Er sah auf und schob einen zweiten Finger in mich hinein. Sein Atem wehte heiß und schnell über meine kribbelnde Haut. »Ich bin nicht besonders gut darin, Versprechen zu halten.«

Nachdem er sich davon überzeugt hatte, dass die Luft rein war, brachte er mich hoch in meine Wohnung – über den Hinterausgang des Hotels, damit wir nicht durch die Lobby mussten. Meine Mutter saß immer noch an der Rezeption, und er wollte ihr nicht über den Weg laufen.

»Glaub mir, sie hat kein Problem damit, dass wir zusammen sind«, betonte ich, als wir die Treppe hinaufgingen. »Sie hat mich am Wochenende gefragt, ob zwischen uns etwas läuft.«

»Was hast du geantwortet?«

»Ich habe gesagt, dass wir es wegen der Kinder langsam angehen lassen wollen, uns aber nähergekommen sind. Sie hielt das für klug.«

Er schob die Hände in die Taschen. »Meine Mutter hat ein wenig anders reagiert.«

Ich blieb auf halbem Weg die Treppe hinauf stehen. »Du hast ihr von uns erzählt?«

»Nein, aber als sie am Sonntagabend anrief, hat sie es irgendwie erraten, weil die Mädchen so viel von dir gesprochen haben. Dann hat sie einen Haufen Fragen gestellt, und meine Antworten müssen das Ganze noch offensichtlicher gemacht haben.«

Ich ging langsam weiter die Treppe hinauf. »Also, was hat sie gesagt?«

»Bloß tausend Dinge, die ich bereits wusste.«

»Zum Beispiel?«

Er zuckte die Achseln, als wir den Treppenabsatz erreichten. »Vor allem, dass ich vorsichtig sein soll.«

Ich hatte das Gefühl, dass es da noch viel mehr gab, das er nicht aussprach, aber ich wollte ihn nicht bedrängen. Nach dem Ausdruck auf seinem Gesicht zu schließen, war klar, dass das Gespräch ihn nicht glücklich gemacht hatte. »Nun, ich finde, dass du sehr vorsichtig bist.« Dann fiel mir etwas ein, und ich zuckte zusammen. »Auch wenn Winnie uns in der Garderobe erwischt hat. Und Millie *könnte* uns in der Küche gesehen haben.«

Die Falte zwischen seine Augenbrauen vertiefte sich. »Ja, genau.«

»Wir sind vielleicht ein wenig unvorsichtig geworden. Wir werden uns bessern.«

»Ich wünschte, wir bräuchten uns darüber nicht den Kopf zu zerbrechen. Aber das Gespräch mit ihr nagt schon die ganze Woche an mir. Sie hat mir wegen dem, was wir hier treiben, Schuldgefühle eingeredet – also noch größere Schuldgefühle, als ich ohnehin schon hatte.«

»Das haben Moms einfach drauf. Sie wissen genau, wo unsere wunden Punkte liegen.«

»Es ist dir gegenüber nicht fair.« Er schüttelte den Kopf. »Was zum Teufel willst du bloß mit mir? Du hast so viel zu geben, und ich habe dir nichts zu bieten.«

Er wirkte so unglücklich, dass ich ihn einfach in meine Arme ziehen musste. »Hey. Das ist nicht wahr. Wir haben von Anfang an gewusst, dass es heikel werden würde, aber wir kriegen das schon hin.«

»Außerdem hat meine Ex am Sonntag angerufen.«

Ich versteifte mich. »Ach?«

»Ja, genau. Sie weiß ebenfalls über uns Bescheid.«

»Hast du es ihr erzählt?« Überrascht ließ ich ihn los und trat einen Schritt zurück.

Er schüttelte den Kopf. »Nein. Sie hat ihre Beschuldigungen auf das gestützt, was Millie ihr per SMS über dich geschrieben hat, und ich habe es nicht abgestritten.«

»Nein?« Ich war mir nicht sicher, ob ich mich darüber freuen sollte. Es schien ein Schritt in die richtige Richtung zu sein, aber er wirkte nicht unbedingt glücklich darüber.

»Nein. Doch vielleicht hätte ich das tun sollen. Ich weiß es nicht.« Er rieb sich mit beiden Händen übers Gesicht.

Ich schluckte hörbar. »Nun … was hat sie denn gesagt?«

»Eine Menge fiesen Scheiß über mich, was mir egal ist, aber dann hat sie gedroht, die Kinder nie wieder zu besuchen. Was mir recht wäre, aber sie wird einen Weg finden, es so hinzudrehen, als wäre es meine Schuld, dass die Kinder keine Beziehung zu ihrer Mutter haben.«

»Oh Mack.« Offensichtlich belastete ihn das schon seit Tagen. »Das tut mir wirklich leid. Warum hast du mir das nicht erzählt?«

Er zuckte die Achseln. »Weil es nicht dein Problem ist. Ich will nicht, dass du dich mit meiner feindseligen Ex-Frau herumschlagen musst. Verdammt, ich würde mich am liebsten auch nicht mit ihr herumschlagen müssen. Aber es geht nun mal nicht anders. Das wird niemals aufhören, weil sie die Mom meiner Kinder ist. Es wird sich nie ändern. Und sie wird sich auch nicht ändern.«

Ich spürte, wie er immer mehr in Rage geriet, und legte erneut die Arme um ihn. »Hey. Es ist alles gut.«

»Nein, ist es nicht. Und das ist noch ein weiterer Grund, warum du die Finger von mir lassen und dir jemanden suchen solltest, mit dem es einfacher wäre, eine Beziehung zu führen.«

»Ich gehe nicht weg, Mack. Das weißt du, oder?«

Er schlang die Arme um mich, warm und fest und stark, was tröstlich war.

Aber er sagte nichts, was weniger tröstlich war.

Am Donnerstag kam April während meiner Morgenschicht an die Rezeption. »Hey, ich treffe mich heute Abend um sechs mit Stella Devine, um noch ein paar Details zu besprechen. Willst du dazustoßen?«

»Gern. In deinem Büro?«

»Wir haben uns in der Bar verabredet.«

Ich nickte. »Dann bin ich um sechs auch dort.«

Meine Schicht endete um fünf, und ich lief nach oben, um meine Arbeitssachen auszuziehen und einen Happen zu essen. Um sechs ging ich in die Bar hinunter, wo April, Stella und ihre Schwester Emme auf Barhockern an einem hohen, rechteckigen Tisch saßen. Stella und Emme hatten jeweils ein Glas Sekt vor sich stehen, und ihre Gesichter leuchteten nach ihrem Tag im Wellness-Center.

Wir gingen die Einzelheiten durch und den gesamten Ablauf, vom Probedinner bis zum mitternächtlichen Pizzabuffet, das es bei der Hochzeitsfeier geben sollte. Stella war eine tiefenentspannte Braut, und Emme und April hatten mit vereinten Kräften alles so gut durchorganisiert, dass eigentlich nichts mehr schiefgehen konnte. Um Viertel vor sieben brachen sie auf, um sich für ihren Mädelsabend umzuziehen, und April und ich blieben am Tisch sitzen.

»Wow, wir haben Feierabend«, sagte meine Schwester. »Magst du ein Glas Wein?«

Ich nickte. »Sehr gern.«

Wir gingen an die Bar, damit wir nicht einen Tisch für vier Personen mit Beschlag belegten, und bestellten zwei Gläser Pinot noir.

»Na, wie sieht's bei dir aus?«, erkundigte sie sich mit einem Lächeln. »Mom hat mir alles über deine großen Pläne erzählt, aber wir hatten noch gar keine Gelegenheit, darüber zu reden.«

»Tatsächlich sieht es, was das angeht, großartig aus.« Ich weihte sie in alle Einzelheiten ein. »Dad und ich wollen uns nächste Woche wegen der Finanzierung mit Natalie Haas treffen, und ich habe bei Mom mehr oder weniger die Kündigung eingereicht. Ab übernächster Woche werde ich nur noch im *Coffee Darling* sein.«

»Das ist ja wunderbar. Ich erinnere mich noch aus der Schulzeit an Natalie Nixon, obwohl sie etwas jünger ist als ich. Die ganze Familie ist sehr nett.«

»Mack hat erzählt, er sei mit ihrer Schwester Jillian zur Schule gegangen.«

April nickte. »Ich habe mit Skylar den Abschluss gemacht, der mittleren Schwester. Sie arbeitet jetzt bei *Abelard Vineyards*, und ich glaube, Chloe kennt sie ziemlich gut.« Sie nahm einen Schluck von ihrem Wein. »Da wir gerade von Mack sprechen, wie steht es zwischen euch beiden?«

»Ziemlich gut, glaube ich.«

»Glaubst du?«

»Tja, es lässt sich irgendwie schwer sagen. Wenn wir allein sind, ist es unglaublich. Tatsächlich ist es auch unglaublich, wenn die Kinder dabei sind. Er ist süß und witzig, und er ist so verdammt heiß, dass ich es kaum aushalte. Der Sex ist nicht von dieser Welt.«

»Aber …«, hakte sie nach.

Ich holte Luft. »Es ist schwierig. Ich fühle mich mies, weil ich es laut ausspreche, aber … mit einem alleinerziehenden Dad von drei Kindern eine Beziehung zu führen und es vor ihnen geheim zu halten, ist nicht einfach – vor allem, wenn man der Babysitter besagter Kinder ist. Die Mädchen haben uns jetzt schon zweimal im Haus beim Küssen erwischt.«

April keuchte leise. »Was haben sie gesagt?«

Ich musste ein wenig lachen, als ich mich an den Ausdruck auf ihren Gesichtern erinnerte. »Eigentlich gar nichts, aber es war offensichtlich, dass sie verwirrt waren. Kinder sind schlau. Sie spüren bestimmt, dass da etwas im Busch ist.«

»Und warum erzählt er es ihnen nicht?«

»Nun, als das mit uns anfing, haben wir uns darauf geeinigt, die Sache für uns zu behalten, weil alles noch so neu war. Aber ich glaube, uns war nicht klar, wie schnell sich das Ganze entwickeln würde – mir zumindest war es nicht klar. Ich hoffe einfach, dass er das Gleiche für mich empfindet wie ich für ihn. Ich habe Angst, dass es anders sein könnte.«

»Weil er es den Kindern nicht sagen will?«

»Nein, das verstehe ich, aber neulich Abend hat er etwas gesagt, das ich nicht mehr aus dem Kopf bekomme.

Er hat gesagt, er mache sich Sorgen, was geschehen würde, wenn ich begreife, dass er den ganzen Scheiß nicht wert ist, mit dem ich mich würde abfinden müssen. Dann hat er noch gesagt: ›Du wirst irgendwann gehen, weil du weißt, dass du etwas Besseres verdienst. Und ich werde es akzeptieren, weil ich es ebenfalls wissen werde.‹«

April zog die Brauen hoch. »Verdammt. Was hast du ihm darauf geantwortet?«

»Dass ich ihm beweisen würde, dass er sich irrt.« Ich seufzte mutlos. »Und ich hoffe, er gibt mir genug Zeit, das zu tun. Aber was ist, wenn er zu dem Schluss kommt, dass *ich* all die Heimlichkeiten und die miesen Gefühle nicht wert bin? Er hat mir gestern Abend gesagt, seine Mutter hätte den Verdacht, zwischen uns liefe etwas. Sie hat ihm deswegen einen ellenlangen Vortrag gehalten.« Ich schüttelte den Kopf. »Er hat mich gewarnt, dass es schwierig werden würde, und er hatte recht … aber er ist es wert, April. Das spüre ich ganz tief in mir. Ich will ihn nicht aufgeben.«

Sie beugte sich vor und rieb mir den Arm. »Wenn du meinen Rat hören willst: Gib der Sache einfach Zeit. Es sind erst wenige Wochen vergangen, und was Beziehungen angeht, hängt ihm seine Vergangenheit wahrscheinlich noch nach. Scheidungen sind wirklich hart – so was macht einen fertig. Er versucht, seine Kinder zu beschützen, vielleicht auch sich selbst.«

»Sich selbst?«

Sie zuckte die Achseln. »Klar. Liebe macht Angst. Man trägt sein Herz auf dem Präsentierteller vor sich her. Das hat er schon einmal getan und sich dabei verbrannt.«

Ich schloss die Augen. »Gott, genau das ist es. Wenn es

um ihn geht, fühlt es sich an, als würde ich mein Herz vor mir hertragen. Als sei meine Brust gar nicht groß genug, um es zu beherbergen. Aber obwohl es mir riesig vorkommt, fühlt es sich zugleich ganz zerbrechlich an.«

Sie verzog die Lippen zu einem Lächeln. »Herzlichen Glückwunsch, Schwesterchen. Du bist verliebt.«

# Kapitel 25

## Mack

Donnerstag kamen meine Eltern an, und an diesem Abend traf ich mich im *Hop Lot Brewing Co.* mit Woods. Das Lokal war eins unserer alten Lieblingsläden gewesen, wenn wir nach der Arbeit noch was essen und trinken wollten. Ich freute mich darauf, nicht nur, weil ich Woods so lange nicht gesehen hatte und er wie ein Bruder für mich war, sondern weil ich den ganzen Tag über einen Scheißknoten in der Magengrube gehabt hatte, der sich immer fester zusammenzog, sobald ich an Frannie dachte.

Ich hatte die ganze Nacht wach gelegen und im Geiste ihre Stimme gehört. *Ich gehe nicht weg. Das weißt du, oder?* Und dann hatte ich ihr Bild vor Augen, wie sie zu meinen Füßen kniete, so süß und sexy und glücklich, und mein Herz hatte sich angefühlt, als würde es explodieren. Es war zu viel. Das alles hatte sich viel zu schnell entwickelt, und meine Gefühle für sie gingen zu tief. Ich wollte nur noch sie, und zwar *ständig*.

Wie hatte ich das zulassen können?

Woods und ich setzten uns an die Theke und brachten einander bei Craftbeer aus der Region, Chicken Wings, Hamburgern und Pommes auf den neuesten Stand. Er erzählte mir, wie es bei ihm im Süden lief, sprach über seinen Job als Platzwart in einem Country Club und wie er mit den Arbeiten am Haus vorankam. Außerdem beschwerte er sich ausgiebig über die Kosten und den Planungsaufwand der Hochzeit und ließ mich wissen, wie froh er sein würde, wenn das alles vorbei war. »Ernsthaft – wenn ich mir auch nur noch eine Blume, einen Kuchen oder eine Platzkarte ansehen muss, erschieße ich mich.«

»So schlimm?«

»Ja. Ich habe absolut keine Meinung zu dieser ganzen Scheiße, und sie scheint das einfach nicht zu verstehen. Mir kommt es vor, als würde sie es persönlich nehmen. Ich sage ihr, mich interessiert nur, dass wir verheiratet aus dem Ganzen rausgehen. Meinetwegen kann sie statt eines Kleids auch einfach eine Papiertüte tragen.«

»Oh Gott.« Ich schüttelte den Kopf. »Das hast du nicht zu ihr gesagt.«

»Doch. Sie war nicht erfreut.« Er nahm noch einen Schluck von seinem Bier und stellte das Glas weg. »Also, wann erzählst du mir, was los ist?«

Ich griff nach meinem Bier und schaute stirnrunzelnd hinein. Es hatte keinen Sinn, Woods etwas vormachen zu wollen. Wir kannten uns einfach zu gut. »Ich glaube, ich hab Mist gebaut.«

»Davon bin ich überzeugt.«

Ich versuchte zu lächeln, brachte es aber nicht fertig.

»Scheiße. Es ist also ernst. Geht es um eins der Kinder?«

»Nein.« Ich nahm ein paar Schlucke von meinem Bier, dann stellte ich das Glas auf die Theke. »Es geht um Frannie Sawyer.«

»Frannie Sawyer? Was ist mit ihr?«

Ich schaute ihn an. Sah ihm in die Augen, sagte jedoch nichts.

In dem Moment fiel bei ihm der Groschen. »Oh mein Gott. Hast du?«

Ich hob erneut mein Glas und nickte. »Ja, hab ich. Mehrmals. Ich baue sozusagen fortwährend Mist.«

»Scheiße.« Er rieb sich das Kinn. »Wie alt ist sie?«

»Siebenundzwanzig.«

»Oh. Na, dann ist es ja gar nicht so schlimm. Machst du dir Sorgen wegen Sawyer Senior?«

»Ich mache mir wegen allem Möglichen Sorgen.« Ich schüttelte den Kopf. »Keine Ahnung, was zum Teufel ich mir dabei gedacht habe, was mit ihr anzufangen. Ich habe gar keine Zeit für eine Freundin. Ich habe ja kaum Zeit, bei geschlossener Badezimmertür zu pinkeln.«

Woods lachte. »Das kann ich mir vorstellen.«

»Es ist unmöglich, mit ihr allein zu sein. Die Kinder sind immer da.«

Woods fuhr sich mit einer Hand durchs Haar. »Aber sie kommt wahrscheinlich hervorragend mit den Kindern klar.«

»Ja, stimmt«, bestätigte ich matt. »Sie sind ganz verrückt nach ihr.«

»Wissen sie über euch zwei Bescheid?«

Ich schüttelte den Kopf. »Noch nicht. Die Sache zwischen uns geht erst seit ein paar Wochen. Aber es wird immer schwieriger, es vor ihnen geheim zu halten, vor allem, da sie mehrere Tage die Woche bei uns im Haus ist. Und ich weiß, dass sie es ihnen erzählen will.«

»Du denn nicht?«

»Nein. Sie sollen nicht das Gefühl haben, dass sie weniger von mir bekommen. Ich will ihr Leben nicht noch komplizierter machen, jetzt, wo sie endlich ganz gut zurechtkommen. Und ich will auch nicht, dass sie sich an die Idee gewöhnen, dass sie für immer da sein wird«, fügte ich hinzu. Langsam redete ich mich in Rage. »Denn das wird nicht passieren.«

»Woher weißt du das?«

»Wie sollte es anders sein? Ich kann ihr nicht geben, was sie sich wünscht.«

Er nahm noch einen Schluck von seinem Bier. »Was wünscht sie sich denn, das du ihr nicht geben kannst?«

»Zeit. Aufmerksamkeit. Eine Zukunft. Ich weiß zum Beispiel, dass sie heiraten und Kinder bekommen will. Dieser Mann kann ich nicht sein. Ich werde nie wieder heiraten.«

»Hast du ihr das gesagt?«

»Nein.«

»Warum nicht?«

»Weil ich ein Arschloch bin.«

»Nun, das stimmt, aber …«

Ich konnte nicht mal lachen. »Weil ich sie nicht verlieren will. Es ist in jeder Hinsicht falsch, das weiß ich, aber es ist auch *so verdammt gut.* Und es ist nicht nur der Sex, auch wenn der wirklich unglaublich ist. Sie ist so jung und heiß und« – ich suchte nach dem richtigen Wort – »enthusiastisch.«

Woods brach in Gelächter aus. »Unenthusiastischen Sex kann auch keiner gebrauchen.«

»Aber genau daran bin ich gewöhnt. An uninspirierten, unaufregenden, unenthusiastischen Sex aus Pflichtgefühl mit jemandem, dem ich in Wirklichkeit scheißegal war. Sie kannte mich nie wirklich.«

»Nein?«

Ich schüttelte den Kopf. »Nein. Als Carla schwanger wurde, ist alles sehr schnell außer Kontrolle geraten. Ich hatte drei Einsätze, die praktisch nahtlos ineinander übergingen, und plötzlich hatten wir drei Kinder, eine Hypothek und einen Haufen Munition, die wir gegeneinander einsetzen konnten.«

»Das ist übel.«

Ich nippte an meinem Bier. »Es ging immer nur um Carla – was sie wollte, was sie nicht bekam, was ich als ihr Ehemann falsch gemacht habe. Bei Frannie ist es so anders. Sie will mich *kennenlernen.* Es ist so einfach, mit ihr zusammen zu sein. Sie liebt die Mädchen. Sie nimmt eine Menge Scheiße in Kauf, die niemand sonst in Kauf nehmen würde. Und …« Ich holte tief Luft. »Sie kocht. Sie kommt verdammt noch mal zu uns und kocht für uns, weil ich keine Ahnung davon habe und zu erschöpft bin, um mich mit der Frage auseinanderzusetzen, wie ich meine Kinder dauerhaft gut ernähren kann.«

»Klingt so, als solltest du sie vielleicht doch behalten.«

Ich schüttelte den Kopf. »Ich kann nicht zulassen, dass sie ihre Zeit mit mir verschwendet. Es gibt so viele Komplikationen – die Kinder, Carla, die mir auf Schritt und Tritt Steine in den Weg legt, die Frage, was die Leute sagen werden, und ihre eigenen Wünsche für die Zukunft.«

»Was werden denn die Leute sagen?«, fragte Woods.

»Du weißt schon. Man wird sich die Mäuler über uns zerreißen.« Ich fuhr mir mit der Hand durchs Haar. »Sie werden sagen, ich ficke das Kindermädchen, das so viel jünger ist als ich, und das, obwohl meine Scheidung gerade erst durch ist. Dass es den Kindern gegenüber nicht fair ist und ich Frannie nur ausnutze, und …«

»Scheiß drauf«, erklärte Woods mit Nachdruck. »Jeder, der dich kennt, wird wissen, dass das totaler Bullshit ist. Und seit wann scherst du dich überhaupt darum, was die Leute sagen?«

»Aber wenn es um die Kinder und Frannie geht, kann ich diese Haltung nicht beibehalten. Hier geht es nicht nur um mich.«

Woods stieß den Atem aus und hob das Glas an die Lippen. Nach einem langen Schluck stellte er es wieder auf die Theke und sah mich an. »Weißt du noch, was du zu mir gesagt hast, als ich mit Stella Schluss gemacht hatte?«

»Dass du ein Vollidiot bist?«

»Ja, genau, und übrigens bist du auch einer. Aber du hast noch etwas anderes gesagt, das ich nie vergessen habe.«

Ich setzte mich auf. »Was denn?«

»Du hast gesagt: ›Wenn ich jemanden hätte, dem ich vertraue, der mich versteht und Kuchen für mich backt und mit dem der Sex auch nur *ansatzweise* in Ordnung wäre, ich würde die Frau morgen heiraten.‹«

Stirnrunzelnd sackte ich wieder in mich zusammen. »Aber deine und meine Situation sind nicht mal ansatzweise vergleichbar. Ich meinte, dass ich es an *deiner* Stelle tun würde. Aber ich muss schließlich an die Kinder denken.«

Woods warf mir einen Blick zu, der ›Bullshit‹ schrie, aber er sagte nichts. Er griff nur nach seinem Bier und nahm noch einen Schluck.

»Außerdem denke ich auch an Frannie. Ich lasse sie in dem Glauben, dass die Sache mit uns irgendwohin führen könnte, obwohl ich weiß, dass es nicht so ist. Und je länger das mit uns läuft, umso schlimmer wird es für alle Beteiligten sein, wenn es irgendwann endet. Die Mädchen hängen jetzt schon viel zu sehr an ihr. Es ist gefährlich, sich so sehr an jemanden zu binden.«

»Und was willst du jetzt tun?«

Mein Magen krampfte sich zusammen. »Ich muss die Sache beenden. Um der Kinder willen.«

Woods schwieg für einen Moment. Dann antwortete er: »Tu, was du tun musst, Mack. Ich will nur noch einen einzigen Satz dazu sagen, dann halte ich die Klappe. Es wird dich wahrscheinlich sauer machen, aber wir alle brauchen dieses eine Arschloch in unserem Leben, das ausspricht, was ausgesprochen werden muss.«

Ich warf ihm einen schrägen Blick von der Seite zu. »Und das wäre?«

»Willst du es beenden, weil die *Mädchen* zu sehr an ihr hängen? Oder weil *du* es tust?«

Ich richtete mich auf. »Du redest Scheiße. Ich mach das doch nicht meinetwegen.«

Er hob die Hände. »Okay, okay. Mir ist klar, dass ihr eine Menge hinter euch habt, und ich bin kein Vater, daher weiß ich nicht, wie das ist. Wenn du dir sicher bist, dass die Sache mit ihr nicht funktionieren kann, dann mach Schluss.«

»Ich bin mir sicher«, bekräftigte ich, und der Knoten in meinem Magen zog sich noch fester zusammen. »Ich muss mit ihr Schluss machen.«

Als ich sie beim Probedinner am nächsten Tag sah, schnürte sich mir das Herz zusammen, ich konnte kaum atmen, und meine Beine wollten sich nicht mehr bewegen. Ich stand ganz hinten in der Festscheune, in der die Hochzeitszeremonie stattfinden würde, und Frannie kam mit einem strahlenden Lächeln auf dem Gesicht auf mich zu.

»Hallo du«, begrüßte sie mich. »Wie war dein Abend mit den Jungs?«

»Ganz okay.« Ich konnte ihr kaum in die Augen sehen.

»Was habt ihr denn gemacht?«

»Wir haben nur ein paar Bier getrunken. Etwas gegessen.«

»Keine Stripclubs?«, neckte sie mich. »Nicht dass es hier im Umkreis von hundert Meilen einen gäbe.«

Ich konnte nicht einmal lächeln. »Nein.«

»Bist du spät heimgekommen?«

»Nicht besonders.« Ich zögerte. »Entschuldige, dass ich nicht angerufen habe. Ich war einfach zu müde.« Gott, das hier war die reinste Folter. Ich wusste nicht, wo ich hinschauen sollte, daher starrte ich auf den Boden zwischen unseren Füßen.

»Hast du deine Eltern gefragt, ob sie morgen über Nacht bei den Mädels bleiben?«, fragte sie hoffnungsvoll.

»Oh, ähm … noch nicht.« Scheiße. Was zum Teufel sollte ich machen? Ich konnte doch jetzt nicht bei ihr übernachten angesichts dessen, was ich vorhatte. Ich fühlte mich sowieso schon wie der größte Mistkerl auf dem Planeten. Das würde es nur noch schlimmer machen.

»Ist alles in Ordnung, Mack?« Sie klang verwirrt, und ich machte ihr keinen Vorwurf daraus.

»Ja. Ich bin gerade … du weißt schon. Ziemlich beschäftigt.« Es war Bullshit. Das Probedinner hatte noch nicht einmal angefangen.

»Oh. In Ordnung, nun, dann will ich dich nicht aufhalten. Ich wollte nur Hallo sagen.«

Ich nickte und fühlte mich wie der letzte Dreck, und sie schenkte mir zwar noch ein Lächeln, bevor sie ging, aber es war kein glückliches Lächeln, sondern nervös und verunsichert, und ich hasste mich dafür.

Aber das war nichts im Vergleich zum folgenden Abend.

# Kapitel 26

Mack

Drei Augenpaare beobachteten mich, als ich mir die bordeauxrote Krawatte umband. Mein Haar war frisch geschnitten, ich war glatt rasiert, und mein dunkelblauer Anzug saß perfekt. Von außen betrachtet war überhaupt alles perfekt.

Innerlich war ich ein Wrack.

»Du siehst hübsch aus, Daddy«, sagte Felicity. Alle drei Mädchen lagen bäuchlings auf meinem Bett und musterten mich, während ich mich für die Hochzeit fertig machte.

»Danke.« Meine Krawatte saß schief, also löste ich den Knoten und versuchte es noch einmal.

»Ich wünschte, wir dürften auch mit zu der Hochzeit gehen«, bemerkte Millie.

»Die ist nur für Erwachsene«, antwortete ich.

»Ich weiß, aber ich würde gern die Braut sehen. Frannie hat gesagt, dass sie mir Bilder schickt.« Sie stieß einen dramatischen Seufzer aus. »Ich war noch nie bei einer Hochzeit.«

Meine Mutter erschien in der Tür. »Meine Güte, was siehst du gut aus«, sagte sie und lehnte sich mit vor der Brust verschränkten Armen gegen den Türpfosten.

»Danke.« Ich ließ die Arme sinken. »Ich schätze, ich bin so weit.« Aber ich wollte nicht gehen.

»Um wie viel Uhr findet die Zeremonie statt?«, fragte sie.

»Um vier. Anschließend werden Fotos gemacht, danach gibt es Cocktails, dann Abendessen.« Ich zitierte aus dem nüchternen Ablaufplan, den Woods mir gegeben hatte. Im Gegensatz dazu hatten die Frauen ein dreiseitiges, nach verschiedenen Farben aufgeschlüsseltes Programm für den heutigen Tag bekommen.

»Du solltest so langsam aufbrechen«, bemerkte meine Mutter. »Es ist fast zwei, und es schneit schon wieder. Bleibst du heute Nacht im Hotel?«

Ich betrachtete stirnrunzelnd mein Spiegelbild und zerrte wieder am Krawattenknoten. Mein Kragen war zu eng. »Vielleicht. Ich werde dir Bescheid geben.«

»Tu es doch einfach.« Sie kam herein, drehte mich zu sich um und richtete meine Krawatte. »Dann kannst du entspannt sein und dich ein wenig amüsieren, ohne dir Sorgen wegen der Straßenverhältnisse machen zu müssen. Außerdem kannst du dir ein paar Drinks genehmigen. Länger bleiben und feiern. Jemanden zum Tanzen auffordern. Charmant sein und Konversation machen.«

Die Mädchen kicherten, und ich warf ihnen einen bösen Blick zu, bevor ich die Hände meiner Mutter wegschob. »Okay, das reicht. Ich muss los.«

»Tschüss, Daddy!« Alle drei hüpften vom Bett und drängten sich an mich, um sich umarmen zu lassen, während ich versuchte, durch die Tür zu kommen. »Viel Spaß!«

Ich umarmte und küsste sie, drückte meiner Mutter einen Kuss auf die Wange, winkte meinem Dad zu, der auf dem Sofa saß und sich ein Footballspiel ansah, und lief durch die Hintertür nach draußen.

Während der Fahrt ins *Cloverleigh*, die wegen des Schnees echt ätzend war, traf ich den Entschluss, die Nacht nicht mit Frannie zu verbringen. Es war zu egoistisch. Ich würde irgendeine Ausrede erfinden, warum ich nach Hause musste, und morgen konnten wir vielleicht reden.

Und dann sah ich sie.

Gegen Viertel vor vier streckte sie den Kopf in den Raum, in dem die Begleiter des Bräutigams auf den Beginn der Zeremonie warteten. »Haben alle etwas an?«

»Komm rein«, rief Woods.

Frannie trat ein, und meine Knie gaben beinahe unter mir nach. Sie trug ein Kleid aus schwarzem Samt, das sich eng an ihre Kurven schmiegte. Es hatte kurze Ärmel, einen tiefen V-Ausschnitt und reichte ihr genau bis zu den Knien. An den Füßen trug sie schwarze Riemchenschuhe mit spitzen, hohen Absätzen, und ihr mit Goldfäden geschmücktes gewelltes Haar fiel ihr offen über eine Schulter. Ich musste mich schwer beherrschen, um nicht zu ihr zu laufen und das Gesicht darin zu vergraben.

»Es ist so weit«, verkündete sie und lächelte uns mit ihren dunkelrot geschminkten Lippen an. »Ich habe die Anweisung, euch abzuholen und zur Scheune zu begleiten.«

»Endlich.« Woods schien begeistert, dass es endlich losging. »Hast du die Ringe?«, fragte er mich.

Ich klopfte auf meine Tasche. »Hab ich.«

Um zur Scheune zu kommen, mussten wir nach draußen, und ich ließ mich zurückfallen, um neben Frannie herzugehen. »Du siehst bezaubernd aus«, sagte ich zu ihr. »Aber dir ist bestimmt furchtbar kalt. Nimm mein Jackett.« Ich schlüpfte aus meiner Anzugjacke und legte sie ihr über die Schultern.

»Vielen Dank«, antwortete sie und lächelte mich schüchtern an. »Du siehst auch gut aus.«

»Wie geht es dir?«, erkundigte ich mich.

»Gut.« Sie schaute zu Woods hinüber, der praktisch auf die Scheune zurannte, und lachte. »Er ist echt aufgeregt.«

»Ja, stimmt.«

»Ich freue mich so für ihn. Für sie beide.« Dann seufzte sie. »Und ich bin neidisch.«

»Weil du heiraten willst?«

»Nun ja, irgendwann schon. Aber vor allem beneide ich sie darum, dass sie einfach so zusammen sein können. Ich wünschte, das wäre bei uns auch so. Kannst du heute Nacht bleiben?« Sie schenkte mir ein hoffnungsvolles Lächeln.

Ich runzelte die Stirn und öffnete ihr die Tür zur Scheune, hin- und hergerissen zwischen dem, was ich wollte, und dem, was ich sollte. Aber so oder so war jetzt nicht der richtige Zeitpunkt, sich damit zu beschäftigen. »Wahrscheinlich.«

Ihr Lächeln wurde noch strahlender, und ihre Augen leuchteten. »Schön. Okay, hier hast du dein Jackett wieder. Ich muss April Bescheid geben, dass du da bist. Rühr dich nicht von der Stelle.«

Ich sah ihr nach und fühlte mich einfach nur beschissen. Hier stand ich, neben meinem besten Freund, der die Liebe seines Lebens heiratete, und fühlte mich beschissen. Ich schaute zu, wie die beiden ihre Gelübde sprachen, sich gegenseitig die Ringe über die Finger streiften und ihren ersten Kuss als Mann und Frau austauschten – und von Sekunde zu Sekunde fühlte ich mich miserabler.

Denn ich wusste, dass Frannie ebenfalls zuschaute, und ich sah ihre staunend aufgerissenen Augen vor mir, feucht vor Rührung, während sie voller Freude lächelte. Wahrscheinlich träumte sie von dem Tag, an dem sie am Arm ihres Vaters durch die Stuhlreihen schritt, genau wie Stella in diesem Moment, strahlend vor Glück, während ihr zukünftiger Ehemann darauf wartete, ihre Hand zu nehmen, ein neues Leben zu beginnen, eine Familie zu gründen. Das konnte ich ihr nicht geben. Ich konnte ihr überhaupt nichts geben. Mir war es ja nicht einmal möglich, sie vor den Kindern zu küssen.

Im Laufe des Abends fühlte ich mich immer schlechter. Für die Fotos zwang ich mich zu einem Lächeln, doch mein Essen rührte ich kaum an. Steif beobachtete ich von meinem Platz am Tisch des Hochzeitspaars aus, wie die Braut und der Bräutigam den ersten Tanz absolvierten, während ich mich an meinem zweiten Glas Scotch festhielt.

Frannie saß bei ihrer Familie, und ich spürte, dass sie mich während des gesamten Essens quer durch den Raum beobachtete, aber ich suchte kein einziges Mal ihren Blick. Das Wissen, dass ich ihr das Herz brechen würde, brachte mich um. Ich wollte es nicht heute Nacht tun, aber ich war nicht sicher, ob ich es noch länger aushielt. Ich war noch nie ein Mensch gewesen, der das Unvermeidbare hinauszögerte. Warum also diese Folter in die Länge ziehen?

Nachdem der Kuchen serviert war und alle zu tanzen

begannen, kam sie zu mir herüber, ein Glas Sekt in der Hand.

»Hey«, sagte sie und ließ ein Lächeln aufblitzen.

»Hey.«

»Hat dir der Kuchen nicht geschmeckt?« Sie deutete auf meinen unangetasteten Dessertteller. Ich hatte noch nicht einmal gekostet.

»Ich habe keinen großen Hunger.«

Sie zog die Augenbrauen hoch. »Das habe ich aus deinem Mund noch nie gehört. Geht es dir nicht gut?«

»Tatsächlich fühle ich mich nicht besonders.« Ich lockerte den Knoten meiner Krawatte. »Mir ist ein wenig warm.«

»Nun, ich wollte dich eigentlich fragen, ob du mit mir tanzen möchtest, aber vielleicht würdest du stattdessen lieber ein wenig Luft schnappen?«

»Ähm, ja. Luft wäre gut.«

Sie stellte ihren Sekt auf den Tisch. »Ich hole nur schnell meine Jacke von hinten.«

»Du kannst meine anziehen.« Ich schlüpfte aus meinem Jackett, und sie schob die Hände in die viel zu langen Ärmel.

»Danke.« Sie schlang die Arme um sich. »Mmmh. Schön warm.« Sie schnupperte am Kragen. »Und riecht gut.«

Das mulmige Gefühl in meinen Eingeweiden wurde schlimmer, als wir in den hinteren Teil der Scheune gingen und uns auf die überdachte Terrasse hinausschlichen. Im Sommer hätten auch hier draußen Hochzeitsgäste gesessen, aber jetzt im Februar hatten wir die Terrasse für uns.

Frannie atmete tief durch, und eine kleine weiße Wolke wallte durch die eiskalte Dunkelheit. »Puh, es war wirklich warm da drinnen.«

»Ja.« Ich schob die Hände in die Hosentaschen und atmete meinerseits ein paarmal tief ein und aus in der Hoffnung, dass es meine angespannten Nerven beruhigte.

»Aber du bist damit noch lange nicht vom Haken. Ich will immer noch mit dir tanzen.« Sie stieß mich sanft mit dem Ellbogen an.

»Ich bin mir nicht sicher, ob das eine gute Idee wäre.«

Sie drehte sich zu mir um. »Warum nicht?«

»Weil …« Ich zwang mich, es auszusprechen, obwohl es mir das Herz zerriss. »Ich denke, wir sollten etwas langsamer machen. Die Sache ein wenig abkühlen lassen.«

Sie schüttelte kaum merklich den Kopf. »Was? Woher kommt denn das jetzt?«

»Ich finde, dass das mit uns einfach ein bisschen zu schnell geht.«

»Seit wann?«

Ich zuckte die Achseln. »Letzte Woche.«

»Ich versteh das nicht. Am Mittwoch in deinem Büro war noch alles in Ordnung. Seither habe ich dich kaum zu Gesicht bekommen.«

»Das ist ein Teil des Problems, Frannie. Wir können uns nicht einmal sehen. Es ist einfach zu schwierig mit der ganzen Heimlichtuerei. Und es ist dir gegenüber nicht fair.«

Wieder schüttelte sie den Kopf, und jetzt glitzerten Tränen in ihren Augen. »Ich habe es dir schon hundert Mal gesagt, es macht mir nichts aus.«

»Aber mir macht es etwas aus. Ich kann nicht mehr so

weitermachen. Es fühlt sich einfach beschissen an. Ich kann nicht so sein, wie du es verdienst, und gleichzeitig so, wie meine Kinder es brauchen. Ich kann es einfach nicht. Ich habe das Gefühl, es zerreißt mich.«

»Aber Mack«, protestierte sie, und eine Träne lief ihr über die Wange. »Ich liebe dich. Ich kann dich nicht einfach aufgeben.«

Es fühlte sich an wie ein Vorschlaghammer gegen den Brustkorb. »Sag das nicht. Es macht das Ganze nur noch schlimmer.«

»Aber es ist wahr«, schluchzte sie. »Ich habe in meinem ganzen Leben noch nie so für jemanden empfunden.«

»Du bist noch so jung, Frannie. Du wirst jemand anderen treffen, der so sein kann, wie du es willst.«

»Ich will *dich*, du Vollidiot«, sagte sie und wollte sich über die Augen wischen, hatte aber Mühe, ihre Hand aus den langen Ärmeln meines Jacketts zu befreien. Schließlich gab sie es auf und ließ den Tränen freien Lauf, während ich hilflos und zornig dastand. Bei dem Gedanken, sie könnte mit einem anderen zusammen sein, hätte ich am liebsten meine Faust durch die Glastür der Scheune geschlagen.

»Das glaubst du vielleicht, aber es stimmt nicht«, erklärte ich. »Was denkst du, wohin das mit uns führen wird, Frannie? Wo endet es? Denn irgendwann muss es enden.«

»Warum?« Sie weinte jetzt noch heftiger.

»Weil du etwas willst, das ich dir nicht geben kann.«

»Und das wäre zum Beispiel?«

»Du willst heiraten. Kinder.« Ich schüttelte den Kopf.

»Ich werde nie wieder heiraten, und ich habe bereits drei Kinder.«

»Davon habe ich doch nie gesprochen«, sagte sie und kriegte endlich eine Hand aus dem Ärmel, um sich mit dem Unterarm über die Nase zu wischen.

»Aber es ist wahr, oder etwa nicht? Du beneidest Ryan und Stella, weil du bei ihnen siehst, wie einfach es sein könnte. Du wünschst dir ein Versprechen auf eine gemeinsame Zukunft, und du solltest alles bekommen, was du dir wünschst. Aber ich kann keine Rolle in dieser Zukunft spielen, und wenn du das im Laufe der Zeit begriffen hättest, dann hättest du mich verlassen.«

»Du meinst, du *willst* es nicht.«

»Was?«

»Du willst keine Rolle in meiner Zukunft spielen.« Sie kam einen Schritt näher und sah mir direkt in die Augen. »Du entscheidest dich dafür, diese Sache jetzt zu beenden, weil du lieber allein sein möchtest, als ein Risiko einzugehen und eine Zukunft mit mir zu wagen. Du hast Angst.«

»Ich bin einfach realistisch«, widersprach ich. »Ich kenne mich und weiß, was ich leisten kann und was nicht. Und die Mädchen hängen bereits viel zu sehr an dir. Was passiert mit ihnen, wenn die Beziehung in die Brüche geht? Sie wären am Boden zerstört. Sie würden mich hassen.«

»Schieb es nicht auf die Mädchen«, sagte sie, schlüpfte aus meinem Jackett und drückte es mir in den Arm. »Das ist ganz allein deine Entscheidung.«

»Frannie, bitte. Ich wollte nicht, dass es so endet.«

Aber sie wirbelte auf dem Absatz herum, riss die Tür auf und verschwand in der Scheune.

Mit hängendem Kopf stand ich für einen Moment da, mein Jackett in den Händen, und sagte mir, dass ich richtig entschieden hatte – für meine Kinder, für Frannie, für mich selbst.

Aber ich hatte mich noch nie schlechter gefühlt.

Irgendwie überstand ich den größten Teil der Hochzeitsparty, aber kurz nach neun teilte ich Woods mit, dass ich weg müsse. Ich erzählte ihm, eins der Kinder fühle sich nicht wohl. Wahrscheinlich war ihm völlig klar, dass es Bullshit war, aber er sagte nichts, sondern umarmte mich nur und versprach, mich anzurufen, sobald er und Stella aus den Flitterwochen zurückkämen. Ich gratulierte beiden noch einmal, gab Stella einen Kuss auf die Wange und ging.

Ich wusste, was Frannie gemeint hatte, als sie gesagt hatte, sie würde die beiden beneiden. Mir ging es genauso.

Mein Wintermantel befand sich noch in meinem Büro, also lief ich zum Hotel, um ihn zu holen. Im Büro ließ ich mich auf meinen Stuhl fallen und blieb für einen Moment dort sitzen. Ich war niedergeschlagen und fühlte mich vollkommen leer. Es schien unmöglich, dass erst vor wenigen Tagen Frannie hier auf diesem Schreibtisch vor mir gelegen hatte und ich an nichts anderes gedacht hatte als daran, ihr wunderbare Gefühle zu schenken.

Eigentlich hätte ich es besser wissen müssen.

Ich presste die Augen fest zusammen, um das Bild von ihr und all dem Guten, das sie in mein Leben gebracht hatte, zu verscheuchen, sprang auf, warf mir meinen Mantel über den Arm und sah zu, dass ich weg kam.

Zu Hause zog ich mich im Badezimmer aus und kroch

in die untere Koje von Millies Etagenbett, wo ich schlief, während meine Eltern zu Besuch waren. Aber heute Nacht würde ich mit Sicherheit keinen Schlaf finden. Wann immer ich die Augen schloss, sah ich in der Dunkelheit, wie Frannie Tränen über die Wangen liefen. Ich hörte sie sagen, dass sie mich liebte. Ich spürte die zentnerschwere Last der Gewissheit, dass ich ihr das Herz gebrochen hatte.

Ich konnte nur hoffen, dass sie mir eines Tages verzeihen würde.

# Kapitel 27

## Frannie

Mit gesenktem Kopf lief ich durch die Scheune, die vom fröhlichen Lärm der Hochzeitsfeier erfüllt war – die Band spielte, Besteck klirrte gegen Gläser, Gäste lachten und redeten durcheinander. Während mir immer noch die Tränen über die Wangen liefen, bahnte ich mir blind den Weg durch den Raum auf der Suche nach April. Als ich sie am Kuchentisch entdeckte, steuerte ich direkt auf sie zu.

»Hey«, murmelte ich und tippte ihr auf die Schulter.

»Hey.« Sie drehte sich um und schnappte dann nach Luft. »Was ist passiert?«

»Ich muss weg. Kommst du für den Rest des Abends ohne mich zurecht?«

»Natürlich. Alles okay bei dir?«

Ich schüttelte den Kopf und versuchte, das Schluchzen zu unterdrücken, das aus mir hervorzubrechen drohte. »Mack hat Schluss gemacht.«

Sie keuchte auf. »Warum?«

»Er hatte eine Menge Gründe, aber ich will jetzt eigentlich nicht darüber reden.«

»Okay. Das verstehe ich.« Sie umarmte mich. »Geh und weine dich aus. Ich ruf dich morgen an.«

»Danke. Denk dir irgendeine Entschuldigung für Mom und Dad für mich aus, ja?«

»Geht in Ordnung. Es tut mir wirklich leid, Frannie. Ich weiß, was du für ihn empfindest.«

Ich konnte nicht einmal mehr reden, daher nickte ich nur und ging. Meine Brust schmerzte, und meine Kehle war wie zugeschnürt. Nachdem ich meinen Mantel aus dem hinteren Büro geholt hatte, schob ich die Hände in die Taschen, ging über den Weg zum Hotel und ließ meine Tränen ungehindert fließen.

Als ich mich heute Abend angezogen hatte, war ich so aufgeregt gewesen. So voller Hoffnung, so glücklich.

Wie hatte das alles nur so schnell so schieflaufen können?

Am nächsten Morgen weckte mich ein Klopfen an der Wohnungstür. Ich griff nach meinem Handy, um auf die Uhr zu sehen. Zu meiner Überraschung war es bereits nach zehn. Ich schlief sonst nie so lange, aber ich hatte ja auch die ganze Nacht kaum ein Auge zugetan.

Ich schleppte mich aus dem Bett, zog mir meinen Morgenmantel über und stolperte zur Tür.

»Ja?«, krächzte ich, bevor ich öffnete. Meine Stimme war vom Weinen ganz heiser, und meine Augen brannten immer noch.

»Hey, Schätzchen. Alles okay?« Das war Chloes Stimme.

Ich öffnete. Sie stand mit zwei Kaffeebechern aus Pappe vor der Tür. »Ich nehme an, April hat dir erzählt, was mit Mack passiert ist.«

»Ja, aber sie hat nur mit mir darüber gesprochen. Mom

und Dad denken, du hättest dich nicht wohlgefühlt, was Mom natürlich in Panik versetzt hat, aber dann habe ich ihr gesagt, es seien lediglich Regelbeschwerden.«

»Danke. Komm doch rein.«

»Du siehst furchtbar aus«, bemerkte sie und schloss mit einem Tritt die Tür.

»Ich fühle mich schlimmer«, versicherte ich ihr, während ich zum Sofa ging. Ich ließ mich darauf fallen, rollte mich ganz klein zusammen und zog mir meine Felldecke um die Schultern.

»Willst du darüber reden?« Sie setzte sich neben mich und stellte einen Becher auf den Tisch. »Der ist für dich.«

»Was gibt es da zu reden?« Ich bettete das Kinn auf die Knie. »Er will mich nicht.«

»Tut mir leid, das kaufe ich ihm nicht ab. Ich habe gesehen, wie er dich anschaut, ich habe gehört, wie er über dich spricht. Der Mann vergöttert dich.«

»Nicht genug«, widersprach ich, und meine Kehle schnürte sich erneut zusammen. »Er hat gesagt, das mit uns ginge viel zu schnell und dass er ein mieses Gefühl dabei hätte. Er hasst diese ganze Heimlichtuerei, aber er will es den Kindern nicht erzählen.«

»Das kapiere ich nicht.« Chloe schüttelte stirnrunzelnd den Kopf. »Ich könnte es ja verstehen, wenn du irgendeine wildfremde Frau wärst, die er in irgendeiner Bar aufgegabelt hat und die er nicht voreilig seinen Kinder vorstellen will. Aber er kennt dich seit Jahren. Er kennt unsere ganze Familie seit Ewigkeiten. Und seine Kinder lieben dich.«

»Ich glaube, das ist Teil des Problems.« Ich atmete bebend ein. »Er hat Angst, dass sie sich zu sehr an mich binden.«

»Wieso ist das ein Problem?«

»Es wäre keins, wenn wir dasselbe wollten, was die Zukunft betrifft. Aber er behauptet, er wolle nie wieder heiraten, und er will keine weiteren Kinder.«

»Ist das in Ordnung für dich?«

»Ich weiß es nicht. Ich meine …« Ich schniefte. »Eigentlich nicht. Eines Tages will ich heiraten und Kinder haben. Aber es ist nicht so, als würde ich das morgen brauchen! Warum können wir nicht abwarten, wohin das mit uns führt? Warum muss er jetzt schon Panik schieben?«

»Vielleicht will er dir oder den Kindern keine falschen Hoffnungen machen.« Chloe nippte an ihrem Kaffee und zuckte die Achseln. »Ich meine, sagen wir, es ist ein Jahr lang ganz toll, und dann fängst du an, von einem Diamantring und einem langen weißen Kleid zu träumen. Was passiert dann?«

»Dann können wir darüber reden«, blaffte ich, verärgert, dass sich meine Schwester auf seinen Standpunkt stellte.

»Okay, sagen wir, ihr redet darüber, und er bleibt bei seinem Entschluss. Es wird keine zweite Mrs Declan MacAllister geben. Was dann?«

Das bereitete mir Kopfzerbrechen. »Keine Ahnung. Warum kann er mich, verdammt noch mal, nicht einfach genug lieben? Und warum stellst du dich auf seine Seite?«

»Oh, Schätzchen, das tu ich nicht. Meiner Meinung nach ist er verrückt, wenn er dich aufgibt. Ich versuche nur, deiner Erkenntnis auf die Sprünge zu helfen, dass es nicht stimmt, dass er für dich nicht dasselbe empfindet wie du für ihn. Aber er ist älter als du und hat schon erheblich mehr hinter sich. Er schätzt die Situation anders ein als du. Und er schleppt viel mehr Ballast mit sich herum.«

»Ich weiß. Vergiss es einfach. Es ist hoffnungslos.« Ich brach wieder in Tränen aus. Dann kippte ich in meinem Kunstfellkokon zur Seite und bettete den Kopf in Chloes Schoß. »Es war von Anfang an hoffnungslos.«

Sie streichelte mir übers Haar und ließ mich weinen, aber sie sagte mir nicht, dass ich mich irrte.

# Kapitel 28

Mack

Am Montagmorgen betrat ich das Hotel durch die Hintertür, um nicht an der Rezeption vorbei zu müssen. Aber am Nachmittag hielt ich es nicht mehr aus, also suchte ich mir eine Ausrede, um zur Rezeption zu gehen. Frannies Mutter saß allein dort, und ich stellte ihr eine belanglose Frage, bevor ich wieder durch den Flur in mein Büro verschwand.

Der Tag zog sich endlos in die Länge, und ich bekam sie nicht ein einziges Mal zu Gesicht. Langsam machte ich mir Sorgen. Ein paarmal zog ich mein Handy hervor und dachte darüber nach, ihr eine SMS zu schicken oder sie anzurufen, um mich davon zu überzeugen, dass es ihr gut ging, aber ich konnte mich nicht dazu überwinden.

Doch als sie auch am Dienstag nicht da war, hielt ich es nicht länger aus. Gegen zehn ging ich zur Rezeption und fragte Daphne, wo sie sei.

»Oh, hat sie Ihnen das nicht erzählt? Sie arbeitet seit Anfang dieser Woche in dem Café in Traverse City. Sie meinte, es wäre eine gute Idee, so bald wie möglich dort anzufangen und sich einzuarbeiten, bevor sie ihr eigenes Geschäft startet.« Dann seufzte sie. »Ich finde immer noch, dass es eine verrückte Idee ist, und ich habe keine Ahnung, was sich ihr Vater dabei denkt, sie darin zu bestärken, aber …« Sie hob die Hände. »Ich bin ja nur ihre Mutter, was weiß ich schon?«

»Dann arbeitet sie also überhaupt nicht mehr hier?«

Daphne schüttelte den Kopf. »Nein. Am Sonntagnachmittag kam sie herunter und hat verkündet, dass sie so bald wie möglich dort anfangen will, und dass ich bitte ab Montag ohne sie zurechtkommen müsse. Jetzt suche ich nach einem Ersatz für sie. Sie kennen nicht zufällig jemanden, der für unsere Rezeption geeignet wäre, oder?«

»Nicht aus dem Stegreif, aber ich denke darüber nach.« Ich wünschte ihr viel Glück und ging in mein Büro zurück, wo ich mich auf meinen Stuhl sinken ließ und mit leerem Blick auf meinen Laptop starrte. Also würde ich sie hier nicht mehr sehen. Ich runzelte die Stirn. Hatte sie meinetwegen vorzeitig gekündigt? Würde sie jetzt auch aufhören, auf die Mädchen aufzupassen? Und hatte sie vor, sich mit mir in Verbindung zu setzen, um es mich wissen zu lassen?

Beunruhigt und frustriert und zornig auf mich selbst fuhr ich nach Hause. Natürlich ließ ich es an den Kindern aus, blaffte sie wegen irgendwelcher Hausaufgaben an, brüllte wegen kleinerer Haushaltspflichten herum und verlangte, dass sie klaglos aßen, was ich ihnen vorsetzte, oder ich würde verdammt noch mal ausrasten. Ich brachte Winnie zum Weinen, schickte Millie auf ihr Zimmer und ignorierte Felicity, als sie mich fragte, warum ich mich wie ein brummiger alter Mann benähme.

Außerdem warf ich eine *Menge* Geld in die Schimpfwortkasse.

Am nächsten Tag entschuldigte ich mich und versuchte, es wiedergutzumachen, indem ich sie nach der Therapiesitzung zum Taco-Essen einlud. Als wir nach Hause kamen, ging ich in mein Zimmer und rief Frannie an. Sie ging nicht ans Telefon, und ich hinterließ ihr eine Nachricht.

»Hi, ich bin's. Ich frage mich bloß, ob du diese Woche trotzdem kommst, um auf die Mädchen aufzupassen. Gib mir Bescheid.« Dann hielt ich inne und kämpfte gegen den Drang an, weiterzusprechen und ihr zu sagen, dass ich sie vermisste, es mir leidtat und dass ich sie auch liebte, es aber für mich einfach zu schwer war. »Ich hoffe, es geht dir gut.«

Ich legte auf und warf das Handy aufs Bett. Dann raufte ich mir die Haare. *Natürlich geht es ihr nicht gut, du Idiot. Geht es* dir *etwa gut?*

Es ging mir nicht gut. Erst recht nicht, als ungefähr eine Stunde später ihre Nachricht kam, die besagte:

Ich werde da sein.

Das war alles. Vier Worte.

Ich tippte eine Erwiderung, löschte sie, tippte eine weitere und löschte auch diese.

*Lass sie einfach in Ruhe, MacAllister. Es ist das, was sie will. Immerhin das kannst du ihr geben.*

Als ich am Donnerstag von der Arbeit nach Hause fuhr, umklammerte ich das Steuerrad so fest, dass meine Knöchel weiß wurden. Noch nie war ich bei dem Gedanken, mein eigenes Haus zu betreten, so nervös gewesen.

Frannie stand mit Felicity an der Theke, und sie schauten beide auf, als ich in die Küche kam. Keine von ihnen schien besonders glücklich darüber zu sein, mich zu sehen.

»Hey«, sagte ich und räusperte mich.

»Hi, Daddy. Wir schreiben.«

»Gut.«

Frannie ließ sich von ihrem Stuhl gleiten. »Millie ist beim Ballett. Ich glaube, Winnie ist oben im Bad.«

»Okay.« Ich schob die Hände in meine Taschen.

»Tschüss, Felicity. Wir sehen uns morgen.« Mit abgewandtem Blick ging Frannie an mir vorbei in den Flur, und ich folgte ihr.

»Wie läuft es im neuen Job?«, fragte ich.

»Gut.« Sie zog ihre Stiefel an und schlüpfte in ihren Mantel.

»Gefällt es dir?«

»Mmhm.« Sie befreite ihr Haar aus dem Kragen ihres Mantels und zog den Reißverschluss hoch. »Wir sehen uns morgen.«

»Frannie, warte.«

Sie erstarrte, den Rücken mir zugewandt, eine Hand an der Tür.

»Ich hasse das hier«, sagte ich leise.

»Ich auch. Wenn du dir jemand anderen für die Mädchen suchen willst, habe ich Verständnis dafür.«

Ich schluckte hörbar. »Sie würden dich vermissen.«

»Ich würde sie auch vermissen.«

»Um ehrlich zu sein, ich war mir nicht mal sicher, ob du heute auftauchen würdest.«

»Es ist mir auch schwergefallen, aber …« Sie schaute mich an. »Ich bin ihretwegen gekommen.«

Ich nickte langsam. »Könntest du einmal noch kommen? Morgen? Für nächste Woche suche ich dann nach einem Ersatz.«

»Natürlich.« Sie hielt inne. »Ich kann ihnen ja sagen, es sei wegen meines neuen Jobs im Café. Damit sie nicht verunsichert sind oder … verletzt.«

Sie stellte sie immer noch an die erste Stelle. Es zerriss mir das Herz. »Ich werde mich darum kümmern. Du brauchst ihnen gar nichts zu erzählen.«

Sie verließ das Haus, ohne auf Wiedersehen zu sagen.

Der Abend wurde dann eine Wiederholung des Dienstags, nur dass ich diesmal Millie zum Weinen brachte, Felicity auf ihr Zimmer schickte und Winnie nicht einmal wollte, dass ich Ned dem Hammerhai aus dem Shedd einen Gutenachtkuss gab.

»Er mag es nicht, wenn du rumbrüllst«, ließ sie mich wissen und legte schützend die Arme um das Stofftier.

»Sag ihm, dass es mir leidtut.« Ich strich ihr das feuchte Haar aus dem Gesicht. »Ich hatte einen doofen Tag.«

»Soll ich dich in den Arm nehmen?«, fragte sie. »Frannie sagt, eine Umarmung macht einen doofen Tag besser.«

Ich nickte, und meine Kehle schmerzte. »Ja. Ich glaube, das hätte ich tatsächlich gern.«

Sie setzte sich auf und schlang mir die Arme um den Hals. Ich drückte die Kleine dicht an mich, atmete ihren Babyshampooduft ein und versuchte, den Kloß in meiner Kehle herunterzuschlucken. Ich wollte für sie und die beiden anderen doch einfach nur das Richtige tun.

Aber woher wusste man, was das Richtige war? Was sich für mich richtig anfühlte, war nicht zwangsläufig das Beste für sie. Warum nur musste alles so kompliziert sein?

Am Freitagnachmittag saß ich an meinem Schreibtisch, den aufgeklappten Laptop vor mir, aber mein Blick war nicht auf den Bildschirm gerichtet. Ich starrte das Foto auf meinem Schreibtisch an, das Frannie vergangenen Sommer beim *Cloverleigh*-Picknick aufgenommen hatte. Winifred saß auf meinen Schultern, ihre kleinen Hände in meinen, und die beiden anderen hingen wie Äffchen an meinen Oberarmen, ihre Füße in der Luft. Ich erinnerte mich so lebhaft an diesen Tag, weil es der erste Tag nach Carlas Verschwinden gewesen war, an dem alle drei Kinder vollkommen glücklich gewirkt hatten – keine Tränen, keine Fragen nach ihrer Mutter, überhaupt kein Gejammer. Zum ersten Mal war es mir möglich erschienen, dass wir klarkommen würden. Dass es immer schöne Dinge geben würde, auf die wir uns freuen konnten.

An diesem Tag hatten wir das meiste, was schön gewesen war, Frannie zu verdanken gehabt. Sie hatte sich jede Menge Aktivitäten einfallen lassen, von denen sie wusste, dass sie den Kindern Spaß machen würden – Spiele und Basteln und Zeit mit den Tieren. Sie hatte sie fast während des gesamten Picknicks beschäftigt, was mir die Gelegenheit gegeben hatte, mich mit Kollegen und Freunden zu entspannen. Tatsächlich hatte sich das *Cloverleigh* für mich schon immer wie Familie angefühlt, und Frannie war ein Teil davon gewesen.

Jetzt war sie fort, und ich vermisste sie schrecklich. Es würde noch schlimmer werden, wenn ich ein neues Kindermädchen als Ersatz für sie einstellte. Ich würde sie weder bei der Arbeit noch zu Hause zu Gesicht kriegen. In meinem Leben hatte sich ein Abgrund aufgetan, ein riesiges, klaffendes Loch – das ich mir selbst gegraben hatte.

Ich ließ die Stirn in die Hände fallen.

»Alles okay?«, ertönte eine tiefe Stimme.

Ich schaute auf und sah John Sawyer in meiner Bürotür stehen. »Oh, hallo, John, kommen Sie herein.«

Beim Eintreten zog er sich seine Jeans hoch. »Es ist schon fast fünf. Warum machen Sie nicht Feierabend?«

»Dasselbe könnte ich Sie fragen.« Ich klappte meinen Laptop zu und deutete auf einen Stuhl mir gegenüber. »Nehmen Sie doch Platz.«

Er ließ sich darauf nieder und atmete aus. »Ich bin auf dem Weg nach draußen. Meine Frau hat mir das Versprechen abgenommen, nach fünf Uhr nicht mehr zu arbeiten, wenigstens im Winter.«

»Keine schlechte Idee.«

»Sie hat alle möglichen Ideen, wie wir unsere Winterabende verbringen, unseren Horizont erweitern und gesund bleiben können. Und sie hängt mir ständig in den Ohren, ich solle mich zur Ruhe setzen. Sie will mehr reisen.« Er schüttelte den Kopf und fuhr sich mit einer Hand durchs silbergraue Haar. »Jetzt hat sie auch noch Chloe und April auf ihre Seite gezogen. Die haben sich alle gegen mich verschworen. Versuchen, mich auszubooten.«

Ich lachte. »Das kann ich mir nicht vorstellen.«

»Es ist wahr, Sie werden schon sehen«, brummte er. »Töchter werden erwachsen und wenden sich gegen einen, Mack. An einem Tag scheinen sie noch süß und unschuldig und halten beim Überqueren der Straße Ihre Hand, und dann, ehe man sich's versieht, sind sie plötzlich erwachsen und haben eigene Vorstellungen, wie die Dinge laufen sollen, und eine eigene Meinung zu allem, was man tut oder nicht tut …« Er schnippte mit den Fingern. »Im Handumdrehen.«

In Ansätzen konnte ich das bereits bei meinen Kindern erkennen und wusste, dass er recht hatte. »Ja. Die Zeit vergeht viel zu schnell.«

Wieder seufzte Sawyer. »Verdammt, das tut sie. Und ich nehme an, man muss das Beste aus der Zeit machen, die man auf dieser Erde hat. Es ist ja nicht so, als gäbe es irgendwelche Garantien für ein langes Leben.«

Ich sah ihn besorgt an. »Sie sind aber nicht krank, oder?«

Er wedelte wegwerfend mit einer Hand. »Nun, ich habe ein bisschen Probleme mit meinem Blutdruck, und die alte Pumpe nutzt sich langsam etwas ab, aber das ist nichts, womit ich nicht zurechtkomme.«

»Das ist gut.«

Er sah sich in meinem Büro um, und die Stille wurde irgendwie unangenehm. Wusste er von Frannie und mir? Wusste er, dass es aus war zwischen uns? Ich hatte das Gefühl, ihm eine Erklärung schuldig zu sein, als hätte ich sein Vertrauen und seine Großzügigkeit ausgenutzt. Ich überlegte gerade, wie ich anfangen sollte, als er erneut das Wort ergriff.

»Mack, Sie wissen, dass Sie für uns zur Familie gehören.« Er griff nach dem Foto von mir und den Mädchen, das ich mir kurz zuvor angesehen hatte, und nahm es auf den Schoß.

Seine freundlichen Worte waren wie ein Tritt in die Eingeweide. »Ich danke Ihnen, Sir.«

»Und ich hoffe, Sie wissen, dass Sie hier immer willkommen sein werden.«

»Vielen Dank. Ich bin …« Ich räusperte mich. »Ich bin sehr froh darüber, Teil des Teams zu sein.«

Er sah mich an. »Es ist mehr als ein Team.«

Ich nickte. Meine Kehle war zu trocken, um zu sprechen.

Er stellte das Foto auf den Schreibtisch zurück und sagte: »Ich habe keinen Sohn, und mein Schwiegersohn ist nur selten hier. Wenn Sie also irgendwann mal Lust hätten, fischen oder angeln zu gehen oder etwas in der Art, geben Sie mir Bescheid. Falls ich es demnächst ein wenig ruhiger angehen lasse, werde ich viel freie Zeit haben. Und die würde ich gern mit Dingen ausfüllen, die mir Spaß machen, sie mit Menschen verbringen, die mir am Herzen liegen.«

»Klingt nach einem guten Plan.« Ich versuchte zu lächeln, aber ich fühlte mich beschissen. Nach dem, was ich Frannie angetan hatte, verdiente ich seine Freundlichkeit nicht. Ich verdiente es nicht, dass er mich wie ein Familienmitglied behandelte, mir einen Angelausflug anbot oder mich als Ersatzsohn betrachtete. War das seine Art, mir mitzuteilen, dass er mit einer Beziehung zwischen mir und seiner Tochter einverstanden wäre? Verdammt, auch das hatte ich nicht verdient! Ich wünschte beinahe, er wäre mit zornesrotem Gesicht zu mir gekommen und hätte gewettert, dass ich sie so nicht behandeln und auch noch glauben könne, damit durchzukommen. Ich wünschte, er hätte mir eine verpasst.

Bei meiner Rückkehr nach Hause war ich angespannt, und Frannie sah mich kaum an, bevor sie die Kinder zum Abschied umarmte und im Flur verschwand, um Stiefel und Mantel anzuziehen. Und wieder lief ich hinter ihr her.

»Hast du ihnen gesagt, dass du nicht mehr kommst?«, fragte ich.

»Nein.« Sie stieg in ihre Stiefel. »Du hast mich gebeten, es nicht zu tun.«

»Ich weiß. Dann mache ich das heute Abend. Ich habe vorhin mit einer Agentur gesprochen. Sie haben gesagt, es wäre kein Problem, bis nächste Woche einen neuen Babysitter zu finden.«

»Gut.« Sie zog den Reißverschluss ihres Mantels hoch und setzte die Mütze auf. Heute hatte sie wieder Zöpfe, und aus irgendeinem Grund machte mich der Anblick noch trauriger. Nie wieder würde ich ihr Haar riechen. Oder es kämmen. Oder sehen, wie es sich über mein Kissen breitete, auf meine Brust herunterhing oder über ihren nackten Rücken fiel.

Ich schob die Hände in die Taschen, und mir tat das Herz weh. »Ich schätze, dann sieht man sich irgendwann mal.«

Sie schaute mich kaum an, bevor sie hinausging und die Tür hinter sich schloss. Ein paar verzweifelte Sekunden lang versuchte ich, mir einen Grund auszudenken – *irgendeinen* Grund –, ihr nachzulaufen, sie noch ein kleines Weilchen länger hierzubehalten. Aber ich konnte nicht.

Stattdessen ging ich ins Wohnzimmer, schob die Gardine beiseite und spähte nach draußen, um zuzusehen, wie sie in ihren Wagen stieg. Sie ließ den Motor an, fuhr aber nicht sofort los. Ich dachte erst, sie telefoniere vielleicht oder schicke jemandem eine SMS, aber dann ließ sie das Gesicht in die Hände sinken, und ich begriff, dass sie weinte.

Meine Brust fühlte sich an, als würde sie entzweigerissen.

»Daddy, was machst du da?«, fragte Felicity, die hinter mich getreten war.

»Gar nichts«, sagte ich und ließ schnell die Gardine fallen.

»Doch, du machst etwas, du beobachtest Frannie«, widersprach sie, sprang aufs Sofa und schob die Gardine wieder beiseite. Dann schnappte sie hörbar nach Luft. »Oh, sie weint!«

»Sie weint?« Sofort sprangen die beiden anderen Mädchen ebenfalls aufs Sofa und reckten die Hälse, um besser sehen zu können.

Ich zog die Gardine wieder vors Fenster. »Ich weiß nicht.«

»Doch, sie weint wirklich, das sehe ich genau«, sagte Millie. »Wir sollten sie hereinholen. Was ist, wenn sie Hilfe braucht?«

»Nein!«, brüllte ich sie an. »Lasst sie in Ruhe!«

Alle drei sahen mich überrascht an.

Ich fuhr mir mit einer Hand durchs Haar und senkte die Stimme. »Manchmal sind Erwachsene wegen etwas traurig. Frannie geht es gut.«

»Woher weißt du das?« Millie ließ nicht locker. »Sie hat uns gar nicht gesagt, dass sie traurig ist.«

»Ich weiß es eben«, blaffte ich. Ich dachte an ihren Vater und seine freundlichen, vertrauensvollen Worte heute Nachmittag, und ich fühlte mich noch mieser.

»Hast *du* sie traurig gemacht?«, hakte Millie in vorwurfsvollem Ton nach. »Hast du sie angeschrien? Mich machst du traurig, wenn du mich anschreist.«

»Mich auch«, fiel Felicity ein. »Und du hast diese Woche ziemlich oft rumgeschrien.«

»Warum hast du Frannie angeschrien?« Millie verschränkte die Arme vor der Brust. »Wir haben Frannie lieb. Du solltest dich bei ihr entschuldigen. Wahrscheinlich hast du ihr Angst gemacht!«

»Verdammt noch mal, Millie, ich habe Frannie nicht angeschrien!«

»Jetzt schreist du mich an.«

»Nein, tue ich nicht!«, brüllte ich.

Winnie begann zu weinen und rannte die Treppe hinauf. Felicity und Millie wechselten einen Blick, der so viel sagte wie: *Oh mein Gott, Dad dreht durch.*

»Hört mal«, sagte ich und versuchte, ruhig zu bleiben. »Manchmal schreien Dads eben. Es bedeutet nicht, dass sie ihre Kinder nicht lieb haben. Es bedeutet einfach, dass sie einen schlechten Tag haben.«

»Frannie sagt, eine Umarmung macht einen schlechten Tag besser«, verkündete Felicity und schob ihre Brille nach oben. »Aber es tut mir leid, ich habe gerade überhaupt keine Lust, dich zu umarmen.«

»Ich auch nicht.« Millie schüttelte den Kopf.

Seufzend ließ ich mich auf das andere Ende des Sofas plumpsen und drückte den Kopf gegen die Rückenlehne. Ich schloss die Augen. »Tut mir leid, Mädels. Es war eine echt schwierige Woche.«

Sie schwiegen einige Minuten lang. Ich dachte schon, sie seien nach oben gegangen, aber als ich die Augen wieder öffnete, waren sie immer noch da und beobachteten mich. Dann kam mir eine Idee.

»Frannie ist traurig, weil sie nicht mehr euer Babysitter sein kann«, sagte ich.

Mit einer Mischung aus Schock und Panik sahen sie erst einander und dann wieder mich an. »Was?«, rief Felicity. »Warum nicht?«

»Weil sie einen neuen Job in einem Café hat und ab jetzt länger arbeitet.«

»Sie arbeitet nicht mehr bei dir im *Cloverleigh?*«, fragte Millie nach.

Ich schüttelte den Kopf. »Nein.«

»Aber dann sehen wir sie ja nie wieder«, murmelte Felicity, und ihre Augen füllten sich mit Tränen.

»Sie hat versprochen, zu meiner Modenschau zu kommen«, protestierte Millie mit brechender Stimme. »Das ist morgen. Wird Frannie trotzdem da sein?«

Ich atmete aus und legte den Kopf wieder in den Nacken. Diese verdammte Modenschau hatte ich vollkommen vergessen. »Das weiß ich nicht. Wahrscheinlich nicht.«

Beide Mädchen begannen zu weinen, was meinen Ärger erneut aufflammen ließ. Ich hatte sie ebenfalls verloren, aber mich sah man nicht weinen – obwohl mir durchaus danach zumute war. »Hört auf damit, ihr zwei«, fuhr ich sie an. »Deswegen muss man nicht weinen. Sie hat einfach zu viel zu tun, um weiter zu uns zu kommen.«

Daraufhin schluchzten sie nur umso heftiger, und Felicity wischte sich mit dem Ärmel über die Nase. »Das ist nicht fair«, weinte sie.

»Wenn ihr weiter heulen wollt, geht in eure Zimmer«, befahl ich und kam mir vor wie ein Ungeheuer, was ich ja auch war. »Ich will es mir nicht anhören.«

Sie sprangen vom Sofa und rannten die Treppe hinauf, und einen Moment später hörte ich zwei Türen zuschlagen. Von oben drang verzweifeltes Weinen.

»Na wunderbar«, murmelte ich. »Herzlichen Glückwunsch zum verdammten ersten Platz für den Vater des Jahres.«

Einen Moment lang saß ich da, lauschte auf das Schluchzen meiner Kinder und wünschte, ich hätte selbst losheulen können. Diese Woche hatte aus nichts anderem bestanden als Elend und Stress. Etwas Druck abzulassen hätte sich im Moment wirklich gut angefühlt.

Aber ich konnte nicht weinen. Ich schuldete meinen Kindern eine Entschuldigung, ein Eis und eine Umarmung – wenn sie sich denn von mir umarmen lassen würden.

Nachdem ich eine Weile dagesessen und mich in meiner selbst auferlegten Qual gesuhlt hatte, erhob ich mich und ging langsam die Treppe hinauf. Mein Kopf hämmerte, meine Nerven lagen blank, und mein Herz war in eine Million kleine Stücke zerbrochen.

# Kapitel 29

Frannie

Am Samstagmorgen schob ich mich leise in die Highschool-Cafeteria, in der die Modenschau stattfinden sollte, und betete, dass ich nicht zu spät kam. Es war sehr voll, und alle Stühle waren belegt, daher stellte ich mich zu ein paar anderen Nachzüglern hinten an die Wand.

Ich hatte an diesem Morgen gebacken und dabei die Zeit aus den Augen verloren – die Arbeit in der großen, wunderschönen Küche des *Coffee Darling* war in dieser Woche Balsam für meine Seele gewesen, vor allem nach den Begegnungen mit Mack am Donnerstag und am Freitag. Es war noch schwerer gewesen als erwartet. Und daran zu denken, dass ich die Mädchen nicht mehr sehen würde, machte es noch schlimmer, auch wenn ich verstehen konnte, warum er ein neues Kindermädchen wollte. Ich würde mir notfalls ein Bein ausreißen, um die Kinder zu besuchen, wenn ich wusste, dass er nicht zu Hause war. Sie sollten nicht denken, dass sie mir nichts mehr bedeuteten, nur weil ich nicht mehr ihr Kindermädchen war.

Die Modenschau war bereits in vollem Gange, Mütter und Töchter schritten Arm in Arm über den Laufsteg, bekleidet mit aufeinander abgestimmten, selbst angefertigten Outfits. Das Motto der Modenschau lautete *Mit Herz gegen den Hunger*, und sämtliche Einnahmen gingen an eine

Organisation, die den Hunger in der Welt bekämpfte. Eine Ansagerin stellte die Models vor, und ich sah nacheinander acht Mutter-Tochter-Paaren zu, wie sie stolz bis zum Ende des Laufstegs und zurück spazierten, mit Herzen auf ihren Shirts und einem Grinsen auf ihren Gesichtern. Ich hoffte, dass ich Millie und Mack nicht bereits verpasst hatte. Als ich meinen Blick über das Publikum schweifen ließ, entdeckte ich Felicity und Winnie in der ersten Reihe.

»Unser letztes Paar unterscheidet sich ein wenig von den anderen«, verkündete die Ansagerin, und ich konzentrierte mich sofort wieder auf den Laufsteg. »Es sind Vater und Tochter: Millie MacAllister und ihr Dad Declan!«

Das Publikum applaudierte, und dann erschienen, Hand in Hand, Mack und Millie. Für einen Moment stockte mir der Atem. Millie strahlte, absolut umwerfend in ihrem weißen T-Shirt mit den pinkfarbenen und roten Glitzerherzen. Mack sah zuerst ziemlich unglücklich aus, aber als sie das Ende des Laufstegs erreichten, der die Cafeteria in zwei Hälften teilte, schaute Millie zu ihm hoch, und er erwiderte ihren Blick. Als er sah, wie glücklich und stolz sie war, schien er ein wenig aufrechter zu gehen und drückte seine mit Glitter bedeckte Brust heraus. Schließlich erreichten sie das Ende des Laufstegs, und Mack ließ Millie eine Pirouette vollführen, als stünden sie auf der Tanzfläche, dann verbeugte er sich vor ihr und küsste sie auf die Wange. Das Publikum drehte fast durch.

Mein Herz klopfte so heftig, dass ich kaum die Musik hörte, und mir liefen Tränen über die Wangen, aber ich konnte mir auch ein leises Lachen nicht verkneifen. Es war irgendwie genau die Art von Geste, die auch mein Dad uns Töchtern gegenüber gemacht hätte – mein süßer, schroffer und sanfter Dad, der an diesem Morgen auf einen Kaffee ins Café gekommen war, um mich zu besuchen, weil er mich im Hotel vermisste.

Ich hatte ihm einen Kaffee eingeschenkt, ihn mit Natalie und ihrem Mann bekannt gemacht und ihn herumgeführt. »Ich bin so stolz auf dich, Mäuschen«, hatte er gesagt und mich umarmt. Bei dem Kosenamen hatte sich mir die Kehle zugeschnürt.

»Danke, Daddy.«

»Bist du glücklich?«

Ich hatte genickt, und meine Augen waren feucht geworden. Verlegen hatte ich die Tränen weggewischt. »Ja.«

Und einerseits stimmte das auch – ich war tatsächlich glücklich mit meiner Entscheidung, das Hotel zu verlassen, mich mit Natalie zusammenzutun und im Laden zu arbeiten. Aber ich hatte schrecklichen Liebeskummer wegen Mack. Er hatte ein Loch in meinem Herzen hinterlassen, das mit nichts anderem gefüllt werden konnte.

Als ich ihn jetzt beobachtete, musste ich ein Schluchzen unterdrücken, auch wenn ich gleichzeitig gemeinsam mit allen anderen klatschte, als die Moderatorin sagte: »Millie hat den Schulausschuss dazu überredet, die Modenschau im nächsten Jahr umzubenennen, um niemanden von der Teilnahme auszuschließen. Wir hoffen, dass sich noch mehr Väter und auch Söhne unserer Aktion *Mit Herz gegen den Hunger* anschließen werden, wenn wir nächstes Jahr eine *Familienmodenschau* daraus machen.« Die Modenschau endete damit, dass alle Paare noch einmal auf den Laufsteg kamen und sich ein letztes Mal verbeugten, und für einen Moment begegneten sich Macks und mein Blick.

Mein Magen schlug einen Purzelbaum. Mein Puls geriet vor Nervosität außer Kontrolle. Wir sahen uns geschlagene zehn Sekunden in die Augen, und keiner von uns lächelte. Für einen Moment hatte ich das Gefühl, als sei er vielleicht genauso unglücklich, wie ich in dieser Woche gewesen war, als täte es ihm leid, Schluss gemacht zu haben.

Aber dann schaute er weg, und Mutlosigkeit machte sich in mir breit.

Ich beschloss, nicht zu bleiben, um mit Millie zu reden. Es wäre zu schmerzhaft, Mack zu begegnen. Ich traute mir selbst nicht über den Weg und befürchtete, dass ich mich ihm nicht nähern konnte, ohne zu weinen. Also schlich ich stattdessen aus der Cafeteria und lief über den Parkplatz zu meinem Wagen, von wo ich ihr eine Nachricht schickte.

Millie, du sahst umwerfend aus! Ich bin so stolz auf dich und hoffe, dass du viel Spaß hattest! Tut mir leid, dass ich nicht bleiben konnte, um ein wenig zu plaudern, aber ich arbeite in dem neuen Laden und muss zurück. Wir sehen uns bald, versprochen!!

Tränen liefen mir über die Wangen. Ich ließ das Handy in meine Tasche fallen und fuhr zurück zur Arbeit, während ich mich fragte, wie lange es wohl dauerte, sich zu entlieben.

Ich war nicht sicher, ob mein Herz das überstehen würde.

# Kapitel 30

Mack

»Frannie ist gekommen!«, rief Millie auf der Heimfahrt von der Rückbank. »Sie war da!«

»Ich habe sie gar nicht gesehen«, beklagte sich Felicity. »Woher weißt du, dass sie da war?«

»Sie hat mir eine SMS geschickt.« Millie las sie laut vor. »Dad, sie arbeitet. Können wir sie im Café besuchen?«

»Nicht heute.«

Alle drei Mädchen stöhnten konzertreif und ließen der Symphonie weiteres Genörgel folgen.

»Komm schon, Dad. Bitte?«

»Warum nicht?«

»Du sagst bei allem immer nur Nein.«

»Diese Woche mit dir hat echt keinen Spaß gemacht.«

»Was haben wir heute denn sonst vor?«

»Endlich habe ich an einem Samstag mal keinen Ballettunterricht, und wir fahren einfach nur nach Hause?«

Statt zu antworten, schaltete ich das Radio ein und drehte die Lautstärke hoch.

Zu Hause kassierte ich von den drei Mädchen schmollende Gesichter und böse Blicke, bevor sie in ihre Zimmer verschwanden. Ich blieb in der Küche und versuchte, eine Einkaufsliste zu erstellen, aber als ich Frannies Telefonnummer in ihrer Handschrift auf dem Notizblock sah, hielt ich reglos inne. Starrte darauf. Erinnerte mich an den Abend, an dem sie die Nummer für mich aufgeschrieben hatte, daran, wie viel Spaß ich mit ihr gehabt hatte. Sie hatte aus einem beschissenen Tag einen wunderbaren gemacht. Sie würde all meine Tage wunderbar machen, wenn ich es zuließ … aber das konnte ich einfach nicht. Man brauchte sich nur anzusehen, wie heftig ich es bereits gegen die Wand gefahren hatte! Meine Kinder waren wütend auf mich. Frannie konnte mich nicht einmal mehr ansehen. Ich würde wahrscheinlich nie wieder im Leben so guten Sex haben. Und es geschah mir recht.

Ich war ein United States Marine gewesen, verdammt noch mal. Ich hätte stärker sein müssen. Ich hätte ihr von Anfang an widerstehen sollen. Ich hätte wissen müssen, dass eine Frau wie sie niemals zu mir gehören konnte.

»Dad.«

Ich drehte mich um und sah meine drei Töchter wie die Orgelpfeifen vor mir stehen, alle hatten die Arme vor der Brust verschränkt und eine trotzige Miene aufgesetzt. »Was gibt es?«

Millie war die Sprecherin. »Wir berufen eine Familienkonferenz ein.«

»Tatsächlich?«

»Ja. Gleich jetzt. Im Wohnzimmer.«

»Kann das nicht warten? Ich muss noch eine Einkaufsliste schreiben.« Ich hatte das sichere Gefühl, dass ich nicht hören wollte, was sie zu sagen hatten.

»Nein. Es kann nicht warten. Wir haben eine Entscheidung getroffen.«

»Was denn für eine Entscheidung?«

»Dass du dich wie ein Idiot benimmst und strenge Worte brauchst.«

Ich riss die Augen auf. »Oh, verdammt.«

»Wohnzimmer, bitte.« Sie zeigte mit dem Finger in den Flur, und mir blieb nichts anderes übrig, als dem Befehl Folge zu leisten.

Sie geleiteten mich zum Sofa. »Setz dich dorthin«, kommandierte Felicity.

Ich setzte mich und lehnte mich zurück, die Knie weit auseinander, die Arme vor der Brust verschränkt, und ich blickte so trotzig drein wie ein zorniger Teenager, dem eine Strafpredigt bevorstand.

Sie sahen mich mit identischen ärgerlichen Mienen an und streckten alle drei störrisch das Kinn vor. »Wir haben etwas zu sagen«, hob Millie an.

»Dachte ich mir.« Ich wedelte mit einer Hand. »Raus mit der Sprache.«

»Es geht um Frannie«, ergriff Winnie das Wort.

Ich reckte das Kinn hoch. »Ich will nicht über Frannie reden.«

»Nun, du wirst aber über sie reden!«, brüllte Millie und klang dabei so sehr nach mir, dass es ein wenig unheimlich war (auch wenn ich wahrscheinlich irgendwo im Satz das Wort *verdammt* untergebracht hätte). »Oder du wirst zumindest zuhören, denn wir halten es nicht mehr aus.«

»Was haltet ihr nicht mehr aus?«

»Deine miese Laune, seit ihr zwei euch getrennt habt! Wir verstehen nicht, warum ihr euch nicht mehr liebt, und wir wollen wissen, was passiert ist.«

Ruckartig setzte ich mich auf. »Was soll das heißen? Frannie und ich waren nicht verliebt!«

Meine Töchter verdrehten die Augen, dass man nur staunen konnte. Irgendjemand seufzte dramatisch.

»Dad. Bitte.« Millie streckte eine Hand aus, die Handfläche nach oben. »Ihr zwei wart total verliebt.«

»Es war so was von offensichtlich«, fiel Felicity ein.

Ich sah Winnie an.

»Das war es wirklich, Daddy«, flüsterte sie. »Ich hab euch in der Garderobe gesehen, weißt du noch?«

»Und ich habe euch in der Küche gesehen«, ergänzte Millie.

»Und ich habe euch ständig gesehen, überall, mit euren Kulleraugen.« Felicity nahm ihre Brille ab und hielt sie hoch. »Und dafür brauchte ich nicht mal die hier!«

Ich schüttelte ungläubig den Kopf. »Mädchen, ihr versteht das nicht. Selbst wenn wir uns lieben würden, könnten wir nicht zusammen sein.«

»Warum nicht?«, fragte Millie scharf.

»Weil ich keine Zeit für sie habe«, sagte ich. »Ich bin mit euch dreien und der Arbeit vollkommen ausgelastet. Es wäre ihr gegenüber nicht fair.«

»Es schien ihr aber gar nichts auszumachen.« Millie zog die Augenbrauen hoch und klopfte mit dem Fuß auf den Boden. »Und sie war ständig hier, es ist also nicht so, als hättest du uns allein lassen müssen, um sie zu besuchen.«

Ich suchte nach Worten. »Mädchen, ihr seid zu jung, um das zu verstehen, aber Beziehungen sind eine Menge Arbeit. Man muss viel Zeit und Energie investieren, und … das kann ich nicht besonders gut. Seht euch an, was in der Vergangenheit passiert ist. Ich kann das nicht noch einmal durchstehen, und ich werde euch das definitiv nicht noch einmal zumuten. Dafür liebe ich euch zu sehr.«

Sie wechselten einen weiteren Blick. »Das kapieren wir ja«, sagte Millie. »Aber wir wissen auch, dass Frannie ganz anders ist als Mom. Also wäre alles anders.«

Ich schüttelte den Kopf. »Das kann ja sein, aber es gibt noch andere Gründe, warum es nicht funktionieren würde.« Ich hatte das böse Gefühl, als würde ich in dieser Woche auch noch Herz zwei, drei und vier brechen.

»Wie was zum Beispiel?« Es wurde weiter mit den Zehen auf den Boden geklopft.

Seufzend ließ ich mich wieder gegen die Rückenlehne sinken, erschöpft und ausgelaugt, und wünschte mir, ich könnte ins Bett kriechen und nie wieder herauskommen. Frannies Vater war nicht das Problem. Wir arbeiteten nicht mehr zusammen. Der Altersunterschied schien auch keine so große Sache mehr zu sein. Und meine schreckliche Ex würde mit oder ohne Frannie in unserem Leben meine schreckliche Ex bleiben. »Ich weiß es nicht.«

»Daddy.« Millie gab die Rolle des harten Typen auf und ließ sich neben mich auf das Sofa fallen. »Liebst du sie?«

Zu unglücklich, um zu lügen, nickte ich nur.

»Dann ist es so, wie ich gesagt habe – erinnerst du dich? Wenn man jemanden liebt, will man mit ihm zusammen sein. Du hast mir recht gegeben.«

Winnie setzte sich auf meine andere Seite und legte mir eine Hand aufs Bein. »Es ist so wie bei mir und Ned dem Hammerhai aus dem Shedd. Es fühlt sich irgendwie falsch an, wenn er nicht neben mir liegt.«

Ich sah sie an, und meine Kehle schnürte sich zusammen. »Ja, genau so fühlt es sich an.«

»Du musst sie zurückholen, Dad.« Felicity kniete sich

vor mich und bettete das Kinn auf mein Knie. »Kannst du das?«

»Ich weiß es nicht«, antwortete ich. »Sie ist ziemlich sauer auf mich. Ich habe ihr gesagt, wir müssten Schluss machen.«

Millie seufzte. »Das war wirklich dumm.«

Ich warf ihr einen Blick zu. »Hey. Ich dachte, ich täte das Richtige. Ich dachte, ich täte es für euch. Euer Dad zu sein ist das Wichtigste in meinem Leben, und ich will nicht, dass irgendetwas das ändert.«

Einen Moment lang sagte keiner etwas. Dann setzte Winnie sich auf. »Aber Daddy, nur weil ich jede Nacht mit Ned neben mir schlafe, heißt das nicht, dass ich dich *nicht* lieb habe. Es ist eine andere Art von Liebe.«

Ich sah sie überrascht an. »Du hast recht, Winn. Es ist eine andere Art von Liebe.«

»Und du hattest die ganze Woche *schrecklich* schlechte Laune«, bemerkte Millie. »Wir halten es wirklich nicht länger aus.«

»Wir haben sie auch lieb, Daddy.« Felicity lächelte hoffnungsvoll und verschränkte die Hände unterm Kinn. »Bitte, hol sie zurück.«

»Was ist, wenn ich es versuche und es nicht klappt?«, fragte ich. »Werdet ihr mich dann hassen?«

»Nein«, beteuerte Winnie mit Nachdruck. »Wir werden dich immer lieb haben.«

»Aber wenn du nicht wenigstens versuchst, sie zurückzuholen, werden wir sehr lange sehr sauer sein«, informierte Millie mich ernst.

Ich sah alle drei der Reihe nach an und hatte das Gefühl, mein Herz würde jeden Moment platzen. War es möglich, dass ich der Dad sein konnte, den sie brauchten, und gleichzeitig der Mann, den Frannie verdiente? Konnte ich darauf vertrauen, dass ich nicht vier Menschenleben auf einmal ruinierte? War es fair, Frannie zu bitten, uns und dazu den ganzen emotionalen Ballast zu akzeptieren, mit dem wir in ihr Leben traten? War ich das wert?

Ich hatte keinen verdammten Schimmer, aber in diesem Moment beschloss ich, dass ich es versuchen musste. »Okay. Wollt ihr mir helfen?«

»Natürlich!« Millie sprang auf und klatschte in die Hände.

»Ja!« Winnie hüpfte aufgeregt auf der Stelle.

Felicity stand ebenfalls auf und griff in ihre Tasche. »Und Dad! Du solltest besser meinen Glücksstein nehmen.« Sie zog ihn heraus und reichte ihn mir.

Ich erhob mich, nahm den Stein entgegen und schloss die Hand darum. »Danke. Ich brauche alles Glück, das ich kriegen kann. Aber wisst ihr was, Mädels? In diesem Moment habe ich das Gefühl, der glücklichste Mann auf Erden zu sein, weil ich euer Dad sein darf.«

»Ich würde dich jetzt umarmen«, bot Felicity an.

Ich breitete die Arme aus, alle drängten sich an mich, und ich dankte Gott für meine drei klugen, süßen, liebevollen Töchter.

»Können wir jetzt losfahren?«, fragte Millie.

Ich holte nervös Luft und verspürte eine leichte Übelkeit im Magen. Aber die Mädchen hatten recht – ich liebte Frannie, ohne sie war ich unglücklich, und wenn sie mir versprechen würde, mir für all die Male zu verzeihen, die ich ihr nicht das bieten konnte, was sie sich von mir wünschte, würde ich ihr im Gegenzug versprechen, für alles offen zu sein, was die Zukunft bringen mochte.

»Scheiße, ihr drei.« Ich sah ihnen der Reihe nach ins Gesicht. »Ich habe eine Mordsangst.«

»Das weiß ich, Dad.« Millie nahm meine Hand. »Aber du schaffst das schon.«

Winnie ergriff die andere. »Wir glauben an dich.«

»Wir verlangen nicht einmal von dir, einen Dollar in die Schimpfwortkasse zu legen, bis wir zurück sind«, sagte Felicity und rannte auch schon zur Hintertür. »Kommt schon!«

Es fiel mir nicht auf, dass ich mein Shirt gar nicht gewechselt hatte, bis ich den Wagen am Straßenrand gegenüber vom *Coffee Darling* parkte. Ich schaltete den Motor aus, schaute an mir hinunter und stöhnte.

»Was ist?«, fragte Millie vom Rücksitz.

»Ich hätte mich umziehen sollen. Ich habe ...« Ich zog das Shirt von meiner Brust weg. »Rosa Glitter an.«

»Zieh den Reißverschluss deines Mantels ganz hoch«, schlug Felicity vor.

»Nein!« Millie war unerbittlich. »Das Shirt sagt etwas über Liebe und heilende Herzen. Außerdem hat Frannie mitgeholfen, es zu machen. Er sollte ihr zeigen, dass er stolz darauf ist, es zu tragen.«

Ich schaute zu ihr hinüber. »Du bist ziemlich schlau für eine Elfjährige.«

Sie lächelte. »Ich bin schon fast zwölf.«

Ich schloss die Augen und atmete aus. »Erinnere mich nicht daran. Okay, wir tun's.«

»Daddy, was wirst du sagen?«, fragte Winnie, ihre Hand in meiner, als wir die Straße überquerten.

»Ich habe keine Ahnung.«

»Ich denke, du solltest ihr sagen, wie leid es dir tut, dass du ein dicker fetter Blödmann warst«, schlug Felicity vor, als wir am Straßenrand ankamen.

Ich warf ihr einen bösen Blick zu. »Herzlichen Dank.«

»Und vielleicht solltest du sie um Verzeihung bitten«, kam es von Millie. »Auf den Knien oder so. Das machen die Leute in den Filmen immer.«

»Ich glaube, ich bleibe lieber auf den Füßen.«

»Sag ihr, dass sie hübsch ist«, verlangte Winnie.

»Sag ihr, dass sie perfekt ist!«, rief Felicity.

»Sag ihr, dass du sie *liebst.*« Millie griff nach der Türklinke zum *Coffee Darling.* »Das ist wichtig. Sie muss es von dir hören.«

Ich schüttelte den Kopf. »Ich werde sterben.«

Winnie kicherte. »Nein, wirst du nicht.«

Millie sah mir direkt in die Augen. »Du wirst nicht sterben. Du wirst das in Ordnung bringen und sie zurückholen – für uns alle.«

Sie zog an der Türklinke. Die Tür öffnete sich nicht. Sie rüttelte heftig daran und legte beide Hände auf die Klinke. »Daddy, die Tür ist abgeschlossen.«

»Wir kommen zu spät«, stöhnte Winnie.

»Scheiße, tun wir nicht.« Als ich jemanden mit einem Besen hinter der Tür entdeckte, hämmerte ich mit beiden Fäusten gegen die Scheibe.

Ich würde hier nicht weggehen, bevor ich die Sache nicht in Ordnung gebracht hatte.

# Kapitel 31

Frannie

»Frannie? Es ist jemand hier, der dich sprechen will. Eigentlich sogar mehrere Leute.«

Ich schaute von meinem Teig auf und sah Miles, Natalies Mann, in der Küchentür stehen, den Besen in der Hand und einen belustigten Ausdruck auf dem Gesicht.

»Mich?«

»Das haben sie gesagt. Ein Mann und einige Kinder.« Einer seiner Mundwinkel zuckte in die Höhe. »Und der Mann trägt ein Glitzer-T-Shirt. Du solltest besser nach vorn kommen.«

Glitzer-T-Shirt? Mein Magen vollführte einen Hüpfer. Das konnten nur Mack und die Mädchen sein. Was *machten* sie hier?

Beide Hände auf meinen flatternden Bauch gedrückt, folgte ich Miles nach vorn und blieb hinter der Theke stehen. Und tatsächlich, vor der Theke standen Mack und die Kinder und redeten mit Natalie, und unter Macks offenem Mantel schaute das T-Shirt hervor, das Millie für die Modenschau gemacht hatte.

»Hi«, sagte ich nervös.

»Hi.« Mack trat einen Schritt vor, dann blieb er stehen. Öffnete den Mund und schloss ihn wieder. Er schaute mir in die Augen, und in seinem Blick sah ich die Entschuldigung, die ich mir so sehr wünschte. Die Wärme, nach der ich mich sehnte. Die Angst, dass er das Ganze bereits zu sehr vermasselt hatte, um mich zurückzuholen.

Aber ich würde ihn nicht retten. Er musste um das kämpfen, was er wollte. Er musste sich selbst retten.

Sekunden verstrichen.

Miles stützte sich an der Seite auf seinen Besen und sah zu, wie sich das Drama entfaltete. Während die Anspannung wuchs, schaute Natalie zwischen Mack und mir hin und her – ich hatte ihr in dieser Woche genug erzählt, dass sie wusste, was hier los war.

»Dad«, murmelte Millie leise hinter ihm. »Sag was.«

»Ich versuche es ja.« Mack räusperte sich. »Das hier ist nicht so einfach. Gebt mir eine Sekunde.«

»Lass dir Zeit«, warf Miles ein.

»Miles, vielleicht sollten wir sie kurz allein lassen?« Natalie warf ihrem Mann einen Blick zu und machte eine ruckartige Kopfbewegung in Richtung Küche.

»Aber Nat, gleich kommt was Gutes«, protestierte Miles. »Ich spüre es. Kein Kerl trägt ohne Grund ein Glitzer-T-Shirt. Das hier ist eine große Sache.«

Mack schaute auf sein Shirt und wand sich sichtlich. »Ähm.«

*»Dad.«* Felicity versetzte Mack einen Stoß in meine Richtung. »Mach endlich.«

»Okay.« Mack fand sein Gleichgewicht wieder und stellte sich breitbeinig und mit an den Seiten geballten Fäusten hin, die Brust herausgedrückt. Er holte tief Luft. »Frannie, ich bin heute hergekommen, um dir etwas zu sagen – nun, genau genommen sind es mehrere Dinge. Erstens: Es tut mir leid. Ich weiß, dass ich dich verletzt habe, und es tut mir so leid. Es ist alles meine Schuld.«

Miles nickte anerkennend. »Die Verantwortung übernehmen. Netter Zug.«

»Miles!«, zischte Natalie quer durch den Raum.

»Was denn? Er braucht ein bisschen Bestärkung«, verteidigte Miles sich. Er sah Mack an. »Sprich weiter, Mann. Du machst das gut.«

Mack nickte. »Danke«, sagte er und kam vorsichtig auf mich zu. »Ich habe dir nicht nur wehgetan, du hattest auch recht: Der Grund dafür war dumm – ich hatte Angst.« Er schüttelte den Kopf. »Scheiße, ich habe immer noch Angst. Ich habe das Gefühl, dass es mir nie und nimmer gelingen wird, der bestmögliche Vater zu sein und gleichzeitig der Mann, den du dir wünschst. Ich bin einfach nur ein Mensch, und die Hälfte der Zeit habe ich verdammt noch mal keine Ahnung, was ich tu.«

»Das kann ich total verstehen, Bruder.« Miles nickte. »Ein Dad zu sein ist das Schwerste, was ich je tun musste. Ich will mir gar nicht vorstellen, wie es wäre, diesen Job allein machen zu müssen.«

»Aber du brauchst ihn nicht allein zu machen.« Jetzt ergriff ich das Wort, kam um die Theke herum und blieb vor ihm stehen. »Genau darum geht es, Mack. Ich erwarte nicht von dir, dass du deine Zeit aufteilst und versuchst, für alle gleichzeitig alles zu sein.«

»Ich weiß, dass du das nicht erwartest.« Er ergriff meine Hände. »Genau wie ich weiß, dass ich dich manchmal enttäuschen werde und manchmal die Kinder und manchmal mich selbst. Ich war noch nie perfekt, aber ich hatte das Gefühl, als müsste ich der perfekte Vater sein, um die

Mädchen für das zu entschädigen, was sie verloren haben. Und ich dachte, das bedeutet, ich muss meine eigenen Bedürfnisse beiseiteschieben.« Seine Augen glänzten. »Aber das kann ich nicht.«

»Das brauchst du auch nicht.« Ich drückte seine Hände. »Zusammen kriegen wir das hin, Mack. Ich weiß, dass du nicht perfekt bist, und ich weiß, dass es deine oberste Priorität ist, ein guter Dad zu sein, aber auch *du* verdienst es, glücklich zu sein.« Ich sah die Kinder an. »Stimmst, Mädchen?«

»Stimmt«, bestätigten sie.

»Und er war die ganze Woche über gar nicht glücklich«, fuhr Millie fort.

»Er war echt brummig«, ergänzte Winnie.

»Und gemein«, fügte Felicity hinzu.

»Kommt schon, seid nicht so streng mit ihm, Mädels.« Miles deutete auf Mack. »Er war einsam. Er hat mit Frannie Schluss gemacht, weil er dachte, das sei das einzig Richtige, und er musste ein Weilchen unglücklich sein, um zu begreifen, was für ein Idiot er gewesen ist.« Er schaute zu Mack herüber. »Hab ich recht?«

Mack nickte. »Ja, genau. Und das hat nicht lange gedauert.« Er sah mir wieder in die Augen. »Ich weiß nicht, wo das mit uns enden wird. Ich weiß nicht, wie sich all die Puzzleteile meines Lebens zusammenfügen werden. Ich weiß nicht, wie du mit all meinem Scheiß klarkommen wirst.«

»Haben Sie eine Schimpfwortkasse?«, hörte ich Millie Natalie zuflüstern.

»Aber eines weiß ich ganz genau«, sprach Mack weiter, und zum ersten Mal kündete sein Gesichtsausdruck von

Selbstbewusstsein. »Nämlich, dass mein Leben mit dir viel besser ist als ohne dich, und wenn du bereit bist, dich mit mir auf diese verrückte Reise zu begeben – mit bereits voll besetzter Rückbank –, bin ich bereit zu schauen, wohin die Straße uns führt.«

Meine Augen füllten sich mit Tränen. »Ist das dein Ernst?«

»Ja.«

»Weil er dich liebt!«, rief Winnie. »Er hat es uns erzählt!«

»Winnie!«, ermahnten ihre älteren Schwestern sie, und Felicity schlug ihr gegen die Schulter.

»Was denn? Das hat er doch.« Winnie rieb sich den Arm. »Dann sollte er es ihr auch sagen.«

»Ist schon gut«, murmelte ich, peinlich berührt, weil Mack all das vor einem Publikum offenbaren musste. »Das ist mehr als …«

»Sie hat recht.« Mack richtete sich auf, und das Glitzer-T-Shirt spannte sich über seiner breiten Brust. Er sah mir direkt in die Augen. »Ich habe es ihnen gesagt, und ich werde es dir sagen. Ich liebe dich, Frannie. Ich weiß nicht, wie gut ich darin bin. Gott weiß, dass ich in der Vergangenheit versagt habe. Aber ich liebe dich. Und wenn man jemanden liebt …« Er schaute zu den Mädchen hinüber und zwinkerte ihnen zu, bevor er sie ansah. »… dann will man mit ihm zusammen sein. Ich will mit dir zusammen sein.«

»Ah, Alter.« Miles griff sich ans Herz. »Du machst mich fertig.«

»Küss sie!«, krähte Winnie und klatschte in die Hände. »Und diesmal nicht in der Garderobe!«

Mit einem Lächeln auf den Lippen beugte Mack sich vor und küsste mich, sanft, aber nicht zu kurz. Irgendjemand – vielleicht Natalie? – seufzte.

»Okay, das reicht«, entschied Millie. »Werdet nicht eklig.«

Lachend lösten wir uns voneinander, und ich öffnete die Arme. »Kommt her, Mädchen. Gruppenumarmung.«

Sie rannten auf uns zu, Mack hob Winnie hoch, und wir alle legten die Arme umeinander. »Ich danke euch, Mädchen«, sagte ich mit erstickter Stimme. »Das bedeutet mir alles. Ich will mit eurem Dad zusammen sein, aber ich will auch mit euch zusammen sein. Ich will, dass wir eine Familie sind.«

»Wir haben dich auch lieb, Frannie«, sagte Millie. »Du gehörst schon zu unserer Familie.«

Miles begann zu klatschen und kam auf uns zu. »Scheiße, war das schön«, stellte er fest.

»Miles! Keine Kraftausdrücke!«, rief seine Frau.

»Oh, das ist schon in Ordnung«, erklärte Felicity grinsend. »Daran sind wir gewöhnt.«

Mack und die Mädchen fuhren nach Hause, und ich versprach, nach der Arbeit zu kommen. Ich musste für eine Veranstaltung sechs Dutzend Macarons machen, die ich noch an diesem Abend ins *Cloverleigh* zu liefern hatte, aber danach hatte ich frei.

Miles ging kurz nach Mack – die beiden hatten sich ins Herz geschlossen und verabredet, sich bald auf ein Bier zu treffen – aber Natalie blieb noch etwas, um mir Gesellschaft zu leisten, während ich das Gebäck fertig füllte und in Schachteln packte.

»Ich kann nicht glauben, dass er einfach so hergekommen ist.« Sie schüttelte den Kopf. »Stehst du jetzt total unter Schock?«

»Ziemlich. Als ich gestern bei ihm aufgebrochen bin, war ich mir fast sicher, dass es zu Ende ist. Er schien zwar auch unglücklich zu sein, machte aber keine Anstalten nachzugeben.«

»Gott sei Dank hat er die Mädchen, nicht? Was für kluge Kinder.« Sie lachte. »Jedes Mal, wenn ich daran denke, wie die Kleine ›*Weil er dich liebt! Er hat es uns erzählt!*‹ geschrien hat, muss ich lachen.«

Ich lächelte und legte einen hellgrünen Keksdeckel auf die Pistazienfüllung. »Winnie. Sie ist so süß.«

»Verstehst du dich mit allen dreien gut?«

»Total. Ich weiß, dass ich ihre Mom nicht ersetzen kann, und es kommt bestimmt der Tag, an dem ich mich wegen irgendetwas auf die Seite ihres Dads stelle und sie mich dafür hassen werden, aber ...«

»Willkommen im Elternclub«, unterbrach sie mich. »Apropos.« Sie legte sich beide Hände auf den Bauch. »Dieses Kleine ist heute Nachmittag außer Rand und Band.«

Ich lachte. »Das passt ja zum Tag.«

Da ich fast fertig war, sagte ich ihr, sie solle ruhig nach Hause gehen und die Füße hochlegen, zudem erbot ich mich, dafür zu sorgen, dass nach Feierabend hier alles abgeschlossen war. Während ich die Schachteln mit Macarons in mein Auto lud und das Café dicht machte, hatte ich das unglaubliche Gefühl, wirklich etwas geleistet zu haben. Ich hatte es getan – mir etwas genommen, das ich haben wollte, und meinen Traum wahr werden lassen.

Und jetzt hatte ich auch noch Mack und die Mädchen. Würde immer alles so glatt laufen auf meinem weiteren Weg? Ganz bestimmt nicht. Wir würden wahrscheinlich nie das Gefühl haben, genug Zeit füreinander zu haben. Und es würde mit Sicherheit Gelegenheiten geben, bei denen *ich* mich dafür entschuldigen musste, *ihn* enttäuscht zu haben. Aber wir gingen die Sache gemeinsam an, und wir liebten uns.

Das genügte.

Nachdem ich die Macarons abgeliefert hatte, lief ich in meine Wohnung und duschte noch schnell, bevor ich zu Mack fuhr. Als ich dort ankam, packten er und die Mädchen gerade Tüten mit Speisen vom Chinesen aus.

Wir aßen am Esszimmertisch und lasen uns danach die Zettelchen aus unseren Glückskeksen vor.

»Finde Schönheit in alltäglichen Dingen«, las Millie vor.

»Du wirst ein glückliches Leben führen«, sagte Felicity.

»Du wirst in einer Stunde wieder Hunger haben«, sagte Mack.

Wir lachten, und Winnie reichte mir ihren Keks. »Kannst du mir meinen vorlesen?«

»Na klar«, sagte ich. »Da steht: Wenn eine Tür sich schließt, öffnet sich eine andere.«

»Was bedeutet das?«, fragte sie.

»Nun, ich denke, es bedeutet, dass du dich nicht auf die schlechten Sachen im Leben konzentrieren sollst, weil sich schon bald etwas Gutes ergeben wird.« Ich wuschelte ihr durchs Haar.

»Was steht auf deinem Zettel, Frannie?«, wollte Felicity wissen.

»Sei auf der Hut vor alleinerziehenden Dads, die nicht kochen können?«, überlegte Mack laut.

Millie schnaubte. »Echt jetzt.«

Ich brach meinen Keks auf und las den Zettel laut vor. »Für ein williges Herz ist nichts unmöglich.«

»Das gefällt mir«, sagte Winnie. »Aber was ist ein williges Herz?«

»Ein Herz, das für alles offen ist«, antwortete ich, und mir kam ein Gedanke. »Wisst ihr was? Als ich klein war, hatte ich *drei* Operationen am offenen Herzen. Also ist meins auf jeden Fall offen.« Ich zwinkerte der Kleinen zu.

»Also ist für dich nichts unmöglich«, sagte Felicity eifrig.

Ich schüttelte lächelnd den Kopf. »Nein. Nichts.«

Später, nachdem wir uns mit den Kindern einen Film angesehen und sie ins Bett gebracht hatten, schalteten Mack und ich das Licht im Wohnzimmer aus und hatten endlich ein wenig Zeit für uns.

»Bist du sicher, dass das okay ist?«, fragte ich, als er sich aufs Sofa legte und mich auf sich zog.

»Hundertprozentig.« Er schlang die Arme um mich, und ich schmiegte mich an ihn, den Kopf auf seine Brust gebettet.

»Das ist schön«, murmelte ich und genoss das Klopfen seines Herzens unter meinem Ohr.

»Das ist es.« Er küsste mich auf den Kopf. »Auch wenn ich mir wünschte, du wärst nackt.«

Ich lachte. »Nicht mit den Kindern im Haus.«

»Ich weiß. Aber diesen Highschool-Kram halte ich nicht lange durch.«

»Wir haben Zeit.« Ich hob den Kopf und sah ihm im Dunkeln in die Augen. »Ich gehe nicht weg.«

Er strich mir das Haar hinters Ohr. »Ich auch nicht. Das bedeutet allerdings nicht, dass ich dir in diesem Moment nicht am liebsten die Kleider vom Leib reißen und dich bis zur Besinnungslosigkeit vögeln würde.«

»Du bist ja so romantisch.«

Lachend zog er mich nach oben und küsste mich auf die Lippen. »Entschuldige. Aber unter diesem rosa Glitzerherz-T-Shirt steckt ein Tier mit behaarter Brust und einem Ständer.«

»Wirklich?« Ich rollte mich von ihm runter und ließ die Hand vorn über seine Jeans gleiten. »Sieh mal einer an, du hast recht.«

Er stöhnte, als ich die größer werdende Wölbung durch den Jeansstoff rieb. »Bist du sicher, dass wir uns nicht für ein paar Minuten in mein Schlafzimmer schleichen können?«

Ich zögerte, und er witterte seine Chance.

»Würde sich der nicht gut in dir anfühlen?« Er nahm meine Hand und drückte meine Finger auf seinen Schwanz. Dann küsste er mich, und seine Zunge streichelte meine Lippen. »Willst du nicht meinen Mund spüren? Wir können ja leise sein«, schmeichelte er, seine Stimme leise und verführerisch. »Gib dir einen Ruck. Erlaube mir, dafür zu sorgen, dass du dich gut fühlst.«

»Du bist einfach schrecklich«, flüsterte ich, während sein Mund an meinem Hals hinabglitt und seine Hand sich zwischen meine Beine schob.

»Ich weiß. Aber ich liebe dich.«

Mein ganzer Körper kribbelte, und ich schloss die Augen. »Ich liebe dich auch.«

»Dann komm ins Bett. Ich habe dich so vermisst. Und ich verspreche, dass ich mich nicht immer so schrecklich aufführen werde – morgen Nacht reißen wir uns zusammen. Heute Nacht lass uns der Versuchung nachgeben.«

Natürlich gaben wir ihr nach.

Und natürlich hielt er sein Versprechen nicht, und wir rissen uns auch in der nächsten Nacht nicht zusammen.

Oder in der übernächsten.

Tatsächlich gab es im Laufe der nächsten Monate nur sehr wenige Nächte, in denen wir uns zurückhalten konnten, und irgendwann bat er mich, über Nacht zu bleiben. Wir versuchten das zuerst heimlich, und ich schlich mich immer weg, bevor die Mädchen aufstanden. Wir waren der Meinung, wir würden das ziemlich gut hinbekommen, bis Winnie an einem Samstagabend am Esstisch verkündete: »Frannie sollte einfach hier einziehen. Dann müsste sie nicht immer so früh morgens weg und könnte uns manchmal Frühstück machen.«

»Finde ich auch«, stimmte Millie ihr zu.

Ich verschluckte mich fast, und Macks Gesicht nahm einen Rotton an, den ich bei ihm noch nie gesehen hatte. Aber später sprachen wir darüber, und uns wurde klar, dass die drei recht hatten. Wir wollten die ganze Zeit zusammen sein, und es würde das Leben leichter machen, wenn ich bei ihnen wohnte. Ich sorgte dafür, dass Mack die Sache noch einmal mit den Mädchen besprach, als ich nicht da war, und er versicherte mir, dass sie völlig begeistert von der Idee waren. »Du kannst nicht nur wesentlich besser kochen als ich, du weißt auch, wie man alle möglichen

Zöpfe flicht. Außerdem riechst du besser und bist viel geduldiger.«

»Bist du ganz sicher, dass du das wirklich willst?«, fragte ich, als wir an einem Freitagabend nach dem Essen nebeneinander in der Küche standen und die Spülmaschine einräumten. Im Wohnzimmer hörten wir die Kinder darüber streiten, wer an der Reihe war, den Film auszusuchen. Es war ein typischer Abend für unsere Wochenenden, und vielleicht hätten manche Frauen in meinem Alter es langweilig gefunden, aber ich war noch nie glücklicher gewesen. Unsere Beziehung war nicht perfekt – auch zwischen uns gab es Missverständnisse, wie sie jedes Paar kannte, Zeiten, in denen wir einander für selbstverständlich nahmen oder in denen der Umgang mit seiner Ex, unser überfüllter Terminkalender oder zankende Kinder uns etwas kurz angebunden werden ließen. Aber wir entschuldigen uns immer schnell wieder, und jedes Mal, wenn wir uns küssten und wieder versöhnten, fühlten wir uns einander näher als zuvor. Das Leben war nicht leicht, aber es war wunderschön.

»Machst du Witze?« Er wischte seine nassen Hände an einem Geschirrhandtuch ab, drehte sich zu mir um und nahm mich in den Arm. »Natürlich will ich das. Dieses Haus würde sich ohne dich gar nicht mehr wie ein Zuhause anfühlen. Du gehörst hierher.«

Ich schaute lächelnd zu ihm hoch. »Ich habe früher immer davon geträumt, dich das mal sagen zu hören.«

»Dann versprich mir, dass du bleibst.«

Ich fasste ihn um die Taille, drückte die Wange an seine Brust und hatte das Gefühl, seine Arme wären das einzige Zuhause, das ich je brauchen würde. »Ich bleibe.«

# Epilog

Im Sommer flog er zu meinem Geburtstag mit mir nach Paris.

Er kümmerte sich um alles – bat seine Eltern, eine Woche bei den Kindern zu bleiben, redete mit April und Natalie und sorgte dafür, dass ich in der Zeit frei hatte, sagte mir, ich solle für eine Woche meine Taschen packen – und versprach, mir auf dem Weg zum Flughafen zu erzählen, wo wir hinwollten.

»Was? Wie soll ich da packen?«, kreischte ich.

Er hatte kein Mitleid mit mir. »Pack für eine Gegend, in der man sich elegant kleidet. Wir fahren nicht an den Strand. Nicht in die Berge. Nicht in die Wüste. Mehr sage ich nicht.«

Die Mädchen, die wussten, wohin wir flogen, aber Stillschweigen geschworen hatten, kamen ins Schlafzimmer, um mir beim Packen zuzusehen, wobei sie die ganze Zeit die Finger auf die Lippen legten und kicherten.

Meinen einzigen Hinweis bekam ich, als wir uns zum Abschied umarmten und küssten und Felicity »Bon voyage!« rief, worauf Millie ihr den Ellbogen in die Rippen stieß.

»Verrat es nicht!«

»Ich hab's nicht verraten! Das sagt man doch, wenn man verreist, selbst wenn man nicht nach Frankreich will!«

Auf dem Weg zum Flughafen erzählte er mir endlich,

dass wir nach Paris fliegen würden, und ich flippte aus. »Oh mein Gott! Hast du meinen Pass?«

»Natürlich habe ich den.«

Ich betupfte mir die Augenwinkel und fächelte mir Luft zu. »Das ist zu viel. Es ist doch nur ein Geburtstag.«

»Ist es nicht. Es ist eine Chance für mich, etwas für dich zu tun und dir zu zeigen, wie sehr ich zu schätzen weiß, was du alles für mich tust. Und es wird Zeit, dass du endlich mal einen Stempel in deinen Pass kriegst.«

Ich lachte. »Ich kann es nicht glauben. Kneif mich!«

»Das mache ich gern, aber du wirst nicht aufwachen.«

Er griff nach meiner Hand und küsste mich auf den Handrücken. »Das ist das wahre Leben.«

Es mochte das wahre Leben sein, aber es verging kein Augenblick, in dem ich mich nicht fühlte wie in einem Traum. Wir wohnten in einem gemütlichen kleinen Hotel im Viertel Rive Gauche, liefen Hand in Hand durch gepflasterte Straßen, frühstückten jeden Morgen in einem anderen Café Croissants, besuchten sämtliche Touristenattraktionen und machten eine Million Fotos, die wir dann den Kindern schickten. Jeden Abend saßen wir lange beim Essen, tranken Wein und verbrachten die ganze Nacht in den Armen des anderen, ohne uns Sorgen darüber zu machen, wie laut wir waren, wie nackt wir waren oder wie viele Leute über uns schliefen. Es war der Himmel.

Dann sagte Mack mir eines Morgens, ich solle meine Taschen packen, weil wir die letzten beiden Nächte der Reise woanders verbringen würden. Aufgeregt und neugierig tat ich, wie mir geheißen. Einige Stunden später stiegen wir in Tours aus dem Zug in ein Mietauto um. Sobald ich die Straßenschilder für die Loire sah, wusste ich Bescheid.

»Mack.« Ich griff nach seinem Arm. »Unmöglich. Das hast du nicht getan.«

Er lachte nur und fuhr weiter, und in weniger als einer Stunde sah ich es vor mir auftauchen – das Château d'Ussé, das genauso verzaubert aussah wie das Märchenschloss, das ich mir als kleines Mädchen ausgemalt hatte.

Mir war den ganzen Tag zumute, als würde ich auf Wolken gehen.

Wir besichtigten das Schloss und das gesamte Gelände – die Kerker, die Salons, die prächtigen Säle, die Wendeltreppen, die Stallungen, die Kapelle. Wir erfuhren viel über die Könige und Königinnen, die im Mittelalter über diese Steinböden geschritten waren, über die Renaissance-Kunstwerke an den Wänden und natürlich einiges darüber, wie Perrault sich durch das Schloss zu seinem *Dornröschen* hatte inspirieren lassen. Mittags aßen wir in einem nahe gelegenen Café und kehrten dann in das Chateau zurück, um über die Kieswege des Schlossparks zu schlendern und uns im Schatten der Zedern zu küssen.

Im Schlosspark war es auch, dass Mack sich mir zuwandte und nach meinen Händen griff. »Und? Ist alles so, wie du es erwartet hast?«

Ich nickte glücklich. »Sogar noch schöner. Es tut mir nur leid, dass die Kinder nicht dabei sind. Sie fänden es toll!«

»Irgendwann fahren wir noch mal hierher, und dann nehmen wir sie mit. Wie wäre das?«

»Glaubst du?«, fragte ich sehnsüchtig und blickte zu

dem Château hinter uns, das im schwindenden Sonnenlicht noch schöner und verzauberter aussah.

»Natürlich glaube ich das. Dann können wir ihnen genau zeigen, wo wir gestanden haben, als ich dich gefragt habe, ob du mich heiraten willst.«

Ich starrte ihn an. »Was?«

Lächelnd griff er in seine Tasche und holte einen Ring hervor. »Die Schachtel hat einfach nicht mehr in die Tasche gepasst«, sagte er verlegen. »Das war nicht so gut geplant. Was mich zum nächsten Punkt führt.« Er holte tief Luft. »Ich bin kein Prinz, Frannie. Ich bin eigensinnig, ich bin ungeduldig, ich habe ein schmutziges Mundwerk, und ich bringe verdammt viel Ballast mit. Und an mir hängen drei kleine Menschen, die mich jeden Tag in den Wahnsinn treiben. Aber ich liebe dich mehr, als ich jemals irgendjemanden geliebt habe.«

»Ich liebe dich auch.« Ich fing an zu weinen, und er wischte mir behutsam mit einem Daumen die Tränen weg, bevor er nach meiner linken Hand griff und den feinen Platinring mit seinem schlichten Diamant Solitär auf meinen vierten Finger schob.

»Dann habe ich eine Frage an dich.« Er ließ sich auf ein Knie nieder und hielt meine Hand fest. »Ich kann dir nicht versprechen, dir ein solches Schloss zu bauen oder jedes Jahr mit dir nach Paris zu fliegen, nicht einmal, dass ich mein Mundwerk unter Kontrolle kriege. Aber ich kann dir versprechen, dich jeden Tag und jede Nacht meines Lebens wie eine verdammte Königin zu behandeln – Entschuldigung.« Er wirkte nervös. »Eine ganz normale Königin. Scheiße, ich kann nicht mal einen *Antrag* machen, ohne zu fluchen.«

Ich lachte unter Tränen. »Ist schon gut. Ich kenne dich doch, und ich würde dich um nichts in der Welt ändern wollen.«

»Heißt das, du wirst mich heiraten?«

Ich nickte, und noch mehr Tränen rollten mir über die Wangen. »Ja. Ich werde dich heiraten.«

Er stand auf, und dann schlang er die Arme um mich und hob mich hoch. »Gott, ich bin so froh, dass ich das hinter mir habe«, gestand er.

»Warum? Hast du gedacht, ich würde Nein sagen?«

»Das nicht. Ich hatte einfach Angst, ich würde es irgendwie vermasseln. Den Ring verlieren, vergessen, was ich sagen wollte, mich auf dem Weg hierher verfahren. Ich musste eine ganze Menge koordinieren, und was das betrifft, traue ich mir nicht allzu viel zu.«

»Nun, das solltest du aber. Du hast es perfekt hingekriegt.« Meine Zehen berührten wieder den Boden, aber ich fühlte mich, als würde ich schweben. »Ich könnte nicht glücklicher sein.«

»Gut.« Er küsste mich. »Jetzt sollten wir zu Hause anrufen, denn ich habe den Mädchen gesagt, sie dürften aufbleiben, bis ich ein Ja von dir habe.«

Ich kreischte. »Sie wussten es?«

»Ich habe es ihnen erst nach unserer Abreise verraten, weil ich ihnen nicht zugetraut habe, es für sich zu behalten. Daher habe ich sie angerufen, als du gestern unter der Dusche warst, und ihnen erzählt, dass es passieren würde. Aber sie wissen schon seit einer Weile, dass ich dich fragen will. Und Millie hat mir geholfen, den Ring auszusuchen.«

»Wirklich?« Schon wieder hatte ich einen Kloß im Hals.

»Mhm. Millie und April.«

Ich seufzte. »Was für ein Glück für uns, so eine Familie zu haben.«

»Das stimmt. Und wir könnten sie ja vielleicht sogar noch erweitern.«

Ich machte einen Schritt nach hinten und sah ihn überrascht an. »Habe ich richtig gehört?«

Er zuckte die Achseln. »Ich bin zu dem Schluss gekommen, dass ich noch nicht zu alt dafür bin. Es könnte lustig werden, wenn wir den Mädchen noch einen kleinen Bruder schenken.«

»Oder eine Schwester.«

Er stutzte. »Ähm … *vier Mädchen* im Haus?«

Kichernd küsste ich ihn auf die Lippen. »Fünf. Vergiss deine Frau nicht.«

Er seufzte. »Wir werden mehr Platz brauchen. Und ich eine größere Schimpfwortkasse.«

»Entspann dich, Liebster. Das kriegen wir schon hin. Ich gebe dir Rückendeckung.«

»Wir geben uns gegenseitig Rückendeckung.« Er zog mich erneut an sich und vergrub das Gesicht in meinem Haar. »Und von jetzt an wird alles nur noch besser.«

*Wo die Liebe auf dich wartet*

Helen Paris
LYNNWOOD FALLS –
SOMMER DER LIEBE

336 Seiten
ISBN 978-3-404-18385-2

Die erfolgreiche Tierärztin Hope kehrt in ihre Heimat Lynnwood Falls zurück, um vorübergehend in der Tierarztpraxis ihrer Eltern auszuhelfen. In der beschaulichen Kleinstadt fühlt Hope sich seit langem erstmals wieder geborgen. Wäre da nicht Ryan, ihre erste große Liebe! Ryan arbeitet ebenfalls als Tierarzt, und immer wieder geraten er und Hope aneinander. Hope will so schnell wie möglich zurück nach New York. Doch dann bringt ausgerechnet Ryan ihre ganzen Vorsätze zum Schmelzen ...
Der erste Band der romantischen Reihe rund um die Kleinstadt Lynnwood Falls, in der verlorene Herzen ein Zuhause finden.

Lübbe

## *Wie Blitz und Donner*

Amy Baxter
KING'S LEGACY -
ALLES FÜR DICH
Roman

304 Seiten
ISBN 978-3-404-17954-1

Jaxon King kann nichts mehr überraschen. Der Besitzer des angesagten New Yorker Clubs King's Legacy hat schon viel gesehen. Die große Liebe? So etwas gibt es nicht. Dann trifft er auf Hope, die neue Kellnerin, und auf einmal ist alles anders. Hope Vanderwall ist durch die Hölle gegangen. Jetzt will sie in New York neu anfangen. Ein eigenes Leben, nach all den Jahren. Das ist ihr fester Entschluss. Aber Jaxon ist nicht bereit, sich damit abzufinden, dass ihre Liebe unmöglich sein soll.

*Wenn ein einziger Tag dein ganzes Leben ändert*

Roni Loren
UNVERGESSLICH
Du und ich
Roman
Aus dem amerikanischen Englisch von Anke Pregler
416 Seiten
ISBN 978-3-404-18078-3

Finn liebt Liv, und Liv liebt Finn. Sie sind jung, voller Hoffnung und schmieden große Pläne für die Zukunft. Doch ein schreckliches Ereignis reißt sie auseinander. Als sie nach vielen Jahren wieder aufeinandertreffen, ist nichts mehr, wie es war. Die einst so wilde Liv hat einen Job, der sie nicht erfüllt, Finn ist beim FBI, ohne Familie, ohne Bindungen, immer auf dem Sprung. Sofort sprühen wieder die Funken. Doch die Vergangenheit hat Spuren hinterlassen, und die Verletzungen sitzen tief ...

*Ein Wort. Bleib. Das war alles, was ich sagte. Mehr hätte er nicht tun müssen. Doch er stieg in den Bus und nahm mein Herz mit.*

Corinne Michaels
MEIN HERZ IN
DEINEN HÄNDEN
Roman
Aus dem amerikanischen
Englisch von
Michaela Link
400 Seiten
ISBN 978-3-404-17908-4

Siebzehn Jahre später steht Presley vor den Scherben ihres Lebens. Allein und mittellos muss sie mit ihren Söhnen nach Hause flüchten, in den Schoß der Familie. Ihre Überraschung ist groß, als sie dort auf Zach, ihre erste große Liebe, trifft. Der bereut noch heute, dass er sie damals verließ, und will sie zurück. Und er zieht alle Register.

Band 1 der RETURN TO ME-Reihe

Lübbe